edition hochfeld

Eine tote Frau in der Stille eines verwunschenen Auengrundes – kniend und an eine Kopfweide gefesselt. Ein grausam inszenierter Mord der den umliegenden dörflichen Mikrokosmos zum kollektiven Schweigen bringt – und auch die Natur erweist sich als unzugänglich.

Grund genug für das Landeskriminalamt seinen besten und erfahrendsten Ermittler nach Franken zu schicken.

Kriminalhauptkommissar Bucher erwartet bei Übernahme der Ermittlungen eine unangenehme Überraschung – und eine Fülle noch unbeantworteter Fragen. Was hat es mit den sonderbaren Büchern auf sich, die er im Haus der Toten findet. Und auch das Gartenbild von Max Liebermann, dessen Herkunft im Dunkeln liegt, könnte eine Spur sein.

Nach *Novemberfrost* hat Jakob Maria Soedher mit *Auenklang* den zweiten Fall des LKA-Ermittlers Johannes Bucher vorgelegt - und wieder einen geschickt konstruierten und bis zuletzt packenden Kriminalroman geschrieben. Diesmal über vererbte Schuld, wohlgehütete Geheimnisse – und das Leben einer Frau, das ganz anders hätte verlaufen können.

Nahaufnahmen sind Jakob Maria Soedher, 1963 in Unterfranken geboren, nicht fremd. Seit über zwanzig Jahren schreibt und fotografiert er für Zeitschriften, Verlage und Bildagenturen. Der Reisejournalismus führte ihn längere Zeit nach China – danach ins Paradies aller Gourmets, nach Frankreich – und seither immer wieder dorthin. Grund und Erfahrung genug, mit Johannes Bucher einen klugen und gaumenfreudigen Krimihelden zum Leben zu erwecken.

Jakob Maria Soedher

Bucher ermittelt

Auenklang

Kriminalroman

edition hochfeld

edition hochfeld

www.edition-hochfeld.de

1. Auflage
Juli 2006
edition hochfeld, Augsburg

Umschlagkonzept: edition hochfeld
Titelbild: U.-J. Schönlein
Lektorat: Isabel Bergmiller, Augsburg
Satz und Druck: Druckerei C. H. Beck, Nördlingen
Gesetzt aus der 10/11pt AldusRoman
Printed in Germany

ISBN 10: 3-9810268-1-0
ISBN 13: 978-3-9810268-1-8

www.auenklang.de

Aber das Herz des Pharao wurde verstockt,
und er hörte nicht auf sie,
wie der HERR gesagt hatte.

2. Mose 7,13

Dies ist ein Kriminalroman. Die Handlung wie auch die Personen sind frei erfunden. Etwaige Namensgleichheiten oder Ähnlichkeiten mit lebenden Personen sind zufällig und unbeabsichtigt.

Dieses Buch eignet sich nur bedingt als Reiseführer, wobei der Autor jedoch darauf hinweisen möchte, dass die genannten Weine und Restaurants – und nicht zuletzt Würzburg – sich seiner Wertschätzung sicher sein können.

I.

Das Auto hatte sie an der Schranke stehen lassen müssen. Den Rest des Weges kannte sie inzwischen so gut, dass sie ihn auch bei Dunkelheit finden konnte. Nur ein paar Mal schlug ihr ein Zweig ins Gesicht. Aber was machte das schon, dachte sie – glücklich. Alles würde jetzt gut werden. Sie blieb kurz stehen und lauschte – nichts. Weiter, sie hastete weiter durch die Nacht. Nur endlich zu ihm kommen. Hier im Wald war die Dunkelheit bereits zwischen den Stämmen angelangt. Allein da oben, über den zarten grünen Blättern, wie es sie nur im Juni gab, schimmerte ein Rest von Bläue. Durch die Stämme hindurch war der Lichtschein des Fensters zu sehen. Er war schon da.

Den kurzen Hang nahm sie mit wenigen Schritten, verlangsamte, beruhigte ihren Atem und ging dann zur Tür, wo sie ohne ein Zeichen zu geben die Klinke nach unten drückte. Er hatte wieder nicht abgesperrt! Aber es war nicht der Augenblick ihn zu schelten, wie sie es sonst getan hätte. Wo hatte er nur diese Ruhe her?, dachte sie, als sie in den wohligen Raum trat und er sich langsam und lächelnd zu ihr hindrehte. Es hätte doch auch jemand anderes sein können. Sie vergaß alles, als sie ihn umarmte, küsste und langsam nach hinten, zu der breiten Fläche voller Kissen und Decken schob.

Er verstand nicht was sie sagte, was sie meinte. Natürlich. Er konnte es auch noch nicht verstehen. Aber bald, in wenigen Tagen schon, wenn sie Gewissheit erlangt hatte würde sie es ihm sagen. Wie verrückt grub sie ihre langen Finger in seine schwarzen, lockigen Haare, drückte sich an ihn, küsste ihn, beleckte ihn, und sagte es immer wieder: »Alles wird gut werden. Wir werden bald zusammen sein. Es ist nicht so gewesen, wie wir dachten, glaube mir. Bald.« Sie war voller Glück, wälzte sich mit ihm zwischen Kissen und Decken, und flüsterte es immer wieder, ohne Ruhe. Seit Tagen nun schon. Alles würde gut werden? So wie früher? Er lauschte und folgte ihren Drehungen, schlang sich um sie, war eins mit ihr – und war in diesem Augenblick glücklich. Die Leere der Tage würde wieder kommen, das wusste er. Er sagte nichts, lächelte sie nur an, wie ein Großvater sein Enkelchen anlächelt, das erzählt was es einmal tolles werden wolle, ohne es seiner Träume zu berauben. Natürlich würde niemals etwas anders werden. Nicht für sie beide. Die Schuld war zu schwer. Zu schwer. Er ließ sie gewähren, flüstern, küssen – und vergaß.

Sie hauchte wieder, voller Freude, und dieser Moment war wie jene damals. Damals in der Hütte. Er spürte wie ihre Worte vibrierten – an seinem Rücken. »Morgen. Morgen treffe ich ihn. Ich habe dir davon erzählt. Habe ich doch? Es wird alles wieder gut. Glaube mir.«

Er schüttelte still lächelnd den Kopf, der auf ihrer Brust lag, spürte ihre Fingernägel, wie sie diesen schaurigschönen Schmerz hervorriefen, wenn sie sich in seinen Haaren festfraßen, die Kopfhaut leicht rissen. Es war unendlich schön mit ihr und er liebte sie wie sonst nichts. Später zog er das Goldkettchen hervor – mit dem Medaillon, und legte es um ihren Hals. Sie waren glücklich und in diesem Augenblick hätte er ihren Worten von vorher fast Glauben schenken mögen.

Noch vor dem Gezwitscher der Vögel war sie unter der Decke hervor geglitten, hatte sich angezogen und war den vertrauten Weg zurückgegangen. Die Gestalt auf der Lichtung, hinter dem Stamm des alten Nussbaums, konnte sie nicht erkennen.

Es war dunkel und sein Leib zitterte. Das dürftige Licht der Lampe genügte, um zu erkennen was auf dem winzigen Bild zu sehen war. Niemand war ihm begegnet auf dem Weg hierher. Er hatte den Hohlweg vom Wald her durch die Felder gewählt. Alles war grau. Den leuchtenden Rapsfeldern, dem blauen Himmel und der warmen Luft des ersten Sommertags schenkte er keine Aufmerksamkeit. Leere um ihn herum. Kein Mensch war zu sehen. Sie putzten ihre Häuser, steckten Birkenzweige an die Hausecken und richteten alles für das Fest. In ihm war Leere.

Das kleine Seitentor zur Scheune hin war schnell und leicht aufgeschoben, denn der von innen angelegte Eisenhaken war mit einem Stück Holz, das man von außen durchschob, einfach zu entriegeln. Tatsächlich war er über den Tennenboden bis zu dem Durchgang gekommen, der in das Wohnhaus hinüberführte. Es roch eigentümlich nach einer Mischung von Moder und Parfüm. Er ging im schalen Licht die Treppe hinunter, vom Gang in die Waschküche und von dort in die Scheune, wo er zu tun hatte. Wieder zurück, führte ihn sein Weg in die Küche. Zwei Sektgläser standen auf dem Tisch. Wieso er eines in die Hand genommen hatte, um daran zu riechen, diese verführerische Süße, die er sich selbst nie gestattete – wieso er es also in die Hand genommen hatte, wo er doch die Handschuhe noch nicht anhatte, wusste er nicht. Ach ja, die Handschuhe, war ihm eingefallen. Die Aufregung war nicht mehr zu leugnen, als er die beiden Gläser abwusch, mit zitternden Händen sorgfältig abtrocknete und in den Schrank stellen wollte. Gerade da hörte er das Surren ihres Autos im Hof. Er hatte gedacht, länger auf sie warten zu müssen. Hektisch schob er die alte Glasscheibe beiseite, stellte die Sektgläser hinein und schlich in den Gang, um zu warten. Sein Grinsen spürte er am unangenehmen Spannen der Gesichtsmuskulatur. Im Spiegel hatte er sich oft so grinsen sehen. Eine fremde, ihn erschreckende Fratze war es, die ihm da entgegenbleckte. Hässlich. Er schob Lippen und Kiefer nach vorne. Es gab nichts zu grinsen.

Sie war viel zu schnell hereingekommen, hatte noch im Schwung die Tür gleich wieder zugeschlagen. Zeitgleich mit dem lauten Klappen der Tür stieß sie einen kurzen hellen Schrei aus. Der Schlag fiel heftiger aus, als er wollte und sie sackte augenblicklich zusammen. Ganz kurz dachte er nach, ob sie geschrieen haben könnte, weil sie ihn erkannt hatte, doch es war gleich, hatte keine Bedeutung mehr. Sie war schwerer. Viel schwerer, als er gedachte hatte. Das merkte er beim Auffangen. Es zog schmerzhaft in den Lendenwirbeln. Durch die Waschküche trug er sie in die Scheune, wo schon alles vorbereitet war. Die Plastikfolie, die kleine rosa Wanne, in der man eigentlich Babys badet, und ein Haufen Stroh. Er drehte den Kopf zur Seite, als er zustach. Die Stirn umfasste ein Leinentuch, welches am Hinterkopf zusammenlief und das er fest umschlossen hielt. Er biss auf seine Lippen, denn er hatte vergessen, das goldene Kettchen vorher abzunehmen. Er atmete kurze Züge durch seinen kreisförmig geöffneten Mund, weil er den Geruch nicht ertragen konnte.

Endlich, als kein Blut mehr kam, fingerte er nach dem Verschluss. Mit den Handschuhen war es unmöglich, den feinen Steg zur Seite zu schieben. Er streifte sie ab, darauf bedacht, nirgends einen Abdruck zu hinterlassen. Jetzt, da er das Goldkettchen in der Hand hatte und das Medaillon geöffnet war, hätte er schreien können vor Wut. Dieses kleine Bild! Er presste die Kiefer aufeinander, dass er dachte, die Zähne würden gesprengt, stampfte wütend auf dem Lehmboden herum, hätte sich zerreißen können vor Wut. Es dauerte, bis er wieder zur Ruhe kam, die Gewalt über seinen Körper wiedererlangte. Er griff in ihr volles Haar, hob mit angespannter Vorsicht den Kopf an, nahm das Messer und zog durch. Gut, dachte er. Gut. Das hat gut getan. Er wickelte sie ein, kleidete den Kofferraum aus und bettete sie vorsichtig. Nichts sollte ihr mehr geschehen. Dann betete er, setzte sich in den Sessel im Arbeitszimmer, nachdem er den Schreibtisch durchsucht hatte, und wartete auf die Nacht.

Es hätte alles anders kommen können, wenn sie nur gewollt hätte. Er war nun ganz ruhig, saß entspannt im weichen Stoff und dachte an den Sommertag vor vielen Jahren. Damals war es weniger anstrengend. Die Frau lag in dem schäbigen Metallbett. Sie hatte das Sommerkleid schon ausgezogen und lag auf dem Bauch, hielt ihn für jemand anderen, als er vorsichtig über den schmuddeligen Holzboden ging und sie die Schritte hörte. »Na endlich«, hatte sie müde in die Matratze gehaucht. Sie hatte nicht mehr hochgesehen, nicht wahrgenommen, wer den Schlag mit dem Holzpfahl ausgeführt hat. Die Handschellen lagen ja schon neben ihr und ein paar Minuten später war alles zu Asche geworden.

Sie hätte nicht bei ihm bleiben sollen, dachte er, und wunderte sich über dieses eigentümliche Gefühl in der Brust, das er bei dem Gedanken verspürte. War das Trauer? Sicher nicht. Weswegen denn auch. Als es dunkel geworden war und alle brav zuhause vor ihren Fernsehern in reinlichen Zimmern saßen, quälte er sich aus dem Sessel. Den Stapel Kopien, die auf dem Schreibtisch lagen, steckte er in die Hose. Dieses Luder. Es war Zeit gewesen. Er lauschte lange in die Nacht, bevor er in das Dunkel trat und das Hoftor öffnete. Das plötzliche Surren eines Motors überraschte ihn. Er blieb stehen wie gelähmt. Das Moped surrte vorbei und das Knarren verschwand zwischen Gassen und Hauswänden als wäre es nie gewesen. Ganz kurz nur hatte ihn ein schwacher Schein der Mopedlampe erfasst. Er erkannte das Gefährt am Klang. Dieser kleine Idiot, dachte er. Dieser kleine Idiot.

II.

Von der Anhöhe aus sah Heller hinab in den Wiesengrund, der sich beidseits des schmalen Mäanders ausbreitete und den Auengrund wie eine erstarrte vorzeitliche Schlange durchzog und teilte. Links und rechts des gewundenen Flusses verloren sich brackige Seitenarme in hüfthohem Gras, eingefasst von Kopfweiden, Haselbüschen, Birkengruppen und vereinzelten Eichen. Sein Paradies. Einige Minuten hielt er inne, atmete inbrünstig und ließ das letzte Schwingen der Glocken verhallen, welches bis vor einem langen Augenblick drüben im Dorf zum sonntäglichen Gottesdienst gerufen hatte. Sein Gottesdienst würde heute ausnahmsweise an anderem Ort stattfinden.

Eine tiefe Zufriedenheit erfüllte ihn. Ein Gefühl weit über die kurzen, euphorischen und so flüchtigen Glücksmomente hinaus, denen er vor einer Ewigkeit, wie ihm jetzt schien, nachgehangen war. Er atmete voller Kraft ein, sog die Luft weit hinab, dass sein Bauch sich dehnte. So. Genau so hatte er sich sein zweites Leben vorgestellt. Am Vorabend noch musste er befürchten, dass nichts aus seinem Vorhaben werden würde: Das Unwetter war heftiger als erwartet über diesen vergessenen Flecken Land hereingebrochen. Der das Gewitter begleitende Hagelsturm hatte Massen an Blättern und Zweigen von den Bäumen geschlagen. Da ein heftiger Wind bis zu Beginn der Morgendämmerung wütete, waren Straßen und Wege von den Spuren des Unwetters noch nicht befreit. Jetzt allerdings, wo er hier auf der Anhöhe stand, machten der sternklare Morgenhimmel und das feine Band roten Schimmers am Horizont das Grollen der Nacht vergessen. Er zog seinen Rucksack fester und setzte den Weg fort, hinunter in den Auengrund, wo er diesen Sonntag an seinem Lieblingsplatz verbringen wollte. Die zaghafte Böe eines kühlen Windes zog an seinem Hemd und ihre Frische ließ ihm flüchtige Schauer über den Rücken laufen, die sich im Nacken und an den Lenden wie im Nichts verloren. Freudige

Lebensschauder, die er vor Jahren nicht mehr erwartet hätte. Er gestattete seinen Gedanken, für einige Augenblicke in diesen Teil seiner Vergangenheit zurückzukehren, doch die Nebel der Erinnerung hatten schon vermocht, das Schaurige weich zu zeichnen. Gemächlich lief er weiter, hielt kurz inne, als zwei Schwäne in noch dunkler Frühe dem Lauf des Flusses folgend den Augrund querten. Auf den schmalen Wildwechselpfaden, die unten im Wiesengrund durch das für die Jahreszeit schon hohe Gras leiteten, versackte er in Wasserpfützen, deren Inhalt der gesättigte Grund noch nicht hatte aufnehmen können. Mit ruhigen Schritten teilte er die unter der Wasserlast überhängenden Grasdolden und genoss es, wenn sich die kühlen Wassertropen schwer schwingend, zugleich unendlich sanft an seinen Handflächen abstreiften. An der Biegung eines Altarmes hatte er *seinen* Platz erreicht. Weit hatte der ehemalige Lauf des Flusses den Boden ausgespült. So konnte sich im Laufe der Zeit fast schon ein kleiner See bilden, still und ruhig, aber immer noch versorgt von einem schwachen Zustrom des Flusses und somit nicht alleine angewiesen auf Regen und Überschwemmungen. Die Angel war schnell montiert und aufgestellt. Danach erst kam der Klappstuhl an die Reihe und schließlich das Frühstück, das er sich bereitet hatte, als die Nacht noch näher war als die Dämmerung. Er saß still da, sah über die friedliche Wasserfläche hinweg auf das sanft schwankende Augras, um welches das Leben erwachte. Aus dem frischen Grün drang Surren und Summen. Hinten im Wald krähte, piepste und schnarrte es und vom Fluss her tönte das ärgerliche Quaken einer Wildente – das war der Klang seines Platzes in der Natur, seines privaten Gottesdienstes – Auenklang.

Heller genoss den Augenblick. Während seine Kiefer bedächtig das Schinkenbrot zerbreiten, folgten seine Augen dem hell glitzernden Strich der Angelschnur bis hin zur Wasseroberfläche. Er hatte es nicht eilig mit einem Fang, denn er war im Besitz der Zeit – inzwischen. Von Sturm und Hagel abgeschlagene Blätter in verschiedenen Größen und

Formen, noch im frischen Grün des späten Frühjahrs, trieben in großer Menge auf dem Wasser. Gerade als er den letzten Bissen des Brotes voller Genuss in den Schlund hatte gleiten lassen, sah er, wie nur wenige Zentimeter neben dem Schwimmer, am Ende seiner Angelschnur, das Maul eines Fisches auftauchte, etwas rötlich Schimmerndes wegschnappte und wieder verschwand. Heller strahlte übers ganze Gesicht, musste halblaut lachen. Waren seine Köder denn so wenig anregend? So humorvoll er die Szene nahm, ließ sein Jagdinstinkt ihn doch nach der Ursache forschen. Sein Blick glitt ruhig und gleichmäßig über die Wasseroberfläche. Was war denn besser als seine herrlich fetten Mehlwürmer? Die niederstürzenden Hagelkörner und der Gewittersturm am Vorabend hatten das Wasser aufgewühlt und die im Wasser schwebenden Schlammkörper färbten es immer noch tief braun. Weder das vereinte Grün von Ufergras und Bäumen noch das frische Blau des Morgenhimmels vermochten dem Wasser den monochrom schmuddeligen Schimmer zu nehmen.

Nach einigem Suchen entdeckte Heller wieder einen rötlichen Schatten. Ein müde treibender Fleck im Wasser, fast handflächengroß. Er stand auf und ging einige Meter durch das feuchte, hohe Ufergras, um die Sache näher zu betrachten. Kein Zweifel. Es handelte sich um einen Flecken dunkelroten Blutes, der eingefasst von Blättern und Ästen auf dem Wasser trieb. Heller schluckte aufgeregt und spürte schlagartig die unangenehme Kühle eines besonderen Schweißes auf der Stirn. Dieser feuchte Film, sichtbarer Ausdruck der sich in einen Aggregatszustand verwandelten Angst. Und schlimmer noch, sein Herz. Er spürte wie es heftig schlug. Etwas, das ihm seit langem nicht mehr widerfahren war. Er hatte Angst davor, wieder in seinem Herzen zu sein, dabei zu sein bei jedem Schlag und zu denken – das! Jetzt! Der letzte, der letzte Schlag!

Warten auf den Schlummer. Jeder Schlag eine Mahnung an das Ende. Er erinnerte sich an die Atemtechniken, die er während der Reha erlernt hatte, legte die Fingerspitzen aufeinander, übte leichten Druck aus und atmete tief und ruhig in den Bauch ein, presste beim Ausatmen die Fingerspitzen sanft doch nuanciert aufeinander und ließ den Atem mit weichem Ton entgleiten. Das Zauberwort hieß Kontrolle. Als er glaubte, sie wiedererlangt zu haben, ging er weiter, der Richtung folgend, aus dem der Blutfleck hatte kommen müssen. Schon nach wenigen Metern versagten die gelernten Atemtechniken. Immer mehr und immer größere Lachen widerlich rotschwarzen Blutes klebten zwischen Blättern und Zweigen, drehten sich tanzend im Kreise müder Altwasserwirbel. Heller sog die Luft unter großem Druck und lautem Geräusch durch die Zähne ein und presste sie bald darauf ebenso energisch am Gaumen vorbei durch die Nase in die Auenlandschaft. Sicher, er hatte gelernt, dass es ein Zeichen von Panik war, wenn sich die Zunge derart gegen den Oberkiefer presste, dass die Muskeln hinter den Ohren zu schmerzen begannen. Aber auch Feldenkrais half ihm jetzt nicht. Im rechten Ohr fing ein leichtes Pochen an, es war kurz davor, sich zu jenem Flattern auszuweiten, das jeden noch so kräftigen Mann zu Boden zu schicken fähig war. Geduckt wie ein Jäger schlich Heller am Ufer entlang. Vier Herzschläge, ein Schritt. Er war von sich selbst überrascht, fragte sich, weshalb er tat was er gerade tat? Nach seiner Vergangenheit, zwei Herzinfarkten, vier Bypässen, einem implantierten Herzschrittmacher mit integriertem Defibrillator? Eigentlich bestand für ihn aller Grund, der Quelle seiner dunklen Ahnungen gerade nicht nachzuspüren. Doch getrieben von jener Neugierde, die er glaubte vor Jahren verloren zu haben, ging er Schritt für Schritt weiter.

Dann sah er es, am gegenüberliegenden Ufer. Erstarrt glotzte er mit weit aufgerissenen Augen hinüber zu der Stelle, von welcher aus das Blut sich im Wasser verbreitete, und hörte nichts weiter als Rauschen, tobendes Rauschen in seinen Ohren und das wilde Stakkato gepressten Atems – seines Atems.

Als er den Augen, die ihn anstarrten, einen Namen, ein Gesicht, ein Leben zuordnen konnte, was einige Augenblicke dauerte, musste er sich übergeben. Er wollte schreien, doch seiner Kehle entwandt sich nur ein gequälter, wimmernder, flehender Laut und ein bitterer Geschmack. Mühsam versuchte er mit seiner trockenen Zunge, die sich wie ein dem Körper nicht zugehöriges Teil gebärdete, den Mund zu säubern. Seine Kehle brannte gallig und er musste husten. Es war kein Traum, wusste er, als er begann zu rennen. Das dichte Auengras, vor Sekunden noch eine anmutige Äußerung vollendeter Natur – für ihn geschaffen, schlang sich um seine Füße und ließ ihn mehrmals stürzen. Kein Gedanke mehr an sein Herz, Atemtechniken und daran, dass im Augenblick das geschah, was er unter allen Umständen vermeiden wollte – Kontrollverlust. Sein Geist und Körper waren völlig außer Kontrolle. Irgendwann, auf dem Weg ins Dorf, meinte er den Verstand verloren zu haben, doch konnte er sich später nicht mehr genau erinnern. Lediglich dieser Anblick, den er hatte ertragen müssen, war unauslöschlich präsent, wie auch das Summen in seinen Ohren, das ihn seither plagte. Er würde später noch oft an diesen Augenblick zurückdenken. Ahnte die Gefahr, in die er sich begeben hatte.

III.

Bucher linste immer wieder nach draußen und achtete darauf, nicht schlampig im Stuhl zu sitzen. Das hatte die Krankengymnastin oft genug betont. Ständig erwischte er sich dabei, die Beine wieder übereinander geschlagen zu haben. Gift für die Lendenwirbel, wie er vernommen hatte. Konnte man eigentlich sitzen, ohne sich irgendwie zu lümmeln?

Es war Montagnachmittag und die Sonne beschien rücksichtslos die Waschbetonplatten des Haupttraktes des Landeskriminalamtes und kehrte die Hässlichkeit damit nochmals deutlich heraus. Selbst dieses erfrischend helle Junilicht konnte den maroden Charakter, den diese Bausünde verströmte, nicht überzeichnen. Bucher hatte beschlossen sich nicht aufzuregen. Nicht über seinen Dezernatsleiter Kundermann-Falckenhayn, wie der seit seiner Heirat hieß. Wie auf den Gängen zu hören war, handelte es sich bei dem Bindestrich um verarmten Landadel, der ins Netz gegangen war. Andere verwendeten das Wörtchen *erlegt*.

Bucher war zusammen mit anderen Kollegen in einem der neuen Besprechungsräume, die aus Mangel an Platz in den Seitenbereichen der Treppenaufgänge aus dem Boden gestampft worden waren. Die zwei Herren einer Beratungsfirma, die sich smart lächelnd als *Consultants* vorgestellt hatten, waren ihm von der ersten Sekunde an abgrundtief suspekt und unsympathisch. Gutes war von denen nicht zu erwarten. Aber schlimmer noch – hilflos musste er einen Powerpointvortrag von Kundermann-Falckenhayn über sich ergehen lassen. Der liebte Powerpointpräsentationen, was an sich nicht schlimm gewesen wäre. Doch hatte er sein Herz vor allem den Animationen geschenkt, die diese Heimsuchung bot. Bucher war davon überzeugt, dass Ka-Ef, wie er jetzt flott genannt wurde, seine Vorträge nur dazu nutzte, alle denkbaren Animationsvarianten vorzuführen.

Er saß gottlob günstig und konnte, ohne dass es auffiel, den Blick aus dem Fenster, wenn schon nicht genießen, so doch unverdächtig wagen. Nicht dass es aus purer Ablehnung geschehen wäre. Nein, es war aus rein prophylaktischen Gründen erforderlich, da weder Augennerv noch ein vernünftiges Hirn ertragen konnten, wie vollständige Sätze aus einzeln heranfliegenden Buchstaben gebildet wurden, sich Sekunden nach ihrer Satzwerdung noch einmal dehnten oder zusammenzogen, um nach einigen dahin geworfenen Phrasen des Vortragenden den nächsten Buchstabengeschossen, die aus dem Bildschirmhimmel herabfielen oder von unten heraufstieben, Platz zu machen. Seit einer Stunde schwangen, drehten, rollten und rotierten Lettern und Worte. Überschriften und Grafiken ploppten aus dem Nichts wie Meister Proper früher aus der Flasche schnellte. Das hatte wenigstens noch was, denn damit bekam man Wohnungen sauber. Vor Buchers Augen vollzog sich die reinste Gehirnverschmutzung. Wann würde endlich die Powerpointschutzbrille erfunden, ähnlich der einer Schweißerbrille, um Augennerventzündungen vorzubeugen!? Powerpoint – die Daumenschraube der Informationsgesellschaft!, dachte Bucher und strengte sich an, einen Gesichtsausdruck parat zu halten, der Aufnahmebereitschaft und Interesse suggerierte, was schwer fiel.

Bedauerlicherweise behandelte Kundermanns Vortrag ein ernstes wie leidiges Thema – Umstrukturierung und Neuorganisation, wieder einmal. Bucher wurde aus den Kästchen, Kreisen und Pyramiden nicht so recht schlau, welche die neue Organisation symbolisierten. Seiner Meinung nach war das Dezernat so wie es war gut organisiert und die Unfähigkeit von Vorgesetzten oder die Überflüssigkeit dieser neumodischen Managementebenen konnte durch das Schleudern von Kästchen, Kreisen und anderen geometrischen Formen nicht beseitigt werden. Außerdem war es ihm bisher nicht gelungen, die Kinderspielform auszumachen, die mit seinem Sachgebiet in Verbindung zu bringen war. Vielleicht lag das daran, dass er zu einer Form gehörte, – zu einem Stern vielleicht?, das würde ihm gefallen! – welche in den Bereich der Arbeitsebene und nicht zur Managementebene gehörte.

Noch mal Glück gehabt, Johannes!, klopfte er sich in Gedanken auf die Schulter und wandte sich mit gespielter Aufmerksamkeit Kundermann zu. Der würde sich doch wohl nicht trauen, grob zu werden und hier einige operative Sachbereiche auszumerzen? Ausgerechnet jetzt, wo Weiss im Krankenhaus lag? Er wurde aus seinen abschweifenden Gedankengängen gerissen, als er sich laut, lauter als höflich war, ausatmen hörte. In diesem lauen Schwallen klang Langweile mit und Kundermann unterbrach irritiert für den Bruchteil einer Sekunde sein Geschwätz und blickte zu Bucher. Der lächelte freundlich und sah, wie die Tür langsam geöffnet wurde. Lara Saiter lehnte ihren schmalen Körper halb in den Raum, suchte Bucher, der sofort und froh Blickkontakt mit ihr aufnahm. Eine kurze Bewegung ihres Kopfes zeigte an, dass er nach draußen kommen sollte. In Richtung Kundermann ließ sie nur kurzes, laut gehauchtes »Eins-C-Fünf« verlauten und drehte sich dem Gang zu. *I-C-5*. Zahl, Buchstabe, Zahl – und sogar Ka-Ef wusste, was gemeint war. Die Eminenzen im Innenministerium riefen also die Arbeitsebene. Bucher folgte seiner Kollegin, die langsam den Gang entlanglief, ohne sich nach ihm umzudrehen, und rief in ihren Rücken: »Was ist los, Lara! Gibt es etwas für uns?«

Sie zuckte nur mit den Schultern und sprach in die Leere das Ganges vor ihr, dass er in einer Stunde bei *Eins-C-Fünf* erwartet würde, dann drehte sie sich um und schenkte ihm doch noch ein mitleidiges Lächeln. »Na, Johannes, was gelernt bei Kundermann?«

Bucher schloss nur die Augen und schwieg.

Er beeilte sich aus dem Bau herauszukommen, denn die Sonne lockte wirklich sehr. Er erwischte gerade noch die U1, fuhr bis zum Hauptbahnhof und schaute im Durchgang bei Hertie nach neuen Weinen, fand aber nur alte bekannte Knaben aus dem Bordeaux. Allerdings zu Preisen, für die man schon auch mal nach London fliegen konnte. Wer sollte das zahlen können? Er schloss sich dem Menschenstrom an, der Richtung Bahnhofsgeschoss drängte, lief über den blank glänzenden Boden hinüber zum Südausgang und nahm die U5 zum Odeonsplatz. Dort wieder am Tageslicht siegte das Café am Hofgarten über Beamtenpflichten und Neugier. Schließlich musste man sich für ein Gespräch in den heiligen Hallen mental vorbereiten, und das ging am besten bei einem Capuccino. Wer wusste schon, was ihn gegenüber erwarten würde.

Egon Hocke, bärbeißiger Leiter von *Eins-C-Fünf*, erwartete ihn bereits. Bucher registrierte erstaunt den gedeckten Tisch. Zwei Tassen, Kaffee, Zucker und Milch. Eigentümlich. Hocke war eher für seine robuste Art als für seine Gastfreundschaft bekannt. Kaffeekränzchen waren völlig ausgeschlossen. Hocke bat mit einer freundlichen Handbewegung, Platz zu nehmen.

»Wie geht's Ihnen, Bucher, und meinem alten Freund Hans Weiss?«, begann er schmucklos, aber freundlich.

»Mir selbst geht es gut. Hans liegt seit drei Wochen im Krankenhaus. Er hat eine neue Hüfte bekommen und es geht nicht ganz so schnell voran, wie er sich das wünscht.«

Hocke lachte. »Das wird auch keiner je erleben, dass irgendetwas so schnell geht, wie der Hans sich das vorstellt. Na ja. Wo liegt er denn?«

»Hessingklinik in Augsburg. Erste Adresse für solche Austauschaktionen.«

Hocke knurrte: »Werde da wohl mal rüberfahren. Bei den Schwaben gibt es sicher mal irgendwas zu besprechen. Wird mir schon was einfallen.« Er deutete auffordernd auf den Kaffee und trank selbst einen Schluck, bevor er weitersprach.

»Aber nun zu dem, weshalb ich Sie habe kommen lassen. Es gibt einen Fall, den wir Ihnen übergeben möchten. Ich habe bereits mit Ihren Leuten gesprochen, die sind also schon informiert. Es geht um eine dumme Sache in Franken.«

Bucher fragte sich, welche Leute von welcher dummen Sache informiert worden waren. Kundermann gehörte offensichtlich nicht dazu. Mit dem ersten Schluck Kaffee der Marke Einbrennlackierung schluckte er das *Franken* hinunter, fragte aber nicht nach, sondern zog sein Notizbuch aus der Tasche.

»Ich hatte heute morgen Besuch von zwei Landtagsabgeordneten und unserem Chef hier. Da oben kommt einiges zusammen. Erst diese Polizeireform, dann die rumänischen Einbrecherbanden, die wie Heuschrecken eingefallen sind, das entführte Mädchen, und vor zwei Wochen noch diese elende Geschichte mit den Nutt …, den Prostituierten, … bei … im Nachtdienst.«

Hocke machte eine Pause und seinem Gesicht nach zu urteilen, mochte Bucher nicht in der Haut jener Kollegen stecken, die unter Nachtdienst anderes verstanden als Hocke.

»Tja, und vorgestern, am Sonntag, ist eine junge Frau ermordet aufgefunden worden.« Hocke sah Bucher ernst an. Die Sache machte ihm wirklich zu schaffen, ging man von der Tiefe der Falten auf seiner Stirn aus.

Er sprach stockend und mit einem Anflug von Abscheu. »Heute früh haben die mir mitgeteilt, dass das subjektive Sicherheitsgefühl der Bevölkerung ins Wanken geraten sei. Politiker halt … wo wir Bayern sind, ist ganz vorne und so … nun gut, das Ding muss schnell geklärt werden. Die Herren haben Angst, dass man auf die Idee kommen könnte, diese Häufung von Unangenehmem stünde vielleicht in Zusammenhang mit ihrer großartigen Verwaltungsreform. Kaum gibt es ein paar Schwierigkeiten, haben die schon die Hose voll.«

Bucher sah ihn ernst an. Resignation! Die blanke Resignation saß ihm da gegenüber. Und das war etwas Neues. Denn hier in diesen Räumen war Raum für alles. Größenwahn, Machtmissbrauch, Euphorie, Hysterie. Aber Resignation!? Das war neu.

Hocke lehnte sich zurück und sagte trocken: »Aber was soll's. Wir bei der Schmier dürfen ja noch zufrieden sein. Neulich habe ich einen Fernsehbericht gesehen, da haben sie gezeigt, wie ehemalige Förster an richtigen Schulen unsere Kinder unterrichten dürfen. In Landshut war das, soweit ich mich erinnere.«

Er lachte höhnisch auf und grinste Bucher bitter an. »Da bekommt der alte Spruch von der Baumschule doch wirklich eine neue Bedeutung, oder?« Dann verließ ihn schlagartig die sarkastische Fröhlichkeit und er wechselte das Thema. »Bringen Sie das da droben zu einem guten Ende – ohne weitere Zwischenfälle, ja.«

Bucher wurde hellhörig. Zwei Dinge leuchteten rot blinkend vor seinem inneren Auge: Wo genau war *da droben* und vor allem, was war unter *ohne weitere Zwischenfälle* zu verstehen? Er machte nicht viel Aufhebens: »Wo wurde die Tote gefunden und was ist bisher schiefgelaufen?«

Hocke lächelte wissend. »Den genauen Ortsnamen ... irgendwas fränkisches ... kann ich mir als Oberbayer natürlich nicht merken. Liegt aber irgendwo bei Würzburg. Ihre Kollegin, hm ... diese rasante dunkle, äh ... «

»Lara Saiter«, half Bucher.

»Ja. Genau. Saiter. Lara. Sie hat inzwischen alle Angaben erhalten. Und was das Schieflaufen angeht, also das sollen Ihnen die da droben selbst erklären. Die wissen übrigens auch schon Bescheid.« Er betonte das *die*, und so wie er es aussprach wurde deutlich, dass es beim Bescheidsagen weniger freundlich zuging, als bei ihrem augenblicklichen Gespräch.

Bucher wollte von Hocke gar nicht mehr Details erfragen, nutze aber die seltene Gunst und die aufgeschlossene, vertrauliche Art seines Gesprächspartners.

»Eine Frage noch, Herr Hocke. Ich saß heute Morgen in einer Besprechung, in welcher die Umstrukturierung unseres Dezernates vorgestellt wurde. So recht konnte ich nicht erkennen, ob es unser Team noch geben wird!?«

Hocke sah in verwundert an. »Umstrukturierung?«

Bucher nickte.

»Wer macht denn das?«

»Kundermann-Falckenhayn, der Dezernatsleiter, und eine Beratungsfirma ... *Huber Consulting*.«

Hocke verzog das Gesicht. »Ach, der.« Er schüttelte seinen massigen Schädel. »*Huber Consulting* ... so, so. Das sind doch die, die mit Brunnenfröschen nicht über den Ozean plaudern, oder?«

Bucher lächelte. »Ich glaube, es sind eher die, die mit den Fröschen nicht darüber diskutieren, ob der Sumpf nun ausgetrocknet werden soll oder nicht.«

Hocke nickte und stöhnte gequält. »Egal. Den Fröschen geht's immer an den Kragen. Weiß schon. Ja die, genau. Aber ich glaube auch, das sind nur Frösche und Sie, Bucher, sind von den Umstrukturierungen nicht betroffen. Ein paar muss man schon noch rumquaken lassen.«

Er setzte eine lächelnd fragende Miene auf und breitete die Arme mit einer langsamen Bewegung zur Seite aus. Das Zeichen, dass es nichts mehr zu bereden gäbe.

Bucher benutzte den monströsen gläsernen Aufzug und lief, der Rundung des Innenhofes folgend, zum Zugangstor. Angesichts des herrlichen Wetters zog es ihn nicht wieder in die Katakomben der U-Bahn zurück. Er hatte einiges erfahren können und entschied, zu Fuß in die Maillingerstraße zurückzulaufen. Eine ermordete Frau war aufgefunden worden. Keine sonderlich aufregende Nachricht für ihn. Nur, dass er mit den Ermittlungen beauftragt wurde, ließ doch etwas Außergewöhnliches vermuten. Zudem war schon was schiefgelaufen. Angesichts der kurzen Zeit seit dem Bekanntwerden der Tat konnte das nur bei der Tatortsicherung geschehen sein. Die Leiche werden sie schon nicht verschlampt haben *da droben*, dachte er und trottete in Gedanken die Nymphenburger Straße hinauf. Die sommerliche Wärme der letzten Frühlingstage füllte die Straßencafés und als er am Biergarten des Löwenbräus vorbei kam, erfasste ihn beinahe ein wenig Abschiedsschmerz, ausgerechnet jetzt die Stadt verlassen zu müssen.

Zurück im Amt holte er das Team zusammen. Lara Saiter hatte bereits ein Fax vorliegen. Hartmann und Batthuber saßen rittlings auf ihren Stühlen und warteten gespannt.

»Karbsheim? Wo liegt denn das bitte?«, fragte Batthuber mit entsetztem Unterton in Buchers Richtung. Der zuckte mit der Schulter.

»Irgendwo südlich von Würzburg. Ich denke so Richtung Ochsenfurt, aber ich habe noch nicht auf der Karte nachsehen können«, beantwortete Lara Saiter die Frage.

»Und wo liegt Ochsenfurt?«, nuschelte Hartmann schlecht gelaunt in den Raum.

Bucher giftete: »Bei Würzburg – und wo liegt Würzburg?«

Lara Saiter machte unbeeindruckt weiter. »Also ... am Sonntagmorgen wurde bei Karbsheim die Leiche einer Frau aufgefunden. So wie sich das hier liest, war die Leiche an einem Fluss abgelegt, gefesselt und ein Angler hat sie aufgefunden, der ...«

»Na wenigstens war's diesmal kein Schwammerlsucher. Mal was anderes«, fiel ihr Batthuber ins Wort.

»... der am Sonntagmorgen zum Angeln gehen wollte«, vollendete sie ihren Satz.

Batthuber konnte es nicht lassen. »Hat ja auch ganz schön was am Haken gehabt, der Herr Angler.«

Einer ihrer kurzen Blicke genügte, um ihn für das erste zum Schweigen zu bringen. »Die Leiche wurde bereits identifiziert. Die Personalien sind gesichert, allerdings wurden sie aus den bekannten Gründen auf dem Faxweg nicht mitgeteilt. Wäre ja nicht das erste Mal, dass so ein Fax sonst wo landet. Bildmaterial liegt uns auch nicht vor. Die Ermittlungen hat bisher die Kripo in Würzburg geführt, so wie es sich gehört, und jetzt ist es unser Fall. Das Opfer stammt aus diesem Ort ... Karbs ... äh ... dorf, nein, Karbsheim.«

Sie hatte alle wichtigen Informationen weitergegeben und sah in die Runde, wo ihr Blick bei Bucher hängen blieb, der aufmerksam zugehört hatte und jetzt nachdachte.

»Tja. Würzburg. Das bedeutet wohl, dass wir dort oben unsere Zelte aufschlagen müssen. Ich werde morgen hochfahren und mir die Akten holen. Wie schaut es bei euch aus. Wie wollen wir das angehen?«

Große Begeisterung konnte Bucher nicht feststellen. Hartmann sah missmutig drein. Schon während des bisherigen Gesprächs war ihm aufgefallen, dass er außergewöhnlich schlecht drauf war.

»Wie sieht es bei dir aus, Alex. Hast du was vor?«

»Ja, doch. Eigentlich ginge es bei mir erst ab nächster Woche, weil Claudia diese Woche nicht da ist und ich niemanden für die Kinder auftreiben kann … eigentlich auch nicht will, für so eine lange Zeit. Mir wäre es recht, wenn ich erst einmal hier die Stellung halten könnte.«

Bucher nickte und wandte sich Batthuber zu.

»Bei mir geht es zwar auch schon ab morgen, aber wenn ich in zwei Tagen nachkommen könnte, wäre ich auch nicht böse. Gäbe da noch einiges zu erledigen. Aber wenn's sein muss …«, meinte Batthuber emotionslos.

»Also ich könnte morgen schon mit hochkommen. Allerdings blieben dann die Akten für die Deliktsanalyse liegen und das kann ich nicht alles mitnehmen. Das könnte ich morgen im Laufe des Tages aber fertigmachen und käme dann mit dem Kleinen übermorgen oder spätestens in zwei Tagen nach.« Lara Saiter sprach *dem Kleinen* betont unbetont aus und erntete ein widerwilliges Schnauben. Batthuber war nun mal das Nesthäkchen im Team.

»Perfekt«, sagte Bucher und stand auf, »ich mache mich also morgen auf den Weg, hole die Unterlagen und besorge für euch eine feine Unterkunft. Ist gar nicht schlecht, wenn noch einer hier herunten ist. Wer weiß, was uns da oben so alles erwartet. Holt euch bitte jeder ein Auto bei der Fahrstaffel. Mir ist es wichtig, dass wir flexibel sind und nicht auf die Dienststellen vor Ort zurückgreifen müssen und dann ausgelutschte Kisten kriegen.«

Die Zustimmung erfolgte durch wortloses Nicken. Nach weiterem Geplänkel löste sich die Besprechung auf. Bucher beauftragte Hartmann, Ka-Ef zu informieren – sofern der sich überhaupt noch für Polizeiarbeit interessierte. Dann machte er sich auf den Heimweg.

IV.

Er ging hinüber zu seinem Nachbar Engelbert und bat darum, ein Auge auf Haus und Hof zu haben. Eigentlich wäre es gar nicht notwendig gewesen ihn darum zu bitten, denn das taten er und seine Frau auch ohne besondere Aufforderung. Sie wussten, wo der Hausschlüssel lag – an einem Ort, wo auch Einbrecher suchen würden, doch Bucher war das gleich. Sein wertvollster Besitz lagerte dort wo Diebe niemals nachsehen würden, im ehemaligen Kartoffelkeller. Außerdem war es an der Zeit, wieder einen kleinen Ratsch mit Engelbert und Erna zu halten.

Wieder zu Hause, fuhr sein flüchtiger Blick über die Leuchtdioden des Anrufbeantworters. Keine Nachricht. Also auch nichts von Miriam. Frustriert stieg er in den Keller hinab und stellte ein ansehnliches Kistchen mit Flaschen zusammen. Er erinnerte sich noch an zahlreiche Weinfeste, auf denen er vor über zwanzig Jahren mitgefeiert hatte, da oben in Franken. Den ganzen Sommer hindurch wurde da gefeiert und es waren nicht die unangenehmsten Erinnerungen, die im Kartoffelkeller wach wurden.

Während er seine Weinauswahl in der ideal stickigmuffigen Kellerluft traf, ging er anhand der Jahrgangszahlen jeder Flasche auf eine Reise in die Vergangenheit. Orte, Menschen, Situationen und Erlebnisse wurden wachgerufen. Wenn er jetzt mit einem Freund hier unten gewesen wäre – es wäre eine melancholische Nacht geworden, in der einige Flaschen ihr Leben hätten lassen müssen. Als er fertig war, lagen nur französische Flaschen in der Holzkiste und er fragte sich, weshalb er nicht einen dieser Bocksbeutel lagerte. Mit den Gedanken an die eigentümliche Flaschengestalt tauchten auch die dazugehörigen Ortsnamen wieder auf – Volkach, Sommerhausen, Winterhausen, Iphofen, Veitshöchheim, Escherndorf. Vor über zwanzig Jahren war er dort gewesen, auf Weinfesten – allerdings erinnerte er sich weder an Wein noch an Einzelheiten dieser Fachwerkorgien, denn damals interessierte ihn an Weinfesten am allerwenigsten der Rebensaft oder die idyllische Umgebung.

Es war Dienstag und noch vor Sonnenaufgang fuhr er los. Für die Fahrt nach Norden wählte er die Strecke über Augsburg, weil er so die Möglichkeit hatte, noch auf ein paar Minuten bei Weiss vorbeizuschauen. Der hatte gerade sein Frühstück beendet und es ging ihm sichtlich gut. Er konnte sogar schon ein paar Meter ohne Krücken laufen. »Und weißt du was das Schönste ist«, sagte er dabei zu Bucher und jede Pore seines Gesichtes strahlte, »keine Schmerzen mehr! Du kannst dir das gar nicht vorstellen, was für ein wunderbares Gefühl das ist. Ich merke jetzt erst, wie mich diese verdammten Hüften gequält haben. Hätte ich eher gewusst wie perfekt diese Metzger hier das hinkriegen … ich hätte es schon vor Jahren machen lassen.«

Bucher freute sich mit ihm. Für mehr Privates war kein Platz, denn Weiss wollte wissen, was in seiner Abteilung los war. Bucher erzählte von Ka-Efs Umorganisation, von Hocke und dem neuen Fall. Weiss sagte zu allem überhaupt nichts, schien aber froh zu sein, dass Hocke im Spiel war. Alles was Bucher erfuhr, war, dass sich Weiss und Hocke seit vielen Jahren kannten. Bucher dachte seinen Teil. An diesen beiden ging nichts vorbei, ohne dass der andere davon erfuhr – so etwas nannte man Seilschaft.

Die Sonne stieg höher und seine Route führte vorbei an Donauwörth, weiter nach Nördlingen, Dinkelsbühl und Feuchtwangen. Schade, dass keine Zeit war, sich wenigstens eines dieser Kleinode anzusehen. War schon lange her, dass er sich für deutsche Städte Zeit genommen hatte. Vermutlich lag es daran, dass er seine melancholische Phase hatte. Miriam war es gelungen, ihn in den letzten Monaten wieder einige Male aus seinem Schneckenbauernhaus herauszuholen, wo er sich regelrecht eingeigelt hatte. Er liebte die Stille seines alten Hauses, vor allem den neuen Reichtum des ehemaligen Kartoffelkellers. Es war nicht so, dass er sich Sorgen machte über seine Art zu leben. Aber manchmal fragte er sich schon, ob er vielleicht menschenscheu wurde. Ansammlungen wurden ihm in steigendem Maße unangenehm, beengten ihn. Körperlich hatte er keine Probleme mitzuhalten, doch das Wuseln in den Bahnhöfen, U-Bahnen, Geschäften, ja sogar auf freien Plätzen – die Taktvorgaben dieser Stadt standen nicht im Einklang mit dem Schwingen seiner Seele. So flüchtete er jeden Tag in die Einsamkeit weit über dem Lech und war dort zufrieden. Sein Haus stand ideal. Nahe genug, um noch nach München zu kommen, und doch weit genug entfernt von den Erschließungsgebieten neuer, seelenloser Reihenhaussiedlungen, die nahe zur Autobahn mitten in die Landschaft geklotzt wurden und ihn an Käfighaltung erinnerten. Dort, das war ihm klar, würde einer wie er zugrunde gehen. Je mehr er in stillen Momenten über sich nachdachte, wurde ihm klarer, dass er inkompatibel war. Seine Schnittstellen stimmten mit denen der Masse nicht überein.

Bei Feuchtwangen wechselte er auf die Autobahn in Richtung Würzburg. Direkt an der Auffahrt protzte in Glasbeton die Spielbank von Feuchtwangen die Fahrer Richtung Norden an. Kein Grund für ihn, länger zu verweilen. Als er einige Zeit später die gewaltige Mainbrücke überquerte, wagte er einen längeren Blick nach rechts, hinunter auf das Postkartenidyll Marktbreit. Auf der linken Seite entließ die Zuckerfabrik von Ochsenfurt fetten grauen Qualm in den Sommerhimmel. *Gib dem Affen Zucker*, fiel ihm ein alter Filmtitel ein. Er entschied sich von Norden her über Estenfeld nach Würzburg zu fahren. Die Autobahn Richtung Frankfurt hatte er schon früher immer gemieden. So querte er die flache Ebene bei Biebelried, die sich oberhalb des Maintals ausbreitete. Schmucklose Gegend hier, für nach Landschaft suchende Blicke eine blutleere Ausbreitung von Erde. Als er Lengfeld passiert hatte und den Greinberg hinunterfuhr, hatte ihn Würzburg wieder. Gut zwei Jahrzehnte waren es her, dass er geschworen hatte, diese Stadt freiwillig nie wieder zu betreten. Damals, als er sie nach fast drei Jahren Kaserne laut hupend verließ. Ausgerechnet ihn, den Münchner, hatten sie hierher geschickt. Als Einzigem aus dem Süden war ihm das widerfahren. Ein Schock, und es war das erste Mal, dass er sich wirklich alleine gelassen fühlte. Allein die Sprache, der er hier ausgesetzt war! Langsam glitt er in die Stadt hinunter und Meter für Meter in die Erinnerung hinein. Ein Lächeln breitete sich auf seinem Gesicht aus. Nichts mehr von der Verlassenheit jener Zeit zu spüren. Seltsamerweise kramte er ausschließlich angenehme Erinnerungen hervor.

Die Wegbeschreibung zur Polizeiinspektion, die er aus dem Intranet hatte, war perfekt und leitete ihn mitten in die Stadt hinein. Die Straßen zum Berliner Platz hin rumpelten noch genau so wie vor zwei Jahrzehnten. Er musste in die Augustinerstraße und sein Ziel war, hatte man erst einmal Sichtkontakt aufgenommen, nicht zu verfehlen. Der mehrgeschossige Bau, in dem die Polizeiinspektion Würzburg untergebracht war, konnte an Hässlichkeit nicht mehr überboten werden. Eine schmucklose, schmuddelige Fassade bleckte ihr Antlitz in die Altstadt. Er parkte, wie es sich für einen arroganten LKAler gehörte, im Halteverbot direkt vor dem Eingang und meldete sich an der Empfangsschleuse an. Dort war man bereits informiert über sein Kommen und ließ ihn wissen, dass der »leidnde Diregdor Logad« ihn schon erwartete. Das fröhliche, ungeschminkte Fränkisch der Kollegen traf ihn unerwartet heftig und er unterdrückte das Grinsen, welches sich seiner Gesichtsmuskeln bemächtigen wollte. Er war angekommen im Land der vergessenen Endungen, der »Daadordde« und Verniedlichung grausamster Vorgänge. »Des Mädle is vo hinner erschdoche worn« klang auf unfreiwillige Weise irgendwie harmlos.

Der Gang im obersten Stockwerk stand voll mit Umzugskartons, Werkzeugkisten und Müll. An einer der Türen stand schlicht »Lokatt.« Bevor er anklopfte, überlegte er noch, weshalb er vom Chef selbst empfangen wurde und nicht von einem der ermittelnden Kollegen der Kripo.

Bucher hatte sich Lokatt älter vorgestellt. Zumindest sah er einem gerade Fünfzigjährigen gleich. Er bemerkte auf dem ovalen Besprechungstisch zwei Kaffeetassen. Was war plötzlich los? Diese gastfreundlichen Gesten, gedeckte Kaffeetische. Hatten die beim Ainringer Fortbildungsinstitut versehentlich einen Marketingkurs für Führungskräfte angeboten, oder bestand ernsthaft Grund, sich Sorgen zu machen? Lokatt bat ihn nach einem kräftigen Händedruck Platz zu nehmen und schenkte ohne zu fragen in die Tasse ein. »Danke«, sagte Bucher freundlich und stellte fest, dass Lokatt schlicht und ergreifend aufgeregt war. Wieso bitte war ein gestandener *leidnder Diregdor* nervös, nur weil er einen Fall zu übergeben hatte? Das war doch Routine. Sie saßen einander für einige Sekunden stumm gegenüber. Bucher lächelte und trank einen Schluck Kaffee. Lokatt tat es ihm gleich, bevor er begann.

»Ja … also. Ich hoffe, Sie hatten eine gute Fahrt hierher.«

Bucher nickte freundlich, schwieg, und nahm noch einen Schluck Kaffee. Das war gemein.

»Kommt ja nicht oft vor, dass wir hier vom LKA Besuch bekommen«, setzte Lokatt den Small Talk fort und lachte ein wenig verlegen.

»Besuch sicher nicht«, sagte Bucher, lächelte und nahm wieder einen kleinen Schluck.

Lokatt atmete tief aus, stand auf und holte einen dünnen grünen Ordner von seinem Schreibtisch. Wortlos schob er Bucher den Ordner zu. »Die bisherigen Ermittlungsunterlagen.«

Ein wenig dünn, fand Bucher.

Bucher wandte sich Lokatt zu, als der begann, in ruhigem Ton zu erzählen. »Am Sonntagmorgen, zwischen fünf und sechs Uhr, ging ein gewisser Alfred Heller, wohnhaft in Karbsheim, zum Angeln. Unweit seines Stammplatzes in einem Auengrund entdeckte er die Leiche einer Frau. Dabei handelt es sich um Carola Hartel, geborene Rescher, 39 Jahre alt, wohnhaft in Gollheim. Heller erkannte das Opfer, rannte ins Dorf zurück und verständigte von dort die Polizei. Ein

Beamter der Polizei in Ochsenfurt, Kollege Hüllmer, fuhr nach Karbsheim und ließ sich von Heller beschreiben, wo er die Leiche gesehen hatte. Es konnte leider nur ein Kollege ausrücken, weil wir zeitgleich auf dem Autobahnzubringer einen schweren Unfall mit zwei Toten hatten. Heller war nicht mehr in der Lage, selbst mitzukommen. Der war völlig aus dem Häuschen, wie Hüllmer berichtete. Unser Mann fand kurz darauf das, was Heller berichtet hatte, bestätigt und verständigte die Kollegen der Kriminalpolizei über die Einsatzzentrale. Noch am Nachmittag übernahm unser Erkennungsdienst die Spurensicherung.« Lokatt wies auf den Ordner vor Buchers Kaffeetasse. »Tatortbefundbericht, erste Einvernahmen der Zeugen, Bericht des Kollegen Hüllmer … finden Sie alles da drinnen.«

Wieder musste er schwer atmen und Bucher fragte sich, ob vielleicht mit seinem Gesundheitszustand etwas nicht in Ordnung sei.

»Nach der Sicherung des Tatortes wurde die Leiche geborgen und zur gerichtsmedizinischen Untersuchung hierher nach Würzburg verbracht. Die Fundsituation der Leiche war äußerst … eigentümlich. Eine Inszenierung scheint naheliegend.

Bucher sah ihn ernst an. »Ein inszenierter Tatort? Klingt interessant. Da wird es wichtig sein, auf jedes Detail zu achten. Wir werden das anhand der Bilder analysieren können.«

Lokatt wurde bleich. Dann sagte er tonlos: »Es gibt keine Bilder.«

Bucher sah ihn fragend an und merkte, wie ihm das Blut aus dem Kopf in die Körpermitte sank. Das konnte nicht sein!

Er hörte, wie Lokatt trocken, nach kurzem Räuspern, wiederholte: »… es gibt keine Bilder.«

Jetzt war Bucher klar, was Hocke mit *ohne weiteren Zwischenfall* gemeint hatte – und jetzt war er es, der bleich wurde. Wie bitte sollte er einen Fall bearbeiten, bei welchem ihm eines der wichtigsten Mittel fehlen würde? Die Tatortaufnahmen. Und das auch noch bei einem offenbar inszenierten Tatort, wo es nun wirklich auf jedes kleine Detail ankam. Das war unmöglich.

Lokatt hob entschuldigend die Hände. »Sie dürfen mir glauben, es ist mir mehr als peinlich, Ihnen dies mitteilen zu müssen. Aber es gibt keine Aufnahmen vom Tatort. Die Kollegen unseres Erkennungsdienstes haben die fotografische Sicherung mit einer dieser neuen Digitalkameras vorgenommen. Das war auch alles in Ordnung. Leider kam es zu einem völligen Verlust der Bilddaten, als der Leiter des Kommissariats, der den Einsatz vor Ort persönlich leitete, noch am Sonntagabend die Bilder von der Kamera auf den PC kopieren wollte. Bedauerlicherweise hat er dann, als er merkte, dass etwas schief gegangen war, versehentlich auch noch den Speicherchip formatiert, so dass auch unsere Spezialisten nicht in der Lage waren, noch etwas Brauchbares zu rekonstruieren.«

»Da wäre der Kommissariatsleiter mal lieber am Sonntag zu Hause geblieben«, entfuhr es Bucher mit bebender Stimme, während er sich nach vorne über den Tisch Lokatt entgegen beugte. Er kam sich verschaukelt vor, und zwar von diesem Hocke!

Lokatt sagte nichts dazu, er klatschte bedauernd lautlos die Hände zusammen. Bucher hatte eigentlich einen kleinen Katalog mit Fragen vorbereitet. Weg war alles, nichts fiel ihm mehr ein. Schlechte Ausgangslage. Stumm saß er da und überlegte, wie er da anfangen wollte. Lokatt schwieg betreten.

»Ich möchte mit den Leuten vom Erkennungsdienst reden«, sagte Bucher schließlich und stand langsam auf. Lokatt nickte nur und begleitete ihn bis zur Tür, wo er Bucher mit Handschlag und einem entschuldigenden Blick verabschiedete. Mehr hatte Würzburg im Moment nicht zu bieten.

Bucher verließ das Gebäude, sog die frische Sommerluft ein und ließ sie unter tiefem Stöhnen wieder entgleiten, während er den Blick himmelwärts richtete. Schlaff stand er da und vermittelte etwas Hilfesuchendes. Der Himmel über der Stadt war arglos blau und eine leichte, warme Brise trieb unschuldige weiße Wolken über die Dächer. Bucher lehnte sich an einen hässlichen Metallzaun, überlegte und sah den Wolken zu. Dann hatte er seinen Entschluss gefasst. Es war jetzt Nachmittag und noch heute musste er von den Leuten, die am Fundort waren, eine genaue Beschreibung dessen, was sie vorgefunden hatten, erhalten. Der Erkennungsdienst war im Erdgeschoss untergebracht. Bucher ging wieder zurück und versammelte in einem leerstehenden Büro diejenigen, die am Sonntag am Tatort waren und im Moment greifbar waren. Er hatte Glück, alle drei des Spurensicherungsteams, das am Sonntag vor Ort gewesen war, befanden sich im Dienst. Auf den vierten Mann, den Kommissariatsleiter, verzichtete er allerdings. Die drei sahen ziemlich betroffen drein. Die Angelegenheit war ihnen unangenehm und sie dachten sicher, dass die Sache mit den Fotos der Grund war, dass der Fall zum LKA gewandert war. Bucher hielt sich nicht mit Geschwafel auf und sprach das Problem direkt an.

»Wie ich gerade erfahren habe, gibt es leider keine Tatortfotografien … eine schwierige Ausgangslage für uns. Deshalb bitte ich euch, eine detaillierte Beschreibung von der Situation vor Ort abzugeben. Das zu beschreiben, was euch bewogen hat gerade die Aufnahmen zu machen, die ihr letztendlich gefertigt habt – was ihr also mit den Fotos dokumentieren wolltet. Jedes Detail, jede Kleinigkeit ist von Bedeutung. Sofern solche Beschreibungen noch nicht in der Akte sind«, er hielt das dünne Dossier hoch, »bitte ich euch, das noch heute nachzuliefern. Es ist wirklich wichtig.« Er atmete einmal tief durch, bevor er weitersprach. »Unabhängig von diesen Berichten interessiert mich schon jetzt, welchen Eindruck ihr am Fundort gewonnen habt. Lokatt sagte etwas von Inszenierung. Das macht mich natürlich besonders neugierig.« Er sah fragend in die Runde.

Ein langer Dünner mit grauem schütterem Haar und hoher Stimme ergriff zuerst das Wort. »Das mit den Fotos tut uns leid, das vorneweg.« Bucher nickte und deutete eine beschwichtigende Geste mit seinen Händen an.

Nach einer kurzen Pause fuhr der Dünne fort. »Also ... der Fundort ... ich gehe mal davon aus, dass du noch nicht vor Ort gewesen bist, oder?«

Bucher bejahte mit einem »Mhm«.

»Meinst du nicht, es wäre besser, du sähest dir das Umfeld erst mal an und wir beschreiben dann die Situation mit der Leiche?«

»Genau das möchte ich eigentlich nicht. Ich will mich erst mit den Fakten vertraut machen ... heute ist es noch lange genug hell, dass ich mich vor Ort umschauen kann.«

»Gut«, sagte der Dünne und setzte sich auf das freie Eck eines Schreibtisches, während seine zwei anderen Kollegen an der Bürowand lehnten. »Die genauen Uhrzeiten stehen im Tatortbefundbericht. Der Fundort befindet sich an einem stillen Seitenarm im Wiesengrund des Rickenbachs. Der gesamte Wiesengrund steht unter Naturschutz und ist ein bevorzugtes Gebiet für Vogelkundler und Angler. Sehr idyllisch. Die Leiche wurde ja auch von einem Angler, Alfred Heller, aufgefunden. Er hat, nachdem er die grausige Entdeckung gemacht hatte, nichts verändert. Allerdings hat er sich angesichts dessen was er vorgefunden hatte, übergeben müssen ... haben wir gesichert ... ist in der Spurenakte. Die Todesursache konnte alleine durch Augenschein festgestellt werden, denn der Frau wurde die Halsschlagader durchtrennt. Der Schnitt zog sich von der linken Halsseite von den Halswirbeln weg bis tief in die Mitte des Halses und endete vor der rechten Halsmuskel. Der Kehlkopf war vollständig durchtrennt. Im Umfeld der Leiche befanden sich massive Blutspuren auf der Erdoberfläche. Ein großer Teil des Blutes war versickert. Auch auf schwimmenden Blättern und Ästen im Wasser waren Blutanhaftungen. Es ist also nach Lage der Dinge davon auszugehen, dass der Fundort auch der Tatort ist.«

Der Dünne wandte sich dem jüngeren Kollegen an der Wand zu. »Zur Fesselung sagst du am besten was, Mike.«

Mike blieb an der Wand gelehnt stehen, als er begann zu erzählen. »Also ... die Leiche lag nicht etwa am Boden im

Ufergras, sondern etwa zwei Meter vom Ufer und von der Stelle, an welcher wir die dichtesten Blutkonzentrationen festgestellt haben, entfernt. Der Täter hat die Leiche mit einem Seil, das er ihr um die Brust gewickelt hat, an eine alte Kopfweide gebunden. Auch die Beine waren auf Höhe der Knöchel mit einem Seil zusammengebunden und die Knie waren zum Gesäß hin angewinkelt.« Mike machte eine Pause und sah kurz zu Boden, bevor er weitersprach. »Da der Schnitt in den Hals so tief reichte, war der Kopf des Opfers natürlich nur schwer zu fixieren. Der Täter hatte aber auch den Kopf fixiert, so dass er nahezu in aufrechter Stellung am Rumpf saß.«

Da Mike nicht weitersprach, fragte Bucher nach: »Und wie hat er das bewerkstelligt?«

»Er hat das rechte Ohr am Baumstamm festgenagelt«, lautete die Antwort. Alle schwiegen.

Bucher schloss die Augen und atmete lautlos aus. Sofort entstand ein Bild von der Szene, die ihm gerade beschrieben worden war. Noch während er seine Augen geschlossen hielt, hörte er eine fremde Stimme, es war die des dritten Kollegen. Ein tiefer Bass dröhnte ihm entgegen, der so gar nicht zu der schlanken Statur passte, die sich geschmeidig in die Ecke drückte.

»Der Täter verwendete für die Fesselungen an Oberkörper und Beinen das gleiche Seil. Er hat es sich vor Ort zurechtgeschnitten, denn wir haben einige Fasern sichern können, die glatte Schnittränder aufwiesen, also nicht ausgerissen waren. An den Schnitträndern haftete eingebrachtes Blut, was bedeutet, dass er mit dem blutigen Messer die Seile zurechtschnitt – vor Ort. Interessant ist der Gesamteindruck, der sich ergab, wenn man von der dem Fundort gegenüberliegenden Bachseite auf die Fundstelle blickte. Nämlich die Szene einer an einem Baumstamm knienden Frau, die über das Wasser hinweg in den Augrund schaut. Klingt vielleicht unpassend, aber auf mich hat das Bild da am Fluss irgendwie … friedlich, versöhnlich … gewirkt … so wie in alten Gemälden von Märtyrern.«

Niemand kommentierte seine Schilderungen, so fuhr er fort. »Na ja …, zugegeben, ein etwas dummer Einfall. Aber zurück zu den Fakten … sie lehnte in einem Winkel von dreißig Grad zum Flussverlauf und der Kopf war so fixiert, dass die Blickrichtung exakt nach Osten wies. Und noch etwas … der Tatort, also die Stelle, an welcher der Täter die Tötung vollzogen hat, befindet sich etwa eineinhalb Meter vom Baumstamm entfernt auf der Seite, an der auch die Leiche positioniert wurde. Das ergab sich aus dem Blutmuster vor Ort. Im Gras waren die Spritzblutanhaftungen, kontinuierlich dünner werdend, bis auf drei Meter festzustellen. Das ist so, wenn die Halsschlagader so massiv und plötzlich durchtrennt wird. Wir haben uns schon darüber unterhalten und sind zu folgendem Tatablauf gekommen: Die Frau stand direkt am Ufer, etwa einen Meter vom Baumstamm entfernt. Der Täter ist von hinten an sie herangetreten, fasste mit der linken Hand um ihre Stirn und drückte den Kopf an seine Brust. Mit der rechten Hand fuhr er um den Hals und brachte den Schnitt an. Klassisch die Kehle durchgeschnitten eben. Er hat von der linken Halsseite her schräg nach rechts oben, am rechten Kieferknochen vorbei durchgezogen. Das Opfer ist dann niedergesunken … gehalten vom Täter … der dann wie wir beschrieben haben agiert hat. Steht alles im Tatortbericht.«

Bucher ließ einige Zeit vergehen, bevor er weitere Fragen stellte. »Gut, soweit. Wie schaut es mit der Obduktion aus. Hat die schon stattgefunden und was habt ihr sonst noch veranlasst, Wohnung des Opfers, und so weiter … ?«

»Die Obduktion steht noch aus. Da die Todesursache ziemlich klar scheint, war das so schnell nicht notwendig. Aber das könnt ihr ja mit der Rechtsmedizin abklären, oder. Die Staatsanwaltschaft hat das übernommen. Das macht der Wüsthoff?«

Bucher nickte und der Dünne sprach wieder.

»Außer der Tatortsicherung haben wir noch die Wohnung des Opfers gesichtet, also nur mal rein gesehen und geschaut, ob auf den ersten Blick etwas zu finden ist, was im Bezug zur

Tat stehen könnte. Auf den ersten Blick war da nichts Auffälliges. Wir haben die Tür versiegelt. Weitergehende Vernehmungen hat es nicht gegeben, außer eben einer Anhörung dieses Hellers, der die Leiche gefunden hat. Ihr fangt da wirklich ganz am Anfang an. Unsere Töter waren da noch gar nicht dran.«

Bucher hatte zumindest in groben Zügen erfahren, womit er es hier zu tun hatte. Jetzt konnte er beginnen, eine Vorstellung von dem zu entwickeln, was geschehen war. Angesichts der doch auffälligen Positionierung der Leiche mochte er gar nicht daran denken, welche Details ihnen aufgrund nicht vorhandener Fotos fehlten. Was blieb, war die Aussicht auf jede Menge Ermittlungsarbeit. Er bedankte sich für die Informationen, telefonierte noch im Büro mit der Staatsanwaltschaft und machte einen Termin mit Dr. Wüsthoff aus. Danach rief er in der Rechtsmedizin an. Die Obduktion war für die nächsten Tage vorgesehen und da musste er unbedingt dabei sein.

Vielleicht schaffte er es vorher noch, diesen Hüllmer zu erreichen, um mit ihm den Fundort aufzusuchen. Er telefonierte und meldete sich bei Hüllmers Dienststelle an. Dann ließ er das Telefon in München klingeln, um die anderen von der Lage zu unterrichten. Lara Saiter nahm ab. Bucher schilderte in kurzen Sätzen die Inhalte des Gesprächs mit den Würzburger Kollegen. Den Versuch des Kripoleiters, auch mal praktische Arbeit zu verrichten und die daraus folgenden Ergebnisse hielt er sich bis zum Schluss auf. Lara Saiter war fassungslos und meinte, das wäre das Ende der Karriere für den Kollegen. Bucher lachte zynisch in das Mikrofon der Freisprechanlage und meinte, es könnte auch der Beginn einer ganz wunderbaren Karriere sein. Sie sagte, dass sie mit Armin Batthuber so bald wie möglich kommen wollte und er war froh, Unterstützung zu bekommen.

Bucher fuhr direkt vor die in kräftigem Grün gestrichene Fassade der Polizeistation Ochsenfurt. Die Ausstattung innen war sehr gediegen. Holzdielenböden, hohe Räume und Platz, scheinbar ohne Ende. Hier konnte man gut sein. Bereits nach dem ersten Augenschein war es wenig befriedigend, Räume und Ausstattung dieser Landpolizeistation mit denen im LKA zu vergleichen. Er übersah daher die modernen Schreibtische, Schränke und Regalsysteme unter den Stuckdecken und betrat das Chefzimmer. Dort saß ein recht junger Mann hinter dem Schreibtisch, der etwas fahrig mit einem riesigen braunen Füllhalter über Ausdrucke hinwegging. Bucher sah genauer hin und hatte den Eindruck, als korrigiere er da. Es dauerte nicht lange, was sie zu bereden hatten, und Bucher wurde das Gefühl nicht los unerwünscht zu sein. Wenigstens erfuhr er, dass Hüllmer ihm für die gesamte Zeit der Ermittlungen zur Verfügung stand.

Hermann Hüllmer erwartete Bucher später am Fuße der Treppe zum Innenhof, wo sich die Garagen und Betriebsgebäude befanden. Bucher sah zuerst den gewaltigen Schädel, der einem freundlich lächelnden Gesicht Raum gab, das geprägt war von einer knorrigen Nase, einem breiten fleischigen Mund, dazwischen einem kräftigen Schnurrbart und jede Menge fleischiger Falten. Der Kopf saß auf einem etwas zu kurz geratenen Körper, dessen hervorstechendes Merkmal ein stolzer Bauch war, der das ockerfarbene Polizeihemd faltenfrei spannte. Auf den ersten Blick sehr sympathisch, dachte Bucher, und reichte Hüllmer zur Begrüßung die Hand. Der legte gleich los.

»Wir fahren mit dem Bus da, ist ein alter Syncro und stinkt ein bisschen, war mal die Kiste vom Hundstratzer. Aber da adaptiert, ne … gewöhnt man sich schon dran – und mit der Allradkiste kommen wir bis nahe an die Stelle ran.« Er drehte sich um und ging zum Auto, ohne eine Antwort von Bucher abzuwarten.

Die Fahrt brachte sie vorbei an den letzen Häusern von Ochsenfurt auf eine schmale Landstraße, die nach Süden hin bald in dichten Wald führte. In weit ausladenden Kurven leitete die Straße durch das saftige Grün des jungen Waldes, als ob sie dem Lauf eines unsichtbaren Flusses folgen würde. Die schräg stehende Sonne stach immer wieder durch die sonst schützenden Blätterdächer hindurch. An den schmalen Seitenstreifen stand das Gras schon hoch, so dass die Straßenpfähle nur noch einige Zentimeter herausragten. Das gab dem Wiesengrund etwas Unfügsames. Derlei unkontrollierter Wuchs wurde in der Touristenpuppenstube des Voralpenlandes schon lange nicht mehr geduldet.

Bucher begann das Gespräch, ohne gleich auf den Fall zu kommen. »Einen jungen Chef habt ihr da aber.«

Hüllmer schwieg. Als auch nach einer ganzen Weile keine Antwort kam, sah Bucher auffordernd hinüber zum Fahrersitz und sagte: »War doch der Chef, oder?«

Hüllmer sog tief und geräuschvoll Luft ein, so dass sogar das Klappern der Ventile übertönt wurde. »Für ein halbes Jahr. Die Hälfte haben wir schon geschafft.«

Bucher grinste. »Oha. Klingt ja begeistert?«

»Ist ein Rollierer. Die schicken den tatsächlich nach Hiltrup und lassen den zur Führungskraft ausbilden.« Es klang fassungslos und er schüttelte den Kopf dabei.

»Macht einen etwas zerstreuten Eindruck.« Er wartete auf eine Reaktion. Nichts. Er gab nicht auf. » Ich habe schon seinen schönen großen Füller bewundern dürfen … grüne Tinte«, schmiss er betont belanglos nach links.

»Pah!«, platzte es aus Hüllmer heraus und er sah kurz von schräg unten zu Bucher. »Herr Oberlehrer korrigieren in Grün!« Dabei setzte er ein graziles Wackeln mit Oberkörper und Kopf an, was angesichts der zu bewegenden Masse zu einer phantastischen Übersteigerung führte. Bucher lachte gemein aus dem Bauch heraus und ließ das Thema sein, wechselte jetzt zu dem, weswegen er gekommen war.

»Schlimme Sache, das …«

Hüllmer nickte mehrere Male stumm und konzentrierte sich auf die Kurven. Die Ventile des betagten VW-Busses schnurrten vertraut im Heck. Bucher wartete.

»Schlimme Sache«, wiederholte Hüllmer einen Kilometer später. »Vor allem wie sie zugerichtet war. Widerlich. Habe so etwas noch nie gesehen … und bin schließlich auch schon einige Jahre im Geschäft.«

Bucher nickte stumm zur Frontscheibe hinaus.

»Hast du sie gekannt?«, fragte er.

»Ja. Natürlich – ich wohne im Nachbarort – von klein auf, sozusagen.«

Sie kamen jetzt aus dem Wald heraus. Links der Straße stieg ein von wilden Hecken überzogener Hang steil empor, rechts begleiteten Pappeln einen Fluss. Durch das geöffnete Fenster drang auf einmal warme, wassersatte Luft. Eine heftige Kurvenkombination führte steil aufwärts und nach einer engen Rechtskurve öffnete sich der Blick in einen weiten Wiesengrund, der sich auf beiden Seiten der Flussränder ausbreitete und gefasst war von sanft ansteigenden Hängen, denen Streuobstwiesen, Äcker, ausgedehnte Heckenreihen ihr Gesicht verliehen. Bucher entwich angesichts dieser Eindrücke ein »Boh«. Hüllmer drehte ihm kurz sein grinsendes Gesicht zu und meinte stolz: »Schon schön hier, gell!?« Er setzte den Blinker rechts und nun hoppelte der Wagen über einen Feldweg in Richtung Fluss, der sich durch einen weiten Bogen von der Straße entfernt hatte. Die Gräser am Weg wurden immer höher und reichten schon bis zum Wagenfenster. Fehlt nur noch eine Elefantenherde, dachte Bucher. Hüllmer stoppte den Wagen und stieg aus. Aus dem Kofferraum holte er zwei Paar Gummistiefel. Eines davon reichte er Bucher und zeigte auf die Auwiesen. »Werden wir brauchen … da steht das Wasser noch knöchelhoch.«

»Täusche ich mich, oder ist es jetzt schlagartig schwül geworden?«, fragte Bucher.

»Stimmt schon. Es sind ja wieder Gewitter angekündigt worden und hier schlägt das Wetter am schnellsten um. Der Auengrund hier hat ein eigenes Mikroklima.« Er ging voran und bog nach wenigen Metern auf einen Trampelpfad ein, der mitten durch das Gras auf den Fluss zuführte. Dessen Verlauf war von hier nur durch die Uferbewachsung zu erkennen. Schon nach wenigen Metern hatte Bucher ein unangenehmes Schwirren im Ohr. Stechfliegen. Kaum hatte er den Plagegeist mit der Hand vom Ohr vertrieben, merkte er, wie einige andere versuchten, oberhalb seiner Wimpern zu landen. Er behalf sich mit ständig wedelnden Handbewegungen und wunderte sich über Hüllmer, der scheinbar unbelästigt blieb. Kurz vor dem Fluss bog Hüllmer nach links ab und folgte einem Seitenarm bis zu einer Stelle am Ufer, die auf wenigen Quadratmetern frei von Gras war. Hier lag schon der Schatten der Bäume, die sich um die Altwasser sammelten.

Hüllmer stapfte stetig voran und wies auf eine ausgetretene Stelle am Ufer. »Das ist der Angelplatz von Heller. Das ist der, der sie gefunden hat.« Er blieb etwa zwanzig Meter weiter stehen und deutete über die Wasserfläche hinweg zum jenseitigen Ufer. Bucher schlug mit der Hand in sein Genick. Eine Bremse hatte ihn erwischt.

»Wie kann man hier bitte angeln, bei all diesen stechenden Viechern? Die machen einen doch fertig«, sagte er kopfschüttelnd zu Hüllmer.

»Erstens gewöhnt man sich als Angler daran und dann ist es auch nicht immer so. Mich wundert es nur, dass die Schnaken dieses Jahr so früh schon aktiv sind. Das ist wirklich ungewöhnlich.«

Bucher schaute jetzt zum gegenüberliegenden Uferbereich. Dort stand eine alte Kopfweide, deren äußere Haut von Krebsgeschwüren übersät war. Ringsherum flatterte Trassierband, das der Erkennungsdienst zum Eingrenzen des Fundortes gespannt hatte. Ansonsten war nichts Außergewöhnliches zu erkennen. Ein Stück unberührte Natur. Bucher holte die kleine Digitalkamera aus der Jackentasche und fotografierte. Hüllmer schaute betreten zu und wollte etwas sagen, doch Bucher kam ihm zuvor: »… habe mich schon damit abgefunden, dass es keine Fotos gibt … muss dann eben so gehen.«

Hüllmer hob wieder an, doch Bucher ging schon wieder ein Stück weiter. Er wollte das mit den Fotos nicht weiter thematisieren. Dass es dem Kollegen leid tat, war deutlich zu spüren und alles Diskutieren half sowieso nichts. »Da vorne ist eine schmale Stelle mit Bruchsteinen, da können wir rüber«, hörte er Hüllmer hinter sich sagen. Auch auf der anderen Uferseite war nichts, gar nichts mehr von dem grauenvollen Geschehen zu erahnen. Blut war nirgends zu erkennen und ein Teil der niedergewalzten Gräser ringsherum hatten sich bereits wieder aufgerichtet. So schnell geht das also, dass Gras über so eine Sache wachsen kann, dachte Bucher.

»Wie kommt man eigentlich in diese Abgeschiedenheit? Nur der Weg, den wir genommen haben, oder gibt es da noch andere Möglichkeiten?«, wollte Bucher wissen.

»Unser Weg ist die gängigste Variante. Es gibt aber noch die Möglichkeit vom Dorf her am Fluss entlangzugehen. Das sind etwa zwei bis drei Kilometer. Natürlich kann man auch querfeldein laufen, über die Wiesen, durch das Gras und dann von da oben durch das kleine Wäldchen. Aber das ist sehr mühsam. Da sind nur Kinder unterwegs, die da droben im Wäldchen spielen, Baumhäuser bauen und so Zeug halt.«

Bucher sah hinüber zum kleinen Gehölz, das den steilen Hang bedeckte. Dort oben müsste die Straße vorbeiführen. An sich ein schöner Ort für Kinder.

In Buchers Hirn pochte die Frage – weshalb hier? Dann erst – wie war der Täter hierher gekommen? Zu Fuß, mit einem Fahrzeug? Hatte er sein Werkzeug schon dabei, oder war es hier deponiert worden? Woher kannte er das Opfer und woher kannte das Opfer ihn? Was verband beide mit diesem Ort? Seite um Seite des abgegriffenen Moleskin füllte sich. Er drehte sich zu Hüllmer und fragte: »Was hattest du für einen Eindruck, als du das hier gesehen hast?«

Hüllmer dachte nur kurz nach. Es schien, als hätte er auf genau diese Frage gewartet. »Es sah aus wie ein Gemälde.«

»Welches?«

»Ich denke schon seit Tagen darüber nach, fällt mir aber nicht ein. Vielleicht täusche ich mich auch. Aber für mich sah es aus, als wollte derjenige der das getan hat, etwas … ja … darstellen, oder so.«

»Das ist sicher richtig«, meinte Bucher nachdenklich und atmete tief aus, Müdigkeit breitete sich plötzlich in seinem

Körper aus. Der Tag war lang gewesen. Er sah zu Hüllmer und hatte das Gefühl, dass der noch etwas loswerden wollte.

»Ist dir noch was eingefallen?«, fragte Bucher.

»Ja ... schon.«

Bucher zuckte mit den Schultern. »Ja, dann raus damit ...«

»Es gibt doch Fotos ...«, sagte Hüllmer kleinlaut und das passte so gar nicht zu dieser imposanten Statur.

Bucher brauchte eine Weile, um hinter den Sinn dessen zu kommen, was Hüllmer eben gesagt hatte.

»Wie meinst du das ... es gibt doch Fotos?«

Hüllmer zuckte schuldbewusst mit den Schultern.

»Ich habe Fotos gemacht.«

Bucher sah ihn mit offenem Mund an.

»Ich weiß ... wir vom Trachtenverein sollten an Mordtatorten am besten gar nichts machen. Aber als ich ins Dorf kam und der Heller erzählte, was er hier vorgefunden hatte ... da hab ich die alte Kamera, die im Auto herumliegt, mitgenommen. Kenne mich mit den modernen Dingern sowieso nicht aus. Ich habe hier einige Übersichtsaufnahmen gemacht«, er deutete in Richtung Hellers Angelplatz, »vom anderen Ufer aus. Dann bin ich so wie wir eben hierher gegangen und habe noch ein paar Fotos gemacht. Die Kamera war ja früher für Unfallbilder da, Übersichtsaufnahmen. Da ging leider nichts mit Details und so. Ein paar Blutflecken im Wasser habe ich noch fotografiert, und von oben dann noch den Wiesengrund. Ich war mir eben nicht sicher, ob sich nicht doch etwas verändern würde in der Zeit bis die Spurensicherung kommen würde. Deshalb habe ich fotografiert ... aber ... verändert habe ich nichts.«

Bucher wusste nicht wie ihm geschah. »Wo ist der Film?«, fragte er aufgeregt.

»Noch in der Kamera. Als ich gehört habe, was den Leuten in Würzburg passiert ist, habe ich mich gar nicht getraut, das Ding aus der Kamera zu nehmen, nicht dass mir noch etwas Ähnliches widerfährt wie dem Chef von den Kriponesen.«

Bucher atmete noch tiefer aus als zuvor, von Müdigkeit war keine Spur mehr. Er hätte diesen Riesenkerl abknutschen können. Stattdessen ging er an ihm vorbei Richtung Auto, klatschte ihm im Vorbeigehen auf die Schulter und sagte: »Willkommen im Team. War sonst noch was?«

Hüllmer wischte sich Schweiß von der Stirn und blies erleichtert die angestaute Luft heraus. Seine Stimme klang nun lockerer. »Nichts mehr. Hier jedenfalls. Auf dem Rückweg, da habe ich noch die toten Viecher vom Hammel fotografiert.«

»Tote Viecher?«, fragte Bucher nach.

»Ja«, Hüllmer deutete in Richtung Karbsheim, »der Hammel – jeder hat übrigens den Namen, den er verdient – also der«, er unterbrach noch einmal und wandte sich entgegen seiner ausgestreckten Hand wieder Bucher zu, der seitlich hinter ihm stand, »unser Chef, der heißt übrigens August.«

Bucher grinste und wartete.

»Also der Hammel hat dort vorne, gleich am Eingang in den Wiesengrund, eine große Weide. Sie reicht von der Straße oben bis runter zum Fluss und folgt noch sicher einen Kilometer weit dem Flusslauf. Der Hammel ist also vorgestern Früh zur Weide gegangen, um nach dem Rechten zu sehen. Und da lagen zwei Pferde tot auf der Weide. Ich hab davon gehört, als ich wegen der Carola Hartel gerufen worden bin und auf dem Rückweg habe ich halt von der Straße aus noch zwei Fotos, es waren eh die letzen, von den toten Pferden gemacht. Sonst war eigentlich nichts. Hat ja auch gereicht für einen Sonntag, das sag ich dir.«

»Sicher«, entgegnete Bucher verständnisvoll. »Und dieser Hammel, was ist das für ein Kerl?«

Hüllmer winkte ab. »Ganz übler Bursche, ganz üble Familie. Geizig, bösartig, immer unter Strom.«

»Saufen?«, fragte Bucher.

»Das zwar auch, aber der verträgt auch was. Ich meine eher, immer auf Streit aus. Ich habe mich mit dem noch kein einziges Mal vernünftig unterhalten können. Der ist ständig am angreifen.«

»Mhm. Wann war der denn an der Weide?«

»Ja früh. So um sieben Uhr rum denke ich.«

Bucher ließ es dabei bewenden. Diesen Hammel würde er sicher kennen lernen.

Die erste Nacht verbrachte Bucher bei Hüllmer. Der verfügte über ein Haus mit gewaltigen Ausmaßen und einen noch riesigeren Garten. Ein Park, dachte Bucher, das ist ein Park. Bucher stand auf der Terrasse und sagte beim Blick über die Flächen anerkennend »Petit Versailles« und bekam von Hüllmer ein sonores »Bien sur« zur Antwort. Quadratmeterpreise spielten hier auf dem Land eben keine Rolle. Hüllmer meinte, als sie vom Wiesengrund zurückgefahren waren, dass es schon zu spät sei, um noch nach Ochsenfurt zu fahren, dann wieder zurück nach Mendersberg, wo er für Bucher ein Zimmer reserviert hatte. Es war ein netter Grillabend mit Hüllmers Familie. Seine Frau war eine resolute unkomplizierte Endvierzigerin. Von den drei Kinder war nur die Jüngste noch zu Hause. Eine ausgehbereite Siebzehnjährige, die sich nach dem Essen noch einige Zeit am Tisch herumdrückte, und dem für sie langweiligen Gerede geduldig lauschte, nur um vielleicht doch etwas über den Mord zu erfahren. Doch Bucher hielt sich, wie ihr Vater auch, mit jedweden Äußerungen zurück und ihre Mutter stellte keine Fragen, was Bucher angenehm auffiel. Er fühlte sich wohl hier und es war, als gäbe es keinen Mord. Erst als sich die Kleine doch dazu durchgerungen hatte zu ihrem Freund zu gehen, sprachen sie über den Fall. Bucher erfuhr jetzt interessante Nebensächlichkeiten über das Opfer. Hüllmers Frau hielt mit ihrer Meinung nicht hinter dem Berg.

»Sie war schon ein Luder, von klein auf schon!«

»Wie ist das zu verstehen?«, wollte Bucher wissen.

»Ein kleines Prinzesschen eben, das immer im Mittelpunkt stehen will.«

»Wollte«, ergänzte Hüllmer und sah seine Frau strafend an.

»Ja, ist ja gut. Aber sie hatte es faustdick hinter den Ohren. Erst den Wolfram allein zu lassen und dann die Sache mit dem Gürstner. Aber hallo!«

Hüllmer sagte nichts mehr und auch Bucher blieb stumm.

Früh am nächsten Morgen fuhren sie Hüllmers Film in ein Fotogeschäft in Ochsenfurt. Da alles auf digitale Technik umgestellt war, verfügte man bei der Polizei nicht mehr über Entwicklungslabors, die mit analogem Filmmaterial zurechtkamen. Es lebe der Fortschritt, dachte Bucher und hörte zu, wie der Inhaber des Fotoladens von Hüllmer mit dem was auf den Fotos zu sehen sein würde, vertraut gemacht wurde. Bucher ließ von allen Aufnahmen Abzüge in Postergröße fertigen. Das, was er schließlich zu sehen bekam, ließ selbst ihm den Atem stocken. Hüllmer hatte den Blick fürs Wesentliche. Zudem war es ihm gelungen, trotz der Aufregung gestochen scharfe Bilder zu produzieren. Bucher legte die Aufnahmen vorerst zu Seite. Sie sollten in der Besprechung noch ausführlich Thema sein.

Noch am Vormittag bezog er sein Zimmer, genauer gesagt eine Dreizimmerwohnung, im Gasthof *Quelle* in Mendersberg. Zuvor hatte er eine gute Stunde damit verbracht, mit dem Auto den Wiesengrund abzufahren. Auf unterschiedlichsten Wegen pendelte er zwischen den Dörfern. Einmal, um sich ortskundig zu machen und letztendlich auch, um mit den für ihn fremd klingenden Namen der Dörfer Bilder verbinden zu können.

Aus einer bewaldeten Hügelkette im Osten, deren zwei höchsten und imposantesten Erhebungen den Blick banden, kam der Fluss und schlängelte sich durch einen breiten, von Hängen eingefassten Wiesengrund. Drei Dörfer lagen aufgereiht direkt am Flusslauf. Im Osten Mendersberg, in der Mitte Karbsheim, seit der Gebietsreform Sitz der Gemeindeverwaltung, und im Westen, am Beginn einer tiefen Senke, schloss Gollheim den Auengrund ab. Rothensdorf lag vier Kilometer von Karbsheim entfernt, auf der Spitze des nach Norden hin aufsteigenden Hanges. Gegenüber, am Abschluss des Südhanges, inmitten ausgedehnter Fallobstwiesen, breitete sich Ahrstadt aus. So ergab sich ein Kreuz, dessen Längsachse der Flusslauf bildete, mit den drei Siedlungen an seinen Ufern. Die Querachse wurde von den Hanggemeinden abgeschlossen. Ein schönes Ensemble, dachte Bucher. Landschaftlich zu allen Seiten hin abgegrenzt, ein eigenes Mikroklima, ein politisches Zentrum genau in der Mitte und eine eigenständige Kirchengemeinde. Was sich geographisch andeutete, hatte sicher auch Wirkung auf die Bewohner hier. Das hier war ein Mikrokosmos – in jedem Bezug – und über Jahrhunderte gewachsen. Er würde Hüllmer dringend brauchen.

Die Unwetter vom Wochenende brachten eine stabile Schönwetterlage in ihrem Gefolge. Der Himmel blieb strahlend blau und sommerliche Wärme verdrängte an diesen Junitagen die letzten Reste frühlingshafter Frische. Es schien, als stünde ein heißer, dauerhafter Sommer bevor.

Bereits Mittags traf sich das komplette Team im Besprechungsraum der Polizei von Ochsenfurt. Lara Saiter war zusammen mit Armin Batthuber und Alex Hartmann wesentlich früher eingetroffen, als Bucher es erwartet hatte. Zu dessen Überraschung war auch Hartmann schon mitgekommen. Hüllmer hatte die Münchner empfangen, sich mit ihnen bekannt gemacht und sie dann mit den notwendigen Unterlagen ausgestattet. Jeder von ihnen verfügte bereits über eine Kopie des Tatortbefundsberichts und über Farbabzüge der Tatortaufnahmen. Sie schauten sich erstaunt an, als sie die Bilder in Händen hielten. Bucher deutete auf Hüllmer und meinte: »Der Trachtler da hat uns tatsächlich aus der Patsche geholfen.«

Dann wollte er mit der Besprechung beginnen, als sich die Tür öffnete und ein Mann in Uniform das Zimmer betrat. August Frottke, der Chef. Was auffiel, war die akkurate Dienstkleidung. Die Schuhe glänzten, an der Bügelfalte der Hose konnte man sich verletzen, das Hemd war geschmückt mit einem goldenfarbenen Namensschild auf dem »August Frottke» zu lesen war, und von den Schulterklappen blinkten drei silberne Sterne. Schon das vorsichtige Öffnen der Tür und die Langsamkeit, mit der sich die schlaksige Gestalt in den Raum schob, irritierten Bucher. Er merkte, wie Hüllmer kurzzeitig in die entgegengesetzte Ecke des Raumes sah, so als wollte er nicht, dass man sah, wie er die Augen verdrehte. Doch dann stand er höflicherweise auf, wies auf den Uniformierten und sagte: »Herr Frottke, unser Dienststellenleiter – für die nächsten paar Monate.«

Frottke lächelte feinsinnig in die Runde, zog einen Stuhl heran und sagte: »Ich hoffe, ich störe nicht?« Es war diese reservierte Bestimmtheit, die eine Ausstrahlung hervorbrachte, die diesem Menschen von vornherein Feinde machte.

Lara Saiter hatte sich ihm zugewandt und ihr aufgesetztes Lächeln sagte: »Genau das, Junge!«

Bucher log, indem er den Kopf schüttelte und ihm die Kaffeekanne hinschob. Batthuber kam zu Hilfe und holte eine Tasse aus dem Schrank. Schließlich war man hier zu Gast und wollte nicht unhöflich sein. Hüllmer blickte unglücklich drein, Lara gefährlich freundlich und Hartmann machte einen eher belustigten Eindruck. Klar – für ihn kam Uniform nicht in Frage, und so schon gar nicht.

Frottke sprach leise und mit gleichtöniger Stimme. »Ich habe mich mit dem Fall auch schon beschäftigt.«

Bucher sah gerade zu Hüllmer, der bei den Worten seines Chefs instinktiv das Genick einzog.

»Ahh. Finde ich gut«, kam es lauernd von Lara.

Frottke hatte ihren Unterton nicht wahrgenommen. »Ich denke, es wird ganz wichtig sein, diese Ermittlungen auf mehreren Metaebenen anzugehen.«

Noch bevor Lara oder Hartmann etwas entgegnen konnten, sagte Bucher ernst: »Ja. Sicher«, ohne eine Ahnung zu haben, was Frottke unter »Metaebene« verstand. Dazu fiel Bucher nur »Metabasis« ein. Das war es, was dieser Wortverzerrer vor ihm tat: Einen Begriff über eine Sache stülpen, die damit nicht beschrieben werden konnte. Bucher verabscheute diese Vorgesetzten an ihren Schreibtischen, die nichts Besseres zu tun hatten, als Gedankenspielchen in der eigenen Managementsprache zu vollführen. Doch es lag ihm fern, Frottke in eine Diskussion zu verwickeln.

Seine blutleer wirkende Erscheinung, die leblose Art in

einsamer Weise Unsinn zu reden, zwangen einfach dazu, ihm Aufmerksamkeit zu schenken. Und er machte munter weiter. »Wissen Sie, das ist wie mit dem Schmetterling in Brasilien und dem Hurrikan.«

Laras Gesicht verzog sich zu einem bitterbösen, schelmischen Lächeln und Hartmann war anzusehen, dass er auf diesen Satz gerne eingestiegen wäre. Doch Bucher versuchte das Gespräch im Griff zu behalten. Irgendwann würde Frottke sicher gehen und dann konnten sie in Ruhe weitermachen. Er sagte sofort: »Ja. Das ist eine interessante These.«

Frottke war von sich überzeugt. Er nahm die Kaffeetasse in die Hand. »Wenn man bedenkt, welche Auswirkung Dinge haben, die einem als unwichtig erscheinen.« Nach einer kurzen Pause, in der er allen fest in die Augen geblickt hatte, sprach er weiter. »Zum Beispiel, wenn ich die Tasse statt mit der rechten Hand, mit der linken Hand nehme …« Er führte vor, was er meinte. »Und trinke. Wer weiß, was das im Lauf der Dinge bewirkt, oder ändert.«

Frottke trank, indem er die Tasse mit der linken Hand zum Mund führte. Alle sahen, wie ihm vom rechten Mundwinkel Kaffee über das Kinn lief und von dort hinunter auf Krawatte und Hemd tropfte. Frottke blickte überrascht auf seine Brust und für einen kurzen Augenblick herrschte betretenes Schweigen. Hüllmer schämte sich. Er hatte so etwas geahnt. Doch es war ausgerechnet Batthuber, der seinen Mund nicht halten konnte. Mit todernster Stimme fragte er in die Runde: »Und jetzt gibt es einen Hurrikan in Amerika?«

Bucher verwünschte ihn. Alle taten so, als hätten sie die spöttische Bemerkung nicht gehört. Frottke stand auf und wischte die Flecken mit einem Taschentuch ab. Es trug seine Initialen: »A.F.« Er blieb völlig unbeeindruckt und verabschiedete sich höflich lächelnd. Lara warf »Jetzt nichts wie rein in die Metaebene!« in den Raum, als Frottke verschwunden war.

Hartmanns Körper hüpfte auf und ab vor stummem Lachen. »Wo habt ihr eigentlich solche Drogen her, ihr Landeier? Ist doch schlimm, oder?«, fragte er in Richtung Hüllmer, der den Kopf gesenkt hielt und einen jammernden Laut hören ließ.

Als der Auftritt verarbeitet war, richtete Bucher die Bitte an Hüllmer, dem Team von der Person Carola Hartel zu berichten. Schließlich hatte er sie persönlich gekannt und konnte eine eventuell auftretende Frage zum Hintergrund des Opfers beantworten. Lara Saiter schloss das Fenster, als Hüllmer seine Unterlagen ausbreitete.

»Wie gesagt. Ich kannte die Carola schon von klein auf, aber erst einmal zu ihrem Lebenslauf.« Es war dem leichten Schwingen seiner Stimme anzumerken, dass er etwas aufgeregt war. »Carola Hartel ist – war 39 Jahre alt, kam in Würzburg zur Welt und hat noch drei weitere Geschwister. Einen älteren und jüngeren Bruder und eine ältere Schwester. Die wohnen alle in Karbsheim und die zwei Kinder von Carola Hartel sind zur Zeit bei der Familie ihrer Schwester.«

Bucher stöhnte bekümmert. »Mensch, zwei Kinder.«

Hüllmer zuckte mit den Schultern und machte weiter. Was sollte er dazu auch sagen. »Ja, die Kinder sind zwölf und neun Jahre alt. Das Mädchen ist die ältere. Carola Hartel, ihr Geburtsname lautete Rescher, heiratete vor siebzehn Jahren Wolfram Hartel. Sie wuchs eigentlich ganz normal im Dorf auf, besuchte Kindergarten, dann Grund- und Hauptschule und schloss die Hauptschule ab. Also mit *normal* meine ich, dass es da nichts Besonderes zu berichten gibt. Nach der Schule arbeitete sie als Verkäuferin in einem Supermarkt in Ochsenfurt.«

Hüllmer erlaubte sich anschließend eine persönliche Bemerkung. »Ihre eigentliche Karriere begann durch die Eheschließung mit Wolfram Hartel.« Er blickte die anderen an und erschrak etwas, angesichts der vier fragenden Mienen, die wissen wollten, was er mit dem letzten Satz gemeint habe.

»Na ja. Also der Wolfram Hartel stammt aus einer sehr angesehenen und begüterten Familie in Karbsheim und Carola Hartel kommt aus eher einfachen Verhältnissen. So eine Heirat bedeutet in einem kleinen Dorf schon etwas«, sagte Hüllmer teils erklärend, teils entschuldigend. Lara Saiter sah ihn immer noch kopfschüttelnd an und meinte viel sagend: »So, so.«

Bucher sah zu ihr hinüber. Ihre schwarzen Haare glänzten und reichten schon wieder bis zur Schulter. Ein dezent roter Lippenstift betonte ihren schönen Mund und stärker noch die weiße makellose Zahnreihe. Die cremefarbene Seidenweste und der leichte, schwarze Hosenanzug waren von atemberaubender Eleganz. Ihr Erscheinen hatte in der Polizeistation schon für einiges Aufsehen gesorgt. Was würde erst in den Dörfern los sein?

Hüllmer machte unterdessen weiter. »Aus der Ehe mit Wolfram Hartel gingen zwei Kinder hervor. Alles war eigentlich soweit in Ordnung und hätte so weiter gehen sollen, bis dann vor etwa drei Jahren dieser Skandal bekannt wurde … eben dass Carola Hartel ein Verhältnis mit dem Bürgermeister unterhielt, dem Norbert Gürstner.«

»Das war der Skandal?«, fragte Lara Saiter nach.

»Schon gut«, antwortete Hüllmer, »ich habe zehn Jahre Dienst in München gemacht und dort gelebt, in Neuhausen. Übrigens gleich um die Ecke von eurem Betonpalast. Also in München interessiert so was keine alte … niemanden. Aber in einem Dorf mit gut fünfhundert Einwohnern ist das schon von Bedeutung, wenn der Bürgermeister, dessen Frau im sechsten Monat schwanger ist, ein Verhältnis mit seiner Nachbarin hat, die wiederum Mutter von zwei Kindern ist und ihrerseits das große Wort im Kirchenvorstand schwingt.«

»Das ist natürlich etwas anderes«, antwortete Lara Saiter beschwichtigend. »Ich bin in einem oberbayerischen Kaff mit neunhundert Einwohnern groß geworden und weiß was du meinst. Aber das war doch sicher nicht das erste Mal, dass so etwas hier passiert ist. Worin besteht denn der Skandal?«

»Der Skandal besteht darin, dass Carola Hartel mit den Kindern ihren Mann verlassen hat und mit dem Bürgermeister zusammengezogen ist.«

»Es wäre also weniger ein Problem gewesen, wenn die beiden sich ab und an zum Vögeln getroffen hätten, aber ansonsten zu Hause alles so geblieben wäre wie es war, oder? Das üble an der Sache war also, dass der Gürstner seine schwangere Frau hat sitzen lassen und sie ihren Mann«, resümierte Batthuber etwas derb.

»So in etwa … und der Gürstner seine anderen vier Kinder. Er hat sich ein leerstehendes Haus unten am Fluss gekauft, wo sie ihr Patchwork gelebt haben.« Und nach einigem Zögern sagte er: »Es gibt hier einen Spruch, der heißt: ›Hauptsach en Sonntich in de Kirch sitze die Richtiche beinanner.‹ Habt ihr das verstanden?«

Alle nickten ihm zu.

»Gut. Das war sicher eine schwierige Situation hier im Dorf, wo die Familien eigentlich alle irgendwie miteinander verbunden sind. Man kann sich ja gar nicht aus dem Weg gehen, oder?«, meinte Bucher.

»Über die Details bin ich da nicht informiert. Aber das war schon Gesprächsstoff. Sie hat die Scheidung eingereicht und – das ist nur vom Hörensagen – hat recht deftige Forderungen gestellt.«

»Welcher Art?«, wollte Lara Saiter wissen.

»Wie gesagt. Sie hat in eine begüterte Familie eingeheiratet und wollte wohl herausholen was eben ging.«

»Das klingt, als ob sie ziemlich berechnend gewesen wäre?«, fragte Lara Saiter.

Hüllmer überlegte. »So eiskalt wie das klingt war sie nun auch wieder nicht. Aber meine Meinung ist, dass sie genau wusste was sie wollte. Aber als kühl berechnend würde ich sie nicht bezeichnen. Und dass sie sich von ihrem Mann getrennt hat, na ja, da gehören auch immer zwei dazu. Skandal und Aufregung hin oder her. Was unbestritten ist, sie hatte wirklich eine große Klappe und enorm ausgeprägt war ihr Bestreben, immer und überall – und das ohne jede Einschränkung – im Mittelpunkt zu stehen. Was die Scheidung angeht, da vermute ich in Bezug auf die finanziellen Forderungen auch einen gewissen Beratungsdruck durch den Bürgermeister Gürstner. Der ist nämlich Diplombauer und gilt als etwas gierig.«

Batthuber fragte mit einem lang gedehnten »Sooo« nach.

»Na ja. Das ist ein Bauer«, lachte Hüllmer, »die wissen immer was es wo und wie zu holen gibt.«

Die anderen stimmten einmütig zu.

Hüllmer fuhr fort. »Tja, und dann war das mit dem Bürgermeister auch plötzlich zu Ende.«

»Wie?«, wollte Bucher wissen und sah ihn ungläubig an.

»Die Carola ist Anfang des Jahres ausgezogen … aus dem Haus unten am Fluss.«

»Und wieder zurück zu ihrem Mann«, sagte Lara Saiter, eher feststellend als fragend.

»Nee. Sie hat ein Haus in Gollheim gekauft. So ein altes leerstehendes Gehöft am Dorfrand, und ist da mit ihren Kindern eingezogen.«

Bucher schüttelte den Kopf. »Das klingt jetzt aber schon etwas eigentümlich. Wie lange währte denn das Glück mit dem Bürgermeister?«

»Das Verhältnis ging sicher schon weit über ein Jahr.«

»Und euer Gemeindechef … was hat der gemacht?«

»Nichts. Was sollte er machen? Er wohnt in dem Haus drunten am Fluss … alleine. Und soweit ich weiß, haben wenige Mitleid mit ihm.«

»Gab es denn einen anderen oder vielleicht eine andere?«, fragte Bucher.

Hüllmer überlegte kurz. »Da weiß ich nichts drüber. Aber ich habe da auch nichts gehört. Sie lebte alleine in Gollheim und er alleine in Karbsheim.«

»Eigentümlich. Wirklich. Da werden wir mal genau hinschauen müssen«, meinte Bucher.

»Du sagtest vorhin, sie hätte keine Ausbildung gemacht?«, fragte Lara Saiter. »Demnach hat sie sich um ihre Kinder gekümmert und das war's dann, oder? Hausfrau?«

»Das war nicht so ganz richtig. Sie hat zwar eine Ausbildung gemacht, als Einzelhandelskauffrau nennt sich das wohl, aber ich weiß nicht, ob sie eine Abschlussprüfung gemacht hat. Sie hat in Ochsenfurt als Verkäuferin gearbeitet, auch einige Zeit in Würzburg beim Kupsch.«

Die anderen sahen Hüllmer beim letzten Satz verständnislos an.

»Bei wem, bitte?«, fragte Batthuber.

»Beim Kupsch. Das ist hier eine Lebensmittelkette, so edekamäßig«, erklärte er und machte weiter. »Sie hat dann ja geheiratet und war eben Hausfrau, ja. Und auch ehrenamtlich tätig, im Kirchenvorstand, im Elternbeirat der Schule, im liturgischen Chor und irgendwas noch mit dem Kindergarten Ich weiß nicht genau was. Da hab ich Gott sei Dank nichts mehr mit zu tun.« Er ließ eine kurze Pause. »Also … die Carola war schon irgendwie engagiert.«

»Wie ist *irgendwie* zu verstehen?«, bohrte Lara Saiter mit kritischer Tonlage nach. »Hat das denn nicht gereicht was sie alles gemacht hat?Zwei Kinder, Kirchenvorstand, Elternbeirat, Chor? Was erwartete man denn hier von dieser Frau? War sie die einzig Aktive hier im Dorf?«

Hüllmer hob entschuldigend die Hände. »Ich weiß, ich weiß. Es klingt ungerecht, wie ich das so erzähle, aber das ist auch schwer zu erklären. Die Carola war zwar eigentlich überall dabei. Aber … eher so repräsentativ.«

»Das heißt, sie hat sich gerne in die erste Reihe gestellt, mit dem Hintern gewackelt und die anderen die Arbeit machen lassen?«

Hüllmer nickte langsam und nachdrücklich. »Jaa. Soo. Im *Arschwackeln* war sie wirklich Klasse.«

Batthuber meldete sich zu Wort. »Was ist bitte ein liturgischer Chor?«

»Ein Chor halt. Die singen die Liturgie, also die Psalmen, am Sonntag im Gottesdienst«, lautete die Antwort.

Batthuber nickte zwar und ließ ein »Mhm« hören, doch Bucher sah dem jungen Kollegen an, dass er nach Hüllmers Antwort nur wenig mehr wusste als vorher.

Als Hartmann das Tatortfoto hochhielt und fragte: »Was ist damit, Leute? Unser Freund wird den Aufwand ja nicht für umme betrieben haben, oder? Das steckt doch voller

Botschaften, für wen auch immer«, fiel Bucher auf, dass Hartmann heute ausnahmsweise dezent gekleidet war. Mit hellblauen Halbschuhen, dunkelgrüner Hose und erdbeerfarbenem Hemd. Und bisher hatte er sich nicht an der Diskussion beteiligt. Zudem hatte er den Eindruck, dass Hartmann die Gelegenheit nutzen wollte, das Thema zu wechseln. Aber seine Frage war schließlich berechtigt. Er deutete mit einem stummen Nicken an, dass er der gleichen Meinung war, nahm eine der Übersichtsaufnahmen aus dem Ordner und betrachtete sie wieder.

Es war im Wesentlichen so, wie die Kollegen aus Würzburg es geschildert hatten. Im Vordergrund das saftige Grün des Augrases, durchsetzt mit farbigen Unschärfeflecken von Hahnenfuß, Bocksbart und Hufeisenklee. Gelb dominierte. Dahinter eine braune Wasserfläche, bedeckt mit viel zu vielen frischgrünen Blättern und Zweigen. Dann der gegenüberliegende Ufersaum, überdacht vom Geäst der Kopf- und Trauerweiden. Und in der Bildmitte ein dunkler Fleck in all dem Grün. Carola Hartel. Es war das erste Mal, dass Bucher sich darauf einließ, das Foto genauer zu betrachten, und hinter den Schockeffekt zu blicken, der ihn beim ersten Hinsehen dominierte. Die Gestalt kauerte am Stamm der alten von Krebswucherungen überzogenen Kopfweide. Bucher musste sich zwingen, nicht immer wieder den Blick zum Gesicht hinzuwenden und dort hängen zu bleiben. Carola Hartel war schlank und groß gewachsen. Ihre Beine waren abgewinkelt und das Gesäß lastete auf den Fersen. Bucher sah schwarze, flache Schuhe. Der am linken Fuß hatte sich etwas gelöst. Über den Knöcheln war zu sehen, wie straff die Fesselung angelegt war. Die dunkelblaue Bundfaltenhose zeigte schwarzrote, erhabene Blutflecken, was sogar auf den Fotos zu erkennen war. Die Art, wie der Oberkörper am Baumstamm lehnte, wirkte unnatürlich. Das Seil, welches den Körper aufrecht hielt, war erst bei genauerem Hinsehen zu erkennen. Es war hellbraun und hob sich daher nur mäßig von der graubraunen Borke ab. Am Körper wurde es von einer Stofffalte verborgen. Die beige Bluse war auf der gesamten linken Seite, bis auf zwei kleine Flecken, von Blut schwarzrot gefärbt. Nur am rechten Schulter- und Brustbereich war die ursprüngliche Farbe noch zu erkennen. Die braunen, langen glatten Haare waren nach hinten zusammengebunden und gaben dem schmalen Gesicht einen strengen Ausdruck. Doch musste er sich gleich revidieren – in dieser Szene konnte man von Strenge nicht sprechen. Der Eindruck des schmalen Gesichts wurde noch gesteigert durch die wächsern hellgelbe Haut und den zur Brust hin weggeklappten Unterkiefer, der die Mundöffnung zu einem ovalen, zahnlosen schwarzen Loch werden ließ. Bucher blieb hier haften und bekam den Eindruck, dieser Mund würde immer weiter und weiter. Dann die schmalen Augen über der klaren kantigen Stirn – ausdruckslos und weit geöffnet. Der Kollege der Spurensicherung lag sicher nicht falsch, wenn er in der inszeniert knienden Haltung der Toten etwas zu erblicken vermeinte, das an die Darstellung von Nebenfiguren in barocker Szenenmalerei erinnerte. Es erinnerte an vor dem Kreuz kniende Klageweiber. Aber nur im weitesten Sinne konnte man hier den Begriff »friedvoll« andenken. Bucher fielen einige solcher Gemälde ein, deren Namen er inzwischen vergessen hatte. Jedoch – was hier zu sehen war, erinnerte ihn einzig und allein an ein Gemälde: Das Grauen und Entsetzen in Edvard Munchs *Der Schrei*.

Auf dem Foto vor ihm war es die Kniende mit dem oval geöffneten Mund, der immerfort schrie und schrie.

Er konnte das kalte Schaudern, welches sich über seinen Rücken zog, nicht unterdrücken und bewegte die Schultern so, als wollte er eine kleine Steifheit lockern. Keiner der anderen hatte ein Wort gesprochen, während sich seine Augen über die Szene bewegt hatten. Er sah auf und sagte: »Du hast recht, Alex. Da hat jemand viel Aufwand betrieben. Sehr viel Aufwand.«

»Und wie machen wir jetzt weiter?«, fragte Lara Saiter.

Bucher brauchte nicht lange nachzudenken, um die Frage zu beantworten. »Ich habe mich mit den Orten hier bereits einigermaßen vertraut gemacht, so dass ich die Dörfer zumindest auseinander halten kann und mich auch ohne Hermann zurechtfinde. Das empfehle ich euch auch. Macht das heute noch. Fahrt einfach durch die Gegend hier und seht euch um. Wir treffen uns in einer knappen Stunde in Mendersberg in der *Quelle*. Da sind wir ja alle untergebracht. Danach schaut ihr euch den Tatort an. Ich war schon mit Hermann dort. Danach kommt die Wohnung der Toten dran. Dann wird sich jemand mit dem Zeugen befassen, der sie gefunden hat, ein Herr Heller.«

Bucher sah zu Batthuber. »Machst du das mit Hermann?«

Batthuber nickte.

»Lara und Alex. Ihr beide besorgt euch Informationen über Carola Hartel, von Fakten bis zu Gerüchten und Gequatsche. Wenn wir alles zusammengetragen haben, fangen wir mit den Vernehmungen an. Zuerst diejenigen, die ihr am nächsten standen. Der Herr Bürgermeister, der Exmann, ihre Geschwister natürlich, und so weiter. Prüft auch gleich die Alibis ab.«

Er sah kurz in die Runde, bevor er weiter sprach. »Wir gehen Schritt für Schritt vor, wie immer. Ich kümmere mich morgen um die Staatsanwaltschaft in Würzburg und um die Obduktion. Wenn wir die Befragungen haben, machen wir uns an ein Personen-Bewegungsdiagramm – wer hatte in den letzten Tagen wann mit Carola Hartel Kontakt und wann wurde sie zuletzt gesehen. Dann brauchen wir noch die Wetterdaten – bewölkt, Regen, Sonnenuntergang, Beginn des Hagelsturms und Ende … der ganze Kram, dann noch eine genaue Absuche am Tatort. Also die nächsten Tage sind mit Routinekram vollgepackt.«

Hüllmer meldete sich wieder zu Wort.

»Übrigens. Das hätte ich fast vergessen. Carola Hartel hat bis vor kurzem gearbeitet, und zwar im Schwesternheim in Karbsheim.«

Er blickte wieder in fragende Gesichter und erklärte dann: »In Karbsheim befindet sich doch das alte Schloss«, er sagte es in einem Ton, als würde alle Welt wissen, dass in Karbsheim ein Schloss steht, »und in dem sind, seit ich denken kann, die Schwestern. Die haben da ein Alten- und Pflegeheim, eine große Bio-Landwirtschaft und eine Gärtnerei. Das

Alten- und Pflegeheim hat einen guten Ruf. Ist auch dementsprechend teuer. Bei den Alten handelt es sich überwiegend um ehemalige Pfarrer, Lehrer, höhere Beamte und sonst noch Leute, die sich das leisten können. Es arbeiten viele Leute aus den Dörfern im Schloss und Carola hat, soweit ich das gehört habe, bis Ende Januar gearbeitet.«

»In der Gärtnerei?«, fragte Batthuber.

»Nein. Wirklich nicht. Das hätte überhaupt nicht zu ihr gepasst«, antwortete Hüllmer lachend. »Sie war im Büro von Rektor Stoegg tätig. Ich war schon ziemlich verwundert, als ich das gehört habe. Wir haben uns eigentlich alle gefragt, wie sie das wieder geschafft hat, ausgerechnet ins Büro zu kommen.« Hüllmer sprach stockend weiter, sichtlich bemüht, nicht in ein Fettnäpfchen zu treten. »Weil, bei allem Getue, aber in dem Schwesternheim ist richtig was zu tun … also richtig Arbeit … und das … also das hätte sie nicht drauf gehabt.«

»Und, wie hat sie es geschafft trotzdem da reinzukommen? Man hat sie … und ihre Fähigkeiten … ja schließlich gekannt, oder? Wenn ich richtig rechne, dann liegt das Ende ihres Engagements in diesem Schwesterndings zeitlich nahe mit der Trennung von Gürstner zusammen«, wollte Lara Saiter wissen.

Hüllmer ignorierte ihr feines Lächeln und wusste, in welche Richtung sie dachte. »Nein. Der Gürstner hat überhaupt keinen Einfluss auf die Leute im Schwesternheim. Der hat ihr den Job auch sicher nicht verschafft. Und … also da droben geht mit Anmache wirklich nichts. Da war nichts im Spiel, was so Richtung … äh … «

Bucher ließ ihn nicht ausreden. »Wie lange war sie da insgesamt beschäftigt?«

»Also, sie war sicher noch kein Jahr da oben. Aber so ganz genau weiß ich das auch nicht.«

Bucher sah in die Runde. Alle waren in Gedanken bei dem, was in den nächsten Tagen zu erledigen war. Hartmann machte ein etwas unzufriedenes Gesicht.

»Liegt noch was an, Alex?«, fragte Bucher.

Es dauerte eine Weile, bis der antwortete. »Ich denke wir müssen uns beeilen. Wer so etwas durchzieht und dann noch inszeniert, hat andere Motive, als wir das aus Eifersuchtsgeschichten kennen. Ich habe ein ganz ungutes Gefühl.«

Bucher hatte das auch. »Ich weiß, Alex. Aber wir brauchen zwei Tage, um uns einen Überblick zu verschaffen.«

»Nimmst du dir dieses Schwesternheim vor?«, fragte Lara Saiter in Richtung Bucher.

Der bestätigte mit einem kurzen Schließen der Augenlieder. »Schwesternheim. Klingt irgendwie altmodisch. Schwesternheim.«

Sie gingen auseinander, jeder in Gedanken, und unter dem Eindruck, den die Tatortfotos hinterlassen hatten. Kurze Zeit später trafen sie sich im Saal in der Gastwirtschaft der *Quelle*. Lara Saiter war als Letzte gekommen und Bucher hatte gesehen, wie Dreien am Stammtisch der Mund offen stehen geblieben war, als seine Kollegin über den alten Dielenboden lief.

Hartmann blätterte die Speisekarte bis zum Ende durch, bis er verdutzt feststellte, dass die Preise, die darin aufgeführt waren, für die Hauptgerichte galten und nicht die für die Vorspeisen. Weil es schon spät war, entschieden sie sich für Bratwürste mit Kraut. Als Batthuber beim Bestellen eine Semmel wollte, entgegnete ihm die Bedienung knapp – das hieße hier »Weck«. Bucher hätte sich im Kraut baden können. Anfangs traute er der braunen Masse auf seinem Teller nicht so recht, doch nach dem ersten Bissen wich jegliche Zurückhaltung. Das Zeug schien tagelang gekocht worden zu sein, was dem Geschmack aber nicht geschadet hatte. Dazu die würzigen Würste. Ein Fest.

Der Stammtisch in der Mitte des Raums war voll besetzt. An den runden Tisch passte niemand mehr ran. An zwei Ecktischen an der Wand wurde Schafskopf gespielt. Bucher hätte das mitten in der Woche zur Mittagszeit nicht vermutet und versuchte etwas von den Gesprächen mitzubekommen, doch unterhielten sich die Stammtischler derart leise, dass er nicht das Geringste aufschnappen konnte. Ab und an fing er einen verhohlenen Blick auf. Natürlich war jedem bekannt, wer die vier Fremden im Eck da waren. Er beobachtete die Typen, die nebenan vor ihrem Weißbier versammelt waren. War da vielleicht der Bürgermeister dabei, oder der Täter? Noch war es zu früh. Aber über kurz oder lang würde er wohl mit jedem dort reden müssen. Schade, dass ihre Anwesenheit die Gespräche in der Wirtsstube störte. Hier würde es sonst sicher ganz anders zugehen und so manche interessante Insiderinformation würde sich abgreifen lassen. Aber alles zu seiner Zeit. Kaum dass sie gegessen hatten, ohne dabei ausführlich miteinander geredet zu haben, zogen sie sich in ihre Zimmer zurück. Den Stammtischlern mussten sie wie autistische Wesen aus der Stadt vorkommen, die sozialen Kontakt nicht mehr nötig hatten.

Bucher verzichtete auf eine erneute Besichtigung des Tatortes und ließ die anderen mit Hüllmer alleine losziehen. Bevor er sich auf den Weg nach Würzburg machte, wollte er sich das Dorf Karbsheim näher ansehen. Während die anderen sich von Schnaken und Bremsen peinigen ließen, parkte er seinen Passat bei der Brücke und erkundete den Ort zu Fuß.

Er ging von der Brücke aus der Straße folgend den steilen Anstieg hinan. Beiderseits standen Fachwerkhöfe, die nach einem einheitlichen Konzept errichtet waren. An der zur Straße weisenden Längsseite erstreckte sich zumeist ein Hofraum, der an der Rückseite von einer quer zum Haus stehenden Scheune oder von Stallungen begrenzt wurde. Spröde, jahrzehnte alte Holztore verwehrten den Eintritt in den Hofraum. »My home is my castle«, dachte Bucher beim Vorübergehen. Am höchsten Punkt des Hügels, linker Seite, erhob sich ein stolzer Kirchturm. Auf der gegenüberliegenden Seite der Straße wies ein offenes Steintor den Weg in eine weite geschotterte Hoffläche. Da die Säulen des Tores mit Wappen geschmückt waren, musste es sich um das ehemalige Schloss handeln.

Kein Mensch begegnete ihm auf der Straße, nicht einmal ein Auto fuhr vorbei. Straßen und Höfe waren wie ausgestorben. Er schwenkte nach links und ging zur Kirche, an der ein Flügel des Hauptportals offen stand. Auf den Treppenstufen ruhten zwei dunkelblaue Putzeimer und an die Wand gelehnt ein Schrubber. Eigentlich nichts Ungewöhnliches, doch etwas irritierte Bucher. Als er näher kam, wurde es deutlicher. Orgelklänge drangen aus der offenen Tür. Leise ging er die Stufen hinauf und lugte vorsichtig in den Kirchenraum, der vom Orgelspiel erfüllt war. Ab und an setzte das Spiel aus, die letzten Takte wiederholten sich. Der da übte, hatte die Lehrjahre schon lange hinter sich und war in der Meisterklasse angekommen. Ungewöhnlich für so ein kleines Dorf, über einen solchen Organisten zu verfügen, dachte Bucher und setzte sich in eine der hinteren Kirchenbänke, wo er ungestört den Melodien lauschte. Die Kirche war in gutem Zustand. Zwei Bankreihen teilten die Grundfläche und ließen einen breiten Gang in der Mitte. An der Rückseite lastete eine zweistöckige Empore auf geschwungenen Holzsäulen. Auf der rechten Seite, zwischen Eingang und Chorraum, befand sich eine weitere Empore, die sich darin unterschied, dass ihre Brüstung mit Butzenscheiben verkleidet war und die Kassettenwände der Außenseite mit Inschriften verziert waren. Bucher konnte trotz der alten Buchstaben entziffern, dass Gehorsam gefordert wurde, jedoch nicht von wem. Des weiteren wurde klargestellt, dass die Macht vom Höchsten verliehen war. Ihm blieb unklar an wen.

Ein Klappern und Scheppern, das vom Chorraum her kam, schreckte ihn auf. Dann sah er eine Kittelschürze aus der Sakristei kommen. Auf den zweiten Blick nahm er ein Kopftuch wahr, unter dem lange graue Strähnen hervorhingen. Das ausdruckslose Gesicht wurde von einer überdimensionalen Hornbrille dominiert. Die Frau kam mit kurzen eiligen Schritten aus der Sakristei den Mittelgang entlang. Ihr war wohl die Blechschaufel heruntergefallen, die sie in der Hand hielt. Als sie Bucher entdeckte, stutzte sie kurz, ging dann aber ohne Regung an ihm vorbei nach draußen und schloss die Tür hinter sich. Der Organist hatte sich durch den Krach nicht stören lassen. Bucher lauschte eine ganze Weile der herrlichen Musik und genoss die Entspannung. Dann war plötzlich Schluss und er hörte, wie auf der zweiten Emporenetage über ihm zusammengepackt wurde. Er klatschte ein paar Mal in die Hände und trat in den Gang. Weit musste man den Kopf in den Nacken legen, um von dieser Stelle aus die oberste Emporenumfassung in den Blick zu bekommen. Tatsächlich schob sich ein blasses Gesicht über die Holzumfassung und eine hohe, brüchige Stimme fragte: »Hat es Ihnen gefallen?«

»Sicher«, entgegnete Bucher. »Sie spielen ja phantastisch Orgel. So ein tolles Konzert hätte ich hier gar nicht erwartet.«

Das Gesicht verschwand hinter der Emporenbrüstung und er hörte ein geschäftiges »Ist mein Beruf, allerdings hier nur, wenn ich Urlaub habe. Ich bin ja eigentlich Kantor in Ansbach«. Dann folgten hallende Schritte aus Richtung der Holztreppe und die Stimme kam zu Bucher herunter. Ein langer, dünner Mensch. Er trug eine graue Buntfaltenhose, ein Sommerhemd in leicht verwaschenem Blau und darüber ein graues Jackett. Im Gegensatz zum energiegeladenen Spiel sah die schlaffe Gestalt mit dem in die Schultern zurückgezogenen Kopf wenig inspiriert aus. Er hatte eher etwas Krähenhaftes an sich, wie Bucher auffiel, und streckte ihm die Hand entgegen. Nach einem Augenblick des Schweigens nahm der Organist den Gruß an, brachte den Kopf dabei leicht nach vorne und fragte: »Und was bringt Sie hierher in diese verlassene Gegend?«

Bucher umschrieb nichts. »Der Mord an Carola Hartel.«

Die Wirkung war beeindruckend. Das hagere Gestell vor ihm wich mit einem erschrockenen »Oh« zurück.

Verwundert blickte Bucher ihn an und erklärte dann, dass er mit der Aufklärung des Falles beauftragt sei.

»Ah, ja. Ich glaube, ich habe gehört, dass da jemand von auswärts geschickt worden ist.« Dann schwieg er und sah Bucher ausdruckslos an.

»Und was bringt Sie hierher?«, fragte Bucher.

»Das ist mein Heimatdorf. Ich bin hier geboren und aufgewachsen.« Er deutete nach oben und fügte mit leuchtenden Augen an: »Und ich liebe diese alte Orgel.«

Bucher konnte das verstehen. »Wenn Sie von hier sind, dann kannten Sie Carola Hartel doch sicher?«

»Ja, natürlich. Wir waren im gleichen Konfirmationsjahrgang.«

Da sein Gegenüber noch keinen Namen genannt hatte, fragte Bucher nach. »Wie war noch Ihr Name?«

»Friedemann. Friedemann Bankert.«

Bucher grinste tief im Inneren. Woher bitte wussten Eltern, die einem Kind den Namen »Friedemann« gaben, dass es einmal Organist werden würde? Oder hatte man mit so einem Namen eigentlich eine faire Chance, Schlosser oder Polizist zu werden? Nein. Es blieb nur eines – Organist! Er ließ die Gedanken sein und fragte den Musiker: »Wie war sie denn so, die Carola Hartel. Wenn sie zusammen in der Schule waren, gemeinsam ihre Jugend verbracht haben, dann müssen Sie sie doch gut gekannt haben?«

Bankert schüttelte den Kopf. »Nein. In der Schule waren wir nur die ersten paar Jahre, dann bin ich zum Gymnasium gewechselt. Im Präparanden- und Konfirmandenunterricht waren wir dann zwar noch zusammen, aber nicht so … ich weiß nicht, wie ich das ausdrücken soll …, nicht so in einer Clique.« Er sah Bucher prüfend an, als er ausgesprochen hatte, um festzustellen, ob der ihn verstanden hatte.

»Mhm. Ich verstehe schon. Sie hatten sicher auch andere Interessen als Carola Hartel.«

»Ja, das ist richtig.«

»Wer war denn in der Clique von Carola Hartel?«

Bankert sah ihn erstaunt an, schien aber nachzudenken. »Also der Schobers Manfred, die Clara Martmann und ihre jüngere Schwester Liljane, dann der Wolfram, den sie dann später geheiratet hat und der Günther Reichel. Das war so die Clique. Mhm. Also zumindest war das der harte Kern, wie man so sagt. Da waren schon auch immer andere dabei, aber nicht so eng.«

»Und die wohnen alle noch hier?«, wollte Bucher wissen.

»Nein. Nur die Carola Hartel eben«, er stockte kurz, »ihr Ex-Mann und der Schobers Manfred. Sonst sind alle schon viele Jahre weg von hier. Die Arbeit eben. Hier gibt es ja nichts Vernünftiges.«

Bankert beugte sich nun leicht nach vorne und flüsterte mit ängstlichem Gesichtsausdruck: »Wissen Sie denn schon etwas Näheres?«

Bucher schüttelte den Kopf und sagte. »Nein. Wir haben gerade erst mit den Ermittlungen begonnen. Aber wissen Sie denn etwas, was für uns interessant wäre? Wann haben Sie Carola Hartel denn das letzte Mal gesehen?«

Bankert richtete sich auf, lockerte seine Finger und sah über Bucher hinweg in Richtung Altarraum, als hätte das Gespräch plötzlich an Interesse für ihn verloren. »Da wusste ich noch nicht, dass es das letzte Mal sein würde«, er atmete tief aus und wandte den Blick nicht von der Stelle, irgendwo hinter Buchers Rücken. »Es ist schon ein paar Tage her. Vorletzte Woche im Gottesdienst. Da war sie oben auf der Orgelempore und hat mit dem liturgischen Chor gesungen. Ich habe sie da aber nur gesehen. Wir haben uns nicht unterhalten. Wie man sich halt so sieht.«

»Und am letzten Samstag. Da war ja ein Fest, wie ich erfahren habe? Pfingstspringen heißt das, oder? Wobei ... Pfingsten war doch eine Woche vorher?«, fragte Bucher jetzt unbestimmt.

»Stimmt schon. Das Pfingstspringen ist immer eine Woche nach dem Pfingstfest. Zwei Gottesdienste und danach das Fest mit dem Tanz der unverheirateten Dorfjungend – das Pfingstspringen eben.«

Bucher ging nicht näher darauf ein. »Zweimal Gottesdienst? Ist ganz schön aufwendig, oder?«

Es wirkte etwas affektiert, wie Bankert abwinkte und antwortete. »Hören Sie bloß auf. Bin ich froh, dass die vorüber sind. Das ist ja immer ein Tamtam. Ich würde das endlich mal abschaffen und einen einzigen Gottesdienst halten. Diese

Hetze immer. Aber Traditionen in solchen Dörfern sind uneinnehmbare Festungen.«

Bucher sah ihn verständnislos an. »Welche Hetze meinen Sie?«

»Na ja. Zuerst spielen sie in der einen Kirche. Dann schnell, schnell, zusammenpacken, ab ins Auto, rüberfahren nach Mendersberg. Da hocken die Leute dann schon in der Kirche.« Bankert machte eine Pause, die er wieder mit dieser neckischen Handbewegung füllte, und atmete gestresst aus. »Für uns Künstler nicht so ideale Bedingungen. Wir haben gerne etwas Zeit, um uns zu konzentrieren.«

»Wie machen Sie das dann in so einer Situation?«, wollte Bucher wissen, der gedanklich schon bei den nächsten Schritten war, die zu tun waren, das Gespräch jedoch nicht abrupt enden lassen wollte.

»Sie werden es kaum glauben. Aber ich höre Musik«, hörte er Bankert sagen.

»Und? Haben Sie einen heißen CD-Tipp für mich?«, fragte Bucher lächelnd und deutete mit einer kurzen Kopfbewegung zur Tür. Eine Aufforderung, dass man auch gehen konnte. Bankert lachte und folgte Bucher. »Von wegen CD. Habe einen alten Radio in meiner Kiste. Aber es gibt ja noch ein paar Sender, die man hören kann.«

Das konnte Bucher durchaus nachvollziehen. »Ja. Es gibt noch ein paar, auf denen keine Gameshows laufen und wo die Moderatoren nicht herumkreischen, als stünden sie unter Drogen.«

Bankert nickte. »Ja. B4 ist so ein letztes Derivat.«

Bucher winkte ab. »Na ja. Neulich kam ein Stück, das klang so, als hätten einige Leute Töpfe und Eisenstangen gegen Wände geworfen.«

Bankert hielt sich die Hand vor das Gesicht und lachte. »Ja, ja. Das ist halt öffentlich-rechtlich, die müssen das machen. Ich hatte mehr Glück. Samstagabend bleibt man von Avantgarde verschont. Mozart, Klaviersonate in F-Dur, Köchelverzeichnis 3, 3, 2.«

Bucher versuchte, eine Melodie mit der exakten Angabe zu

verbinden. Sie waren inzwischen schon auf halbem Weg zwischen Kirche und Dorfstraße. Er verabschiedete sich und setzte seinen Weg fort, der ihn an das Ortsende brachte, wo er einem Feldweg nach links folgte, der hinter Kirche und Friedhof am Scheitelpunkt des Hügels vorbeiführte, die Nordseite von Karbsheim umfasste und weite Blicke über Dächer, in Höfe sowie auf den gegenüberliegenden Hang erlaubte.

Unterhalb seines Weges, zur Südseite hin, breiteten sich gepflegte Gemüsegärten aus, in denen trotz der mittäglichen Hitze tüchtig gearbeitet wurde. Es waren Frauen, die hackten, rupften, rechten und gossen. Sie trugen eine Einheitstracht – bleichblaue Kittelschürzen, blau-weiß oder schwarzgrau gestreift. Sie unterbrachen ihre Arbeit, als sie ihn gewahrten, lehnten sich auf den Stiel ihres Gartengeräts und folgten für ein paar Meter der fremden Gestalt. Bucher kam sich vor wie ein Papagei, in seinen Stadtklamotten. Ein Gedanke, der Hartmann fremd sein musste.

Ein Schotterweg, der nach links abzweigte, brachte ihn in den westlichen Dorfbereich hinein und mitten in protzige Bauten auf riesigen Grundstücken. Er fand das pompöse, von Erkern überladene Haus von Wolfram Hartel. Dann die neureiche Fachwerkorgie an der Fassade des Hauses an der Brücke, in welchem Carola Hartel ein Jahr lang mit dem Bürgermeister zubrachte. Reinster Jodl-Stil auf fränkisch.

Die ganze Zeit beschäftigte ihn ein Gedanke, den er nicht klar benennen konnte. Es war hier etwas, was nicht stimmig war. Was zumindest er als nicht stimmig empfand. Er zählte einen Traktor, zwei Autos, Frauen in den Gärten und drei Kinder auf Fahrrädern. Mehr war nicht zu entdecken. Er lief weiter, vorbei an grauen, gelben und rosafarbenen Rauputzfassaden, spürte neugierige Blicke hinter dichten Stores. Niemand spazierte hier einfach so herum. Wer sich auf der Straße blicken ließ, hatte ein Ziel, eine Arbeit. Nein. Hier ging man nicht spazieren. Ein Fremder hatte auf diesem Terrain nicht die geringste Chance. Er würde sofort auffallen.

An der Kleidung, der Bewegung, von der Sprache ganz zu schweigen. Jetzt wurde ihm auch klar, was er als unstimmig empfand. Die Menschenleere. Wo waren die ganzen Menschen? Die paar Frauen in den Gärten, ein Bauer mit Bulldog – das kann es doch nicht gewesen sein. Die Häuser lagen in einer ruhigen Beschaulichkeit im Mittagslicht und geräuschlos dämmerte alles Leben vor sich hin. Versteckten sie sich hinter ihren Vorhängen? Er blieb stehen und horchte. Das Geräusch seines Atems trat in den Hintergrund und nun hörte er um sich herum Vogelgezwitscher, das Gackern von Hühnern drang aus einem fernen Garten zu ihm und irgendwo hinter den Dächern schimpften kurz und hysterisch Gänse. Dazu kam das rhythmische Hämmern aus einer Werkstätte; Metall schlug gegen Metall. Wenig also, was dem Leben hier Klang verlieh. Bucher setzte seinen Weg fort, gelangte in weitem Bogen um die Gärten wieder ins Dorf zurück. Gleich am ersten Gehöft gewahrte er einen Mann, der am Hofzaun werkelte. Bucher ging auf ihn zu und grüßte. Ein freundlicher Blick erwiderte den Gruß. Rote Äderchen zeichneten Flussläufe in das Gesicht des vielleicht Sechzigjährigen. Er trug eine alte Bergmütze, die schräg auf dem Kopf saß.

»Viel Arbeit bei so einem Anwesen«, begann Bucher das Gespräch.

Der Mann nickte. »Oftmals reicht's einem schon auch. Und Sie? Sind Sie auf Besuch hier?«

Bucher sah ihn ernst an. »Nein. Ich bin nicht auf Besuch. Ich bin aus München … von der Polizei.«

Der Mann stöhnte und schob seine Mütze für einen Augenblick gerade, dann wieder schräg nach hinten. »Oh. Jeses mein Gott. Des is' auch kein leichter Beruf. Und des mit der Carola ist ja furchtbar. Furchtbar, ne!«

»Sie haben sie gekannt?«

»Ja natürlich. Was heißt gekannt. In so einem Dorf. Natürlich hob ich die Carola gekannt.« Er sah sich kurz um und sprach dann etwas leiser weiter. »Wisse Sie …«, noch einmal sah er zur Seite und kontrollierte, ob sie auch wirklich alleine waren, »wissen Sie, viele hier hom die Carola gar net gemöcht.« Er schob die Mütze gerade und sah Bucher ernst an.

Als der nach dem Grund dafür fragte, klapperte die Stalltür und eine kleine, drahtig wirkende Frau kam heraus. In der Hand hielt sie einen leuchtend gelben Eimer. Als sie Bucher am Zaun bemerkte, stutzte sie einen Augenblick. Dann kam sie mit kurzen schnellen Schritten heran. Ihr Gesichtsausdruck verhieß nichts Gutes.

»Geh nei!«, befahl sie ihrem Mann mit heller Stimme. Ohne zu fragen worum es ging.

»Der Mann hier ist von der Polizei. Es ist wegen der Ca ...«

»Halt die Gusche!«, bellte sie dazwischen, und zu Bucher gewandt, »Do gibt's nichts zu rede. Davon wird die ja ach nimmer lebendig.«

Sie drehte sich wieder ihrem Mann zu und wiederholte, nun etwas leiser, aber nachdrücklich: »Geh nei, nu!«

Er folgte. Bucher rief den beiden ein »Auf Wiedersehen« nach und setzte seinen Weg fort. Der Alte eben war ihm sympathisch gewesen und er schien Carola Hartel, im Gegensatz zu vielen anderen, durchaus geschätzt und gemocht zu haben.

Er war schon fast wieder am Auto angelangt, als er beim Blick nach links in eine Hofeinfahrt eine alte Frau sah. Sie saß auf einer Bank im Schatten eines kleinen Siedlungshauses und winkte ihm freundlich zu, als sich ihre Blicke begegneten. Er nutzte die Gelegenheit, schwenkte nach links und ging in die Hofeinfahrt hinein. Lebendige, strahlende Augen in einem tief zerfurchten Gesicht blinkten ihn an, ohne dass die Alte ein Wort sagte. Auf ihren Backen strahlte trotz aller Faltenwürfe ein frisches Rot.

Sie trug ein dunkelblaues Kleid, darüber eine sorgfältig gebügelte Kittelschürze in Grau, und ein dunkelblau kariertes Kopftuch. Ihm fielen ihre kleinen Füße auf.

Buchers Begrüßung bestand aus einem freundlichen Blick und einem »Grüß Gott«. Dann folgte er ihrem Blick in den weitläufigen Garten voller Gemüsebeete und Obstbäume aller Art. Dazwischen eine Armee an riesigen Fuchsien und

Oleandern. Ein kleines Paradies. Sie musterte ihn kurz und er ließ sich ungefragt neben ihr auf der Bank nieder, schaute weiter in den Garten, schwieg und wartete. Einige Male merkte er, wie sie herüberblickte. Er sagte nichts und betrachtete stumm den Garten. Dann, auf einmal, hörte er eine dünne, vibrierende Stimme. »Sie sinn also des Bolizistle.«

Bucher unterdrückte ein Lachen. Da saß er nun, der Kriminalhauptkommissar, Leiter einer Ermittlungsgruppe im Landeskriminalamt, auf einer Holzbank und bekam gesagt was er war, ein »Bolizistle.« Auf der anderen Seite war es erstaunlich, wie schnell er identifiziert worden war. Ganz offensichtlich hatte er, wenn schon nicht die Quantität, dann doch die Qualität der Kommunikation hier in den Dörfern unterschätzt. Hier wusste jeder wer er war – und er war eindeutig im Nachteil, wusste er ja nicht im Geringsten, wem er gegenübersaß.

Er antwortete seiner Banknachbarin mit einem neutralen »Mhm«, blieb stumm und wartete.

»Aus München!?«, sagte sie in Richtung des Oleanders und es schwangen Frage, Feststellung und Verwunderung gleichzeitig mit.

Bucher behielt seine spartanische Redeweise bei: »Mhm.«

Sie sagte unvermittelt: »Des hats net verdient, des Gröd.«

Insgeheim dankte Bucher den zweieinhalb verfluchten Jahren bei der Bereitschaftspolizei in Würzburg, die ihn in die Lage versetzten, die Feinheiten der fränkischen Sprache wenigstens in Teilbereichen erfassen zu können. Das freche Ding hatte es also nicht verdient, umgebracht zu werden.

»Was hätte sie denn verdient gehabt?«, fragte er in den Garten hinein.

In dessen Richtung erfolgte auch die Antwort. »E Orsch voll hätt gelangt, des se widder normal worn wär.«

Die Verfehlungen von Carola Hartel wären also mit einer ordentlichen Tracht Prügel zu erledigen gewesen, was nicht allzu unüblich schien. Bucher fragte sich, ob dies hier einer jener Landstriche war, von denen behauptet wurde, dass die Welt noch in Ordnung wäre. Auf die Prügelstrafe ging er nicht ein.

»Und der Bürgermeister?«, hakte Bucher nach.

»Des wor und is e Äffle. Jetz hot er wos er verdient«, lautete die harsche Antwort.

Dann wandte sie sich Bucher zu und sagte: »Und den Schobers Manfred, den lässt ihr besser in Ruh. Der hat mit dem ganze Zeuch nämlich überhaupt nix zu tun, der arme Kerl. Seitdem des damals gebrönnt hot, is der halt komisch. No und! Aber der Carola, des soch ich ihne, der Carola hätt der niemals wos ogedonn. Der hot noch niemals jemand wos ogedonn.«

Bucher schwieg. Was war das? Saß sie hier und hatte auf ihn gewartet, nur um ihm das zu sagen? Und wer war eigentlich Schobers Manfred? Der Name fiel heute bereits zum zweiten Mal. Er fragte nicht nach, um seine Unkenntnis nicht zu offenbaren, schnaufte nur laut aus, was als Antwort genügen musste. Wie es geklungen hatte, wurde der im Dorf mit dem Mord an Carola Hartel, zumindest von einigen, in Verbindung gebracht. Nachdem sie alles, was ihr wichtig war, gesagt zu haben schien und stumm den Oleander und die Fuchsien betrachtete, stand Bucher auf und verabschiedete sich. Wieder am Auto angekommen notierte er sich »Schobers Manfred« und fuhr nach Gollheim.

Anhand der Beschreibung Hüllmers fand er das Anwesen von Carola Hartel ohne lange suchen zu müssen. Er parkte sein Auto vor einem breiten, verwitterten Hoftor. Zwei Sandsteinsäulen mit Kugelaufsatz rahmten ein zweiflügeliges Holztor ein. Zwischen Hauswand und der linken Sandsteinsäule hing windschief eine morsche Tür, durch die er in den Hof gelangte. Das Haus war alt und das gekrümmte Dach wies auf eine vertrackte Statik hin. Viel Arbeit, dachte er, der mit der Renovierung alter Bauernhäuser schließlich vertraut war. Er ging die ausgetretenen Sandsteinstufen zur Haustür hinauf. Das Siegel war unversehrt. Er schnitt es auf und öffnete das Schloss mit dem Schlüssel, den er von den Kollegen erhalten hatte. Ein feuchter, dumpfer Geruch schlug ihm im Hausgang entgegen. Der Boden war mit uralten Steinplatten belegt, die völlig ausgetreten waren. Noch während er im Hausgang stand und nach dem Lichtschalter suchte, hörte er, wie draußen mehrere Autos ankamen. Die anderen kamen direkt von der Tatortbesichtigung. Er ging hinaus und empfing sie. Fast hätte er vergessen, dass er noch Overall und Plastikschuhe anziehen musste. Als die Prozedur erledigt war, gingen alle in das Haus. Er und Lara Saiter übernahmen das Erdgeschoss, die anderen den ersten Stock und den Dachboden. Die Scheune, in der auch das Auto stand, kam später dran. Es dauerte ein Weile, bis Bucher sich an das Rascheln der Ganzkörperkondome gewöhnt hatte. Lara packte den Spurensicherungskoffer aus und übernahm sofort Küche und angrenzendes Speisezimmer. Bucher zuerst ein großes Zimmer auf der gegenüberliegenden Seite des Ganges. Von oben dröhnten dumpf die Schritte der anderen und er meinte zu sehen, wie die Decke leicht wippte. Es musste Hüllmer sein, der da oben lief.

Die Wände waren untapeziert. Auf dem blanken, vergilbten Putz waren noch die Reste verblichener Farben zu erkennen, die vor Jahrzehnten einmal Muster ergeben hatten. Das Haus war ziemlich heruntergekommen, der Holzboden morsch und es roch dumpf nach Moder. In der Ecke standen unausgepackte Umzugskartons. Teils aufeinander gestapelt, teils vereinzelt mit offenen Deckeln.

Was um alles in der Welt hatte sie bewogen hierher zu ziehen?, fragte sich Bucher und ließ den Blick über Wände und Decken gleiten. Weshalb hatte sie den Luxus einer dieser schamlos-protzigen Neubauten aufgegeben und war in diese alte Bude gezogen? Verfall und Düsternis hingen in jeder Ritze. Er entdeckte keine Bilder an den Wänden. Vielleicht war die Zeit, in der sie hier gewohnt hatte, auch zu kurz gewesen, um den Räumen eine persönliche Note zu geben.

Vier Möbelstücke standen im Raum. Ein in edlem dunkelblau gepolsterter Sessel, allerdings schon etwas ausgesessen. Bucher tippte auf Biedermeier und wunderte sich über das edle Stück. Daneben das entkernte, geschwungene Gestell eines alten Sofas und der Rahmen eines Sessels, ebenfalls ohne Polsterung. An der Wandseite ein breiter Schreibtisch, der in mattem Rot leuchtete und Bucher anzog. Vielleicht Kirsche, dachte er und ging über den wippenden Dielenboden auf das Möbel zu. So kühl, unbewohnt und heruntergekommen das, was er bisher gesehen hatte, auch war, dieser Schreibtisch war schon bezogen worden. Im Schatten des zweifächerigen Regalaufsatzes standen drei silberne Bilderrahmen. In den zwei äußeren steckten die Portraits von Kindern. Er musste grinsen, als er die breite Zahnlücke der etwa Sechsjährigen im rechten Rahmen betrachtete. Eingerahmt von den Kinderaufnahmen, auch größer, blickte Bucher in das bleiche, schmale Gesicht von Carola Hartel. Ihre glatten braunen Haare hatte sie streng nach hinten zusammengebunden und schien während der Aufnahme geschwankt zu haben zwischen ernster, reifer Mutter und lachender, lebensfroher Frau. Er fragte sich, an wen sie ihn erinnerte und es fiel ihm nach einer Weile tatsächlich ein. Celine Dion. Klar – sie war ein Celine Dion-Typ. Er betrachtete das Bild lange und nachdenklich und fragte sich, wie diese Frau es fertig gebracht hatte, so bestimmend aufzutreten und noch nach diesem grausigen Tod solche zwiespältigen Emotionen zurückzulassen. Was war an ihr, dass andere sich beeindrucken und letztendlich bestimmen ließen?

Die Schreibtischplatte war wohlgeordnet, wie er beim lockeren Durchblättern der Unterlagen feststellte. Ein Stapel mit Rechnungen, ein weiterer daneben mit Behördenschreiben. In der rechten Ecke lagen vier Bücher. Sie lagen in einer Weise, die deutlich machte, dass sie auch gelesen wurden. Er nahm sie mit einem Griff hoch und las die Buchrücken. W.G. Sebald, *Die Ausgewanderten,* dann ein Taschenbuch, bei dem Bucher weder Autoren noch Titel etwas sagten, Daxelmüller und Flade, *Ruth hat auf einer schwarzen Flöte gespielt.* Es folgte ein gebundenes Buch mit verblichenem Einband, *Die Deutschen Christen und Ludwig Müller.* Bei dem vierten Werk handelte es sich nicht um ein Buch, sondern es war der edel aufbereitete Katalog eines Auktionshauses aus Würzburg, Kappenberg & Hüglschäfer. Eine Sommerauktion stand an. Bucher ließ die Blätter des Katalogs über den rechten Daumen gleiten. Stühle, Schränke, Sofas, Uhren, Teppiche und Gemälde rasten vorbei.

Er drehte sich und ließ den Blick nochmals durch den Raum schweifen. Irgendetwas passte hier nicht zusammen. Was er bisher von Carola Hartel erfahren hatte, deutete weder auf Bücher von W. G. Sebald hin, noch auf Kunstkataloge. Was wollte sie mit diesen Sachen? Er blätterte die anderen Bücher durch, fand jedoch weder Vermerke noch irgendwelche Notizzettel. Was interessierte ausgerechnet sie an W.G. Sebalds beeindruckend traurigen Erzählungen und was an den *Deutschen Christen*? Und das Buch mit dieser Ruth und der schwarzen Flöte. Er schaute noch einmal auf den Einband. *Geschichte, Alltag und Kultur der Juden in Würzburg* stand noch unter dem Titel. Er hielt einige Sekunden inne und dachte nach, ohne jedoch zu einem befriedigenden Ergebnis zu kommen. Dann holte er eine Plastiktüte heraus und packte die Bücher ein, ohne genau zu wissen weshalb, und suchte weiter. Unter einer kleinen Bleiglocke, die als Briefbeschwerer diente, hing ein bekritzelter Zettel, darunter eine Postkarte des Stadtarchivs Würzburg. Er zog beides hervor.

Auf dem Zettel hatte Carola Hartel Notizen gemacht. Es war ein Konglomerat von Pfeilen, Strichen, Worten. Einiges war durchgestrichen. Drei Orte standen im Zentrum des Zettels, mit Pfeilen und Strichen verbunden. Karbsheim, Ansbach und Stuttgart. Stuttgart war durchgestrichen und um die beiden anderen Ortsnamen waren Strichmännchen gezeichnet. In winzigen Druckbuchstaben stand diagonal zu einer Ecke der Satz: »O.h. war ja da!!!«

Drei Ausrufezeichen. Die Postkarte aus Würzburg verständigte Carola Hartel darüber, dass die Kopien fertig gestellt waren und abgeholt werden konnten. Bucher überlegte nicht und packte die Zettel auch in die Plastiktüte. Viel mehr was sein Interesse erregte, fand er nicht. Lara Saiter traf er im Wohnzimmer an. Als er eintrat, deutete sie auf den einzigen Schrank im Zimmer.

»Ein Schrank«, stellte Bucher fest.

»Korrekt«, sagte sie.

»Und was ist das Besondere?«, fragte er artig.

»Das Besondere ist wieder mal nicht, wo man Spuren findet, sondern wo man sie nicht findet.«

»Sag's mir, ganz leise ins Ohr«, flüsterte er ihr zu.

Sie stellte sich vor den Schrank und fragte ihn: »Was siehst du?«

Er stöhnte und antwortete: »Einen Schrank.«

»Was befindet sich in dem Schrank?«

»In der Mitte sehe ich zwei Glasscheiben. Dahinter auf zwei Ebenen stehen Gläser. Weingläser, Sektgläser, Biergläser. Die beiden Seitentüren sind nicht aus Glas, daher nicht durchsichtig, aus diesem Grund sehe ich nicht, was sich dahinter verbirgt.«

»Das brauchst du auch nicht, denn du hast das Wesentliche schon übersehen.«

Bucher sah sie verdutzt an. »Was habe ich übersehen?«

»Macht nichts«, antwortete sie, »du hattest als Mann keine Chance.«

»Wie?«

»Schau her«, sagte sie versöhnlich und deutete auf die Schrankmitte, »zwei Glastüren, hinter jeder zwei Stellböden. Auf der einen Seite Sektgläser, darunter Wassergläser, daneben Weingläser und darunter Biergläser.«

»Genau das habe ich doch gesagt«, nölte Bucher und raschelte mit seinem Overall.

»Männer! Sag ich doch«, war ihre Antwort. »Jetzt schau noch mal genau hin. Was bitte haben zwei Sektgläser, die nach oben links gehören, in dem Fach für Weingläser unten rechts zu suchen, hm!?«

Bucher zuckte mit den Schultern und schwieg.

»Noch dazu, wenn es sich um die einzigen Gläser handelt, an denen nicht die geringste Spur von Fingerabdrücken zu finden sind.«

Bucher mimte den Aufmerksamen.

»Also mein Lieber. Wenn man Gläser spült, abtrocknet oder aus einer Spülmaschine nimmt, dann muss man sie in die Hand nehmen. Das ist mit allen Gläsern hier geschehen.

Nur die beiden Sektgläser, die bei den Weingläsern stehen, wurden nachträglich abgewischt. Völlig idiotisch eigentlich. Es sei denn, es war hier jemand zugange, der Spuren beseitigt hat. Er hat die zwei Gläser genommen, abgewischt und in der Aufregung in das falsche Fach gestellt. Das wäre dieser Carola Hartel nicht passiert. Die war nämlich sehr penibel, wie du sicher schon festgestellt hast.«

Bucher hörte die anderen von oben herunterkommen.

Lara Saiter erzählte weiter. »Auf den ersten Blick sieht es hier nicht sonderlich behaglich, ja sogar ungemütlich aus. Ich war aber schon mal kurz oben und habe mir einen Überblick verschafft. Umzugskisten, Kleiderberge, wie das eben so ist, wenn man umzieht. Bei manchen stehen ja die Umzugskisten jahrelang noch herum.« Sie sah ihn beim letzten Satz schelmisch an und er dachte an den Kistenstapel im provisorischen Gästezimmer. Sie machte weiter. »Aber die Kinderzimmer – die sind perfekt. Richtig kuschelig. Auch die Küche hier. Die wichtigen Dinge sind da und funktionieren.«

Bucher sah sie fragend an. »Und?«

»Ist doch klar. Die Frau wusste was sie wollte. Das war keine, die sich erstmal damit beschäftigt, Schleifchen und Rüschchen in die Fenster zu hängen. Ihre Kinder waren ihr wichtig, ernsthaft wichtig. Deren Zimmer waren zuerst gerichtet. Dann hier die Küche. Schau mal Kühlschrank und Vorratsschränke an. Hier wurde noch richtig gekocht, ja. Nicht Dosenfutter, weil Mama das schneller von der Hand geht und gerade so viel Stress ist.«

»Den Eindruck habe ich da drüben auch gewonnen.« Bucher deutete mit dem Kopf Richtung Gang. »Leerer Raum, aber der Schreibtisch vom Feinsten. Allerdings kann ich die Bücher nicht so recht zuordnen, die sie gelesen hat.« Er hob die Plastiktüte hoch.

Im oberen Stockwerk gab es nichts Bemerkenswertes festzustellen, berichteten die anderen, die dem Gespräch gefolgt waren. Am Interessantesten war noch Lara Saiters Feststellung mit den Gläsern.

»Ausgerechnet Sektgläser. Was gab's denn da wohl zu feiern?«, meinte Batthuber.

»Werden wir schon noch rausbekommen«, sagte Hartmann etwas brummig und ging nach draußen.

»Und im Dachboden?«, fragte Lara Saiter in Richtung Batthuber und Hüllmer.

Die Antwort bestand in stummem Kopfschütteln.

»Leer. Und im ersten Stock das Doppelbett, nur eine Seite benutzt. Die Spurensicherung war schon dran und hat es markiert. In den zwei Nebenzimmern stehen die Kinderbetten, aber das hast du ja gesehen.«

»Wo waren eigentlich die Kinder, nachdem man ihre Mutter aufgefunden hatte?«, wollte Bucher von Hüllmer wissen.

»Die waren am letzten Wochenende bei ihrem Vater. Der lebt inzwischen mit einer anderen zusammen und hat die Kleinen recht oft.«

»Wer ist eigentlich Manfred Schober?«, fragte Bucher unvermittelt.

Hüllmer war gerade damit beschäftigt den Kunststoffoverall auszuziehen, was bei seiner Fülle nicht so einfach war. Als er *Manfred Schober* hörte, sah er überrascht zu Bucher auf.

»Wie kommst du auf den?«

»Ich habe da eine Information bekommen.«

»Über Manfred Schober? Von wem?«, fragte Hüllmer und quälte sich aus den letzten hartnäckigen Stofffetzen des Overalls.

»Sagen wir mal, ich habe einen Informanten getroffen.«

»Ach so. Ja dann. Also ... Manfred Schober stammt aus Karbsheim, lebt aber im Wald. Er ist etwas eigenwillig, aber sicher nicht verrückt.«

Bucher schüttelte den Kopf. »Nixe verstehe. Wald?«

»Na ja. Das ist schwierig zu erklären. Jeder hier kennt den Schobers Manfred. Er lebt schon seit über zwanzig Jahren draußen im Wald. Da hat er sich eine Hütte gebaut, mittendrin, etwas oberhalb vom Schöbberle, das ist ein kleiner Bach.«

»Kann man sich denn mit diesem Manfred Schober unterhalten?«, fragte Lara Saiter, die aufmerksam zugehört hatte, als sie den Begriff »Informant« mitbekommen hatte. Hatte Bucher Geheimnisse?

Hüllmer wiegte den Kopf. »Mhm. Unterhalten. Das könnte schwierig werden. Mit dem Reden hat er's so gar nicht.«

»Wir werden es ganz einfach ausprobieren. Wo ist denn die Waldhütte zu finden?«

»Ich gebe euch am besten eine Beschreibung.«

»Gut«, sagte Lara Saiter in Buchers Richtung. »Ein Waldmensch. Huuhh. Klingt ja spannend«, sagte sie und zwinkerte Bucher zu.

Sie warfen oberflächliche Blicke in die Nebengebäude, doch da gab es nichts, was einen Hinweis hätte geben können. In der Scheune stand das Auto von Carola Hartel.

»Also irgendwer aus der Nachbarschaft muss doch mitbekommen haben, wie sie von hier weggegangen ist. Entweder zu Fuß oder es hat sie jemand abgeholt. Das muss doch herauszubekommen sein«, sagte Bucher mehr zu sich selbst, als er den dunkelgrünen Golf IV Kombi betrachtete. Die Spurensicherung hatte die Türen versiegelt.

Außer Lara Saiters Feststellung mit den Gläsern und den Büchern, die Bucher mitgenommen hatte, brachte sie das hier nicht sonderlich weiter. Sie trennten sich und verabredeten sich für den Abend in Ochsenfurt. Batthuber und Hüllmer machten sich auf den Weg zu Heller. Lara Saiter und Hartmann beschafften Informationen über das Opfer und Bucher fuhr nach Würzburg zur Staatsanwaltschaft.

Etwas abwesend gondelte er mit seinem alten Passat bei offenen Fensterscheiben durch die Wärme des Nachmittags und wurde ständig von anderen Autos überholt. Eigentlich hätte er es eilig haben müssen. In Würzburg verfuhr er sich mehrmals, bis er endlich vor dem Gerichtsgebäude anlangte. Er war der Meinung gewesen, seine Erinnerung würde ausreichen, um ihn schnell in die Ottostraße zu führen. Zweimal fuhr er über die Ludwigsbrücke, in unterschiedlicher Richtung, einmal fast in die Fußgängerzone, und kam dann doch auf wundersamen Wegen vor den großen Parkplatz der Residenz. Dort stellte er sein Auto ab und legte die paar hundert Meter zu Fuß zurück. Auch diesen Weg hatte er sich kürzer vorgestellt. Realität und Vorstellung klafften weit auseinander. Es war wie so oft – Räume, die sich in der Erinnerung großzügig gestalteten, waren in Wirklichkeit eng, und Distanzen, die man als kurz empfand, zogen sich schier endlos.

Die Staatsanwaltschaft war eigentlich in einem ambitionierten Glasbetonkonstrukt untergebracht. Es gab da aber eine Ausnahme. Bucher betrat das alte trutzige Gerichtsgebäude, dessen grobe Steinmauer schon von außen Respekt einflößte. Auch das gewaltige, vergitterte Eingangstor sollte wohl eher Mahnung als schöngeistiger Winkelzug des Architekten sein. Der für den Fall zuständige Staatsanwalt hörte auf den Namen Dr. Wüsthoff, trug den Titel Oberstaatsanwalt, und wollte oder durfte nicht im Neubau arbeiten. Beim Pförtner holte Bucher die Information, wo dieser Wüsthoff zu finden sei und machte sich auf den Weg durch lange, stuckgeschmückte Gänge. Menschen, manche einzeln, dann wieder in Gruppen, sammelten sich im Gang. Die einen standen oder saßen ruhig, andere wieder waren zurückgenommen aufgeregt – doch jeder, der hier sprach, tat es flüsternd. Einzig die Anwälte waren an ihren Roben sofort zu erkennen – ansonsten war es fraglich, wer Kläger und wer Beklagter war. In solchen Gängen konnte sich niemand sicher sein, zu welcher Gruppe er gehörte. Bucher hoffte darauf, bald hier zu stehen und im Fall Carola Hartel den Teil Recht zu erhalten, den er für erforderlich hielt. Hinter dem Gang mit den Verhandlungssälen wurde es verwinkelt und unübersichtlich. Doch die Beschreibung des Pförtners war gut genug, um zu Dr. Wüsthoff zu finden. Bucher trat, nachdem er angeklopft hatte, durch eine hohe zweiflügelige Tür und blieb sprachlos stehen. Das hatte er noch nicht sehen dürfen. Wobei er doch viel im Land herumkam. In Erwartung eines nüchternen, chaotischen oder vielleicht sogar gemütlichen Büros war er in einem Saal gelandet. Die Tür hätte es eigentlich schon andeuten müssen. Die hohe Decke war mit Stuck und Fresken geschmückt. Links eine breite Fensterfront, die dem Licht ermöglichte, die Pracht des Raumes genügend zu würdigen. Rechts herrliche alte Bücherschränke. Klassizismus, wie Bucher meinte zu erkennen. Direkt vor ihm ein gewaltiger Schreibtisch, links und rechts von hohen Aktenstapeln belastet. Dahinter saß die dem Raum angemessene Erscheinung des Oberstaatsanwaltes Wüsthoff. Bucher schätzte ihn auf Ende fünfzig. Er hatte eine dem Raum angemessene, barocke Figur. Zwischen Stirn und Brust breitete sich ein Gesicht aus, das dem Onkel von Bud Spencer gehören könnte. Wüsthoff trug trotz der frühsommerlichen Wärme eine dunkelgrüne Lodenweste über dem Leinenhemd und hatte die kurzen festen Unterarme auf dem Schreibtisch abgelegt. So saß er leicht nach vorne gebeugt da und blickte mürrisch auf Bucher, der dem Schreibtisch entgegen schritt. Ein knurriger Laut wies Bucher an, in dem breiten Barocksessel vor dem Schreibtisch Platz zu nehmen. Alles hier war beeindruckend. Wüsthoff kratzte sich ausgiebig an der Backe und holte einen roten Aktenordner vor seine breite Brust. Dann begann er in der Akte zu lesen. Bucher blieb einfach still und nutzte die Zeit, den Raum genauer zu inspizieren. Wie um alles in der Welt schaffte man es, so etwas als Büro zu erhalten? Und was musste es kosten, diesen Saal im Winter zu heizen? Vielleicht mit einem offenen Kamin, in den Baumstämme geschoben wurden? Er verkniff sich tief und laut auszuatmen. Sein Blick fiel auf die Wand hinter Wüsthoff. Sie war geschmückt mit allen möglichen Geweihen von Böcken und Hirschen. In der Mitte thronte ein besonders gewaltiges Geweih. Es musste von einem herrlichen Tier stammen. Schade drum, dachte Bucher. Wüsthoff musste Buchers Blick zur Trophäensammlung aufgefallen sein, denn er sagte plötzlich mit unverhohlenem Stolz in der Stimme: »Pischia-Cocor« Dabei warf er den Kopf leicht nach hinten, um auf das Geweih zu weisen.

»Ich dachte es wäre ein Hirsch«, hörte Bucher sich eine Spur zu trocken sagen, den Blick immer noch am Geweih, und gleichzeitig erschrocken über seine unüberlegte Äußerung, welche leicht als unpassende Frechheit auslegt werden konnte. Doch das kurze bellende Lachen beruhigte ihn. Pischia-Cocor – Das klang nach Karpaten, Kälte, Einsamkeit, Holzfeuer und Unmengen von Schnaps.

Wüsthoff studierte unbeirrt die Akten. So war das eben hier in der Kleinstadt. Da bereitete man sich auf Termine während des Termins vor. Bucher maß sein Gegenüber, dessen größte Leidenschaft unzweifelhaft die Jagd war. Danach kam lange nichts. Lange nichts. Sicher war er Herr – die Bezeichnung Herrchen verbot sich einfach – also Herr mindestens eines Jagdhundes und sollte es stimmen, dass sich Hundebesitzer und Tier im Laufe der Zeit immer ähnlicher wurden, so musste Wüsthoff einen gewaltigen Boxer zu Hause haben. Bucher hätte fast gelacht, als ihm dieser Gedanke durch den Kopf ging und er sich vorstellte, wie Wüsthoff das Sabbern anfing. Doch ein kurzer Blick auf das ernste, konzentrierte Gesicht des Staatsanwalts erstickte jeglichen lustigen Reflex. Endlich schien Wüsthoff sich einen Überblick, vielleicht auch nur einen Einblick, verschafft zu haben und begann das Gespräch mit einem »Scheißsauerei, oder!«

Bucher wusste nicht ganz genau, was er meinte, nickte aber mit ernstem Gesicht. Der weitere Verlauf ihrer Kommunikation wurde vom Klingeln eines Telefons gestört. Wüsthoff griff den Hörer mit einer Schnelligkeit, als handelte es sich um den Kopf einer Giftschlange, die er zu fassen habe, bevor sie zubeißen konnte. Nachdem er zuerst ein »Ja« in den Hörer geknurrt hatte, hörte er ein paar Sekunden zu und bellte dann: »Nein, der soll gleich reinkommen.«

Danach legte er den Hörer mit einer gelassenen Geste zurück auf die Gabel und suchte im linken Stapel nach einem Ordner, den er nach einigen tiefen Schnaufern auch fand. Jetzt las er in diesem Ordner. Anscheinend interessierte er sich im Moment nicht mehr für Bucher. Der nutzte die Gelegenheit nun das Interieur zu bestaunen. Wo war hier der Cognac versteckt? Aber was hieß versteckt. Irgendwo stand sicher ein Barwagen ganz offen herum.

Es klopfte an der Tür und Bucher erschrak von dem wütenden »Rein!«, das Wüsthoff an ihm vorbeischleuderte. Bucher drehte sich zur Tür und sah einen Kollegen in Uniform eintreten, so Anfang vierzig. Der lächelte zahm und sah auf sonderbare Weise heruntergekommen aus. Es war nicht die Kleidung, sondern seine Ausstrahlung, die eine Art innerer Verwahrlosung freisetzte. Bucher würdigte er keines Blickes.

Wüsthoff stoppte ihn mit ausgestrecktem Zeigefinger und belferte in ungemein aggressivem Ton los. »So jetzt hör mir mal zu, Meister aller Klassen. Nur dass wir uns verstehen – ich habe hier schon wieder eine Anzeige wegen Körperverletzung im Amt vor mir liegen. Und ich denke es ist an der Zeit, dass wir beide uns mal was überlegen, denn ich kann die Dinger nicht weiterhin einstellen … so wie bisher. Ist das klar! Also – beim nächsten Mal hau ich dir zwischen die Hörner, dass Blut spritzt. Verstanden! Das wars. Adios!«

Bucher schluckte und blickte betreten auf den Aktenstapel am Schreibtisch. Von hinten hörte er, wie sich die Tür leise schloss. So funktionierte das hier also.

Wüsthoff atmete tief aus, zu tief, denn er verfiel in einen mittelschweren Hustenanfall. Natürlich, dachte Bucher, Zigarren. Auf dem Sims hinter dem Schreibtisch stand ein eindrucksvoller marmorner Aschenbecher. Hier verstand man zu leben. Wann endete noch mal die Zeit der Schönborns? Das waren zwar Fürstbischöfe, doch bei dieser barocken Lebensweise – vielleicht wurden deren Nachfolger Juristen?

Wüsthoff setzte erneut an mit der Sauerei. »Also …«, es klang noch etwas gequält, doch Bucher wartete geduldig, » … Scheißsauerei … auch noch da draußen. Ist so schön da. Hab da erst im letzten Jahr so eine schöne Sau gehabt.« Wüsthoff schüttelte angewidert den Kopf. Bucher hätte es nicht gewundert, wenn Speichelschaum davongeflogen wäre. Er blieb still.

»Die Obduktion findet übrigens in Würzburg statt und nicht in Erlangen. Die haben da im Moment keine Kapazitäten und ich habe der Verlegung nach Würzburg zugestimmt. Ist doch kein Problem für Sie, oder?«

Bucher schüttelte den Kopf und wollte noch ein »Nein« hinzufügen. Zu fragen weshalb Erlangen überhaupt im Gespräch war, ließ er einfach sein. Zudem hörte er schon wieder die dröhnende Stimme Wüsthoffs, der ihn dabei grimmig ansah. »Gut. Brauchen Sie irgendwelche Beschlüsse? Haben Sie schon …«, Wüsthoff winkte ab. »Ja. Ja. Ist noch zu früh. Sie haben ja erst begonnen.« Dann äußerte er wieder seine Betroffenheit über die Gesamtsituation. »So eine Scheißsauerei. Das da draußen, das ist so eine feine Jagd. Das kann den Adi nicht freuen! Das kann den Adi nicht freuen!«

Bucher stimmte durch leichtes Kopfnicken zu, obwohl er weder Adi kannte noch die Jagdmöglichkeiten beurteilen konnte. Schon gar nicht wollte er da draußen jemals eine Sau haben. Außerdem war er nicht mehr ganz sicher, ob er und Wüsthoff vom gleichen Fall ausgingen.

Dr. Wüsthoff sah nachdenklich auf die Tischplatte, dann klatschte er in die Hände und meinte: »Ja … dann.«

Bucher stand auf, reichte ihm die Hand und sagte: »Auf Wiedersehen, und vielen Dank für das Gespräch«, um auch noch etwas gesagt zu haben. Seine Erfahrung sagte ihm, dass es keinen Sinn machte mit Leuten wie Wüsthoff zu diskutieren. Wüsthoff würde ihn in Ruhe seine Arbeit machen lassen – das war wichtig. Sein skurriles Gebaren war unerheblich für Bucher.

Die Rückfahrt zog sich länger hin als er erwartet hatte, was am dichten Feierabendverkehr lag, der zu Würzburgs Fluchtwegen hinausquoll. Die auf ihn so beschaulich, manchmal etwas vergessen wirkende Stadt schien eine nicht zu unterschätzende Lokalmetropole zu sein.

In Ochsenfurt warteten die anderen schon auf ihn. Lara Saiter und Batthuber hatten sich je einen PC unter den Nagel gerissen und tippten ihre Berichte und Notizen ein. Bucher besorgte sich von Hartmann die Personendaten von Carola Hartel, um nicht untätig zu sein und den Fall in der Datenbank zu erfassen. Er startete das IGVP und wartete. Hüllmer stand hinter ihm und fragte süffisant, wie es denn bei

Dr. Wüsthoff gewesen sei. »Ach, wir haben uns ganz nett miteinander unterhalten«, sagte Bucher gelangweilt in Richtung Bildschirm. Im Spiegelbild des Schirmes sah er ein Grinsen und hörte ein hämisches: »Ach wirklich.«

Am Monitor tat sich nichts. »Wieso habt ihr so lahme Kisten? Da geht ja gar nichts weiter«, meckerte er.

»Was heißt hier *lahme Kisten*«? Wieso liefert ihr LKAler so miserable Software? Du kannst erst mal einen Kaffee trinken gehen. In den nächsten zehn Minuten brauchst du eh nicht dran zu denken, hier irgendetwas eingeben zu können.«

Bucher drehte sich zu Hüllmer um. »Späßle, oder?«

»Nix Späßle, Herr LKA. Euer IGVP heißt bei uns ›Ich Geh Vorher Pissen‹.«

»Scheißsauerei«, sagte Bucher, »so kann man doch nicht arbeiten.«

Hüllmer meinte: »Man merkt, dass du bei Wüsthoff warst. Nur gut, dass ihr das mal selbst erlebt, wie ätzend langsam das hier geht. In München hockt ihr ja direkt neben dem Server, oder was immer das da laufen, besser gesagt lahmen lässt. Aber wir hier draußen ...«

»Im Land, vor den Fernsehgeräten ...«, fiel ihm Bucher ins Wort.

»Wir hier draußen auf dem flachen Land müssen uns mit dieser beschissenen LKA-Software rumplagen. Das hätte jede kleine Softwarefirma besser hinbekommen.«

Bucher zuckte die Schultern. »Das ist gut möglich. Ich wusste gar nicht, dass wir so was selber machen.«

Hüllmer lachte höhnisch. »Was glaubst du bitte, was die paar hundert Leute in der EDV bei euch machen?«

Das Gespräch wurde Bucher peinlich. Er kümmerte sich um die *Ai-Ti*, wie es bei ihnen hieß, überhaupt nicht. Was hatte er auch damit zu tun. Schon gar nicht wusste er, dass da ein paar hundert Leute beschäftigt waren. Am Bildschirm tat sich immer noch nichts. Nicht einmal eine Sanduhr war zu sehen. Unzumutbar.

»Ja habt ihr euch denn nicht mal beschwert?«, sagte er zum Bildschirm.

Von Hüllmer war nichts zu hören. Besorgt drehte sich Bucher um und sah in ein resigniertes Gesicht.

»Einmal? Beschwert? Du bist lustig. Wir waren bis im Landtag. Aber das teure Ding ist jetzt mal da und jetzt basteln sie dran rum, dass es irgendwann mal brauchbar wird. Ein Drama. Aber schau, jetzt kannst du loslegen.«

Bucher sah die Erfassungsmaske, hörte noch ein leises Lachen von Hüllmer, und tippte los. Es dauerte jeweils eine Sekunde, bis der Buchstabe, den er angetippt hatte, auf dem Bildschirm erschien. Es war das erste Mal, dass ein Computer seinem Siebeneinviertelfingersystem hoffnungslos unterlegen gegenüberstand.

Als der Verwaltungskram erledigt war, trafen sie sich. Batthuber und Hüllmer waren bei Heller gewesen, der die Leiche gefunden hatte. Batthuber hatte alle Daten aufgenommen und noch einmal eine eingehende Befragung durchgeführt, die aber keine neuen Erkenntnisse brachte. Er druckste herum und meinte, er müsse noch etwas überprüfen. Lara und Alex hatten alle Dokumente und Daten, die sie über Carola Hartel bekommen konnten, zusammengetragen. Familienstammbuch, Zeugnisse, Führerscheindaten. Sie hatten sogar schon einige Gespräche führen können. Mit einem ehemaligem Lehrer, einer Arbeitskollegin und einer früheren Nachbarin aus Karbsheim. Alle äußerten sich betroffen und erschrocken. Zu detaillierten Fragen jedoch kamen nur ausweichende Antworten oder angebliches Nichtwissen. Lara Saiter fügte mit müden Augen doch konzentrierter Stimme hinzu: »Interessant waren die Kontoauszüge, die sie auf der Bank erhalten hatten. Am Montag nach der Tat war dort der Eingang von fünfzehntausend Euro verbucht. Und rate mal von wem das Geld kam? Von diesem Schwesternheim. Noch am selben Tag fand eine Rückbuchung des Betrages statt. Seltsam wie ich finde. Als Verwendungszweck der Buchung war lediglich der Begriff ›Leistung‹ aufgeführt. Etwas kurios das Ganze, wie ich finde.«

Bucher stimmte ihr zu und fasste kurz zusammen, in welcher Weise die Ermittlungen weiterlaufen sollten. Allen war der lange Tag anzusehen und er wollte schnell zu einem Ende kommen.

»Morgen findet die Obduktion in Würzburg statt. Ich werde das übernehmen.« Niemand widersprach ihm. »Ihr sucht morgen den Bürgermeister und den Exmann auf und klopft deren Alibi ab. Ich hoffe, morgen von Würzburg mit einigermaßen genauen Daten über den Todeszeitpunkt und vielleicht einigen anderen Neuigkeiten zurückzukommen. Von da an können wir schon mal mit Weg-Zeit-Berechnungen anfangen. Außerdem möchte ich, dass das Waldstück durchsucht wird, das sich hinter dem Tatort bis zu der Straße hinzieht. Das, in dem die Kinder Baumhäuser bauen. Morgen sollten auch die ersten Ergebnisse der DNS-Spuren vorliegen, die die Kollegen eingeschickt haben. Lara, kannst du dich darum kümmern? Vielleicht ist ja etwas Brauchbares dabei. Die Sache mit der Überweisung … vielleicht bekommst du da noch ein paar Hintergrundinformationen.«

Lara Saiter nickte. »Klar. Aber eines ist jetzt schon sicher. Die Überweisung zu Gunsten Carola Hartels Konto muss spätestens am letzten Freitag, sagen wir Donnerstag, ausgelaufen sein. Da lebte sie noch. Am Montag war das Geld dann auf ihrem Konto. Wurde aber am gleichen Tag zurückgebucht. Das geht eigentlich nicht so einfach. Vor allem nicht, da ja am Sonntag schon bekannt war, dass sie ermordet worden ist. Da stimmt etwas nicht.«

»Scheint mir auch so. Ich werde morgen auf dem Rückweg von Würzburg noch im Schwesternheim vorbeifahren und einfach mal dumm fragen.«

In der Nacht schlief er über den Büchern ein, die er in Carola Hartels Haus gefunden hatte.

VI.

Auf der Autobahnbrücke, die über den Main hinweg trug, verringerte er das Tempo und wagte den Blick nach rechts. Im frühen Licht lag der Fluss unter ihm, am Nordufer breiteten sich Gewächshäuser aus und gegenüber lag Marktbreit. Hätte er Zeit gehabt, wäre er gerne hinunter in diesen herrlichen Flecken gefahren, in dem einst Literaten bei einem legendären Treffen nach dem Krieg gelesen, gefeiert, gestritten und gesoffen hatten. Wieder nahm er den Weg über Estenfeld und rollte gemächlich den Greinberg hinab. Die hinterhältig aufgebaute Radarfalle der Kollegen konnte ihm nichts anhaben. Scharf nach rechts ging es unten in die Versbacher Straße. Links und rechts parkende Autoreihen ließen die an sich breite Straße einspurig werden. Bucher suchte ein Halteverbotsschild. Nach wie vor die bewährteste Gelegenheit, einen freien Platz zum Parken zu finden.

Im Eingangsbereich des Instituts für Pathologie herrschte Gedränge. Ein Seminarkurs nutzte noch die Helligkeit und Wärme der Morgensonne, bevor ihnen Hände oder Füße zum Präparieren zugeteilt wurden. Als Bucher an der plappernden Gruppe vorbeiging und in die Gesichter blickte, fragte er sich, wie alt er eigentlich schon war. Diese Kinder hier würden in wenigen Jahren als Ärzte in Krankenhäusern Verantwortung tragen und er konnte sich das nur schwer vorstellen. Trotz Übersichtstafel im Eingangsbereich war er nicht in der Lage festzustellen, wohin genau er sich wenden sollte und fragte sich durch. Drei Treppenabsätze später stand er im Sektionssaal. Kaum war er durch die Tür getreten, beneidete er die coolen Bullen, zu denen er, was Obduktionen anbelangte, sicher nicht zählte. Er spürte schon wieder, wie er nervös wurde. Nach den ersten desaströsen Erfahrungen, die ihn fast gezwungen hatten, sich einen anderen Bereich polizeilicher Ermittlungen zu suchen – so spannende Sachen wie Tageswohnungseinbrüche mit einer Aufklärungsquote von zehn Prozent – hatte er in einem alten erfahrenen Kollegen einen hilfreichen Ratgeber gefunden. Zum einen war es tröstlich gewesen zu erfahren, dass auch alte Hasen sich an diese Prozedur nicht gewöhnen konnten, und spannender noch war es, einige der Tricks zu erfahren, mit denen diese Burschen arbeiteten. Ein sparsames Frühstück, ein Glas Wasser – viel Flüssigkeit war immer wichtig – dann zwei Tassen schwarzer Tee, auf keinen Fall Kaffee. Bucher bevorzugte Earl Grey. Noch im Auto hatte er eine dünne Schicht seiner Eigenentwicklung auf die Nasenschleimhäute gelegt. Vaseline mit Orangenblütenwasser. Die Zutaten bekam man rezeptfrei in jeder Apotheke, auch wenn die Angestellte ihn immer so eigentümlich ansah. Der frischherbe Duft der Essenz aus Orangenblüten milderte die Geruchsattacken, denen man beim Öffnen des Leibes ausgesetzt war. Die gurgelnden und schmatzenden Geräusche ertrug Bucher, indem er jedes Mal, wenn seine Phantasie anhob Ausflüge zu unternehmen, ein stilles »Nein« sprach, die Tür, hinter der nur Schwärze lauerte, verschloss und eine Prise des paradiesischen Dufts eines in Tropfen gefangenen Orangenhains inhalierte.

Er ging an einigen modernen Stahltischen vorbei, auf denen mit grauen Tüchern abgedeckte Leichen auf ihre Verwertung warteten. Ein guter Teil war sicher für die jungen Leute da draußen bestimmt. In Krimis waren die Tücher immer blendend weiß, fiel ihm ein. Er hörte ein klirrendes Geräusch im hinteren Bereich und ging ihm nach. Auf halbem Weg kamen ihm drei Frauen in grünen Kitteln entgegen.

»Sind Sie der Bolizist aus München?«, fragte eine blonde Enddreißigerin, deren schwangerer Leib die grüne Schürze stark nach außen wölbte.

»Der bin ich«, antwortete Bucher und nahm erschrocken wahr, wie sich Wasser in seinem Mund sammelte. Kein gutes Zeichen. Er schluckte und folgte den dreien, die ohne weitere Bemerkung an ihm vorbeigelaufen waren.

»Ich bin Dr. Martin«, sagte die Schwangere mit energischer Stimme. Ich kümmere mich heute um ihren Fall.«

Bucher dachte darüber nach, wie der Mann wohl aussehen mochte, der mit dieser Frau zusammenlebte, während er versuchte dem Speichelfluss Herr zu werden und sich fragte, ob es eigentlich nur noch Frauen in der Gerichtsmedizin gäbe.

Fast schon am Ende der Tischreihe angekommen, schwenkten die Amazonen nach rechts. Eine Dunkelblonde mit kurzen Haaren zog das Tuch mit einer für diese Räume selten anmutigen Bewegung weg und Bucher hatte die erste persönliche Begegnung mit Carola Hartel.

Sie lag nackt auf der Edelstahlplatte. Er erblickte einen makellosen langen, schlanken Körper, dessen wachsiges, bleiches Gelb sich nur matt von der Metallplatte des Tisches abhob. In drei Plastikkisten neben dem Sektionstisch befand sich Carola Hartels Kleidung. Jedes Stück war einzeln in eine Plastiktüte verpackt und ordentlich etikettiert, also hier noch einmal gecheckt worden. Bucher sah bei seinem flüchtigen Blick die beige Bluse und die blaue Hose hervorschimmern. Er lehnte sich an die grau gekachelte Wand und verfolgte das ruhige und professionelle Vorgehen Dr. Martins. Aufmerksam hörte er zu, was sie in das über dem Tisch hängende Mikro sprach. Einen Teil des Fachchinesisch konnte er inzwischen deuten. Wenn es ganz schlimm wurde, holte er das Ricola aus der Backentasche hervor und verteilte einen angenehmen Geschmack im Mundraum. Eine Art Daumenlutschen für Erwachsene. Gleich wie, so ließ sich das Ganze gut überstehen. Er erschrak, als Dr. Martin ihn mit fester Stimme rief: »Hallo, Herr Bolizist. Kommen Sie mal her!«

Bucher tat wie geheißen.

»Wie heißen Sie eigentlich?«

»Entschuldigen Sie, dass ich mich noch nicht vorgestellt habe. Bucher. Mein Name ist Bucher … Johannes.«

»Schon recht. Sehen Sie mal hier, Johannes. Das dürfte für Sie von Bedeutung sein.«

Sie deutete auf eine Stelle am Schädel oberhalb des linken Ohres und drückte die Haare mit einem Spatel beiseite.

»Sehen Sie, hier. Das muss ein Schlag mit einem stumpfen harten Gegenstand gewesen sein. Die Schädelwand ist angebrochen. Ich tippe auf ein sehr hartes Holz oder Metall. Im

Bereich des Auftreffens auf den Schädel war die Form nicht kantig, sondern eher rund oder oval.«

Bucher sah sie fragend an.

»Ja ... ich denke da an einen Schaufelstil oder ein rundes Eisenstück. Jedenfalls war die Oberfläche glatt, weil kein Muster in die Kopfhaut geprägt wurde, und – der Schlag war wohldosiert.« Den letzten Satz betonte sie.

»Was ist unter *wohldosiert* zu verstehen?«, fragte Bucher nach.

»Nun ... das Opfer wurde dadurch nicht getötet, sondern lediglich betäubt.« Sie kniff die Augen zusammen und sah argwöhnisch auf den Schädel, während sie mit ihren Fingern die Schädeldecke befühlte. »So wie sich das darstellt hatte der Täter nicht vor sie zu erschlagen, sonst hätte er ja auch ein zweites Mal zugeschlagen. Nein ... das war ein Betäubungsschlag, wie ich schon gesagt habe, dosiert ausgeführt.

Bucher konnte mit dieser Aussage im Moment nichts anfangen. Bisher war er davon ausgegangen, dass Carola Hartel die Kehle durchgeschnitten worden war. Ein Griff. Ein Schnitt. Fertig. Blitzschnell musste es gegangen sein. Die neue Information stellte den bisher angenommen Tathergang in Frage. Er deutete auf den langen Schnitt am Hals, der weit offen klaffte.

»Weshalb dann das da, wenn er sie schon hätte erschlagen können?«

»Gehen Sie mal davon aus, dass der Täter sie mit dem Schlag eben nicht töten wollte. So wie sich das aussieht, ging es ihm lediglich darum, sie zu betäuben. Ein Täter der töten will, dem gelingt das mit einem Schlagwerkzeug, wie es hier verwendet worden ist, durchaus. Aus welchem Grund sie dann aber mittels der Durchtrennung der Halsschlagader so zu Tode gebracht worden ist – das herauszufinden ist Ihr Job.«

»Natürlich«, entgegnete Bucher und fügte fragend an: »Derjenige, der zugeschlagen hat, muss sich aber mit der Wirkung von Schlägen auskennen. Also ich wüsste nicht, mit welcher Kraft ich zuschlagen müsste, um einen Menschen ausschließlich zu betäuben.«

»Vielleicht hat er Übung darin.« Sie sah ihn an, zog die Stirn in Falten und drehte sich wortlos um.

Genau das hatte Bucher auch gedacht – Übung darin.

Als die Obduktion beendet war und die Dunkelbraune die Plastikdöschen mit den Gewebeproben von Leber, Nieren und Lunge befüllte, fragte Bucher: »Gibt es noch etwas, was ich wissen sollte?«

»Immer«, erhielt er zweideutig zur Antwort, bevor Dr. Martin in ernstem Ton weitersprach: »Die Details den Mageninhalt betreffend erhalten Sie mit dem abschließenden Bericht. Im Moment wissen wir nur, dass sie kurz vor ihrem Tod gegessen haben muss. Der Mageninhalt war nur angedaut. Tagliatelle übrigens. Genaueres dann später. Und weil wir gerade dabei sind, weder an den Nasenschleimhäuten noch im Mund-Rachenbereich oder am Auge konnte eine Eiablage festgestellt werden.«

Bucher kramte den letzten winzigen Rest Ricola hervor und versuchte geräuschlos saugend einen kräftigen Schub Orangenaroma in den Rachen zu bekommen.

Sie hielt kurz inne und dachte nach. »Das wundert mich eigentlich, denn gerade an dem Ort, wo sie aufgefunden wurde, muss es doch jetzt nur so von Fliegen wimmeln. Deutet aber auf ein extrem kurzes postmortales Intervall hin, oder das Fliegenzeug dadorten ist – nicht mehr fortpflanzungswillig.« Sie sah ihn so durchdringend-zweifelnd an, dass Bucher hastig fragte: »Also eine sehr kurze Zeit zwischen Todeseintritt und Auffinden?«

Dr. Martin nickte langsam und nachdenklich. »Ja. Eigentlich schon. Aber gut, da muss ich noch mal genau nachsehen. Sie wurde jedenfalls durch einen Schlag mit einem stumpfen Gegenstand auf den linken Hinterkopf betäubt. Das Schlagwerkzeug hatte eine ovale Form, Größe im Querschnitt etwa fünf Zentimeter. Vielleicht auch aus Kunststoff. Eher eine Kunststoffbeschichtung. Kunststoff alleine wäre für den Schlag nicht massiv, besser gesagt schwer genug gewesen.«

Sie ging mit ihm zurück zum Stahltisch und deutete auf den Hals. »Der Schnitt am Hals öffnete die Halsschlagader. Die Todesursache liegt zweifelsfrei in dem dadurch verursachten Blutverlust. Aber hier gibt es eine Ungereimtheit, besser gesagt etwas Ungewöhnliches, das ich Ihnen gerne noch zeigen möchte.«

Sie nahm den Kopf der Leiche und drückte ihn sanft nach links in den Nacken, wodurch der Schnitt weit geöffnet wurde und das Innere des Halses freigab. Mit einem Skalpell deute sie auf die Halsschlagader, die gut zu erkennen war. »Sehen Sie hier. Dies ist der Schnitt, der die Schlagader geöffnet hat und zum Verbluten führte.«

Dann rutschte sie einen halben Zentimeter in Richtung Brust nach unten. »Und der hier, der hat die Halsschlagader zwar durchtrennt, aber nicht zum Tod geführt.«

Bucher sah sie verständnislos an und fragte: »Wie soll ich das bitte verstehen?«

Sie zeigte auf den Hals und sagte: »Der massive Schnitt vom Kehlkopf in der Halsmitte bis zu den Halswirbeln, der wurde mit großer Kraft durchgeführt.«

Sie sah ihn einige Sekunden schweigend an, bevor sie langsam und betont weitersprach. »Allerdings erst, als sie schon tot war. Der todesursächliche Schnitt war eher ein Stich, der die Verletzung der Halsschlagader verursachte, die ich Ihnen gerade gezeigt habe. Es wird nur auf der äußeren Hautseite nicht so deutlich, dass es sich um zwei Schnitte handelt, weil die beiden Bereiche ineinander übergehen und die Schnittkanten sich in den Stunden nach Todeseintritt aufgestellt haben.«

Bucher sah sie mehr erschrocken als überrascht an, ahnte er doch schon, auf was sie hinaus wollte.

Leise wiederholte er: »Erst betäubt, und dann ein Schnitt, um die Halsschlagader zu durchtrennen – als sie dann tot war, ein zweiter Schnitt?« Er hielt kurz inne. »Wollte er ihr den Kopf vielleicht abtrennen?«

Sie wiegte den Kopf und zog eine nachdenkliche Grimasse, gab ein gequält klingendes »Mhh« von sich. »Das glaube ich wiederum nicht. Was hätte ihn daran hindern können? Hätte er das gewollt, hätte er es auch durchgeführt. Nein. Vielleicht wollte er etwas vortäuschen ...«, sie hob die Hände. »Was immer Sie damit anfangen können weiß ich nicht. Halten Sie sich an die Fakten. Der Täter hat diese Frau mit einem, ich würde sagen, professionellen Stich in die Halsschlagader getötet, nachdem er sie vorher mit einem bemessen ausgeführten Schlag betäubt hatte. Erst danach, als sie schon tot war, wurde ihr dieser martialische Schnitt zugefügt, der den Hals öffnete. Und diese letzte Handlung war, entschuldigen Sie wenn ich es so ausdrücke, reine Show.«

Buchers Magen begann heftig zu vibrieren. »Entschuldigen Sie bitte Dr. Martin, ... aber ... das, was Sie beschreiben ... das klingt für mich wie ...«

»Wie eine Schlachtung. Ja. Tut mir leid, aber es ist so.«

Bucher zwang sich die wilden Gedanken, die ihm durch den Kopf schossen, zu verdrängen und die Fragen zu stellen, die jetzt von Bedeutung waren. »Welche Erkenntnisse gibt es denn nun hinsichtlich des Todeszeitpunkts, beziehungsweise wie kurz war die Zeit zwischen Todeseintritt und Auffinden?«

Sie holte einen Notizzettel aus dem Kittel hervor, der jetzt eine Ladung weißer Riese gut vertragen konnte. »Die erste Temperaturmessung Ihrer Kollegen fand um elf Uhr drei statt. Die zweite um elf Uhr dreiunddreißig, dann noch eine um zwölf Uhr drei. Die Umgebungstemperatur lag am Boden gemessen gleichbleibend bei 18,3 Grad. Also ich sage Ihnen jetzt unter Vorbehalt, dass der Tod etwa so vierzehn Stunden, plusminus ein bis zwei Stunden vor der ersten Temperaturmessung eingetreten sein muss. Dann käme als Todeszeitpunkt der Samstagabend in Betracht, so zwischen neunzehn Uhr und dreiundzwanzig Uhr. Aber da müssen wir noch etwas genauer arbeiten. Das kann ich Ihnen jetzt noch nicht sagen.«

»Genauer geht es nicht, oder?«, fragte er. Zu seiner Verwunderung reagierte sie gar nicht giftig, sondern antwortete ganz sachlich. »Leider nicht. Die exakten Umgebungsbedingungen sind uns ja nur partiell bekannt. Wir haben es hier mit einer gesunden Frau mittleren Alters zu tun. Sie wog sechzig Kilogramm. In der Literatur gibt es einige empirische Versuche, anhand deren Erfahrungswerte die Todeszeit bestimmbar ist. Kurz nach Todeseintritt folgt demnach eine Plateauphase, das heißt, die Körpertemperatur fällt nicht sofort ab. Dann, je nach den bestimmenden Umgebungsparametern, folgt eine lineare Abkühlungsphase, also ein relativ rascher Abfall der Körpertemperatur, die in einer asymptotischen Endphase mündet. In der kommt es ganz schnell zu einer Annäherung der Rektaltemperatur zur Umgebungstemperatur. Wir wissen aber die genaue Umgebungstemperatur nicht.«

Bucher verzichtete auf weitere Erklärungen hinsichtlich der Todeszeitbestimmung und fragte: »Hinweise auf ein Sexualdelikt?«

Sie schüttelte den Kopf. »Nein. Ein Sexualdelikt liegt nicht vor. Keine Penetration, kein Sperma oder Speichel, nichts. Den Bereich können Sie also eindeutig ausschließen. Am Körper selbst haben wir keine DNA-Spuren sichern können, aber was auf der Kleidung war, ist ja bereits in eurem Labor in München. Wir haben auch noch mal drüber geschaut. Wie die Kollegin mir mitteilte, war ja etwas Verwertbares auf der Bluse.«

Bucher ging, während sie sprach, langsam um die Stahlplatte herum. In der Mitte des Schädels war der dünne Schnitt auszumachen, der von Ohr zu Ohr reichte. Schnell wich er aus und landete bei ihrem Gesicht. Ihre Nase war lang und schmal. Ihre Wimpern fielen ihm auf, schöne lange Wimpern hatte sie gehabt, darüber eine kantige Stirn. Er nahm ihren rechten Arm hoch, betrachtete ihn und sah zu Dr. Martin hoch, die sofort loslegte.

»Sie sehen es ja selbst, keinerlei Kampfspuren oder Abwehrspuren feststellbar. Die Fingernägel waren sauber und keiner war abgebrochen, also kein Kratzen oder dergleichen.«

»Sie hat ihren Mörder also gekannt«, sagte er mehr zu sich selbst.

»Davon ist auszugehen. Allerdings hat sie ihn nicht gut genug gekannt.«

Dr. Martin holte ihre Schreibkladde hervor. »Auch sonst nichts Aufregendes. Keine Krankheiten. Einzige Operationen waren die Entfernung des Blinddarmes und ein Kaiserschnitt. Alles ganz normal.« Sie stützte sich mit ihrer Hüfte an der gegenüberliegenden Seite des Tisches ab und sah auf die Tote hinab.

»Wie viele Kinder hat sie?«, fragte sie traurig und überraschte ihn weniger durch die Frage, als mit diesem Ausdruck des Mitgefühls. Bisher hatte sie einen wirklich toughen Eindruck hinterlassen.

»Zwei«, sagte er.

Sie schwieg nachdenklich.

Bucher legte den Arm vorsichtig zurück auf die Stahlplatte und ging langsam weiter. Carola Hartels Körper war makellos, wie Dr. Martin es beschrieben hatte. Die zwei Narben am Bauch waren kaum auszumachen, wusste man nicht von ihrer Existenz. Er versuchte sich gegen alle inneren Widerstände vorzustellen, wie die Tat abgelaufen sein konnte. Der Täter schlug sie erst bewusstlos. Dann stach er ihr in die Halsschlagader, später dann, als sie tot und ausgeblutet war, brachte er seinem Opfer den Schnitt bei, der die linke Halsseite auftrennte. Wie hat er das alles bewerkstelligt? Bei Nacht, dort am Fluss.

»Aber … wenn er sie bewusstlos schlug … mit einem Schlag, dann muss sie ja zusammengesackt sein. Finden sich denn da gar keine Spuren? Kleine Risse, Abschürfungen oder dergleichen … vom Niederfallen?«

»Nein. Da ist nichts. Der Täter muss auf diese Situation vorbereitet gewesen sein. Vielleicht hat er sie sogar geprobt, oder zigfach durchdacht. Er hat zugeschlagen und sie in seinen Armen abgefangen. Anders ist das nicht zu erklären.« Sie nickte bestätigend und nahm einen Schluck aus ihrer Tasse.

»Die Fasergutachten von ihren Kleidungsstücken bekommen Sie ja auch noch. Vielleicht ist da etwas dabei, was Ihnen weiterhilft.«

Buchers fragenden Blick konterte sie mit einem »Ja was noch! Ich denke, Sie haben fürs Erste genügend Informationen erhalten. Seien Sie nicht so undankbar!« Und weg war dieser Anflug von Emotion und Verletzlichkeit, die sie vorher kurz gezeigt hatte. Bucher war sich nicht sicher, ob diese Frau in diesem Zustand noch hinter einem Seziertisch stehen sollte. Er schenkte ihr ein Lächeln, im Wissen, dass sie davon nicht zu beeindrucken war. Dann verabschiedete er sich und verließ den kalten Raum.

Draußen rieb er sich die Nase ausgiebig mit einem Tempotaschentuch frei und atmete tief durch. Genug Orangenblütenaroma. Endlich wieder in der Welt. Mit dem was er gerade erfahren hatte, konnte er ohne Kaffee überhaupt nichts anfangen. Sehnsucht nach Miriam stieg in ihm auf. Wieso nur musste sie ausgerechnet jetzt so unerreichbar weit von ihm entfernt sein. Heute Abend wollte er versuchen, sie wenigstens ans Telefon zu bekommen.

Er rief Hüllmer an und teilte ihm mit, dass die Leiche Carola Hartels noch heute freigegeben würde. Hüllmer sollte die Familie davon unterrichten, dass die Formalien für die Bestattung nun erledigt werden konnten.

Er parkte in einer Seitenstraße hinter den Talavera-Mainwiesen, querte zu Fuß das Festplatzgelände und ging in Richtung Friedensbrücke weiter. Linker Hand warf sich eine neue Brücke über den Main, die den Namen *Brücke der Deutschen Einheit* trug. Welch schöner Name. *Brücke des himmlischen Friedens* wäre ja auch nicht schlecht gewesen.

Das Unwetter vom Wochenende hatte einem Hochdruckgebiet den Weg nach Franken geebnet. Blauer Himmel über Würzburg und eine leichte Brise am Mainufer. Eigentlich die beste Voraussetzung für unbeschwerte, heitere Tage. Er stand am Scheitelpunkt der sanft geschwungenen Friedensbrücke, lehnte am Geländer und sah über den Main hinweg auf die Turmansammlung der Altstadt, die Alte Mainbrücke und die Feste Marienberg. Eine Aussicht, die eines Canaletto wert gewesen wäre. Was hätte der für ein herrliches Werk aus diesem Panorama gemacht. Aber Würzburg war mit Tiepolo ja auch nicht schlecht bedient.

Der Main, wie immer etwas träge, riss eine gemütliche und breit gewundene Furche in die Stadt, ließ frische Luft herein und brachte so eine Brise Weltoffenheit in die Bombenreste ehrwürdigen Gemäuers. Wie oft war er über diese Brücke gegangen – vor allem, wie lange war das jetzt her? Zwanzig Jahre schon? Nie hatte er damals diesen Blick genossen. In dem Alter konnte man so etwas wohl nicht genießen. Wie auch, wenn man auf dem Weg zu Kneipen war, die *Pille, Augustin, Eulenspiegel* oder *Take Five* hießen. Ob es die heute noch gab? Er lief weiter, breitete die Arme weit aus und ließ den Wind einen kurzen Augenblick mit seinem Hemd spielen, den Leichenmuff wegblasen.

Die Juliuspromenade war nicht wiederzuerkennen. Viel breiter und jetzt südländisch angelegt. Er kaufte Süddeutsche und Main Post, setzte sich in eines der Straßencafés und blätterte die Zeitungen durch. In der Main Post war zu lesen, dass Würzburg nun völlig pleite war. Außerdem hatte die Stadt eine Oberbürgermeisterin. Bucher sah sich um und gewann nicht den Eindruck, dass hier jemand pleite war. Die Cafés waren voll besetzt, aus den Geschäften kamen Leute mit vollgepackten Plastiktüten und Autos fuhren, soweit es Verkehrspolitiker zuließen, auch genügend herum. So munter sah eine Stadt also im Angesicht des fiskalischen Endes aus. Da konnte man finanziell bessergestellten, schlafmützigen Zentren nur die Pleite wünschen. Er blätterte geräuschvoll gegen einen Windhauch ankämpfend und las weiter, doch nirgends stand etwas von »seinem« Mord. Einerseits sehr gut, andererseits verwunderlich, denn das Geschehen sollte sich eigentlich herumgesprochen haben. Ob der Täter gierig nach Schlagzeilen war und im Moment auch die Zeitungen durchblätterte nach »seinem« Mord, seinem Werk, vielleicht Kunstwerk? Bucher wusste es nicht. Im Augenblick hatte er noch keinerlei Ansatz, und die Informationen, die er gerade erhalten hatte, verwirrten ihn mehr, als dass sie Erkenntnis bedeuteten. Er musste sich einen Weg durch diesen Datendschungel bahnen, bevor er zurück zu den anderen kam. Er war es, der die Richtung vorzugeben hatte. Was würde passieren, wenn er den Weg aus den Augen verlor? Ruhe bewahren und Überblick verschaffen. Das hatten sie damals in der Ysenburgstraße gelernt – fast drei Jahre lang. Eine lange Zeit – und letztendlich war dieser Satz hängen geblieben. Zusammen mit der Erinnerung an viel Alkohol und spaßige, orientierungslose Orientierungsmärsche im Gramschatzer Wald. Bucher musste laut lachen. Ein Paar am Nebentisch drehte sich um und musterte ihn. Sie dachten wohl, er wäre betrunken, sitzt da alleine am Tisch und lacht.

Bucher war die Erinnerung an einen Orientierungsmarsch wieder vor Augen gekommen, bei welchem er samt Karte und Kompass völlig im Wald versackt war und schließlich von mitleidigen Waldarbeitern aufgelesen worden war. Der Most, den es zu trinken gab, hatte sie bei hochsommerlichen Temperaturen in einen bedauernswerten Zustand versetzt. Standhaft hatte er sich am nächsten Tag geweigert, die Entlassungspapiere zu unterschreiben, wie auch die beiden anderen, die dabei waren. Der kleine von ihnen erschoss sich Jahre später auf der Toilette seiner Dienststelle in München und der andere ertrank beim Tauchen in Mexiko. Er hatte den Orientierungsmarsch bisher überlebt. Aber was halfen ihm diese Erinnerungen.

Er holte das Tatortfoto in sein Gedächtnis und versuchte anhand des Bildes die wesentlichen Eckpunkte zu fixieren. Da war zum einen die Durchführung der Tathandlung selbst. Vorausgegangen war unzweifelhaft eine sehr genaue und überlegte Planung. Dann eine abgebrühte, kühle Durchführung genau dieses Plans, der offensichtlich gut genug war, zumindest für das Erste keine Schwächen erkennen zu lassen. Sie hatten es mit jemandem zu tun, der überdurchschnittlich intelligent war. Ganz zu schweigen von der Emotionslosigkeit, der kaum vorstellbaren menschlichen Kälte dieser Persönlichkeit. Dazu kamen beachtenswerte organisatorische und logistische Fähigkeiten. Und nicht zuletzt jener Charakterzug, den alle gemein hatten, die derartige Taten verübten: Feigheit. Eine Feigheit, die sich aus der Scham über die eigene Unzulänglichkeit speist und zur Entwicklung hinterhältiger Verhaltensweisen führt, analysierte Bucher. So brutal die Tat war – der Täter war auf eine perfide Weise feige, sonst hätte er sein Opfer nicht betäubt, sich ihm vielmehr präsentiert. Seine Gedanken führten ihn wieder zum Tatort, der keinesfalls ein Produkt der Zufälligkeit war. Vielmehr musste er bestimmte, für den Täter wichtige Bedingungen erfüllen. Und der Täter selbst musste diese abgelegene Stelle gekannt haben, was den Schluss nahe legte, dass es jemand aus dem Dorf war, zumindest einer aus der Umgebung.

Dann noch diese Inszenierung, diese dramaturgische Leistung, was die Positionierung der Leiche anging. Je mehr Bucher in der Auseinandersetzung mit den Details der Tat Abstand gewann, desto deutlicher wurde ihm das Bildhafte in der Szenerie, wenngleich er noch nicht soweit war, diesen Gedanken so weiterzuführen, dass ein schlüssiges Bild der jeweiligen Motivation entstanden wäre. Der Täter hatte eine genaue Vorstellung seiner Komposition.

Es waren zu viele Details, die Bucher noch nicht zusammenfügen konnte. Er würde sich immer wieder damit beschäftigen müssen, brauchte vielleicht auch Hilfe. Im Moment blockierte ihn die Vorstellung, wie der Täter den Nagel durch das Ohr trieb. Immer wieder kehrten seine Gedanken zu dieser grausigen Prozedur zurück und mühevoll war es dann, sich davon zu lösen. Nur zäh kam er weiter zur zentralen Figur, der Positionierung in kniender Weise. Eigentlich überraschend, was der Täter dadurch verriet. Nein. Er hatte sie nicht abgeschlachtet und wie ein Stück Müll in den Fluss geworfen, voller Wut und Hass, rasend im Rausch der Gewalt und des fließenden Blutes. Nein. Er betäubte sie und tötete sie – keine Gegenwehr, kein Laut. Dann beginnt er die Umsetzung – die Realisierung dessen, was nur mit einer toten Carola Hartel möglich war. Er bringt sie zum Knien und damit zu genau dem, was Carola Hartel niemals getan hätte. Das wenige, was Bucher bisher über sie erfahren hatte, ließ ihn zur Überzeugung kommen, dass Knien ihr nicht lag. Nein, darin war er sicher. Sie war der Typ dafür nicht, und das hat sicher einige zur Weißglut gebracht. Aber diese Tat hatte weitaus tiefere Wurzeln des Hasses und des Zorns, als die banalen Verletzungen und Kränkungen, die im Zusammenleben einer Dorfgemeinschaft unausweichlich waren, und für die man niemanden tötete, schon sicher nicht so. Der Täter hatte sich viel Zeit genommen, ihr eigens die Füße gefesselt, um sie in diese Haltung zu zwingen. Haltung. Bucher dachte über diesen Begriff nach. Welche Haltung steckte hinter der einer Knienden? Die Haltung einer Schuldigen, um Vergebung Bittenden. Die Haltung der Unterworfenen, Sünder, Reuigen, Fehlenden, Gedemütigten – die niederknien, und um Vergebung, Verzeihen, Schuldenerlass oder was auch immer baten. Dem Täter war diese Haltung wichtig – dafür der Aufwand.

Bucher nahm nichts mehr um sich herum wahr, nicht die Bedienung, die ihn fragte, ob er noch etwas wünschte, noch das Pärchen am Nebentisch, das sich in seiner Gegenwart nicht wohlfühlte und ging.

Carola Hartel sollte niederknien und sehen. Er hatte Sorge dafür getragen, dass sie die Augen über den Fluss richtete, und – die Augen waren nicht bedeckt oder geschlossen. Davor hatte er also keine Angst, zeigte keine Reue. Bucher schauderte, als er wieder beim Ohr anlangte. Sie durfte den Kopf nicht senken, musste ... ja was ... musste ... ihn ... ansehen? Wohin sollte sie sehen? Bucher sah zum Eingang der Kaiserstraße und ließ die Szene vor sich ablaufen, wie der Täter das Ohr annagelte und dann ... ging? Niemals. Er muss vor sie hingetreten sein. Es genossen haben. Denn welchen Zweck sonst hätte all sein Tun erfüllen sollen, wenn nicht Genuss, Genugtuung. Sexuelle Befriedigung schied zumindest primär aus.

Einmal, wenigstens einmal, so kam es Bucher vor, wollte er Carola Hartel vor sich niederknien sehen, ihr in die Augen sehen. Was sie als lebende Person aller Wahrscheinlichkeit nach niemals getan hätte, das musste er ihr im Tod aufzwingen. Welch eine Niederlage für ihn. Bucher konnte sich nicht vorstellen, dass er aus seiner Tat wirklich Befriedigung ziehen konnte. Vielleicht für einen kurzen Augenblick, doch irgendwann würde ihm klar werden, welche Schmach ihm sein Opfer bereitet hatte und dass er der wirkliche Verlierer war – dann würde er noch gefährlicher werden, wenn es überhaupt noch eine Steigerung gab.

Bucher knurrte laut. Nein, das war nicht stimmig. Der Täter war intelligent und mit den Abgründen seiner Seele vertraut. Er wusste um die Fallstricke, die sein krankes Hirn stellen konnte. Bucher überlegte.

»Ja, ja!«, rief er laut aus und hob sich dabei etwas aus dem bequemen Korbstuhl. Zuvor hatte er schon ein paar mal, ohne das zu merken, eigentümliche Laute von sich gegeben, die in seiner Umgebung als obszön empfunden wurden.

Ein Ehepaar neben ihm drehte besorgt die Köpfe. Bucher gefährdete gerade die öffentliche Sicherheit und Ordnung, doch es war ihm egal, denn eines war ihm klar geworden. Der Täter musste … ja er war geradezu gezwungen, die Szene zu fotografieren, mindestens zu fotografieren, wenn nicht gar zu filmen. Nur so konnte er dieser Falle entgehen, indem er sich immer wieder seinen Triumph vor Augen halten konnte. Und wenn sie mit ihm in die Au gekommen war, dann musste sie ihn gut kennen. Sehr gut kennen. Aber nicht gut genug, wie die Pathologin vorhin richtig bemerkt hatte.

Er zahlte zwei Euro für den Espresso, wünschte dem Ehepaar noch einen guten Tag und wählte einen langen Weg vorbei am Dom und über die Alte Mainbrücke zu seinem Wagen, bevor er zurückfuhr.

Da er sich inzwischen schon gut auskannte, nahm er die kleine Landstraße, die ihn über Gollheim nach Karbsheim bringen würde. So kam er an dem Waldstück vorbei, das heute durchsucht werden sollte. Vielleicht konnte er etwas mitbekommen. Als er den kurzen steilen Anstieg hinter

Gollheim passiert hatte und um die scharfe Rechtskurve bog, blinkten bereits Blaulichter vor ihm. Er erkannte Gruppenwagen der Bereitschaftspolizei. Langsam fuhr er an der Reihe der Fahrzeuge vorbei und verzichtete darauf, eine der Fahrzeugwachen nach dem Stand der Durchsuchung zu fragen. Am Ortsausgang von Karbsheim hatte sich eine Gruppe von Frauen, Kindern und ein paar alten Männern versammelt, die auf der Straße standen, und in Richtung der Polizeiautos gafften. Bucher fuhr gemächlich vorbei, musterte die Gesichter und sah im Rückspiegel, wie sie ihm nachsahen. Er fuhr ganz langsam, schaute nach rechts in die Hofeinfahrt und hatte tatsächlich Glück. Sie saß wieder auf der Bank. Er setzte ein Stück zurück, bog in den Hof ein. Stellte das Auto aber direkt am Eingang ab und lief die paar Meter nach oben.

Freundliche Augen und eine hohe singende, leicht brüchige Stimme empfing ihn. »E Äffle des vill Kunststücklich ko, muss a vill mach.«

Bucher lachte und setzte sich neben sie. »Und wer ist das Äffle? Ich?«

»Nee. Nur so«, sagte sie und schaute in den Garten.

»Mhm.«

»Was ist eigentlich mit den Eltern von Carola Hartel?«

»Scho lang geschtorbe. Do worn die zwe Klenne noch net emol konfermiert. Krebs. Alle zwee.«

»Und wie war die Carola so?«

»Nu ja. Um ihre Kinner hat se sich gut gekümmert. Do kann mer gar nichts sooch. Die wor gut zu ihr Kinner.«

Es schien nicht selbstverständlich mit *gut zu Kindern* zu sein, wenn sie das so hervorhob, dachte Bucher und fragte sich, wer das Gegenbeispiel im Dorf wohl wäre.

»Und sonst?«

Bucher bekam keine Antwort. Er betrachtete eine Weile die Fuchsien und den Oleander und stand auf. Sie wandte sich ihm zu und sagte mit einem Lächeln: »Kenne Sie des Lied: *Kein Feuer, keine Kohle kann brennen so heiß, als wie eine Liebe, von der niemand weiß.*«

Bucher nickte. »Ja. Sicher. Ein altes Volkslied.«

»Ich mooch die alten Volkslieder. Wissen Sie. Ich bin im einundneunzigsten Johr und seh nimmer richtich. Aber in der Kirch und so ... des was mer als junger Mensch auswendichgelernt hot, des ko mer dann gut gebrauch.«

Bucher lächelte ihr freundlich zu. Viel war es nicht, was er erfahren hatte, dafür ging ihm den ganzen Tag über die Melodie des Liedes nicht mehr aus dem Sinn.

Er fuhr weiter in Richtung Schwesternheim und rief Lara Saiter an.

»Wie läufts bei euch? Habt ja ganz schön was angeleiert.«

»Ja. Die Bereitschaftspolizei in Würzburg war nicht unglücklich, einen vernünftigen Einsatz zu bekommen. Zwei Stunden nachdem wir angerufen hatten, standen die hier. Wir sind gerade fertig geworden. Noch eine kurze Abschlussbesprechung, Danke sagen, Verabschiedung und dann treffen wir uns. Ich habe vor, ein vertrauensvolles Gespräch mit dem Dorfbanker zu führen.«

Die besondere Tonlosigkeit in Lara Saiters Stimme ließ Bucher aufhören. Er kannte diese bedrohliche Stimmung.

Er bog nach rechts ab und fuhr durch ein breites Sandsteintor in den ungepflasterten Schlosshof. Der Schotter knirschte, wie es in Albträumen knirschte, in denen Zahnärzte am Werke waren. Links, direkt an der Straße, stand das Herrschaftsgebäude. Lang und breit reichte es in den Hang hinein. Ein mächtiges Krüppelwalmdach überdeckte den nur mit Fachwerk verzierten Schlossbau. Etwas mehr Pracht vermittelte die alte sandsteinerne Freitreppe. Bucher fielen die in der Mitte ausgetretenen Stufen auf. Er klingelte und drückte gleichzeitig den schmiedeeisernen Türknauf. In der dunklen Eingangshalle gewahrte er eine mächtige Holztreppe, die auf der linken Seite geradewegs nach oben auf eine Galerie führte. Dort zweigten durch offene Torbögen zu beiden Seiten hin die Seitengänge ab. Die üblichen Portraits in auslandenden, vergoldeten Rahmen zierten die Wände. Bucher blieb stehen und wartete, ob sein Klingeln eine Reaktion erbrachte. Tatsächlich öffnete sich plötzlich die rechte Tür und eine humpelnde, absonderlich aussehende ältere Frau kam auf ihn zu. Sie trug ein schlichtes dunkelblaues Kleid. Ein glatter Kragen schnürte sich eng um den Hals. Auf dem Hinterkopf hing eine äußerst seltsam anmutende Haube, von der zwei weiße Bänder den Hals umwanden und sich in einer großen Schleife vereinigten. Solche Hauben trugen die Frauen in den Gemälden von Spitzweg. Reinstes Biedermeier. Bucher sagte ein freundliches »Grüß Gott« und erhielt ein knarrendes »Ja?«

»Ich heiße Johannes Bucher und bin von der Polizei. Es geht um Carola Hartel. Ich würde mich gerne mit jemandem hier unterhalten, denn wie ich gehört habe, hat sie hier bis vor kurzem gearbeitet.«

Keine Reaktion. Nur ein trockener Blick. Dann ein sehr kühles »Ja«.

Bucher folgte ihr durch die linke Tür in einen langen hellen Gang. Ein Mann mit blonden lockigen Haaren kam ihnen entgegen. Er trug einen Umzugskarton, der schwer sein musste, so abgesetzt wie seine Schritte waren. Im Vorübergehen erkannte Bucher den Anker und zwei Buchstaben auf dem rechten Unterarm. Das Blau der Knasttätowierung sah schmuddelig wie immer aus. Auf der braunen Haut wirkte es aber besonders abstoßend.

Der rissige Dielenboden war mit ausgetretenen blauen und roten Läufern bedeckt. Vor der hintersten Tür des Ganges blieb die Haube stehen, klopfte an, drückte aber gleichzeitig die Klinke und trat ein – so wie Bucher es getan hätte. Sie hielt die Tür auf und er trat ein in einen alten Salon, der in dem Maß unpassend gemütlich im Bezug zu seiner Nutzerin war, wie Wüsthoffs barockes Amtszimmer seinem Naturell entsprach. Bucher hätte sich hier sehr wohl gefühlt. Die Kassettendecke lag relativ niedrig. Vielleicht täuschte aber auch nur das Fischgrätenmuster des Bodens und die dunkelbraunen Holztäfelungen. Unzählige Teppiche, deren Kanten sich überschnitten, gaben ein wunderbar buntes Bild ab. Bucher hätte gerne die bis zur Decke reichenden Bücherregale durchstöbert. Was in dieses fabelhaft herrschaftliche Arbeitszimmer so gar nicht passte, war die Gestalt, die sich bei seinem Eintreten vom Stuhl hinter dem Schreibtisch erhoben hatte. Sie war füllig, mehr noch, äußerst korpulent, schlicht fett, trug ein riesiges dunkelblaues Kleid mit feinen grauen Streifen und eine weiße Schürze.

Die schon stark ergrauten Haare waren mit roher Gewalt nach hinten gebunden und auf dem Kopf hing wieder eine Spitzweghaube mit Schleifchen. Auf ihren Backen leuchteten breite rote Flecken und ihre kleinen Äuglein musterten Bucher unfreundlich. Sie war ihm unsympathisch und es beruhte ganz sicher auf Gegenseitigkeit, wenn er ihren Blick richtig deutete.

»Der Herr ist von der Polizei. Wegen der Carola«, sprach der Türöffner. Als hinter ihm die Tür ins Schloss klackte, hatte Bucher das Gefühl, eingesperrt worden zu sein.

Mit einer Fistelstimme, die schon in ruhigem Gesprächsgewässer eine gewisse Hysterie und Überdrehtheit erkennen ließ, bot sie Bucher Platz an. Er setzte sich auf den blanken Holzstuhl, der vor dem Schreibtisch stand und sah noch das dunkelrote Polster des Lehnsessels, das unter den Auswüchsen des blauen Kleides verschwand, als sie sich setzte.

»Mein Name ist Bucher ... ich bin vom Landeskriminalamt und leite die Ermittlungen im Mordfall Carola Hartel. Sie war ja bis vor kurzem hier beschäftigt und deshalb bin ich gekommen, um mich mit Ihnen zu unterhalten«, begann Bucher betont höflich.

»Worüber?«, lautete die Antwort.

Bucher schaltete einen Gang höher.

»Ja, Frau ....«

»Schwester Clarissa. Ich bin die Oberin der Schwesternschaft«, antwortete sie selbstbewusst.

Pech für die Schwesternschaft, dachte Bucher und kam direkt zur Sache, was ein wenig unhöflich wirkte.

»Also Schwester Clarissa, Carola Hartel wurde zur Jahreswende von der Schwesternschaft angestellt. Sie arbeitete hier im Büro ... soweit ich gehört habe, im Büro des Rektors ...« Er ließ den Satz offen und wartete.

»Oberin. Frau Oberin«, sagte sie erst einmal.

Bucher überhörte es.

Dann sagte sie spitz: »Das stimmt zwar, aber was ist daran ungewöhnlich?«

Was hat die alte Haube nur?, ging es ihm ohne jeden Respekt vor der Tracht durch den Kopf. Ruhig antwortete er. »Nichts ist daran ungewöhnlich. Allerdings ist für uns von Interesse, weshalb Carola Hartel, die ja keinerlei berufliche Vorkenntnisse hatte, hier im Büro angestellt worden ist. Und vor allem, weshalb sie die Probezeit nicht bestand und wieder entlassen wurde.«

Letzteres war frei erfunden. Bucher war die Idee ganz plötzlich eingefallen. Einmal war sie nicht ganz unschlüssig und zudem geeignet, sein Gegenüber etwas zu ärgern. An den roten Flecken, die sich von den Backen her wie ein Tsunami über das gesamte Gesicht ausbreiteten, konnte er erkennen, dass ihm das auch gut gelungen war.

»Wer behauptet, dass sie entlassen worden ist?«, presste sie über den Tisch.

Bucher war völlig überrascht von den heftigen Reaktionen, die seine wirklich bescheidenen Fragen hervorriefen. Was regte sie sich denn nur so auf?

»Das haben unsere bisherigen Ermittlungen ergeben. Aber ich habe den Eindruck, unser Gespräch verläuft nicht gerade zielführend. Ich halte es daher für besser, wenn ich mit dem Rektor spreche. Carola Hartel war ja in seinem Büro beschäftigt, oder?«

Bucher sah sie freundlich an und dachte: Oberin schnappen nach Luft. Er neigte den Kopf leicht zur Seite und blickte sie unverhohlen spöttisch an. Aus ihnen würden keine Freunde mehr, da war er sich sicher. Schließlich hörte er sie in entrüstetem Ton sagen: »Herr Rektor Stoegg ist nicht im Hause.«

Gleichzeitig nahm er wahr, wie die Tür sich hinter ihm öffnete, hielt mit seinem nun zornigen Blick aber an Schwester Clarissa fest, die zornesrot und in pikiertem Ton Rektors Stellung hervorhob: »Herr Rektor Stoegg ist auf der Synode. Er hat da eine wichtige Funktion.«

»Ach«, entgegnete Bucher übertrieben betont. Mit Kirchenfunktionären hatte er in einem der letzten Fälle schon Erfahrungen gesammelt. Respekt konnte der Pinguin mit ihrer Ansage nicht von ihm erwarten. Er war noch in Gedanken, als eine ruhige, warme Männerstimme von der Tür her zu ihm durchdrang, in der etwas Belustigendes mitschwang, das sich gegen Schwester Clarissas Auftreten wandte und ihrem bockigen Getue die Schärfe nehmen sollte.

»Selbstverständlich wird sich Herr Stoegg mit Ihnen treffen und Ihnen alle Ihre Fragen beantworten. Das, was mit Carola Hartel geschehen ist, hat uns sehr betroffen und mitgenommen. Sie werden hier alle Unterstützung erhalten, die helfen kann ihre Arbeit erfolgreich abzuschließen. Wer das getan hat muss gefunden und bestraft werden.«

Überrascht drehte sich Bucher um und blickte in das freundliche Gesicht eines distinguiert aussehenden Mannes, der mit ausgestreckter Hand auf ihn zukam. Er war schlank, unter dem grauen Jackett seines Anzuges richtete sich der steife Kragen eines Kolarhemdes auf. Er schätzte ihn auf Mitte sechzig. Bucher stand auf und reichte ihm die Hand. Irgendwie kam ihm dieser Mann bekannt vor. Er überlegte, wo er ihn schon einmal gesehen haben könnte. Es waren nicht nur die Gesichtszüge, sondern auch die Art sich zu bewegen, die ihn an jemanden erinnerten.

»Wenn ich mich kurz vorstellen darf, Herr Bucher ... Dr. Aumacher.«

Bucher fragte sich wie es kam, dass dieser freundliche Mensch seinen Namen bereits kannte, denn vorgestellt hatte er sich noch nicht.

»Dr. Aumacher?«, fragte Bucher, ohne die Vorstellungsrunde selbst fortzuführen. So wie er es sagte, war klar, dass er wissen wollte, wen er vor sich hatte. Das war unhöflich, aber sein Gegenüber ging darüber hinweg.

»Ja wissen Sie, ich verbringe meinen Ruhestand hier ...«, er lachte laut, »und mache mich an der ein oder anderen Stelle auch noch nützlich.«

Bucher nickte ihm zu und fragte sich, in welcher Weise der

Herr Doktor nützlich war. Zumindest hatte er das Recht, ohne anzuklopfen das Zimmer dieses Zerberus zu betreten und ein Gespräch zu unterbrechen. Das schien eine interessante Konstellation zu sein. Außerdem störte Bucher die Formulierung »Wissen Sie«, denn so wie Aumacher diese Redensart verwendete, stand sie für: »Sie wissen gar nichts.«

Da Bucher sowieso schon stand und keine Lust mehr auf die Oberin und ihren Beichtstuhl hatte, nutzte er die Gelegenheit und wandte sich an Dr. Aumacher. »Eigentlich war ich mit meinen Fragen schon am Ende«, sagte er zweideutig. »Ab wann ist denn Herr Stoegg zurück von der Synode?«

Dr. Aumacher überlegte. Er tat so als überlege er, fiel Bucher auf, denn die grüblerische Miene wirkte unecht. »Übermorgen denke ich ... ja ... Samstag war der Tag, an welchem er wieder hier sein wollte. Ich werde ihm Bescheid geben. Vielleicht ergibt sich ja dann die Gelegenheit für ein Gespräch«, sagte er schließlich, als sei er froh, dass es ihm doch noch eingefallen war.

»Sicher wird sich das ergeben. Nochmals vielen Dank, Herr Dr. Aumacher. Auf Wiedersehen«, verabschiedete sich Bucher, indem er die letzten beiden Worte betonte und den Raum verließ, ohne sich noch einmal zur Oberin hin umzudrehen. Er schielte aber in einen der barocken Spiegel, die er auf der rechten Seite hatte hängen sehen, als er den Raum betreten hatte. Er erschrak beinahe, als er das wütende, zu einer drohenden Grimasse verzerrte Gesicht des zuvor so freundlichen Dr. Aumachers entdeckte. Es war stumm auf die inzwischen vollkommen bleiche Oberin gerichtet. So war das also. Er verbringt hier seinen Ruhestand und machte sich ein wenig nützlich, rekapitulierte Bucher nicht ganz ohne amüsiert zu sein und verließ das Hauptgebäude. Und noch etwas war deutlich geworden. Sie hatten ihn erwartet. Mit seinem Besuch gerechnet. Warum nur?

Im Hof wechselte er hinüber zu dem länglichen Gebäudetrakt, in dem das Pflegeheim untergebracht war. Es interessierte ihn einfach. Der Zugang eines freundlichen Glaspavillons an der Ecke des Gebäudes war einladend geöffnet. An der Pforte saß eine alte Schwester mit Haube und stickte. Es war nicht klar, ob sie hier in Pflege war oder Dienst an der Pforte verrichtete. Er hob die Hand zum Gruß und betrat den Altbau. Schon im Gang drang ihm der Geruch erzwungener Reinlichkeit in die Nase. Der harte Filzboden nahm dem Klappern von Türen, den Schritten der Schwestern jeglichen Hall. Trotzdem merkte er, wie vorsichtig er auf einmal auftrat, als wolle er vermeiden jemanden zu erschrecken. Mit sanften Schritten ging er durch die bedächtige Stille. Er erschrak, denn in einer mit Gummibäumen und Benjamin ausgestalteten Sitzecke hing der schlaffe Körper einer alten Frau über einem runden Lesetisch. Sie trug ein pastellblaues Frottee-Nachthemd und die auf der Tischplatte aufliegende rechte Wange stützte ihren schmalen Körper. Ein kleiner runder Speichelfleck breitete sich auf der Tischplatte aus. Bucher blieb stehen und drehte sich ihr zu. Zwei wässrige Augen schielten zu ihm auf, und ohne dass sie ihre Position veränderte zauberte ein breites zahnloses Grinsen und leuchtende Augen Leben in das Gesicht der Alten. Ihr Kopf blieb weiter wie festgeklebt am Tisch haften. Etwas steif stand er da und hob unbeholfen die Hand, als wolle er einem Indianer »How« zurufen, und brachte in dieser Situation nur ein dümmlich klingendes »Hallo« hervor. Sie grinste noch breiter und nahm ihm das schlechte Gewissen. Wieso nur? Welchen Grund gab es dieser Fremden gegenüber Verlegenheit zu entwickeln? Er drückte die Gedanken beiseite, winkte ihr noch einmal zu und beeilte sich, wieder in die junge Luft zu kommen. Er bekam Sehnsucht nach Miriam, hatte auf einen Schlag das Gefühl etwas zu verpassen, nicht intensiv genug die Zeit zu nutzen, zu genießen, zu leben – bis zu dem Augenblick, wo auch er sein Gesicht auf einer Tischplatte auflegen musste.

Kurz vor dem Ausgang am anderen Ende des Gebäudes befand sich eine Art Besprechungsecke für das Pflegepersonal. Er schloss es aus den Aushängetafeln, die hinter dem Tisch an der Wand hingen. Bucher prüfte mit schnellem Blick, ob er ungestört war und trat dann an die Tafel. Ein erster Augenschein zeigte ihm Dienstpläne, Schreiben, die

die Oberin gezeichnet hatte, Pflegestufenchinesisch und ein Aushang, der unter einem orangen Schild mit Aufschrift »QM« hing. Bucher nahm die drei zusammengehefteten Blätter unter dem Magnetstein hervor und blätterte. Es ging um die Verteilung von Essensmarken. Nach der genauen Beschreibung auf Seite zwei, wie künftig Essensmarken verteilt werden würden, folgte eine graphische Übersicht des Prozessablaufes in Form eines Flussdiagramms. Es waren Vierecke, Kreise und Dreiecke zu sehen, die mit Pfeilen verbunden waren. Bucher atmete laut und resigniert aus. Sie waren scheinbar überall. War unsere Welt wirklich so kompliziert, dass gut ausgebildete Menschen ihr Geld damit verdienen mussten, Flussdiagramme zu zeichnen – zur Verteilung von Essensmarken? Was mochte das gekostet haben? Sicher war der Unsinn nötig, um ein Zertifikat von irgendwem zu erhalten. Und dann das Gejammer, die Pflegeversicherung wäre quasi pleite. Seine Sehnsucht nach Miriam wuchs zusehends und vielleicht würde sie es ihm erklären können.

Dr. Aumacher hatte wortlos und mit schnelleren Schritten, als er es sonst für seine Person als angemessen erachtete, das Büro von Oberin Clarissa verlassen. Der alte rote Läufer dämpfte seine Schritte und die seiner Frau, die ihm entgegenkam. Ihre Frage, ob etwas sei, ließ er unbeantwortet, wie er auch ihr keinen Blick schenkte und erhobenen Hauptes an ihr vorbeiging. Er schloss die Tür seines Arbeitszimmers hinter sich und schob den eisernen Riegel vor. Jetzt war er ungestört. Auch das offenstehende Fenster schloss er, nicht ohne vorher hinaus in den Hof gesehen zu haben. Dort war niemand mehr zu sehen. Auch der Polizist war wohl schon gefahren. Aumacher griff zum Telefon und drückte eine Speichertaste. Schon nach dem ersten Klingeln wurde abgenommen. Ohne Begrüßung kam er zur Sache.

»Ein Polizist war gerade hier«, sagte er ernst, aber ruhig, und wartete ab, was sein Gegenüber zu sagen hatte, bevor er weitersprach.

»Ja, es war gut, dass ich hier geblieben bin. Aber die dumme Schachtel hat sich wieder mal aufgeplustert. Es wird Zeit, dass es endlich eine Veränderung gibt. Sie meint inzwischen ja wirklich, sie würde das hier im Griff haben. Das kann noch Probleme aufwerfen.«

Er wartete auf eine Antwort, die unterblieb.

»Gut. Ich würde sagen, du kommst noch heute zurück. Termine hast du ja keine mehr.«

Dann lauschte er wieder in den Hörer.

»Was? Wie ich den einschätze? Na ja, das könnte problematisch werden. Er ist nicht von hier, sondern vom Landeskriminalamt und hat noch drei Leute dabei. Bucher. Er heißt Bucher.«

Sein Gegenüber sprach aufgeregt und laut. Aumacher rollte die Augen und wurde energischer. Der Gesprächspartner machte ihm keine Freude. Aumacher hatte kein Verständnis für Schwäche, und das Gewinsel am anderen Ende der Leitung stieß ihn ab. Es wurde ihm immer deutlicher, dass er die falsche Wahl getroffen hatte und das enttäuschte ihn nicht nur, es kränkte ihn, tat ihm weh. Ein Gefühl, dass er zuletzt vor vierundzwanzig Jahren verspürt hatte – damals zwar stärker, aber es war dieser unbeschreibliche Schmerz. Ein Schmerz, der den gesamten Körper in Beschlag nahm und aus einem einzigen Rippenbogen seine Strenge, seine Kraft zu beziehen vermochte, der den Atem schwer machte, die Kehle verengte und das Denken erschwerte.

Seine Stimme klang schroff. »Jetzt werde nicht nervös, ja! So schlimm ist das auch wieder nicht. Und ich möchte dich daran erinnern, dass du einen Fehler nach dem anderen gemacht hast, entgegen meinem Rat. Entgegen meinem Rat!«

Er schüttelte energisch den Kopf. »Nein, von dem Geld war keine Rede, aber falls die das noch nicht wissen, ist es nur eine Frage der Zeit, bis sie mit der Geschichte ankommen. Ruzinski und Knauer wissen soviel wie nötig ist. Selbst wenn einer von denen kippt, schadet es uns nicht. Es wäre lediglich … bedauerlich.«

Aumacher hatte beinahe wieder zu einem ruhigen Gesprächsfluss zurückgefunden. »Was heißt hier abgebrüht?

Du wärst der Situation doch überhaupt nicht gewachsen. Reiß dich zusammen und besinne dich auf das, was jetzt von dir verlangt wird, ja! Du bist in der Position in der du bist, weil ich das wollte.«

Es fiel ihm auf, dass er für den letzten Satz ganz bewusst die Vergangenheitsform gewählt hatte.

»Was denkst du eigentlich was werden soll, wenn das jetzt schief läuft?«

Nach einem kurzen Innehalten höhnte er: »Und du willst Bischof werden? Ha!«

Mit einem kurzen »Wir reden morgen« beendete er das Gespräch abrupt. Immer noch war er es, der Gespräche zuließ oder beendete. Er blieb noch eine Weile hinter seinem Schreibtisch stehen. Dann schob er die CD mit Chopins zweitem Klavierkonzert ein, lächelte erheitert, als ihm einfiel, dass dieses Werk nur deshalb als das »Zweite« bezeichnet wurde, weil es erst später an die Öffentlichkeit gelangt war. Wie im richtigen Leben, fuhr es ihm kurz in den Sinn, bevor er sich in den breiten Sessel gleiten ließ und über die Situation nachdachte. Das düstere Allegro maestoso passte zu dem, worüber er zu grübeln hatte.

Kooperation? Würde Kooperation helfen, die Dinge in Schach zu halten? Sicher. In diesem Fall war Konfrontation die falsche Option. Wenn er also die Dinge unter Kontrolle halten wollte, musste er kooperieren. Ihm würde das gelingen, aber ob Stoegg dazu in der Lage war, schien ihm zumindest zweifelhaft. Dieser Kretin war wie benommen! Er geiferte regelrecht nach diesem Titel, dieser Karriere. Stoeggs Vater wäre es gerne geworden, das wusste Aumacher. Und für Stoegg war es wichtig, unendlich wichtig. Dafür würde er alles tun, alles – nur, um endlich Bischof zu sein.

Dank ihm war ihm die Möglichkeit gegeben worden, eine echte Chance zu haben. Es machte Aumacher zu schaffen und er drückte seine Finger heftiger in das Polster des Sessels. Schon seit einiger Zeit war ihm deutlich geworden, dass er sich in Stoegg getäuscht hatte. Entgegen seinen Erwartungen war dieser nicht in der Lage, langfristig strategisch zu denken. Wie konnte er sich nur so täuschen? Er war es doch, der Stoegg aus dem tristen, aufreibenden Dorfpfarrerdasein herausgeholt hatte, ihn erst in die Synode gebracht hatte und von diesem wunderbaren Sprungbrett auf eine erste hervorgehobene Position. Ein bisschen Blabla hier, ein Empfang dort – wichtig war nur, überall präsent zu sein. Und Überzeugung, die Überzeugung von sich selbst. Und beides brachte Stoegg mit. Er tanzte auf jeder Hochzeit, begann jeden zweiten Satz mit »Ich« und roch Geldquellen. Aber er, Aumacher, war es gewesen, der ihm darüber hinaus aufzeigte, wie man eine Karriere organisierte, Konkurrenten – in den letzten Jahren vor allem Konkurrentinnen – aus dem Weg räumte und sich positionierte. Offensichtlich hatte er die rohe Machtversessenheit Stoeggs außer Acht gelassen. Der Apfel fällt nicht weit vom Stamm. An diesem Spruch war wirklich etwas dran. Sicher – er selbst konnte Macht durchaus genießen. Macht – dafür hatte er schließlich die letzten Jahrzehnte gelebt und geracker – Macht erlangen und Macht erhalten. Sogar jetzt, da er offiziell im Ruhestand war, übte er sie aus, zog die Fäden. Ihm bereitete es aber Vergnügen, sich im Hintergrund zu halten, er lebte Macht im Stillen aus. Stoegg hingegen benötigte immer Publikum, musste sich vor jeder Küchenangestellten produzieren. Ekelhaft, wie er durchsetzte, dass jede und jeder ihn mit Herr Rektor anzureden hatte. Und peinlich dieser Briefkopf, in welchen er in überfetten Buchstaben nachträglich »Der Rektor« hatte eindrucken lassen. Dieses Gehabe hätte Aumacher warnen müssen. Aber jetzt war es fast zu spät.

Er schenkte sich ein Glas Cognac ein, sechsundsechzig Jahre alt, wie er selbst. Nach dem ersten Schluck griente er. Wie hieß dieses Lied? *Mit sechsundsechzig Jahren, da fängt das Leben an.* Die Melodie im Kopf kollidierte mit Krystian Zimermans perlendem Lauf im Rondo vivace und brachte Aumacher wieder zurück. Vielleicht war die Situation ja auch nützlich, um Stoegg loszuwerden, wenn es erforderlich werden sollte. Wen würde er für ihn holen? Gerade als der Schleier der Düsternis, der seine Stimmung gedrückt hatte, sich zu lichten begann, stob diese dunkle Befürchtung hervor. Schnell goss er Cognac nach und nahm einen großen Schluck, der die dunkle Ahnung verscheuchen sollte und doch der Erkenntnis nicht wehrte. Mit Stoegg konnte er noch fertig werden, aber …

Bucher befand sich mit Lara Saiter auf dem Weg zu Hans Knauer und berichtete ihr von seinen Begegnungen im Schloss. Knauer war Leiter der Bankfiliale von Karbsheim und wohnte im Neubauviertel des Dorfes. Sein Anwesen war von einer hohen Thujamauer umgeben. Hinter dem grobschlächtigen Holztor, der einzigen Lücke in der Trutzburg, verbarg sich ein perfekter Rasen. Ein mit hellem Kies aufgeschütteter Weg reichte schnurgerade zum Eingang des Hauses. Jede Längsseite des Daches war von zwei Gauben durchbrochen und die der Straße zugewandte Giebelseite bestand aus einer einzigen Glasfläche. Lara Saiter sah kopfschüttelnd hinauf. »Hier passt ja gar nichts zusammen, oder?«, erwartete aber keine Antwort von Bucher.

Der Mann, der auf ihr Klingeln öffnete, war Knauer selbst, wie sich herausstellte. Ein feister, unrasierter Unsympath, dessen Bauch das Hemd immer wieder aus der Hose drückte. Er zeigte sich überrascht vom Besuch der Polizei, fragte unfreundlich, aus welchem Grund ausgerechnet er befragt werden sollte, und versuchte sie auf ungeschickte Weise abzuwimmeln. Lara Saiter trat entschlossen mit einem »Es dauert nicht lange« in den Gang und sah sich betont neugierig um. Er war anscheinend alleine zu Hause und bat sie gezwungenermaßen in sein Arbeitszimmer, das sich hinter der imposanten Glasfront im ersten Stock ausbreitete. Knauer verbarrikadierte sich hinter einem voluminösen Glasschreibtisch mit schwarz lackierten Stahlbeinen. Bucher und Lara Saiter nahmen auf zwei Lederstühlen davor Platz.

»Sie leiten die Filiale der Genobank hier in Karbsheim?«, begann Lara Saiter sehr sachlich.

»Ja.«

»Wie lange schon?«

Knauer musste überlegen. »Puh. Gute zehn Jahre etwa.«

Lara Saiter sah ihn nachdenklich an und schwieg.

Knauer legte seine Arme auf den Schreibtisch und wollte Gelassenheit suggerieren, begann aber mit den Füßen zu wackeln, wie durch die Glasplatte deutlich zu sehen war. Bucher musste grinsen. Lara hatte das auch wahrgenommen, ließ Knauers Anspannung aber weiter ansteigen, bevor sie ruhig weitersprach. »Dann sollten Sie sich ja eigentlich mit den Gepflogenheiten im Bankgewerbe auskennen, Herr Knauer.«

Sie zog die Mundwinkel zu einem fragenden Lächeln hoch.

»Wie bitte?«, fragte Knauer. Es schwang etwas Aggressivität mit, die von seiner Angsthasenmentalität jedoch im Zaum gehalten wurde. Sie holte eine Buchungsliste hervor und ließ das Blatt auf die Glasplatte des Schreibtisches gleiten. Es rutschte sanft weiter, bis es an Knauers Brust anstieß.

»Was sagen Sie dazu, Herr Knauer, die wichtigen Transfers sind übrigens unterstrichen?«

Er nahm das Papier auf und studierte es eingehend. Unter dem Tisch tanzte er Tango. Schließlich schmunzelte er gönnerhaft, tat erleichtert und legte das Papier vorsichtig zurück auf die Glasplatte und meinte erklärend: »Eine Fehlbuchung. Na und. Was ist daran so außergewöhnlich? Das haben wir manchmal jeden Tag.«

»Ach!«, entgegnete Lara Saiter gelangweilt, bevor sie nach einem Blick in ihr Notizbuch leise, als würde sie zu sich selbst sprechen, erläuterte. »Am Donnerstag beauftragte das Schwesternheim eine Überweisung in Höhe von fünfzehntausend Euro an das Konto von Carola Hartel. Am Montag wurde der Betrag ihrem Konto gutgeschrieben. Das dauert bei Banken ja immer.« Sie lächelte und warf wieder einen Blick auf ihren Notizblock. »Laut Auskunft der Landeszentralbank wurde am Montag um neun Uhr achtunddreißig die Rückbuchung des Betrages veranlasst – und zwar von Ihnen. Als Grund gaben Sie an, es handele sich um eine Fehleingabe, der eigentlich beauftragte Buchungsbetrag laute auf einhundertundfünfzig Euro.«

Knauer hob entschuldigend die Hände und schnaufte genervt aus. »Passieren Ihnen niemals Fehler? Am Donnerstag war Herr Ruzinski bei mir, das ist der Geschäftsführer des Schwesternheimes. Wir haben uns über Gott und die Welt unterhalten und es waren sehr viele Buchungen zu erledigen. Irgendwie habe ich da ein paar Nullen zuviel eingegeben. Ich bitte Sie. Das ist nun wirklich nichts … nichts was … ähm … ja, ein Problem wäre.«

Sie fragte prompt. »Wann haben Sie denn genau festgestellt, dass ein falscher Betrag eingegeben wurde?«

Knauer sah sie schweigend an. Diesen langen Bruchteil einer Sekunde, der offen legte, dass er überlegen musste. Er dachte auf so spektakuläre Weise nach, dass man sehen und spüren konnte, in welcher Not er sich befand.

»Am Montag«, sagte er schließlich gefasst, noch selbst zweifelnd, die richtige Antwort gegeben zu haben.

»Und Sie haben die Rückbuchung alleine veranlasst? Niemand hat Sie dazu aufgefordert?«, legte Lara Saiter nach.

Er wartete wieder zu lange mit der Antwort. Sie fixierte Knauer und Bucher zählte im Stillen mit: »eins, zwei, … « Knauer war nicht auf dieses Gespräch vorbereitet und er lotete jetzt, da ihm klar wurde in welcher Situation er steckte, vor jeder Antwort eventuelle Fallen aus. Bald musste er merken, dass er schon mittendrin saß.

»Ja«, kam es schließlich mit einigermaßen fester Stimme.

Lara Saiter fasste, ohne Emotionen in ihrer Stimme erkennen zu lassen, das Gehörte nochmals als Frage zusammen. »Sie erklären also, dass Sie am Donnerstag eine fehlerhafte Buchung vorgenommen haben? Statt einhundertundfünfzig Euro überwiesen Sie fünfzehntausend Euro. Die Empfängerin fiel … bedauerlicherweise … am Samstag einem Mord zum Opfer, von dem Sie am Sonntag erfuhren, wie wir wissen. Am Montag haben Sie – glücklicherweise – ihren Fehler bemerkt und die Rückbuchung veranlasst, ohne von einem oder einer Beschäftigten des Schwesternheims dazu aufgefordert worden zu sein.«

Knauer raffte sich auf. Er war immer tiefer in seinen Sessel gesunken. Mit einer heftigen Bewegung setzte er sich auf und sagte: »Genau so.«

Lara Saiter schwieg und sah ihn an. Ihre anschließende Frage war kaum zu hören, so leise, fast zart, hauchte sie über die kühle Glasplatte: »Wer hat Ihnen den Auftrag gegeben, das Geld zurückzubuchen, Herr Knauer? Haben Sie geglaubt, es merkt keiner, ist ja sowieso niemand da, der sich dafür interessieren würde? Wir ermitteln in einem Mordfall. Verstehen Sie: Mord. Und Sie kannten Frau Hartel doch, ihre Kinder. Es sind übrigens ihre Kinder, denen Sie das Geld genommen haben, denn es gehört ihnen.«

»Es war ein Versehen«, sagte Knauer tonlos und bleich. Vielleicht war er davon geschockt, dass es eine Frau war, die so mit ihm redete.

Lara Saiter lehnte sich gelassen zurück. »Sie sind dabei einen großen Fehler zu machen, Herr Knauer. Ich kann mir nicht vorstellen, dass das Gericht Ihren Aussagen folgen wird. Gibt es denn schriftliche Unterlagen über die Buchung? Dieser Herr Ruzinski muss Ihnen ja schließlich die Daten auf irgendeine Weise gegeben haben oder hat er alle Bankverbindungen im Kopf? Es waren ja so viele Überweisungen, wie sie vorher betonten?«

»Nein.«

»Was, nein?!«

»Ich meine …«

»Was meinen Sie?«

Auf seiner Stirn waren die ersten zaghaften Schweißflächen zu erkennen. Sie spiegelten im Widerschein des Lichts, den eine teuer aussehende Designerlampe verströmte.

»Es gibt keine Notizen.«

»Warum nicht?«

»Weil ich sie, nachdem ich die Buchungen ausgeführt hatte, in den Aktenvernichter geworfen habe.«

»Und weshalb haben Sie sich dann ausgerechnet an diese eine Buchung erinnert? Können Sie sicher sein, dass Sie nicht auch die anderen Arbeiten so schlampig ausgeführt haben?«

Knauer schluckte. »Es ist nun mal so. Fragen Sie doch im Schwesternheim.«

»Das werden wir. Wir haben das Nachlassgericht und die Staatsanwaltschaft von dem Vorgang unterrichtet. Sie werden mit einem Verfahren rechnen müssen. Vielleicht fällt Ihnen ja noch etwas ein. Rechtzeitig.«

Sie nahm den Listenausdruck vom Schreibtisch und stand auf. Bucher und sie gingen ohne Abschiedsgruß und Knauer blieb stumm in seinem Chefsessel sitzen.

Bucher schüttelte den Kopf. »Also die Story mit der Fehleingabe ist hanebüchen. Allerdings kann ich überhaupt nicht verstehen, weshalb die das Geld zurückgeholt haben.«

Lara Saiter zuckte mit den Schultern. »Ich weiß auch nicht, was dahinter steckt. Wir können nur hoffen, dass sie sich nicht intensiv genug abgesprochen haben und einer einen Fehler macht. Warten wir mal, was dieser Ruzinski zu der Angelegenheit sagt.«

»Vermutlich das gleiche wie Knauer. Wenn das Ding geplant war, dann doch in Absprache«, meinte Bucher kritisch.

»Das schon. Aber dann haben wir Aussagen. Und Gnade denen Gott, wenn wir etwas finden, was darauf hindeutet, dass Carola Hartel das Geld zugestanden hat. Zudem glaube ich, dass die Bubis gerade erst erfassen, in welche Mühle sie geraten sind. Die halten das nicht lange durch. Den Knauer werden wir schon noch einmal in die Mangel nehmen.« Sie zuckte mit den Schultern. »Kostet ja nichts.«

»Wir müssen uns die Wohnung noch mal vornehmen. Am besten sofort«, meinte Bucher.

»Ja. Ich habe den Schlüssel noch dabei. Vor allem den Schreibtisch. Und danach Ruzinski, wenn die Zeit noch reicht.«

Bucher übernahm die Umzugskisten im ersten Stock, während Lara die Kinderzimmer und den Schreibtisch im Erdgeschoss noch einmal eingehend durchsuchte. In den oberen Kartons fand Bucher Kleidung und Schuhe, dann folgten

Kisten mit Haushaltsgeräten, die nicht zur Grundausstattung gehörten und daher noch nicht benötigt worden waren. Backformen, ein modernes Geschirr von Seltmann Weiden und die üblichen Dosen, Becher und Behältnisse. Im vorletzten Karton waren zuoberst Handtücher, darunter kamen jedoch einige Aktenordner zum Vorschein. Beim Durchsehen fand Bucher Versicherungspolicen, Schriftverkehr mit Kranken- und Rentenversicherungen sowie einen ganzen Ordner mit Schreiben von Rechtsanwälten. Es war die Scheidungsakte. In einem kleinen Ordner fanden sich Kontoauszüge und Bankunterlagen. Den schaute er zuerst durch, doch waren die letzten Auszüge schon drei Wochen alt und die aufgeführten Beträge zwangen nicht dazu, sich augenblicklich intensiv mit den Zahlen zu befassen. Er drehte den Ordner mit der offenen Seite nach unten und schüttelte ihn. Die schnellste Methode, lose Blätter oder Notizzettel hervorzulocken. Tatsächlich fiel etwas heraus. Eine abgeschabte Visitenkarte, die sich lange in einem Geldbeutel befunden haben muss, so abgegriffen wie sie war. Der Name war nicht mehr zu lesen, doch es handelte sich um die Filiale der Deutschen Bank in Würzburg. Bucher steckte die Visitenkarte weg und widmete sich nun dem Scheidungsordner. Auch hier ging er recht radikal vor. Das Geschreibsel des Anwaltes interessierte ihn überhaupt nicht. Er fasste den Stapel zwischen Innenseite des rechten Zeigefingers und Daumen und ließ die einzelnen Blätter nach links abgleiten, wobei er den Inhalt grob sichtete. Die Hälfte des Ordners war schon durchgerauscht, da kam endlich das worauf er wartete: Zahlen. Und zwar die mit den attraktiven Eurozeichen. Er stoppte und drehte das Blatt heran, um besser lesen zu können. Carola Hartels Anwalt hatte auf einer Seite in groben Zügen die finanziellen Forderungen zusammengefasst. Und die waren beträchtlich. Wie Bucher dem Schreiben entnehmen konnte, waren die monatlich zu leistenden Unterhaltszahlungen für sie und ihre Kinder völlig unstrittig. Das Schreiben befasste sich vielmehr mit dem Wert des Hauses in Karbsheim sowie mit der Übertragung der einen von zwei Eigentumswohnungen in Würzburg und der Aufteilung von Pachteinnahmen. Carola Hartel schien mit einem wohlhabenden Mann verheiratet gewesen zu sein. Zwei große Eigentumswohnungen mit über einhundert Quadratmetern in Würzburg, das riesige Anwesen in Karbsheim und dreißig Hektar Felder, die verpachtet waren. Bucher kam auf einen ziemlichen Batzen Geld, als er die Forderungen überschlug. Er überprüfte die Datumsangaben auf den Schreiben. Zu Beginn war alles noch unproblematisch gelaufen. Doch nach vier, fünf Monaten begann der Rosenkrieg. Er packte die Ordner unter den Arm und schaute noch mal in die Kinderzimmer, wo jedoch nichts aufzufinden war.

Er ging nach unten, wo Lara auf dem Holzboden vor dem Schreibtisch saß, vor sich einen Stoß loser Blätter. Sie sah auf und schüttelte den Kopf. Dann packte sie den Stapel und stand aus dem Schneidersitz auf, wie von unsichtbaren Fäden gezogen, und schlug den Staub von ihrer Hose. »Nichts.« Sie deutete auf die Aktenordner. »Hast du wenigstens was Brauchbares gefunden?«

Er zuckte mit den Schultern und meinte nachdenklich: »Scheidungsunterlagen und Kontoauszüge. Also arm war sie nicht. Wir werden uns noch mal mit ihrem Ex unterhalten müssen und mit ihrem Anwalt. Aber das hat vorerst noch Zeit. Hast du in der Küche eine Nudelpackung gefunden?«

Sie schüttelte den Kopf. »Nichts. Keine Tagliatelle. Nicht mal eine Packung Spaghetti war zu finden.«

Auch in der Mülltonne, die unter einem alten, durchlässigen Ziegelvordach an der Scheune stand, war nichts zu finden, was darauf hindeutete, dass Carola Hartel ihre letzte Mahlzeit zu Hause zu sich genommen hatte.

An ihrem Treffen im Nebenraum der *Quelle* nahm auch Hüllmer teil. Der teilte zur Überraschung aller mit, dass die Beerdigung von Carola Hartel schon am morgigen Freitag stattfinden würde.

Bucher fasste die bisherigen Erkenntnisse zusammen – insbesondere die von der Obduktion neu hinzugekommenen. Ausführlich ging er auf die Überlegungen zum Täter ein. An keinem Punkt seiner Ausführungen entzündete sich eine Diskussion. Zum einen hatte er den Vorteil, sich mit den jeweiligen Punkten schon auseinandergesetzt zu haben, und letztendlich handelte es sich um noch sehr grundlegende Darlegungen, die noch niemanden vor die Wahl stellten, ob nun in die eine oder andere Richtung ermittelt werden sollte. Sie waren sich einig, dass es sich bei dem Täter um jemanden aus den Dörfern handeln musste, der zu Carola Hartel eine Beziehung hatte – gleich welcher Art. Nach den bisherigen Ergebnissen konnte der Zeitpunkt des Todeseintrittes in etwa auf den Zeitraum von neunzehn Uhr dreißig bis einundzwanzig Uhr dreißig am Samstagabend eingegrenzt werden. Hüllmer hatte zusammen mit Hartmann den Bürgermeister und den Exmann vernommen. Bucher war nicht überrascht, dass beide über ein stichhaltiges Alibi verfügten.

»Wir reden ständig vom Bürgermeister. Hat der auch einen Namen?«, fragte Bucher in die Runde.

»Sicher, Norbert Gürstner«, warf Hüllmer ein.

»Und der war also mit seinem Gemeinderat in besagtem Zeitraum in der Kirche und dann auf dem Gemeindefest«, stellte Bucher fest.

»Das hat der komplette Gemeinderat zumindest schon bestätigt. Die haben wir alle aufgesucht. Um zwanzig Uhr war der erste Gottesdienst in Gollheim. Um einundzwanzig Uhr fünfzehn folgte dann der zweite in Mendersberg. Danach, kurz nach zehn, ging es im Gemeindezentrum von Karbsheim mit dem gemütlichen Teil weiter. Das ist jedes Jahr so.«

»Und der Bürgermeister war mit dem Gemeinderat in beiden Gottesdiensten?«, fragte Lara Saiter ungläubig.

»Natürlich nicht«, erklärte Hüllmer, »die waren in dem ersten Gottesdienst in Gollheim und sind dann gemeinsam ins Gemeindezentrum gegangen, um dort noch bei den Vorbereitungen zu helfen. Da waren alle beisammen.«

»Wieso ist denn da zweimal Kirche? Einmal würde doch auch reichen, oder? Und noch was. Warst du eigentlich auch auf dem Fest?«, fragte Bucher.

Hüllmer bestätigte den letzten Teil von Buchers Frage. »Ja. Ich war mit meiner Family in dem zweiten Gottesdienst in Mendersberg. Danach sind wir dann direkt nach Karbsheim zum Feiern. Zu den zwei Gottesdiensten, da weiß ich nichts zu sagen. Das war schon immer so, Tradition oder so. Vielleicht auch deshalb, weil da die Kirche immer so voll ist. Kommen ja aus allen Dörfern die Leute und dann ist oft noch Verwandtschaft von außerhalb dabei. Und die Mendersberger gehen nicht so gern nach Gollheim. Das kommt auch noch dazu.«

»Na ja. Ist ja auch nicht entscheidend. Aber wo war eigentlich der Ex-Mann von der Carola Hartel?«, wollte Bucher wissen.

»Der war mit der gesamten Patchworkfamily bei den Eltern seiner Lebensgefährtin. Von Freitagmittag bis Sonntagnachmittag. Sie sind zurückgekommen, als man ihn telefonisch verständigt hatte, was geschehen war.«

»Mhm. Und von wo kam der dann, ich meine, wo wohnen seine Schwiegerleute in spe?«

»In Bad Königshofen. Das ist ein Städtchen oben an der Zonengrenze, in dem man noch Hühner gackern hört«, sagte Hüllmer.

»Wo?«, fragte Bucher lachend.

»Na ja. Früher mal Zonengrenze. Ich meine halt – dort oben, nördlich von Würzburg, sogar noch nördlich von Schweinfurt.«

Es klang so, als ob nördlich von Würzburg die Welt enden würde und er verwundert war, dass so weit weg noch menschliches Leben existierte.

»Wer hat ihn denn verständigt? Muss ja jemand gewesen sein, der wusste, wo er sich aufhielt.«

Hüllmer nickte. »Seine Mutter. Die wohnen im gleichen Haus, da wo auch Carola früher gewohnt hat. Seine Mutter hat am Sonntag erfahren was passiert war und ihn dann sofort angerufen.«

»Gut. Was haben wir sonst noch?«, wollte Bucher wissen und sah in die Runde.

Hartmann berichtete: »Wir haben die gesamte Nachbarschaft von Carola Hartel in Gollheim befragt. Die Straße rauf und runter – und nur mit ganz bescheidenem Erfolg. Das ist sehr mühsam hier. Man muss denen jedes Wort aus der Nase ziehen. Noch nicht einmal ein Quatschkopf ist uns untergekommen. Alle sagen nur, wie schlimm das Ganze sei, was man jetzt bloß vom Dorf denken soll und all so ein Quatsch. Aber wenn es zur Sache geht – Fehlanzeige. Die machen voll auf die drei Affen – nichts gesehen, nichts gehört und nur nichts sagen. Am Samstag will sie jedenfalls niemand mehr gesehen haben. Bis jetzt ist gesichert, dass sie am Freitagmittag die Kinder nach Karbsheim zu ihrem Ex gefahren hat. Der ist anschließend direkt nach …«, Hartmann sah hilfesuchend zu Hüllmer, »Bad Königshofen«, ergänzte der, und Hartmann machte weiter, »genau, nach Bad Königshofen gefahren. Laut Hartel war das gegen dreizehn Uhr dreißig. Seine Exfrau sei kurz nach eins wieder gefahren. Eigentlich sollte sie die Kinder schon eher abliefern. Klingt plausibel. Also haben wir nach dreizehn Uhr keine gesicherte … fast keine gesicherte … Auskunft mehr über ihren Aufenthalt.«

Bucher wartete. Hartmann würde das schon noch erläutern. Der machte, nachdem er sich durch einen kurzen Blickkontakt mit Hüllmer verständigt hatte, auch weiter. Die beiden verstanden sich gut, wie unschwer festzustellen war.

»Wir waren noch bei einer Frau Haizek. Sie wohnt im letzten Haus von Karbsheim, am Ortsausgang in Richtung Mendersberg. Ein Gemeinderat hat uns erzählt, er habe gehört, dass Frau Haizek in einem Gespräch mit Nachbarn erzählt habe, sie hätte Carola Hartel in der Nacht von Freitag auf Samstag gesehen. Es soll so gegen vier Uhr gewesen sein.«

Bucher sah zu Lara Saiter und zog die Stirn in Falten. »Vier Uhr? Da war es doch noch recht duster, oder? Wo und wie hat sie denn Carola Hartel gesehen?«

Hartmann schnaufte tief. »Frau Haizek ist … sagen wir es so … eine etwas schwierige Person.«

Hüllmer lachte vielsagend.

»Sie ist die wirklich einzige Ausnahme hier was das Plaudern angeht, sie sieht aus wie Witwe Bolte, plappert viel, hört nicht auf Fragen, die man stellt, und macht einen recht überspannten Eindruck. Allerdings kann man ihre Aussage nicht so ganz auf die Seite schieben, weil mich die Vehemenz verwundert hat, mit welcher sie auf dem bestand, was sie da gesehen haben will.«

»Was hat sie denn nun beobachtet?«, fragte Batthuber etwas genervt.

»So wie sie uns sagte, kann sie nachts nur noch schlecht schlafen. Sie hat irgendwann gemerkt, dass ihr kleine Spaziergänge gut tun. Danach könne sie wieder gut schlafen. So sei es auch in der Nacht von Freitag auf Samstag gewesen. Da sei sie gegen halb drei vor das Haus gegangen und ein Stück in Richtung Mendersberg gelaufen. Als sie dann wieder zurück ins Haus wollte, habe sie das Scheinwerferlicht eines Autos gesehen, das von Mendersberg her nach Karbsheim fuhr. Sie habe eigens gewartet, um zu sehen wer das sei.«

Hartmann sah in die Runde. »Und das stimmt, denn sie sagte, sie habe das aus reiner Neugierde gemacht.«

»Und da ist dann Carola Hartel an ihr vorbeigefahren?«

»Genau.«

»Und Frau Haizek hat sie im Gegenlicht des Autos, bei völliger Dunkelheit, unzweifelhaft erkannt?«, fragte Bucher skeptisch.

»Nicht ganz«, meinte Hartmann lauernd. »Aber warte nur, diese Haizek darf man nicht unterschätzen. Sie sagte, dass sie das Auto von Carola Hartel zweifelsfrei erkannt habe. Weil – nun ja, sie kennt jedes Autokennzeichen im Dorf. So auch das von dem Golf. Und sie hat es uns tatsächlich sagen können – Wilhelm, Übel, Strich, Cäsar, Heinrich, acht, sieben, acht«, buchstabierte Hartmann das Kennzeichen herunter.

»Und genau so hat sie es euch gesagt?«, wollte Lara Saiter wissen.

»Wenn ich es dir doch sage. Im Buchstabieralphabet. Sie meinte, irgendwann hätte der Arzt zu ihr gesagt, sie müsse was für ihr Gedächtnis tun, am besten irgendetwas auswendig lernen, um sich geistig rege zu halten. Und da hat sie sich die Autokennzeichen vorgenommen. Ist doch cool, oder?«

Bucher schüttelte den Kopf. »Also gehen wir doch mal davon aus, dass Carola Hartel früh um vier wirklich an dieser Frau Haizek vorbeigefahren ist. Dann interessiert uns doch, wo ist sie hergekommen und ist sie direkt nach Gollheim gefahren? Das sollte doch einer der von Schlaflosigkeit geplagten Nachbarn, die gibt es schließlich immer, mitbekommen haben.«

Er wandte sich an Hüllmer. »Wie bewerten wir die Aussage von dieser Frau Haizek? Wichtigtuerisches Geplapper oder glaubwürdig?«

Die beiden sahen sich kurz an und Hüllmer meinte dann: »Glaubwürdig. Die alte Haizek ist vielleicht etwas eigenwillig, aber weder senil noch verlogen.«

»Gut. Samstag gegen vier Uhr. Carola Hartel fährt in ihrem Golf durch Karbsheim«, stellte Bucher fest und notierte es im Notizbuch, bevor er das Thema auf die Obduktion brachte. »Aus dem Obduktionsbericht ergibt sich, dass sie am Samstagabend so gegen achtzehn Uhr, wenn wir vom Todeszeitpunkt zwischen halbacht und halbzehn ausgehen, noch gegessen hat. Und zwar Tagliatelle. Die genaue Zusammensetzung des Mageninhalts bekommen wir noch. Zu Hause kann sie nicht gegessen haben. Da war weder in der Küche noch im Müll etwas zu finden, was auf Nudeln hindeutete. Also müssen wir uns die Frage stellen, wo hat sie am Samstagabend oder am späten Nachmittag noch gegessen – vor allem, mit wem? Bisher fehlen uns noch gut zwölf Stunden. Wenn wir davon ausgehen, dass diese Frau Haizek nicht geträumt hat, dann war Carola Hartel gesichert am Samstag Früh um vier Uhr mit ihrem Auto unterwegs. Was hat sie anschließend gemacht? Ich würde mal sagen, sicher einige Stunden geschlafen. Das wäre doch nicht ungewöhnlich, oder?«

Die anderen stimmten ihm zu.

Batthuber meinte: »Wir nehmen uns am besten die Nachbarn noch mal vor. Die müssen ja wirklich etwas mitbekommen haben, wenn sie am Nachmittag oder frühen Abend noch einmal weggefahren sein sollte. Da sind doch alle zu Hause am Samstag. Die Bauern kurven mit ihren Bulldogs durch die Felder. Das gibts doch nicht, dass sie niemand gesehen haben will.«

»Wieso soll sie noch einmal weggefahren sein?«, fragte Hartmann und erntete irritierte Blicke.

Batthuber erbarmte sich. »Ja, wenn sie nicht zu Hause gegessen hat, muss sie ihr letztes Abendessen ja irgendwo außer Haus eingenommen haben, oder? Und in diesen Wiesengrund ist sie ja auch nicht geflogen!«, fügte er etwas schnippisch hinzu.

Bucher wunderte sich über Hartmann, blätterte in seinem Notizbuch und sagte zu Hüllmer: »Die Kinder. Die müssten doch was dazu sagen können. Vielleicht hat sie ihnen gegenüber angedeutet, dass sie sich mit jemandem treffen will. Befrage die Kinder und auch ihre Geschwister noch mal. Irgendjemand weiß sicher was. Nachprüfen.«

Er kam auf seinen Besuch im Schloss zu sprechen. Hüllmer lachte nur, als er von dem Zusammentreffen mit der Oberin Clarissa berichtete. »Da musst du dir nichts dabei denken, Johannes. Das ist ein fürchterlicher Drachen. Aber die Schwestern sind selbst schuld. Haben sie ja zur Oberin gewählt«, meinte er.

»Mir ist da ein Mann aufgefallen, der eine Kiste geschleppt hat. Mitte Ende dreißig, blonde lockige Haare. Kennst du den, Hermann? Er hat eine Knasttätowierung auf dem Unterarm.«

Hüllmer schüttelte den Kopf. »Da oben arbeiten immer wieder mal eigenartige Typen – vor allem in der Landwirtschaft. Aber die Beschreibung sagt mir im Moment nichts. Ist mir nicht bekannt. So viel haben wir von der Polizei mit dem Schwesternheim nicht zu tun. Ist ja auch gut so.«

Bucher wollte sich diesem Thema zu einem anderen Zeitpunkt widmen. Den Namen würden sie schon noch in Erfahrung bringen. Jetzt interessierten ihn die Ergebnisse der

Durchsuchung des Waldstückes. Ein Blick zu Lara Saiter genügte.

»Zunächst einmal ein paar langweilige Wetterdaten für den angenommenen Tatzeitraum. Ich habe mit so einem GPS-Ding die Geodaten abgerufen, die bekommt ihr mit den Kopien der Berichte von mir. Sonnenaufgang am Tatort am Tattag um fünf Uhr zwölf. Sonnenuntergang wäre eigentlich erst um einundzwanzig Uhr fünfundzwanzig gewesen, doch aufgrund des Gewitters, das hier über die Dörfer zog, war es bereits so gegen halb acht stockdunkel. Das haben mir unabhängig voneinander einige Leute berichtet, die ich befragt habe. Wenn es ums Wetter geht, ist denen die Zunge nicht angewachsen. So gegen neunzehn Uhr ging ein Hagelsturm über Gollheim nieder, der Karbsheim ein wenig später erreichte. Der Spuk war um acht Uhr etwa vorbei. Alle Befragten sagten, dass es zum Gottesdienstbeginn in Gollheim ruhig gewesen wäre. Also können wir davon ausgehen, dass zwischen halb acht und spätestens halb neun dieser Hagelsturm auch über dem Tatort niederging. Mehr dazu jetzt nicht, aber die Schlüsse daraus liegen auf der Hand.

Jetzt zur Absuche im Wald. Also das mit der Bereitschaftspolizei hat prima geklappt. Wir haben vom Tatort ausgehend nach Norden hin den gesamten Bereich bis zur Straße abgesucht. Dann noch eine Suchkette entlang des Flusses und durch die Auwiese nach Südwesten. Am ergiebigsten, wenn man dieses Wort hier überhaupt gebrauchen kann, war der Bereich des Wäldchens am Hang. Insgesamt wurden fünf Hütten und Baumhäuser entdeckt und gesichert. Kinderbuden, in denen nichts gefunden wurde, was für uns von Interesse gewesen wäre. Trotzdem haben wir die zwei Spurensicherungstrupps dort arbeiten lassen. Ob das Material zu Auswertung kommt, können wir dann ja immer noch entscheiden.« Sie hielt kurz inne und verdunkelte ihre Stimme.

»Interessant waren jedoch zwei schmale Trampelpfade. Der eine nimmt an der nordöstlichen Ecke seinen Beginn und zieht sich diagonal nach unten. Man kommt etwa dreißig Meter östlich des Tatorts auf die Auenwiese. Der andere Weg ist nun wirklich spannend. Er beginnt im Westen. Man erreicht den Eingang vom Feldweg her, den wir beim ersten Mal, als wir mit dir, Hermann, am Tatort waren, gefahren sind. Am Beginn des Pfades befindet sich ein Grasstück, das vom Weg aus gute fünf Meter in den Wald hineinreicht. Auf Grund der Spurenlage war dort ziemlich sicher ein Wagen abgestellt. Man kann das weder von der Straße noch vom Feldweg aus sehen. Wir haben da ein Auto reingestellt und ein paar von den Beponesen vorbeifahren lassen. Also ein ideales Versteck. Wir haben zwar Fahrspuren sichern können, aber leider nur in sehr schlechter Qualität. Gute vierzig Zentimeter lang und kaum Profileindrücke. Dann zu diesem Trampelpfad, der durch das Gehölz nach unten führt. Auf dem waren einige Rutschspuren zu erkennen. Relativ frische noch. Sicher ist da jemand nach unten gelaufen und an einigen Stellen auch weggerutscht. Die Spuren waren an den steilen Stellen noch deutlich zu sehen. Leider sind keine Aussage über die Schuhgröße möglich, ebenso keine Abdrücke, die auf ein Profil hindeuten würden. An mehreren Ästen haben wir Fasermaterial gesichert. Beschaffenheit und Herkunft stehen derzeit noch nicht fest. Die Dinger sind aber schon auf dem Weg nach München und morgen sollten die Ergebnisse vorliegen. Das haben mir die Faserer zugesichert. Die Fotografien und der Abdruck dieser Reifenspur, so schlecht sie sein mag, sind da auch mit dabei. Vielleicht kommen wir damit ein Stück weiter.«

»Das klingt ja schon mal vielversprechend«, meinte Bucher. Lara Saiter sah wenig entspannt aus.

»Was ist?«, fragte er.

»Mhm. Ist irgendwie komisch hier, findet ihr nicht auch? Weißt du in einer Stadt, da ist das anders, wenn man weiß, dass so ein Schlächter unterwegs ist. Da ist der Gedanke an den Täter eher abstrakt. Aber hier! Könnte doch gut sein, dass es einer dieser Typen da war. Sie deutete mit dem Kopf in Richtung des Stammtisches draußen im Gastraum. Es ist ein unangenehmes Gefühl, dass man einem solchen Typen räumlich permanent so nahe ist.

Hartmann stimmte ihr zu. »Das ist hier wirklich merkwürdig. Und was mir noch aufgefallen ist – es scheint niemand ernsthaft entsetzt zu sein, also von so einer Tat aufgewühlt eben. Es ist immer so ein sonderbarer Unterton dabei, wenn von der Hartel geredet wird. Fast könnte man meinen, die haben ihr das gegönnt. Die da draußen hocken an ihrem Stammtisch und ... als sei eigentlich nichts gewesen. Ich finde das schon auch irgendwie befremdend.«

Hüllmer schüttelte energisch den Kopf. »Da täuscht ihr euch. Das trifft die Leute hier sehr. Sie haben eben Angst. Das, was passiert ist, lässt keinen kalt. Bis auf denjenigen, der es getan hat. Das ist jemand, der sich durch nichts beeindrucken lässt.«

»Da täuscht auch du dich, Hermann«, sagte Lara. »Auch derjenige, der das getan hat, ist zu beeindrucken. Wenn wir Glück haben, finden wir heraus, was es ist. Dann haben wir ihn. So grausam das war, was er getan hat – im Grunde genommen ist es eine Memme. Und das sind die Gefährlichsten.«

Bucher war müde und beteiligte sich nicht an der Diskussion, die sie auch nicht weiterbrachte. Er hatte den Eindruck, die anderen waren über ein Ende der Besprechung auch nicht böse. Lediglich die Aufgaben für den nächsten Tag waren noch zu besprechen.

Aus Höflichkeit sagte er lapidar: »Hat noch jemand was?«, als Batthuber laut und mit fester Stimme »Ja« sagte.

Alle sahen ihn, den Jüngsten, an. »Dann raus damit«, meinte Lara und klopfte ihm auf den Rücken, so als würde sie ihm während eines Hustenanfalls behilflich sein.

»Heller ist nicht sauber«, sagte Batthuber in Richtung Tischmitte, ohne einen der anderen anzusehen.

Die lockere Stimmung, die sich gerade ausbreiten wollte, als sich das Ende der Besprechung andeutete, war augenblicklich verflogen.

»Was heißt nicht sauber?« fragte Hartmann etwas ungehalten.

»Seine Biographie stimmt nicht«, antwortete Batthuber.

Bucher lehnte sich entspannt zurück. Batthuber war jung,

manchmal frech, hatte enormes Selbstbewusstsein, in manchen Dingen war er noch unerfahren, was einem jungen Kriminaler Mitte zwanzig auch zustand. Doch eines hatten sie, seit er bei ihnen war, festgestellt. Er war ein ernstzunehmender, vorzüglicher Ermittler.

»Also, Kleiner. Erzähl mal«, sagte Hartmann und lehnte sich ebenfalls zurück.

»Johannes hat uns gestern noch mal zu ihm hingeschickt, um die Zeugenvernehmung zu machen. Da war nichts Besonderes. Ich habe seine Daten aufgenommen und mir auch seinen Führerschein geben lassen. Heute habe ich mich daran gemacht das zu überprüfen. Und sein Führerschein passt nicht.«

Hartmann schnaubte etwas gelangweilt, beugte sich leicht nach vorne und fragte in schnarrendem Ton: »Führerschein?«

»Ja. Der Führerschein. Er hatte seinen neuen EU-Führerschein nicht griffbereit und hat aus seiner Schublade den alten grauen gezogen. Der war natürlich ungültig gestempelt.«

»Und wo ist jetzt das Problem? Hat er zu viele Punkte in Flensburg?«, ätzte Hartmann.

Batthuber blieb unbeeindruckt und fuhr fort. »Heller erhielt im Februar 1966 den Führerschein der Klassen 1 und 3. Der wurde ihm von der Führerscheinstelle der Stadt Mainz zugeteilt. Gesiegelt, gestempelt und unterschrieben am zwanzigsten Februar 1966.«

Jetzt sah er in die Runde, bevor er weitersprach. »Das ist nicht möglich, denn am zwanzigsten Februar 1966 war Heller gerade achtundsiebzig Tage lang siebzehn Jahre alt. Das damalige Führerscheinrecht machte es nicht möglich, beide Klassen an Siebzehnjährige zuzuteilen.«

Hartmann verzog die Lippen und überlegte. So schnell ließ sich Batthubers Feststellung nicht wegräumen. »Vielleicht hat die Behörde einen Fehler gemacht?«, warf er in die Runde.

Bucher sagte nichts und sah Batthuber fragend an. Lara Saiter lächelte und wartete. Da war sicher noch etwas.

»Der Führerschein konnte am zwanzigsten Februar 1966 nicht ausgestellt werden«, stellte Batthuber trocken fest.

»Und weshalb nicht?«, fragte jetzt Hüllmer.

»Weil das ein Sonntag war. Der Sonntag vor dem Rosenmontag 1966. Und da stellen Behörden keine Führerscheine aus, und in Mainz schon gar nicht. Ich habe da angerufen.«

Jetzt waren sie platt. Hartmann setzte sich umgehend auf, ließ aber nicht locker. »Und nehmen wir mal an, aus irgendwelchen Gründen doch. Zum Beispiel ein Bekannter des Schwagers vom Vetter der Schwester des Oberbürgermeisters. Mhm? Das wäre ja nicht das erste Mal.«

»Habe ich mir auch schon gedacht – aber die Listennummer passt auch nicht.«

Hartmann gab auf. Bucher wurde unruhig. Was hatte der Kleine da für ein Loch aufgetan? Hüllmer starrte respektvoll auf den schmalen Kerl neben ihm.

»Der Führerschein hat die Listennummer 3764/66. Wie mir, inzwischen auch schriftlich«, er zog ein Fax aus seiner Notizmappe hervor und hielt es hoch, »von der Stadt Mainz versichert worden ist, wurden 1966 Führerscheinformulare nur bis zur Listennummer 3538 ausgestellt. Ich habe beim Einwohnermeldeamt in Mainz angerufen. Die haben elende Schwierigkeiten gemacht wegen des Datenschutzes und so. Sie dürften nicht können, wollten aber schon mögen. Das Übliche eben. Aber letztendlich habe ich, unter der Hand und zumindest mündlich, die Auskunft erhalten, dass in den Jahren 1965 bis 1967 ein Alfred Heller in Mainz nicht gewohnt hat und somit von dort einen Führerschein auch nicht erhalten haben kann.«

Lara fragte: »Und was meinst du, ist der Führerschein eine Totalfälschung?«

»Ja eben nicht!« Es war das erste Mal in dem gesamten Gespräch, dass Batthuber unsicher wirkte. »Ich habe alles geprüft. Das mache ich doch immer, wenn ich einen Lappen in die Hand nehme. Das Dokupapier war einwandfrei. Das fühlt man. Ich habe sogar kurz ein Durchlicht machen können, als der Heller sich mit Hermann unterhalten hat. Das Lichtbild war perfekt genietet, das Prägesiegel vom Feinsten, Amtssiegel klassische 60er Jahre – alles wunderbar. Das ist es ja, was mich stutzig macht. Dieser Führerschein ist perfekt und trotzdem stimmt nichts, aber auch gar nichts.«

Er hielt kurz inne, um ruhiger weiterzusprechen. »Einen total gefälschten Führerschein könnte ich mir ja noch erklären. Ein bisschen viel gesoffen in jungen Jahren, vielleicht ein Unfall und zack – die Fluppe ist weg. Für die Zeit des Entzuges kauft man dann eine Fälschung für die doofen Bullen. Aber nichts davon. Das Ding ist echt! Ich schwör es euch! Und jetzt meine Frage: Wo hat der eine unechte Fälschung her?«

Hartmann langte über den Tisch und tätschelte Batthuber den Unterarm. »Klasse, Kleiner. Aber eine Frage hätte ich schon noch. Weshalb hast du denn überhaupt recherchiert, wenn das Ding so clean war, he?«

Batthuber zuckte mit den Schultern und meinte, es sei einfach so ein Gefühl gewesen.

Hartmann lehnte sich kopfschüttelnd zurück und sah Bucher mit gefalteter Stirne an. »Kann sein, dass unser Kleiner die Stümpertruppe hochgenommen hat, oder? In die Richtung würde ich denken.«

Bucher nickte bedächtig und suchte Blickkontakt zu Lara Saiter. Die lächelte und meinte: »Da kann ich nur zustimmen.«

»Welche Stümper?«, fragte Batthuber. »Was wisst ihr denn schon wieder?«

Bucher schüttelte den Kopf. »Gar nichts wissen wir. Du hast das rausbekommen und machst mit der Sache auch weiter. Morgen rufst du umgehend in München an. Wende dich an den Kollegen Breitkamm, Manni Breitkamm. Der ist Sachgebietsleiter der Staatsschutz-Behörden. Grüße ihn von mir, oder besser noch von Lara, und dann erzählst du ihm die Story. Sage ihm, wir können den Heller erst dann in die Mangel nehmen, wenn wir von ihm Nachricht erhalten haben. Er wird sich dann wieder bei dir melden.«

Lara Saiter fügte noch hinzu: »Ruf ihn von der Dienststelle in Ochsenfurt an, auf der Polizeileitung. Telefongespräche von öffentlichen Anschlüssen nehmen die gar nicht entgegen.«

»Und bis dahin kein Kontakt zu Alfred Heller. Keine Maßnahmen und Grabesschweigen«, sagte Bucher.

Bucher fragte nochmals müde in die Runde, ob noch jemand was sagen wollte, doch es meldete sich keiner mehr. Er wollte morgen mit Lara diesem Manfred Schober einen Besuch abstatten. Batthuber und Hartmann sollten versuchen herauszubekommen, was es mit dem Brand auf sich hatte, der den Kerl so verwirrt haben soll. Hüllmer konnte ihnen dazu nichts sagen, da er zu dieser Zeit noch in München Dienst verrichtet hatte. Da Bucher vorerst keine Lust mehr auf einen Besuch im Schwesternheim hatte, weil ihn diese selbstgerechten Typen schlicht aufregten, bat er Alex und Armin, sich Ruzinski vorzunehmen. Ob er nach der Beerdigung noch Zeit haben würde, das Auktionshaus Kappenberg & Hüglschäfer aufzusuchen und sich danach vielleicht mit dem Buch beschäftigen konnte, wusste er noch nicht.

Auf dem Weg zum Zimmer tippte Lara Saiter ihn an und fragte: »Wie lange bleibt Miriam denn in Amiland?«

Bucher stöhnte. »Lange. Viel zulange. Sechs Wochen ist sie schon weg. Wenn alles klappt, ist sie nächste oder übernächste Woche wieder zurück.«

»Die Arme. Grüß sie schön, wenn du mit ihr sprichst. Was macht sie denn eigentlich so lange da drüben?«

»Sie bereitet eine Reportage über Bankenfusionen vor. Irgendetwas Internationales und wie es scheint auch eine größere Angelegenheit.«

»Klingt ja spannend«, meinte Lara. Er rollte mit den Augen.

»Was ist eigentlich mit dem Alex los?«, wollte Bucher dann wissen und kontrollierte mit einem schnellen Blick, ob jemand im Gang stand. »Er hat doch gesagt, er müsse noch in München bleiben wegen der Familie und so. Nicht dass ich was dagegen hätte, dass er schon mit dabei ist. Aber irgendwie scheint er auch ein wenig neben der Spur zu stehen. Oder täusche ich mich da? Weißt du was da los ist?«

»Nicht genau. Aber es gibt wohl Schwierigkeiten zu Hause.«

»Ernsthafte?«

»Kommt darauf an, wie Claudia damit umgeht.«

Bucher drehte den Kopf zur Seite und sah sie aus den Augenwinkeln an. »Womit … umgeht?«

»Du erinnerst dich an die Architektenfrau aus Landsberg?

Die kühle Blonde, mit der er zu tun hatte, als wir im letzten Winter diesen Kerl festgenagelt haben?«, fragte sie.

Bucher erstarrte für einen Augenblick. Dann fiel ihm der Name wieder ein. Er flüsterte aufgeregt: »Bergen? Die Frau von diesem Bergen? Du machst Späßchen, oder?«

Sie sah ihn stumm an und zuckte mit den Schultern. »Gibt vielleicht ein Patchwork mehr.«

Bucher drehte sich wortlos um und ging. Er stellte sich nicht die Frage, woher Lara eigentlich von der Sache wusste. Allein die Nachricht hatte Bucher getroffen. Ausgerechnet Alex Hartmann. Er kannte ihn und seine Frau Claudia schon seit der Hochzeit, war bei den Taufen der Kinder dabei und öfters mal zu Besuch. Diese Ehe war ihm so mustergültig vorgekommen, dass er Alex nicht selten darum beneidete. Und Claudia war eine attraktive, selbstbewusste Frau, die den Laden zu Hause gut im Griff hatte.

Bucher schleppte sich in seine 80er-Jahre eichenfurnierte Resopalunterkunft und begann, das eben Gehörte zu verdrängen. Er sah sich um, auf der Suche nach der Holzkiste, die er mitgebracht hatte, und redete sich ein, dass heute ein Anlass bestand sich daran zu machen.

Über die Unterkunft konnte er nicht meckern. Das Bett war passabel, denn bisher hatte er keine Kreuzschmerzen bekommen. Er hatte ein Fernsehgerät, sogar eine Stereoanlage und eine richtige Küche, die er aber nicht in Gebrauch nahm. Sollte das LKA doch mal richtig Spesen zahlen. Bratwurst mit Kraut – vier fünfzig. Er zog die Schuhe aus und schmiss sie in die Ecke. Das Formular für die Reisekostenabrechnung kam ihm in den Sinn. Im LKA spottete man, die Formularerstellung sei aus Kostengründen nach Haar outgesourced worden. Er schlich zur Holzkiste, holte einen 98er Cap de Faugères heraus und fragte sich, ob es in allen Städten üblich war den Namen eines Stadtteils als Synonym für »Irrenhaus« heranzunehmen, nur weil dort das Bezirkskrankenhaus lag. Nach einem tiefen ersten Schluck tippte er Miriams Nummer ins Handy. Immerhin, es tutete. Sie hatte das Handy also nicht ausgeschalten. Als sie sich meldete, brauchte er ein, zwei Sekunden für ein langweiliges »Hallo«. In Gedanken war er noch bei der Besprechung und Hartmanns Familienleben.

»Oh. Diese Freude in der Stimme. Wie schön«, antwortete sie, und das schleichende Gift schlechter Laune schwang mit.

»Ich bin müde«, sagte er, und dümmer wäre es nicht gegangen.

»Oh. Du Armer. Ich feiere hier eine Party nach der anderen. Ist richtig zünftig – ich berste vor Kraft.«

Er stöhnte gequält, hörbar. Da freute er sich nun seit Tagen auf dieses Telefonat, hat sich das, was er zu sagen hatte zigmal durch den Kopf gehen lassen. Wäre ein richtig schönes Telefonat gewesen. Aber die Realität war grausam. Zwei Sätze hatten genügt, und die Stimmung war im Eimer.

»Sorry. Hast du auch so einen miesen Tag gehabt wie ich?«, versuchte er irgendwie die Kurve zu bekommen.

Es dauerte eine Weile bis er ihre Stimme wieder hören konnte.

»Und wie. Das nervt hier. Vor allem der Fraß hier – ja du lieber Gott. Ich sehne mich nach deiner Lammkeule mit Bohnen und außerdem fehlst du mir.«

Das tat richtig gut, jemandem zu fehlen. Bucher merkte, wie sich die Muskeln lockerten, das Becken in die ausgelutschte Matratze sank und die Beine länger wurden. Sie erzählten einander von dem was sie in den letzten Tagen beschäftigt hatte. Allein, Miriam verbat sich Details von Buchers Fall zu hören. Neugierig hingegen war sie schon ein wenig.

»Erzähl mal, was ist denn so los in diesen schrecklichen Dörfern, in denen du gerade zugange bist? Was gibt es da für abscheuliche Gestalten?«

»Was soll hier schon los sein?«, entgegnete er.

»Na ja, sind denn die Frauen dort wenigstens nett zu den Kommissaren vom Landeskriminalamt?«

Bucher schnaufte resigniert. »Also, die Frauen im interessanten Alter hier ....«, sie unterbrach mit einem affektierten »Oohh«, »... ich will es dir sagen, wie grauenvoll die Realität ist. Es sind nur wenige, und die sind entweder in der fünften post-pubertären Phase, magersüchtig, zwängen sich in Kinderkleidergrößen und tragen unpassend weite Dekolleté für die hungrige Ladung Knochen und Haut – oder sie stellen massives Übergewicht zur Schau, dazu graue Leggins mit Flecken drauf und an jeder Hand zwei Kinder.«

»Dann darf man ja beruhigt sein. Aber lassen wir das. Ist Lara eigentlich dabei?«

»Natürlich.«

»Gut.«

Die Art wie sie *gut* sagte, ließ ihn stutzen. Das gefiel ihm nun weniger. Sicher hatte er mitbekommen, dass die beiden sich auffällig gut verstanden. Zum einen hatte Lara in einer ihm noch unbekannten Weise Kontakte in das Finanzmilieu, wie er es ausdrückte, und das war eine wesentliche Gemeinsamkeit. Außerdem pflegten beide den gleichen Stil. Dann hatte er Lara manchmal bei einem Telefonat stören müssen und war der Meinung gewesen, sie habe gerade mit Miriam gesprochen. Männlicher Verfolgungswahn.

»Ja. Das ist gut«, log er ein wenig.

Bucher wachte mitten in der Nacht mit einem drückenden Schmerz in der rechten Rippenseite auf. Die Nachttischlampe verbreitete schmuddelgelbes Zwanzigwattlicht. Genug, um zu erkennen, dass die Flasche Wein nur noch eine Flasche war. Er griff zu der Stelle, die so weh tat, und ertastete auf der Matratze das Handy und den Schnellhefter mit den Kopien des Tatortberichts, den er nach dem Telefonat mit Miriam doch noch einmal durchgearbeitet hatte. Auf einem gelben Post-it hatte er sich Notizen für Rückfragen gemacht. Mit einer müden Bewegung stieß er alles über die Bettkante hinweg auf den Boden, ignorierte das Scheppern, drehte sich um und schlief unruhig weiter.

VII.

Batthuber und Hartmann saßen schon beim Frühstück, als Bucher nach exzessiver Morgendusche den muffigen Wirtshaussaal betrat. Er stutzte kurz, als er Alex genauer betrachtete. Heute trug er eine schwarz-grau gestreifte Bundfaltenhose. Schwarzgrau gestreift. Es nahm einem den Atem. Dazu ein rot-weiß kariertes Hemd. Bucher schüttelte sich innerlich und setzte sich stumm an den Tisch. Wenig später kam Lara, deren Schritt sich ebenfalls verlangsamte, als sie Hartmanns Outfit gewahr wurde.

»Und? Haben sie ihn endlich erwischt?«, fragte sie schnippisch und sah über den Rand ihrer Tasse auf die anderen.

»Wen?«, fragte Batthuber irritiert.

Sie deutete mit einem Kopfnicken zu Hartmann: »Den, der diese Hosen verkauft.«

Keiner lachte – laut.

Als sie ihr bescheidenes Frühstück beendet hatten, brachen sie auf. Bucher hatte Hüllmers Beschreibung vor sich liegen und war mit Lara auf dem Weg zu Manfred Schober. Sie verließen Mendersberg nach Westen, bogen nach rechts auf einen verrotteten Betonweg ein, der steil bergan führte und am Scheitelpunkt den Blick auf eine Senke freigab. Blühender Raps, weite Streuobstwiesen und Getreidefelder schmiegten sich an den gewundenen Bachlauf, der sich, von Pappeln begleitet, nach Südosten schlängelte. Lara fuhr langsam weiter. Am Bachlauf angekommen, bogen sie nach links auf einen Schotterweg ein und fuhren bis zur Einfahrt in den Wald, den eine Schranke bewachte. Doch Bucher hatte den erforderlichen Vierkant, um sie zu öffnen. Hüllmer hatte den Weg gut beschrieben. Am Jägersitz mit den roten Leitersprossen ließen sie das Auto stehen und folgten einem schmalen Waldweg zu Fuß. Obschon die Sonne bereits weit über dem Horizont stand und keine Wolke den Himmel bedeckte, war es im Schatten des Blätterdachs noch frisch. Der Waldweg lehnte sich dem Bach an und tatsächlich waren sie nach etwa zehn Minuten an der alten Buche angekommen, deren Rinde von eingeritzten Herzen und Initialen übersät war. Sie waren jetzt nah dran. Ein Trampelpfad führte nach rechts, und drei bemooste Bohlen dienten als Brücke über den Bach. Drüben ging es ein paar Meter bergan auf ein kleines, von keinen Bäumen bestandenen Plateau. Auf dieser engen, von dichtem Gras und Moos bedeckten Lichtung fanden sie die Hütte von Manfred Schober. Überrascht sahen sie sich an, denn was da stand, war alles andere als eine schäbige Behausung. Vielmehr handelte es sich um ein solides, aus derben Stämmen zusammengesetztes Blockhaus. Das Dach aus Holzbrettern war mit Steinen beschwert und mit Laub, Gras und Moos bedeckt. Eine richtige Jack London-Idylle.

Die vergilbte, blaue Tür im linken Drittel der ihnen zugewandten Längsseite war nur angelehnt. Ein Flügel des Fensters rechts der Tür stand weit offen. Seitlich des Hauses waren Wäscheleinen gespannt, auf denen Socken, Hemden, Unterwäsche, Decken, Hosen und Tücher zum Trocknen hingen. Ein selbstgebauter Holztisch und drei Holzstühle standen vor der Hütte. Anscheinend kam des öfteren Besuch vorbei, sonst hätte ein Einsiedler keine drei Stühle benötigt.

Bucher und Lara Saiter waren in gebührendem Abstand vor der Hütte stehen geblieben und hatten die Szenerie gemustert. Einfach weiterzugehen war ihnen nicht angemessen erschienen. Eine imaginäre Grenze hielt sie zurück, die zu überschreiten eine Verletzung der Intimsphäre desjenigen bedeutet hätte, der hier seinen Lebensraum hatte. Eigentümlich, wie sensibel man doch reagiert, und wie weit man die Intimsphäre hier in freier Natur fasst, dachte Bucher.

Lara sah fragend und schulterzuckend zu ihm und rief dann ein vorsichtiges »Hallo« in Richtung Hütte. Es folgte Stille und die hektische Flucht eines Vogels über ihnen. Sie rief noch einmal und wartete wieder. Sie sahen, wie die Tür sich langsam nach innen bewegte und die Gestalt eines Mannes in das Morgenlicht trat. Der Schobers Manfred. Lang, hager und barfüßig stand er in der Tür, hatte eine weite, ausgewaschene Jeans an, über der ein blau kariertes Holzfällerhemd hing. Die Ärmel waren nach hinten gekrempelt und gaben den Blick auf gebräunte, haarige und muskulöse Unterarme frei. Seine fein gezeichneten Gesichtszüge waren teils von dichtem Bartwuchs überdeckt, und passten nicht zu der derben Gestalt und dem ausufernden Wuschelkopf aus kohlrabenschwarzen lockigen Haaren, die sich bis fast zur Schulter hin räkelten. Er stand da, mit hängenden Armen, und fixierte die beiden Fremden mit ausdruckslosem Gesicht und trotzdem wachen, blauen Augen. Bucher hob beide Arme. Ob zur Begrüßung oder um zu beschwichtigen, war nicht deutlich. Es sah aber aus, als begrüße er einen gerade aus dem Busch aufgetauchten Wilden, um mitzuteilen, dass er in friedlicher Absicht gekommen war. Sein Versuch nonverbaler Kommunikation zeitigte keine Regung und er sah zu Lara hinüber. Die begann einfach zu sprechen, sagte, wer sie seien. Sie lächelte ihr herrlichstes Lächeln dabei. Auch dies blieb ohne Wirkung, was Bucher gar nicht so unrecht war.

Schließlich ging sie einfach in Richtung Tür. Sie deutete stumm auf den Tisch und die Stühle und der Schrat verschwand in der Hütte. Kam aber kurz darauf mit einem Lappen wieder heraus. Ohne ein Wort zu sagen trocknete er die Sitzflächen der Holzstühle und wischte die Tischplatte ab. Den Lappen schmiss er über eine der Leinen, die er überall zwischen den Ästen gespannt hatte und blieb stumm vor den beiden stehen. Bucher und Lara Saiter setzten sich nicht. Selbst ihre Bewegungen waren vorsichtig und langsam, so als würden sie sich auf einer dünnen Eisdecke bewegen. Keiner hatte die Absicht, durch zu heftige Bewegungen ein Brechen derselben herbei zu führen. Bucher bemerkte, dass Schobers Manfred ihn keines Blickes würdigte, sondern ausschließlich Lara ansah. So überließ er es seiner Kollegin, die Sache zu managen. Die sah Manfred Schober an und deutete nochmals fragend auf die Freiluft-Sitzgruppe. Er schüttelte den Kopf.

»Wir sind wegen dem Mord an Carola Hartel gekommen und haben einige Fragen«, begann sie nun.

Die Reaktion ließ Bucher einen kalten Schauer über den Rücken laufen. Auch Lara wich erschrocken einen Schritt zurück. Die Gestalt vor ihnen krümmte sich, kaum dass sie ihren Satz vollendet hatte, zusammen. Beide Hände zusammengefaltet presste er sie in seinen Schoß, beugte sich nach vorne, so als hätte er Magenkrämpfe, und ließ einen klagenden, von Schmerz getriebenen und mitleiderregenden Ton hören. Bucher war verwirrt. Wusste er denn noch nicht, was mit Carola Hartel geschehen war?

Lara Saiter fasste sich schnell wieder und hatte den gleichen Gedanken.

»Haben Sie das noch gar nicht gewusst?«, fragte sie, streckte ihm ihre offene Hand entgegen und ging dabei wieder einen Schritt auf ihn zu, jedoch ohne ihn zu berühren.

Er richtete sich langsam wieder auf. Dann nickte er.

Also hatte er es doch schon erfahren. Bucher wollte nicht dazwischen quatschen, weil es offensichtlich war, dass sie den dienlicheren Zugang zu Manfred Schober hatte. Er hoffte nur, dass seine Fragen beantwortet würden.

»Wer hat Ihnen denn die Nachricht überbracht?«, fragte sie prompt, als wäre Gedankenübertragung im Spiel.

Sie erhielt keine Antwort. Stattdessen schlich die traurige Gestalt zurück in die Hütte und kam mit einem Bild wieder zurück. Er streckte es Lara entgegen. Bucher erkannte, dass es sich um das Portrait von Carola Hartel handelte, das er auf ihrem Schreibtisch hatte stehen sehen. Lara nahm es und betrachtete es. Vorsichtig drehte sie es um und las: »für Mad – i. L. Caro.«

Sie zeigte es Bucher und gab es dann an »Mad« zurück. Der nahm es behutsam in die Hand und strich mit seinen langen, knöchrigen Fingern über das abgebildete Gesicht.

»Heute ist die Beerdigung, wissen Sie das?«, sagte sie.

Er reagierte überhaupt nicht, war von dem Gesicht auf dem Foto so gefangen, dass er scheinbar gar nicht mehr wahrnahm, dass zwei Fremde vor ihm standen.

Lara Saiter drehte sich zu Bucher um, der das Geschehen stumm beobachtet hatte und sagte: »Wir kommen heute Nachmittag oder morgen noch einmal wieder.« Das war eher für Manfred Schober gedacht, der aber auch darauf in keiner

Weise reagierte, sondern versunken in Erinnerungen an dem Foto haften blieb.

Als sie gingen, hoben sie zum Abschied wortlos die Hand. Bucher nutzte die Gelegenheit und ging ganz dicht an ihm vorbei. Dabei nahm er erstaunt den intensiven Geruch von Lavendel war. Und noch etwas schwang im würzigen Duft mit – etwas Heftigeres, doch es fiel ihm im Moment nicht ein. Manfred Schober blieb vor der Hütte stehen und betrachtete stumm das Bild.

Zurück am Auto schnauften sie aus, was zeigte, unter welcher Anspannung sie doch waren.

»Buhh«, meinte Bucher. »Das war ja kurios.«

Lara Saiter nickte. »Armer Kerl. Hast du lesen können, was auf der Rückseite des Bildes geschrieben stand?«

»›In Liebe – Caro.‹ Meinst du das?«

»Genau, in Liebe, was sonst sollte das auch heißen, oder?« Sie wiederholte es noch einmal langsam: »›In Liebe – Caro.‹ Da müssen wir noch mal nachbohren. Der Hüllmer sollte doch eigentlich wissen, ob da was war zwischen den beiden, Mensch!«

»Eigentlich schon. Aber hältst du es für wahrscheinlich, dass ausgerechnet Carola Hartel mit dieser verstörten Gestalt ein Verhältnis hatte? Dann nennt sie ihn auch noch ›Mad‹. Der entspricht doch in keiner Weise den Männern, die sie sich sonst ausgesucht hat. Bürgermeister, Unternehmer. Reiche, gesellschaftlich etablierte Gestalten, neben denen sie sich gut produzieren konnte.«

Lara Saiter sah ihn etwas mitleidig an. »Also dieser Typ da in der Hütte, der hat schon was, Johannes. Ausstrahlung. Und nicht die schlechteste. Dann dieses Hüttchen im Wald. Das bedient doch in fabelhafter Weise romantische Vorstellungen. Das ein oder andere Schäferstündchen … also ich halte es durchaus für möglich, dass zwischen den beiden was gelaufen ist.«

Bucher sah sie lächelnd, lauernd an. »Na hoffentlich hat dein Waldschrat ein nachvollziehbares Alibi.«

Sie entgegnete nichts.

»Er hat dich ziemlich beeindruckt, oder?«

»Durchaus, mein Lieber. Ein interessanter Mann«, antwortete sie schmunzelnd.

Bucher fiel auf, dass es nur zwei Frauen gab, von denen er sich mit *mein Lieber* anreden ließ, ohne dass es ihn störte. Miriam und Lara.

Auf der Fahrt zurück sagte er unvermittelt: »Bärlauch, natürlich. Bärlauch.«

Sie sah ihn verdutzt an und fragte, wie er plötzlich auf Bärlauch komme. Er schüttelte nur den Kopf und meinte, dass es nichts mit dem Fall zu tun habe.

Hartmann und Batthuber waren auf dem Weg zum Schloss. Batthuber druckste herum. »Wie ist denn das eigentlich abends so? Immer in dieser Kneipe da, Besprechung und dann ab in die Kiste .... ist doch ätzend langweilig, oder?«

Hartmann ahnte schon wo der Hase lang lief und ließ Batthuber zappeln. Mehr als ein unbeachtliches »Mhm« ließ er nicht heraus.

»Könnte man abends nicht mal weg? In Würzburg, da muss doch mehr los sein, oder?«

Hartmann tat gelangweilt. »Ja, ja. Kann schon sein.«

»Komm, jetzt tu nicht so, Alex. Du würdest doch auch mitgehen, oder?«

Hartmann blieb unnachgiebig und knurrte ein gedehntes »Mhm nee«, bevor er fragte: »Hast wohl zuviel Energie, Bua. Reichen dir deine zwei Gschpusis nicht?«

Batthuber sah überrascht nach rechts. Woher wusste der schon wieder Bescheid?

Hartmann war es nicht entgangen, dass Batthuber seit kurzem zwei Handys besaß. Sie sahen zwar gleich aus, waren aber doch mit farbigen Aufklebern markiert. Der Kleine kannte seine Grenzen also. Einige Zeit hatte er überlegt, wofür er wohl zweimal das gleiche Handy benötigte, bis er so nach und nach mitbekam, dass die kleine Kröte je nach Handymarkierung ein total unterschiedliches Verhalten zeigte. Klingelte das mit dem blauen, runden Aufkleber, machte er auf lustig, und klingelte das mit dem länglichen, grünen Aufkleber, schmalzte er ein unerträgliches Zeug in das Mikrofon. Hartmann hatte schon mal überlegt, was passieren würde, wenn er die beiden Markierungen austauschen würde.

Aber er erlöste seinen Ermittlungspartner. »Niemand wird etwas dagegen haben, wenn du der Meinung bist in Würzburg einer Spur nachgehen zu müssen. Schwierig würde es nur, wenn du zur Frühbesprechung nicht rechtzeitig da bist. Würde ich nicht riskieren wollen mit dem Johannes«, dann drehte er sich nach links. »Aber übernimm dich nicht. Das wird noch heftig hier.«

Batthuber war beruhigt. Sicher würde er rechtzeitig wieder zurück sein. Das hatte noch immer geklappt.

Sie parkten ihren silbernen Mercedes direkt neben den ausgetretenen Stufen der alten Schlosstreppe. Als sie ausstiegen, öffnete sich sofort ein Fenster, das einen Raum im rechten Trakt des Erdgeschosses mit Licht zu versorgen hatte. Ein Kahlschädel mit dunkelrotem Gesicht fragte unfreundlich, ob sie beabsichtigten, da stehen zu bleiben.

Batthuber deutete auf die breite Holztür und antwortete gewohnt frech und übertrieben freundlich: »Nein. Wir nicht. Wir beabsichtigen da rein zu gehen. Nur das Auto bleibt hier stehen.«

Hartmann schloss die Augen und atmete langsam durch die Nase aus, bemüht, den professionell ernsten Gesichtsausdruck nicht zu verlieren. Er genoss diese unverfälschte Unverfrorenheit immer aufs Neue. Kaum waren sie an der obersten Stufe angelangt, wurde die Tür nach innen aufgerissen und der Rotgesichtige stand vor ihnen. Hartmann maß ihn von oben bis unten. Bereits auf den ersten Blick war klar – ein klassischer Choleriker.

Batthuber hielt den Dienstausweis schon in den Händen und sagte in einer liebenswürdigen Art, die weder zu seinem Alter noch zu seinem äußeren Erscheinungsbild passte: »Grüß Gott. Das ist aber freundlich von Ihnen. Wir sind vom Landeskriminalamt und möchten einen Herren Rusitzki oder so sprechen.«

Ihr Gegenüber ließ die Augen schnell zwischen den beiden hin- und herspringen, bevor er ein »Ruzinski« herausbellte.

»Genau, Rutzitzi«, trieb Batthuber das Schauspiel weiter, während er gelangweilt in sein Notizbuch blickte.

Hartmann brach das Gefecht ab, indem er einen Schritt nach vorne ging, seinerseits seinen Namen nannte und ihr Gegenüber darüber aufklärte, dass sie im Mordfall Hartel ermittelten und Herrn Ruzinski befragen wollten.

»Was habe ich mit dem Mord an der Hartel zu tun?«, lautete die harsche Gegenfrage.

»Wo wollen wir uns unterhalten? Hier auf der Treppe oder kommen sie mit zur Dienststelle?«, entgegnete Hartmann weniger freundlich als bestimmt. Er hatte keine Lust, Grundsatzdiskussionen zu führen. Ruzinski wackelte für einen Augenblick unentschlossen mit dem Kopf, bevor er endlich zur Seite trat, um ihnen den Eintritt zu ermöglichen. Auf dem Weg zu seinem Büro, der durch einen langen Gang führte, kam ihnen eine Frau in Kittelschürze entgegen, die Ruzinski, der vorneweg marschierte, nüchtern grüßte. Hartmann schätzte sie auf Mitte vierzig und sie wirkte in der selbstbewussten Art, wie sie dem cholerischen Ruzinski begegnete, äußerst sympathisch. Er lächelte sie im Vorübergehen an und bekam zumindest für einen mehr als flüchtigen Augenblick ihre Aufmerksamkeit. In ihrer rechten Hand schwenkte ein Tablett. Anscheinend gab es hier eine Küche, in der sie arbeitete.

Sein Büro war nüchtern eingerichtet. Das einzig schmucke war der sparsame Stuck an der Decke und ein ewig alter, knarzender Dielenboden. Ruzinski nahm hinter einem modernen beigefarbenen Schreibtisch Deckung, der aus vier Füßen und einer gewaltigen Arbeitsplatte bestand. Ansonsten versachlichten Aktenregale und zwei riesige Jahresplaner die Atmosphäre in dem Raum, der eher Arbeitszimmer denn Imagesymbol war.

Hartmann und Batthuber nahmen auf zwei Besucherstühlen Platz.

»Hätten Sie bitte Ihren Ausweis oder Führerschein zur

Hand? Wir benötigen ein Ausweisdokument, um Ihre Personalien aufnehmen zu können«, begann Batthuber.

Wortlos, nur mit dem Geräusch tiefen Ausatmens holte Ruzinski den Personalausweis aus seiner Geldbörse und reichte ihn Batthuber.

Hartmann begann. »Um gleich zur Sache zu kommen, Herr Ruzinski. Es geht um die Überweisung von fünfzehntausend Euro, die von Herrn Knauer wieder zurückgebucht worden sind. Er sagte uns gegenüber, dass es sich um eine Fehlbuchung handelte.«

Ruzinski zuckte mit den Schultern und schaute gelangweilt auf Hartmann, ohne etwas zu sagen. Der überlegte, ob das rote Gesicht seines Gegenübers auf einer Erkrankung beruhte, oder ob er sich noch über den Besuch der Polizei und deren Betragen aufregte. Da Hartmann weder eine Antwort auf die gedachte, als auch auf die gestellte Frage erhielt, bedurfte es noch eines Anlaufs.

»Das Problem ist folgendes. Das Geld wurde widerrechtlich zurück überwiesen. Zum Zeitpunkt der Retoure war ja schon bekannt, dass die Kontoinhaberin nicht mehr am Leben war. Somit gehört der Betrag zur Erbmasse.«

Ruzinski sprach angesichts seiner bedrohlich wirkenden Gesichtsfarbe überraschend ruhig. Einleitend zuckte er wieder gelangweilt mit der Schulter. »Es handelte sich um eine Fehlüberweisung. Unser Ansprechpartner bei der Bank, Knauer, hat da einen Fehler begangen. Ein Allerweltsfehler. Widerrechtlich war von unserer Seite her gar nichts. Wenn jemand ein Problem mit der Situation hat, dann die Bank, oder besser gesagt, Knauer.«

Batthuber grinste frech. Er hätte nicht gedacht, dass so unverhohlen der schwarze Peter weitergeschoben würde. Er fragte: »Was war denn der eigentliche Zweck der Überweisung, denn das lässt sich aus den Angaben der vorgeblichen Fehlbuchung nicht entnehmen?«

»Der Bruder hat für unser Haus Handwerksarbeiten erledigt. Dafür haben wir ihn bezahlt. Das wars.«

»Ich nehme an, Sie meinen den Bruder von Carola Hartel?«

»Richtig.«

»Und weshalb zahlen Sie das Geld an Frau Hartel und nicht an ihren Bruder direkt?«, setzte Hartmann nach.

»Sie hat die Finanzangelegenheiten für ihn erledigt. Das war schon immer so, er hat ja nicht wenig für uns gearbeitet.«

»Welche Tätigkeiten hat er denn ausgeführt?«, fragte Batthuber.

»Polsterer. Er ist ein guter Polsterer und hat einige Aufträge für uns erledigt. Alte Stühle, Sofas, solche Arbeiten eben. Wir zahlen dreißig Euro die Stunde. Die Überweisung, von der sie reden, war für die Renovierung eines Sessels. Fünf Stunden Arbeitszeit, macht hundertfünfzig Euro. Wir geben die Rechnungen übrigens dem Finanzamt und der Peter meldet die Einnahmen auch. Alles korrekt.«

Hartmann nickte. Ihm fiel nicht mehr viel ein. Die Erklärung klang einigermaßen plausibel.

»Hätten Sie denn so eine Liste mit Arbeitsaufträgen oder Rechnungen hier?«, fragte Batthuber.

Ruzinski sah ihn abschätzig an, stand auf und holte einen schmalen Aktenordner aus einem der Regale.

Als er ihnen dabei den Rücken zuwandte, sahen die beiden sich kurz an. Der Blickkontakt reichte, um deutlich zu machen, dass keiner von beiden einen Plan hatte, wie sie weitermachen sollten. Batthuber blätterte die Papiere durch und zählte siebzehn Rechnungen mit Beträgen zwischen einhundert und sechzehnhundert Euro. Peter Rescher arbeitete demnach seit knapp zwei Jahren für das Schwesternheim. Lediglich die letzten beiden Rechnungen führten als Auftraggeber nicht das Schwesternheim auf, sondern einen Herrn Stoegg. Der Rektor des Hauses, der offensichtlich privat hatte arbeiten lassen. Aber so wie es aussah, war alles ordentlich gebucht worden. Anscheinend arbeitete man hier wirklich äußerst korrekt.

Batthuber gab den Ordner an Hartmann weiter, der locker die Seiten weiterblätterte, so als wäre ihm langweilig, und den Ordner anschließend an Ruzinski zurückgab.

»Schaut gut aus. Nur eine Frage noch. Ich habe keine Rechnung über den Betrag von einhundertfünfzig Euro gefunden.«

Es war kaum auszumachen, doch beide sahen, wie Ruzinski fast unmerklich zuckte. Aber er behielt die Contenance, lächelte und legte den Ordner gemächlich zur Seite. Das wirkte souverän, verfehlte bei Hartmann und Batthuber aber jegliche Wirkung, da beiden klar war, dass Ruzinski nur Zeit brauchte, um eine Antwort zu finden. Zudem rochen sie seine Unsicherheit und machten sich auf, eine kleine Hatz zu beginnen. Das Kribbeln war zu spüren, weswegen sie Polizisten und nicht Finanzbeamte, Lehrer oder sonst was geworden waren.

Ruzinskis Antwort kam die entscheidenden Sekunden zu spät. »Ist noch nicht geschrieben«, sagte er in Richtung der vier bohrenden Augenpaare am Tisch gegenüber, bevor er fast entschuldigend hinzufügte: »Wir zahlen unsere Leute eben so schnell es möglich ist.«

Wie auf Knopfdruck schafften es die beiden, dass sich eine ungemütlich frostige Stimmung im Raum ausbreitete. Sie veränderten ihre Sitzposition. Es geschah nicht, weil es einstudiert gewesen wäre – es war reine Intuition. Fast schon wären sie gegangen, doch dieses kleine Zucken hatte sie ins Spiel zurückgebracht. Jetzt saßen sie nicht mehr locker vor Ruzinski – jetzt ließen sie Macht spüren, und Dominanz. Hartmann lächelte gequält über Ruzinskis letzten Satz und Batthuber sah ihn kalt und drohend an. Ohne jegliche höflich verpackte Einleitung sagte er in forderndem Ton, kurz vor der Unfreundlichkeit: »Wo ist die Personalakte?«

Ruzinski schluckte. »Die von«, er musste sich räuspern, »... von Carola Hartel?«

»Exakt«, tönte Hartmann und beugte sich leicht nach vorne.

»Ich. Ich hole sie.« Ruzinski machte schon Anstalten aufzustehen, doch Hartmann erkannte, dass er noch nicht die Chance bekommen sollte, zu überlegen, Luft zu holen, zu denken, sich Geschichten zurechtzulegen. Nein. Gerade erst hatten sie ihn ja in die Enge getrieben. Das konnten sie spüren, wussten aber nicht, was diese Enge schuf.

»Bleiben Sie. Nicht nötig. Das hat später auch noch Zeit«, befahl er.

Batthuber, der erkannt hatte, weshalb Hartmann gestoppt hatte, stach zu, um seinem Partner Zeit zu geben den Druck hochzuhalten. Nur jetzt kein Telefon, kein Klopfen an der Tür, dachte er.

»Weshalb haben Sie die Frau Hartel denn rausgeschmissen?«

»Ich?«, fragte Ruzinski böse nach und wiederholte. »Ich! Ich habe hier noch nie jemanden rausgeschmissen.« Ein eigentümlicher Zwischenton schwang in dieser Aussage mit. Das *Ich* klang hervorgehoben.

Hartmann schwächte etwas ab. »Weshalb hat Frau Hartel denn nur so kurze Zeit hier gearbeitet?«

»Kurz. Was heißt kurz. Wenn Sie mich fragen, war es viel zu lange. Zehn Monate waren es. Und sie war nicht zu gebrauchen. Man war nicht zufrieden mit ihr – deshalb hat man sich von ihr getrennt.«

Hartmann nickte. »Gut. Die Fristen und sonstigen Abmachungen sind ja sicher im Arbeitsvertrag niedergelegt. Aber sie sagten, *man* wäre nicht mit ihr zufrieden gewesen. Das klingt doch ziemlich allgemein, oder? Was waren denn die genauen Gründe für die Unzufriedenheit? Hätte man das nicht schon in der Probezeit feststellen können?«

»Das müssen Sie den Chef fragen«, sagte er hastig und versuchte sich damit auf sicheres Gebiet zu begeben.

»Nicht die Oberin?«, wollte Hartmann wissen und legte seinen Kopf etwas schräg.

Ruzinski schüttelte den Kopf. »Die meinetwegen auch.«

»Sie sind also nicht in die Personalentscheidungen hier miteinbezogen, wenn ich das richtig verstanden habe«, sagte Hartmann in bedauerndem Ton, ohne Ruzinski dabei anzusehen.

»Doch, schon«, stellte der klar.

»Aber nicht in die Personalangelegenheit Carola Hartel, oder wie nun?«, blaffte Batthuber.

Jetzt platzte Ruzinski der Kragen. Er schrie: »Das geht Sie doch nichts an. Was habe ich mit der zu tun? Nichts. Nichts!« Er stützte sich dabei mit beiden Händen am Schreibtisch ab, als suche er Halt, um sich aufzurichten.

Hartmann lehnte sich zurück und machte mit beiden Händen eine beruhigende Bewegung.

»Sie haben mehr mit der Sache zu tun, als Ihnen lieb sein kann. Sonst wären wir nicht hier und Sie würden sich bei so belanglosen Fragen nicht so aufregen.«

»Was wissen denn Sie schon … «, wollte er in Wortkrämereien abdriften, vielleicht die Gelegenheit nutzen, irgendein Leid zu klagen.

Nicht mit Hartmann. »Weshalb ist sie rausgeflogen? Was hatten Sie damit zu tun und was hat es mit diesem üblen Geldtransfer auf sich? Sie klauen den Kindern einer Ermordeten das Erbe!«

Hartmann wartete einen Moment. »Ja! Sie! Glauben Sie vielleicht, die Leute beim Nachlassgericht glauben die Story, dass ein Provinzbankler namens Knauer – auch noch angesichts dieser Umstände – angibt, er habe sich leider ein wenig vertippt?«

Ruzinski wich immer weiter in die Schale seines Bürosessels zurück, starrte Hartmann an, der weitermachte. »Jeder Furz wird hier erfasst. Sie rechnen Ihre Rechnungen nicht nur nach Stunden, sondern auch noch nach Minuten ab, wie ich vorher sehen konnte. Keine der bisherigen Rechnungen in dieser Akte da wurde vor dem Rechnungsdatum überwiesen. Manche erst zwei, drei Wochen später. Und Sie hocken sich hierher und haben die Frechheit uns die Lüge aufzutischen, dass Sie Ihre Handwerker bezahlen, noch bevor die Rechnung ausgestellt worden ist? So warm können Sie sich gar nicht anziehen, wie Sie es nötig haben. Also!«

Sie schwiegen und warteten auf Ruzinski. Dessen Körper entspannte sich langsam und richtete sich zusehends auf. Dann sagte er ruhig, mit bebender Stimme und mit langsamen Worten: »Mit der Hartel hatte ich nie etwas zu schaffen. Der Herr Rektor hat sie eingestellt und auch wieder ausgestellt. Die Gründe dafür kenne ich nicht. Und zu der Buchung …«, irgendetwas hielt ihn zurück, weiter zu sprechen.

Hartmann ärgerte sich. Der Druck war zu groß für Ruzinski. Zumindest wussten sie jetzt, dass man ihn so nicht knacken konnte. Und er wusste, dass dies nicht das letzte Gespräch mit der Polizei gewesen sein würde.

Batthuber übernahm wieder. »Wo waren Sie am Samstag zwischen fünfzehn und zweiundzwanzig Uhr?«

Ruzinski richtete sich gerade. Das war eine Frage, die er beantworten konnte.

»Bis zum Nachmittag war ich mit meiner Frau einkaufen. Wir waren in Würzburg und sind so gegen vier Uhr zurückgekommen. Ich hatte dann hier noch eine Besprechung und bin dann direkt zum Festgottesdienst nach Gollheim. Also umgezogen habe ich mich vorher halt noch. Ich wohne ja nicht weit von hier. Wie gesagt, ich bin mit meiner Frau nach Gollheim und danach waren wir hier in Karbsheim auf dem Fest. Übrigens alle von hier. Wir waren alle in dem Gottesdienst. Das gehört sich einfach.«

»Was sich nicht alles gehört. So, so. Und wann sind Sie vom Fest nach Hause gegangen?«

»Das war so gegen drei Uhr in der Früh. Meine Frau war schon vorher gegangen. So etwa um halbeins.«

Batthuber machte Notizen. Dann gingen sie wortlos. Eine leichte Enttäuschung war ihnen anzumerken, als sie die Treppe hinuntergingen. Zeitweise waren sie der Meinung, Ruzinski würde reden, so entsetzt wie er war. Doch eines war klar geworden. Die Sache mit den fünfzehntausend Euro war es wert, weiter zu ermitteln. Jetzt war erstmal dieser Brand dran.

Norbert Gürstner war ein untersetzter Endvierziger, der zu seinem ungepflegten Schnauzbart einen billigen Anzug trug. Seine Erscheinung konnte auch auf den zweiten Blick nicht offenbaren, was Carola Hartel an ihm gefunden haben mochte. Er reagierte entrüstet, als die beiden ihm erklärten, weswegen sie gekommen waren. Ständig war er damit beschäftigt, den Bund seiner Hose hochzuziehen und das Hemd wieder hineinzustopfen.

»Ihr habt schon Nerven«, polterte er in seinem Büro los, »in ein paar Stunden ist Beerdigung und ihr reist hier durch die Häuser und quetscht die Leute aus.«

Seine Erregung stieß auf wenig Verständnis.

»Und ihr, he! *Ihr* habt schon Nerven – da massakriert ihr eine Frau und keiner hat den Mumm, auch nur eine läppische Frage zu beantworten«, fegte ihn Hartmann an. »Bisher fragen wir noch höflich. Wenn es ans Ausquetschen geht, merken Sie das sofort – versprochen. Und jetzt erzählen Sie mal etwas über diesen Schober … und über den Brand, der dazu führte, dass er so ist, wie er jetzt ist. Das muss ihn ja ziemlich getroffen haben, oder?«

Gürstner hatte ihnen den Rücken zugewandt und blätterte aufgeregt in Aktenordnern. Er ließ ein kurzes zynisches Lachen hören. »Da haben sie ja richtige Agenten aus München hergeschickt. Mein lieber Mann. Interessieren sich für einen Brand vor fast dreißig Jahren. Unsere Staatsregierung …«

»… will Leute hinter Gitter bringen, die jungen Müttern die Kehle durchschneiden«, führte Hartmann den Satz weiter.

»Also los jetzt«, forderte Batthuber ungehalten.

Gürstner wandte sich zwar nicht um, aber jetzt redete er wenigstens. »Es war ein heißer Sommertag, irgendwann im Juli, das müssen jetzt vierundzwanzig Jahre her sein. Ich war gerade auf dem Rückweg vom Bloochegrund mit einer Fuhre Heu. Ich habe die Rauchwolken schon von weitem gesehen. Draußen am Weg zum Wald, direkt am Dorfrand, stand die alte Kegelbahn. Ein großes Holzhaus. Die Bahn selbst war schon eingelegt. Der untere Teil der Hütte ist vom Schreiner als Holzlager genutzt worden. Oben war früher mal eine Wohnung, die aber schon damals nicht mehr bewohnt war. Es war ein altes Gehütsch, wie man bei uns so sagt.«

Er drehte sich bei den letzten Worten um und grinste. Dann ging er langsam zum Schreibtisch und setzte sich auf die nicht von Papieren belegte Kante. Hartmann lehnte sich an die Wand und Batthuber setzte sich vorsichtig auf die Lehne eines Sitzungsstuhls. Gürstner war jetzt völlig gelöst. Es war, als freute er sich, von dieser Zeit erzählen zu dürfen.

»Das Ding brannte lichterloh. Wir haben zwar noch die Löschpumpe rausgeholt, aber nur so ein bisschen in der Gegend rumgespritzt. Es war ja nur Holz und das war ersetzbar. Außerdem musste die alte Bude sowieso irgendwann einmal abgerissen werden. Die Feuerwehrler, die zur Stelle waren, ich war auch dabei, also wir haben eher verlegen, so alibimäßig, in der Gegend rumgespritzt. Gar nicht um zu löschen. Nur für die Versicherung, aus gutem Willen oder so.«

Hartmann nickte. »Ja und. Was ist daran so besonders?«

Gürstner sah ihn an. »Als am nächsten Tag die Polizei kam und wir die Brandstelle abgegangen sind, haben wir eine völlig verbrannte Leiche gefunden.«

Gürstner stand auf. »Es war die Mutter von Manfred Schober, wie sich später herausstellte.«

»Das stellte sich erst am nächsten Tag heraus? Hat die Frau denn niemand vermisst, schon in der Nacht?«

»Nein. Ihr Mann war wieder mal besoffen. Das war der ständig. Er ist ein oder zwei Jahre später auch daran verreckt. Und der Manfred war glaube ich damals gar nicht im Dorf, war weg oder so. Ist ja auch egal, ich weiß es ja auch gar nicht mehr so genau. Mensch! Das ist jetzt über zwanzig Jahre her!«

»Das wissen wir inzwischen. Der Tod seiner Mutter, die furchtbaren Umstände natürlich – die haben dann dazu geführt, dass er zum Einsiedler geworden ist?«

Gürstner überlegte kurz. »Ich denke schon. Der Manfred war damals so um die sechzehn und hat sich nach dem Unglück immer mehr isoliert. Er hat eine Lehre als Schreiner gemacht. Die hat er auch noch zu Ende gebracht und dann, als sein Vater gestorben war, ist er plötzlich draußen im Wald gewesen und hat sich diese Hütte gebaut. Ja. Und inzwischen ist das irgendwie normal.«

»Wovon lebt er denn?«

»Oh. Der Manfred ist nicht arm. Die Familie hatte viel Feldbesitz. Das ist alles verpachtet an das Schwesternheim. Die haben hier fast alles an Feldern aufgepachtet. Und Manfred ist ein begnadeter Schreiner. Er arbeitet manchmal in Ochsenfurt in einer Schreinerei. Die holen ihn, wenn sie ganz besondere Stücke brauchen, die auch dementsprechend was kosten. Und brauchen tut er ja nicht viel.«

Batthuber verkniff sich die Frage »Was tut er denn so tun?«, und schwieg.

»Weiß man, was seine Mutter in dem alten Stadel zu suchen hatte und worin die Ursache des Brandes bestand?«

Er überlegte einen Augenblick zu lange. »Nein. Das hat sich niemand erklären können. Und ihre Kollegen haben ja auch nicht genau herausgefunden, was den Brand verursacht hat. Nur dass er im Holzlager begonnen hat und dass es eine Selbstentzündung war, in einem Sägespanhaufen.« Er schwieg in sich gekehrt und kaute auf seiner Unterlippe. »Lange her. Lange her.«

Hartmann ließ seine letzten Worte verklingen, ehe er fragte: »Wann hatten Sie noch mal gesagt, haben Sie Carola Hartel das letzte Mal gesehen?«

Gürstner sah ihn fast erschrocken an, als er durch die Frage aus seinen Gedanken gerissen wurde. Er wirkte unkonzentriert. »Das war letzte Woche am Donnerstag. Ja. Donnerstag.«

»Zu welcher Uhrzeit?«

»Um halb acht. Bei der Kirchenvorstandssitzung.«

»Mhm. Uns fehlen derzeit noch gute zwölf Stunden. In der Zeit von Samstag früh um vier bis Samstagabend gegen achtzehn Uhr können wir nicht bestimmen, wo sie gewesen ist.«

Gürstner lachte bitter auf. »Die alte Haizek. Samstag früh um vier.«

Hartmann schielte ihn von der Seite her an.

Gürstner beschwichtigte. »Ist schon in Ordnung. Wenn die Haizek das gesagt hat, dann können Sie das wirklich glauben. Und … es spricht sich hier schnell herum, wenn jemand mit Ihnen geredet hat. Das geht Ruckzuck.«

Hartmann sah Gürstner finster an. Vorher, als sie den Raum betreten hatten, war er aufgebracht, redete von der Beerdigung und dem unmöglichen Zeitpunkt zu einer Befragung zu erscheinen. Von Betroffenheit oder Trauer konnte Hartmann nichts spüren. Wenn er mit Batthuber besser drauf gewesen wäre und ein paar Witze gerissen hätte – dieser Gürstner wäre ohne zu Zögern eingestiegen. Und der hatte mit ihr noch bis vor einem halben Jahr zusammengelebt. Wieso eigentlich? Hartmanns folgende Frage war gemein. »Weshalb hat Carola Hartel Sie eigentlich nach so kurzer Zeit schon wieder verlassen?«

Gürstner erkannte die Provokation und griente die Arbeitsplatte seines Schreibtisches an. Er wollte sich keine Blöße geben, brauchte Zeit zu überlegen. Hartmann wartete gespannt, welche Reaktion seine Frage erzeugen würde.

»Wer sagt Ihnen denn, dass sie mich verlassen hat?«, lautete seine Gegenfrage.

»Alle«, antwortete Hartmann trocken und hob die Mundwinkel zu einem fiesen Grinsen an.

Gürstners Lachen kam nicht von Herzen, blieb kalt. Was blieb ihm auch anderes übrig. Er war sowieso der Looser. Was tat es zur Sache, dass er das Risiko eingegangen war und auf einiges verzichtet hat für sie .... er hatte seine Frau verlassen, seine Kinder, das Haus am Berg. Und jetzt hockte er in dieser riesigen Bude am Wasser, alleine, und musste es ertragen, dass hinter seinem Rücken über ihn gelacht wurde. Und sie war tot.

Ihm wurde schlecht. Ein hinterhältiges Ziehen drang aus der Bauchmitte die Brust hinauf, bis in den Kehlkopf und er hatte für drei, vier Sekunden Not, Luft in die Lunge zu bekommen. Dann legte er die rechte Hand auf den Schreibtisch und richtete sich auf. Dieses Gefühl der Kraft, die von seinem Arm ausging, half über die Situation hinweg. Er atmete tief durch und sah Hartmann ungerührt ehrlich an. Kein Schauspiel, keine Mienenakrobatik mehr.

»So, so. Alle«, schwer atmend deutete er mit dem Zeigefinger zum Fenster hinaus. »Sollen alle doch ihre Freude daran haben. Ja, sie ist mir weggelaufen. Na und. Der Wolfram hat sie auch nicht halten können und vor ihm einige mehr auch nicht. Mit denen war sie aber nicht verheiratet. Und alle anderen, die Ihnen jetzt was weiß ich für tolle Geschichten erzählen. Die haben mich im Frühjahr wieder zu ihrem Bürgermeister gewählt. So funktioniert das hier. Ziemliche Idioten, oder? Freuen sich über das Unglück der anderen und zerreißen sich das Maul, haben aber selbst keine Eier in der Hose. Wissen Sie – ich verachte die meisten. Mitläufer. Alles elende Mitläufer. Genau wie damals.«

Er setzte nochmals an, weiterzusprechen, ließ seine Hand dann aber eine resignierte Handbewegung ausführen. Er hatte nichts mehr mitzuteilen.

»Was meinen Sie mit *genau wie damals?*«, fragte Hartmann nach.

Gürstner biss aufgeregt auf seiner Unterlippe und knurrte, ohne die beiden anzusehen: »Na damals halt, bei den Braunen.«

Hartmann beließ es dabei. Was er erfahren hatte genügte ihm einstweilen. Carola Hartel hatte dem Selbstbewusstsein von Gürstner einen Volltreffer verpasst. Davon würde er sich nie mehr erholen, denn sie war jetzt tot, und ihm war damit die Möglichkeit genommen, sein verlorenes Gesicht wieder zu erhalten.

Sie notierten die Daten von Manfred Schober und verließen das Gemeindeamt. Für die weiteren Ermittlungen trennten sie sich. Batthuber machte sich auf den Weg nach Würzburg, um dort die Akten über den Brand ausfindig zu machen und wenn möglich mitzubringen, Hartmann rief Bucher an und berichtete ihm von ihren Ergebnissen. Dann sagte er, dass er den Rest des Tages brauche, um zwei Dinge abzuklären, ohne Auskunft darüber zu geben, worum es sich handelte. Sie verabredeten sich für den Abend und Hartmann wies nachdrücklich darauf hin, dass es bei ihm als auch bei Batthuber sehr spät werden konnte. Buchers Nachfrage, ob in der Sache Heller schon ein Ergebnis vorliege, musste Hartmann verneinen.

Von den gegenüberliegenden Eckpunkten des Kirchenbaus zog eine mannshohe Mauer unruhig den Hang nach Norden empor, schwenkte dann nach Osten, um in weitem Bogen wieder zur Kirche zurückzuführen. Innerhalb des umfassten Raumes lagen die Gräber des Dorfes, eingeteilt in drei Bereiche. Das Grab von Carola Hartel befand sich im oberen Bereich, in einer frischen Reihe direkt an der Mauer. Bucher hatte sich zuvor die Stelle angesehen. Zwei Gräber neben der frischen Grube waren noch nicht gefasst. Holzkreuze standen darauf. Auf dem verwitterten, älteren standen erheirateter Name und Geburtsname in gleich großer Schrift und sein Blick blieb einige Sekunden daran hängen. Als Frieda Heckmann war sie gestorben.

Efeu und wilder Wein hielten sich am Mauerwerk fest. Dahinter erhoben sich hohe Büsche und Eschen. Bucher war nicht zufrieden, denn so nahe am Rand wie das Grab lag, hatte er keine Möglichkeit, sich so zu stellen, dass er die Familienangehörigen und engen Freunde von vorne sehen konnte. Er drückte sich in die äußerste linke Ecke im oberen Bereich des Friedhofes, der sich stetig mit Trauergästen füllte. Die Beerdigung begann am Grab. Hüllmer hatte den Auftrag erhalten, mit der Digitalkamera so dezent wie möglich Aufnahmen zu fertigen. Lara Saiter mischte sich in den Pulk von Trauergästen, um den Gesprächen zu lauschen. Nichts war manchmal so ergiebig wie Tratsch und Ratsch auf Friedhöfen. Bucher war von der Menschenmenge überrascht. Ein Meer aus Schwarz füllte die freien Räume und die Gänge zwischen den Gräbern. Gut, dass er so früh gekommen war. Jetzt wäre er gar nicht mehr an seinen Standort gekommen, der gar nicht so schlecht gewählt war. Er sah ein wackelndes Kreuz, das hoch über den Köpfen der Trauergemeinde langsam Richtung Grab zog. Ein Totenkopf schmückte die Stelle, an der sich die Hölzer zweigten. Der Pfarrer ging zum Grab. Er war ein paar Jahre jünger als Bucher. Cognacnase – assoziierte Bucher beim Anblick des bleichen aufgeschwemmten Gesichts. Die Beffchen leuchteten in strahlendem Weiß vor dem schwarzen Samt des Talars.

Eine tiefe, sonore Stimme dröhnte über den Friedhof. »Der Friede Gottes sei mit euch allen.«

Ein Rabe stob mit hässlichem Krächzen aus der Esche hinter dem Grab auf, noch ehe aus hunderten Kehlen ein düsteres »Und mit deinem Geiste« ertönte.

Der Himmel war leuchtend blau, immer wieder zog eine leichte Brise durch die Menschenmenge, riss an dunklen Sommerblusen oder Jacketts. Eigentlich waren die Temperaturen angenehm, nicht zu kalt und nicht zu warm, und doch fröstelte es Bucher. Er suchte Blickkontakt zu den Menschen, die nicht von ihm abgewandt standen. Sicher wussten sie hier wer er war und es war durchaus möglich, dass jemand ganz unverfänglich durch einen Blick anzeigte, dass sich ein Gespräch vielleicht lohnen würde.

Das aufgeregt angespannte Murmeln und Getuschel, das bisher über dem Ort lag, wurde von den ersten Worten des Pfarrers hinweggewischt. Und mit der Antwort der Gemeinde schien es, war die Laune der Neugier, der Erwartung oder Spannung, die sicher viele der Menschen hier in sich trugen, gewichen. Und zwar derart schlagartig, dass fühlbar wurde, wie ein Schauern auf einmal in die Körper kroch. Selbst Bucher war davon ergriffen. Er sah, wie sich die Köpfe neigten, die Schultern schmaler wurden. »Und mit deinem Geiste.« Sie standen, schauten zu Boden und realisierten jetzt, wer da vorne im Sarg lag und was geschehen war – auch mit ihnen. Bucher konnte es spüren, diese Furcht, die rücksichtslos Besitz ergriff, von einem zum anderen sprang und die Körper zusammenpresste. Weggeblasen schien das Geschwätz der ersten Tagen über Verfehlungen, verbotene Gedanken, über gerechte Strafen und dem Besserwisserischen eines unüberlegt dahin gesprochenen »Es musste ja so kommen«. Musste es eben nicht. Nichts, aber auch gar nichts musste je so kommen.

Es fiel Bucher schwer, sich dieser Stimmung zu entziehen. Er hörte wieder die Stimme des Pfarrers. »Ihr Tod bringt euch und vielen von uns Trauer und Schmerz.«

Dazwischen hörte er Schluchzen, ab und an ein leises Wimmern. Er nahm nicht Anteil am Ritus, an der jahrhundertealten Form der zelebrierten Trauer. Er hatte hier einen Job zu erledigen und war auf der Suche. Seine Augen glitten wie ein Radar über die Menschenmenge. So viele waren gekommen. Er suchte Lara, konnte sie aber nicht entdecken. Eine Buschreihe und der rechte Rand des Leichenhauses verdeckten ihm die Sicht auf die im unteren Bereich Versammelten. Er stand aufrecht, fast an die Mauer gelehnt, und suchte. Suchte nach der Person, die sich aus der Masse hervorhob, das Mal auf der Stirn trug.

Wie von fern hörte er die Worte: »Ich sah einen neuen Himmel und eine neue Erde, denn der erste Himmel und die erste Erde sind vergangen, und das Meer ist nicht mehr. Und ich hörte eine große Stimme von dem Thron her, die sprach: Siehe da, die Hütte Gottes bei den Menschen! Und er wird bei ihnen wohnen, und sie werden sein Volk sein, und er selbst, Gott mit ihnen, wird ihr Gott sein.«

Er fand kein Augenpaar, das auch nur Ansatzweise seinen Blick kreuzte. Niemand wollte mit ihm zu tun haben. Es kam Bewegung in die starren Gestalten, während die Worte aus der Apokalypse des Johannes gesprochen wurden. Jemand hatte sich bewegt und langsam vollzog sich diese Veränderung vom unteren Bereich her kommend, wie eine langsame, düstere Welle. Das Wallen verstärkte sich noch, als gleich darauf das Lied *Christ ist erstanden* erklang. Ein schauriger Gesang, vor allem wegen des Übergewichts verstaubter Sopranstimmen, die ein beängstigendes Vibrato über die Gräber legten. Bucher bekam neue Blickmöglichkeiten. Eine Dreiergruppe, die ihm gegenüber am anderen Ende des Friedhofs stand, fiel ihm jetzt ins Auge. Eine weiße helle Haube leuchtete aus der dunkel-düsteren Masse hervor. Schwester Clarissa. Links neben ihr das ausdruckslose Gesicht des Pensionisten Dr. Aumachers. Aus jeder Zelle seiner faltigen, bleichen Gesichtshaut drang Professionalität. Wie oft mochte er auf Friedhöfen gestanden haben. Was sollte ihn schon noch beeindrucken. Rechts neben der tonnenhaften Oberin stand ein großgewachsener Mann. Er fiel Bucher vor allem dadurch auf, dass er den Kopf nach oben reckte, so als wollte er sehen, ob ein Flugzeug am Himmel flöge. Dabei wippte er mit dem Oberkörper. Auf Bucher wirkte es, als sei er gelangweilt, als dauerte die Sache schon zu lange. Er wirkte unruhig. Aus der Nähe, in welcher er zu Schwester Clarissa stand, folgerte Bucher, dass es sich um den Rektor handeln müsse, der inzwischen wieder von seinem Synodentreiben zurückgekehrt war. Bucher musterte die drei. Keine Furcht. Kein Schrecken. Sie waren gekommen, weil sie hier anwesend zu sein hatten. Nicht mehr und nicht weniger. Sie hoben sich aus der Masse ab. In der Tat. Ausgerechnet diese drei.

Ein Stück von ihnen entfernt entdeckte Bucher Knauers massigen Körper. Er stand mit gesenktem Kopf da und hörte die Worte vom Grab her. »Wir haben die Entschlafene zur Erde bestattet.«

Welch eine Formulierung, dachte Bucher. Die *Entschlafene*! Mutig, Herr Pfarrer, oder war es der Alkohol.

»Lasst uns nun den Gottesdienst in der Kirche fortführen. Der Friede des Herrn geleite uns.«

Wieder wackelte das Kreuz mit dem Totenkopf über den Köpfen und leitete den Pfarrer zur Kirche hinüber. Bucher wartete nicht, bis sich die Umstehenden in Bewegung setzten, sondern zwängte sich langsam aber bestimmt hindurch und gelangte mit dem ersten großen Schwung zur Kirche. Lara Saiter hatte er inzwischen entdecken können, doch war sie zu weit weg, als dass er sich mit ihr hätte verständigen können. Er entschied sich für die erste Empore der kleinen Dorfkirche. Dort setzte er sich in die etwas erhöhte zweite Sitzreihe. So hatte er die Empore, den Aufgang nach oben und den vorderen Kirchenraum einigermaßen im Blick. Schon während er auf der Suche nach einem geeigneten Sitzplatz gewesen war, fiel ihm wieder das Orgelspiel auf. Perfekt im Klang und außergewöhnlich das Stück selbst. Als die Türen geschlossen wurden, da alle in der Kirche Platz gefunden hatten, folgte ein zweites Orgelstück, dem Bucher nur während der ersten langsamen Takte folgte, denn er hatte in der zweiten Bankreihe unter der Seitenempore den wilden schwarzen Schopf von Manfred Schober entdeckt. Er saß tatsächlich in der Reihe der Angehörigen. Bucher war sich nicht schlüssig, was er davon halten sollte. War das ungewöhnlich? Eher nicht. Erstaunliches entdeckte er jedoch bei einem Blick zur Seitenempore. Offensichtlich handelte es sich um die angestammten Kirchenplätze der früheren Barone des Schlosses. Drei der Butzenscheibenfenster waren geöffnet und Bucher erkannte im Profil das schwabbelige Gesicht der Oberin. Es saßen noch zwei weitere Gestalten bei ihr, die von einem Fensterflügel verdeckt waren. Doch es war klar, um wen es sich hier handelte. So war das also. Man hatte nicht nur das Schloss übernommen, sondern auch den angenehmen Teil der Patronatsrechte. Er fragte sich im Stillen, ob es hier noch das Recht der ersten Nacht gab, trennte sich aber schnell von seinem unpassenden Gedanken. Das Vorspiel zu einem Lied erklang und Bucher nahm das Gesangbuch in die Hand und schlug die Liednummer 363 auf. *Kommt her zu mir, spricht Gottes Sohn.* Auch der begnadete Organist vermochte es nicht, dem Gesang etwas Tröstliches zu verleihen. Bei Vers vier überlegte Bucher, wer dieses Lied wohl ausgewählt haben konnte.

Heut ist der Mensch schön jung und rank,
sieh morgen ist er schwach und krank,
bald muss er auch gar sterben;
gleichwie die Blumen auf dem Feld,
also wird diese schöne Welt
in einem Nu verderben.

Den nächsten Vers sang er nicht mehr mit. Er las die Zeilen und sah dann nach unten.

Dem Reichen hilft doch nicht sein Gut,
dem Jungen nicht sein stolzer Mut,
er muss aus diesem Maien;
wenn einer hätt die ganze Welt,
Silber und Gold und alles Geld,
doch muss er an den Reihen.

Das Lied verfehlte seine Wirkung nicht. Bitteres Weinen und Eiseskälte drang aus den unteren Bankreihen nach oben. Die zu pathetisch geratene Verlesung des Lebenslaufes brachte keine neuen Erkenntnisse und die Predigt des Pfarrers weder Trost noch einen Ansatz, der in der Lage gewesen wäre, Bucher von seinen Gedankengängen abzubringen. Unbestreitbar war es eine schwierige Aufgabe, eine solche Beerdigung zu gestalten, noch herausfordernder bestimmt, hierzu auch geeignete Worte zu finden. Aber das!? Bucher hätte zum Beispiel erwartet, dass klar benannt wird, was geschehen war, was Carola Hartel widerfahren war. Vielleicht erwartete er es auch aus Eigennutz, in der Hoffnung, dass der Zugang zu den Leuten dadurch einfacher geworden wäre, sich der ein oder andere darauf besonnen hätte, doch etwas zu erinnern, was ihm hätte weiterhelfen können. Doch weit gefehlt. Der Pfarrer stand starr und ungelenk im Chorraum und vollzog eine Gratwanderung zwischen Belanglosigkeit und Peinlichkeit, schichtete einen Haufen Phrasen auf, errichtete ein Dickicht an zweideutigen Bezügen. Fast glaubte Bucher, Carola Hartel war es, die ein Verbrechen begangen hat. Er wurde ärgerlich und sehnte sich dem Schluss entgegen. Endlich erklang das Orgelspiel zum Ende des Gottesdienstes. Und da war er wieder. Dieser unsichtbare Nebel der Angst und Furcht, kaum dass der letzte Ton verklungen war. Die Leute auf den Emporen drangen nach unten, wichen seinem offenen Blick aus. Auch der untere Kirchenraum leerte sich zügig. Bucher blieb sitzen und wartete, bis das Klappern verstummt war, sah, dass auch die Baronsempore verlassen war. Über ihm klackte es, es raschelte Papier. Der Organist packte zusammen. Es klang gemächlich, ruhig, überlegt. Unten saß immer noch Manfred Schober in der Bank. Die Angehörigen von Carola Hartel waren schon gegangen. Er saß immer noch da. Still und aufrecht. Bucher ging hinunter zum Haupteingang und blieb auf den Treppenstufen stehen. Einige Gruppen standen noch herum und redeten flüsternd, die Lippen nahe am Ohr desjenigen, der das Gesprochene empfangen sollte.

Er wartete auf den Pfarrer. Schließlich war Carola Hartel in seinem Gemeinderat und unter Umständen konnte man von ihm in einem persönlichen Gespräch mehr erfahren als durch den Besuch seiner Gottesdienste.

Pfarrer Hufeler sah Bucher misstrauisch an. Offensichtlich schätzte er es überhaupt nicht, an der Kirchentür abgefangen zu werden. Bucher spürte die Unruhe, sah das unruhige Hin und Her der Füße. Hufeler wollte weg. Weg von ihm. Von hinten kam der schlaksige Friedemann Bankert in schwarzem Anzug. In der linken Hand schwang ein alter Notenkoffer. Hufeler begrüßte ihn mit einem wortlosen Nicken und reichte kurz die Hand. Bucher begann belanglos. »Sie haben einen Organisten, um den Sie sicher beneidet werden.«

Ein knappes »Ja« blieb die Antwort. Bucher reichte Bankert stumm die Hand. »Das war wieder wunderbar, wie Sie gespielt haben«, versuchte er ein Gespräch in Gang zu setzen.

Kurzzeitig leuchteten die graublauen Augen seines Gegenübers auf: »Das war von Alphonse Mailly die *Prélude Funèbre* und später kam von William Thomas *Best Funeral March.*«

»Sehr schön«, betonte Bucher noch mal, dem einfach nichts Intelligenteres einfiel.

Er warf einen Blick durch die Tür nach vorne. Manfred Schober saß immer noch in der Bankreihe, jetzt mit hängendem Kopf. Bucher trat auf die Steintreppe hinaus und wollte Hufeler gerade eine Frage stellen, als er sah, wie Lara Saiter von der Straße her auf ihn zukam. Einige Meter vor ihr lief eine eigenartige Gestalt. Ein junger Bursche mit auffallend strohblonden, fast ins Weiß übergehenden glatten Haaren, die bis über die Ohren hingen. Er trug eine dunkelblaue Stoffhose, deren Bund von ausgeleierten Hosenträgern bis über den Bauchnabel gezogen wurde. Ein verknittertes kurzärmeliges Hemd steckte in der Hose. Das Alter des Kerls war schwer zu schätzen. Vielleicht reichte er schon an die zwanzig heran. Er war im Niemandsbereich zwischen Kindheit und Erwachsenenleben hängen geblieben. Ein Kindsbursche.

Bucher blieb auf der Treppe stehen und stellte fest, dass die Gestalt geradewegs auf ihn zusteuerte. Das elliptische Gesicht wirkte schmerzverzerrt, der Gang bestand aus einer Folge humpelnder Schritte, dann legte er ein, zwei flotte Schritte ein, fast springend, um wieder in den Humpelgang zu verfallen. Heftig atmend blieb er vor der Treppe stehen und fixierte Bucher. Der stand bewegungslos da und blickte dem jungen Kerl in die Augen. Sein Oberkörper weigerte sich, zur Ruhe zu kommen. Er wippte beständig von vorne nach hinten, mit einer leichten Aufwärtsbewegung des Beckens, die ein wenig obszön wirkte. An den Mundwinkeln leuchteten feuchte Speichelflecken im grellen Sonnenlicht, das auf den Eingang fiel. Dann, endlich, so als hätte er durch das arythmische Wippen Kraft gewonnen, stieß er ein gepresstes »Aahh« hervor. Und dann noch mal. »Aahh, aahh.« Seine Augen weiteten sich. Bucher sah zu Lara, die stehen geblieben war und die Szene beobachtete. Weder der Pfarrer noch der Organist sagten ein Wort. Bucher starrte ununterbrochen auf den Burschen, der sich vor ihm abmühte, seinen Oberkörper verbog und krümmte, jedoch nicht mehr als dreimal einen klagenden Laut hervorbrachte, dessen Botschaft nicht zu entschlüsseln war. Bucher hob die Hand und wollte ihn leicht an der Schulter berühren. Doch er wich erschrocken nach hinten weg, brachte noch einmal ein sich jetzt lange dehnendes »Aahh« hervor, dann begannen seine Kiefermuskeln zu zittern und drückten den Unterkiefer, einen imaginären Widerstand überwindend, in Richtung Brust. Die widerstrebenden Muskelkräfte, die den Kopf zittern ließen, griffen auf den gesamten Körper über. Langsam, wie in Zeitlupe, hob er den rechten Arm, dann das rechte Bein. So stand er vor Bucher, wie ein Moriskentänzer. Dann führte er die zur Faust geballte rechte Hand bebend, gegen sich selbst kämpfend, zum weit geöffneten Mund und biss hinein. Buchers Herz schlug heftig, er sah sich um, doch keiner der beiden, die diesen armen Kerl schließlich kennen mussten, tat etwas. Lara Saiter war inzwischen langsam von hinten an ihn herangetreten und fasste vorsichtig die Schultern des

Verkrampften. So als wolle sie ihn halten, damit er nicht nach hinten umkippe. Es dauerte noch einige Sekunden, und langsam begann sich der verkrampfte Körper zu entspannen. Oberhalb der Handkuppen waren hellfarbige Druckstellen zu erkennen, die schon jetzt von Blutergüssen umgeben waren, derart heftig hatten sich die Zähne auf die Handknochen gepresst. Lara ging einen Schritt zurück und sah Bucher an. Jetzt endlich sprach Hufeler. »Das ist der Waldemar.« Und zu Waldemar gewandt: »Was ist denn Waldemar? Möchtest du was sagen?«

Bucher hätte ihm eine klatschen können. Es war doch ganz offensichtlich, dass dieser Waldemar etwas sagen wollte. Und zwar zu ihm. Ihm wollte er was sagen. Das konnte Bucher in diesen Augen zweifelsfrei erkennen. Er fühlte sich hilflos. Was hätte er nur machen können, um diesem Kauz zu helfen?

»Denken Sie sich nichts dabei, Herr Bucher«, sagte jetzt Friedemann Bankert, und schob sich mit seiner Notentasche vorbei. »Der Waldemar hat manchmal solche Anfälle. Er kann oft wochen- oder monatelang nicht reden, verkrampft dann völlig. Ein armer Kerl.«

»Waldemar kann reden«, dröhnte eine tiefe Stimme in Buchers Rücken.

Es war das erste Mal, dass er Manfred Schober reden hörte. Sogar Hufeler drehte sich erstaunt um, nutzte die Gelegenheit aber für eine hastig hingeworfene Entschuldigung und verschwand mit schnellen Schritten, als hätte er vor der dunklen Stimme Schobers Angst bekommen. Lara Saiter rief ihm nach, dass sie in den nächsten Tagen vorhatte, bei ihm vorbeizuschauen. Er hob nur die rechte Hand zum Zeichen, dass er es verstanden hatte. Das blieb seine einzige Reaktion.

»Komisches Volk hier, oder?«, sagte Bucher zu Lara und schämte sich gleich, denn Waldemar stand noch immer vor der Treppe und musste das gehört haben. Bucher lächelte ihm aufmunternd zu. Vielleicht fiel es ihm ja jetzt leichter, etwas zu sagen, da die anderen gegangen waren. Waldemar drehte sich mit einem weinerlichen Jammern um und sprang so gut er eben konnte den Weg hinab zu der Straße. Bucher sah ihm nach und dachte, wenn er doch nur so gut reden könnte, wie er in der Lage war, herumzuhopsen. Manfred Schober reagierte nicht auf Buchers Frage und ging mit langsamen Schritten ebenfalls davon.

»Stecken wir vielleicht ein wenig fest?«, meinte Lara Saiter, sachlich und ohne jede Resignation, als sie auf dem Weg zum Auto waren, das Bucher wieder an der Brücke geparkt hatte. Er lief schweigend neben ihr und betrachtete die fein renovierten Fachwerkfassaden.

»Alle haben Angst hier. Alle. Sogar der Pfarrer eben. Keiner will etwas sagen. Und die, die den Mut hätten, sind in ihrem Körper derart gefangen, dass sie nicht können.«

»Der Kleine gerade«, bestätigte sie.

»Ja. Armer Kerl.«

»Wie machen wir weiter, Johannes?«

Er massierte die Stirn. »Bis morgen versuchen wir die offenen Fragen zu klären. Was steckt hinter Heller, hat jemand beobachtet, wie Carola Hartel am Samstag das Haus verlassen hat, was war wirklich ihre Tätigkeit in diesem Schwesternladen. Und heute sollten die ausstehenden Spurenberichte noch kommen, oder?«

Sie nickte.

»Dann setzen wir uns morgen zusammen und schauen, ob wir schon so viel Material haben, dass wir uns auf eine Spur konzentrieren können.«

»Und wie sieht Plan B aus?«

»Die bewährte Brutalomethode. Kriminalistischer Rundumschlag. Alle Männer aus den Dörfern zwischen zwanzig und sechzig, die kein Alibi haben, werden in die Mangel genommen.«

»Elegant ist das ja nicht«, meinte sie abschätzig, »und hast du auch einen Plan C?«

»Den brauchen wir nicht. Wenn schon B floppt, dann wird die Verkehrspolizei die Sache übernehmen. Wir haben dann nichts mehr damit zu tun.«

Vor dem Eingang eines Hauses, dessen Fassade von wildem Wein und Efeu vollständig überdeckt war, standen drei Frauen, vollständig in Schwarz gekleidet, und tuschelten. Die ältere von ihnen trug ein dunkelgraues Kopftuch, schlug ein paar Mal die Hände entsetzt zusammen, nahm sie auseinander und legte sie gekreuzt unterhalb des Halsansatzes auf die Brust. Lara Saiter sprach die drei unvermittelt an.

»Entschuldigung. Haben Sie Carola Hartel gekannt?«

Diejenige, die ihnen bisher den Rücken zugewandt hatte, drehte sich zur Seite und blickte verlegen drein. Die mit dem Kopftuch fasste als erste Mut. »Sie sind doch die Bolizei, gell?«

Ein »Mhm« reichte als Antwort.

»Na und ob ich die Carola gekennt hob«, sagte die Ältere. »Hob ich ihr doch selber auf die Welt verholfen. Grod hob ichs verzählt.«

»Sie sind Hebamme?«, fragte Lara Saiter, um das Gespräch in Gang zu bringen.

»Und der Jenny und dem Jonas auch«, bekam sie bekräftigend zur Antwort.

»Die Kinder von Carola Hartel«, stellte Bucher fest.

Sie legte wieder die Hände auf die Brust, als bekäme sie nur schlecht Luft und jammerte ein leises »Hhm«. Die anderen beiden schwiegen hartnäckig. Bucher registrierte nur, dass sie kaum den Blick von Lara nehmen konnten. Eine echte Kriminalpolizistin – das schien sie zu beeindrucken. Bucher fragte, wann sie Carola Hartel das letzte Mal gesehen hätten. Zu dieser Frage erhielt er noch Antworten. Die weiteren Fragen vom Verhältnis Carola Hartels zu ihrem Exmann, dem Bürgermeister oder zur Arbeitsstelle im Schwesternheim erbrachten überhaupt nichts Verwertbares. Einzig die Aussage, dass sie sich immer gut um ihre Kinder gekümmert hätte war eindeutig und klar, aber das wusste er inzwischen schon. Schweigen gehörte hier zur Grundausstattung, das konnte man so wie es hier praktiziert wurde sonst nirgends lernen. Und die machten das noch nicht einmal plump. Was war nur los in diesem Fachwerkidyll? Wieso brachte niemand das Maul auf und was wurde hier sonst noch totgeschwiegen?

Er ließ seinen Blick an den Häusern entlang gleiten, alles Bauerngehöfte. Was mochte vor ein paar Jahrzehnten hier losgewesen sein. Traktorenlärm, Hühnergegacker, Entenquaken, Kindergeschrei – ein Dorf, erfüllt von sommerlichem Leben. Vielleicht waren die Fassaden da noch nicht so fein herausgeputzt und in den Vorgärten wuchs noch Gemüse und blühten Stauden. Heute glänzte das Fachwerk wie in einem Prospekt von »Unser Dorf soll schöner – sterben«, und die Vorgärten waren englischem Rasen oder Verbundsteinen zum Opfer gefallen. Einzig geblieben war anscheinend ein Dörfern innewohnendes kollektives Denken, Fremden grundsätzlich skeptisch zu begegnen und vor allem nichts zu sagen.

Wenigstens kristallisierte sich heraus, dass Carola Hartel unter den älteren Frauen im Dorf nicht sonderlich gelitten war. Bucher konnte sich das eigentlich nicht erklären, wo sie doch in allen wichtigen Vereinen des Dorfes in gewählten Funktionen vertreten war. Sie gingen weiter und überließen die drei ihrem Ratschen.

Kurz vor der Brücke passierten sie ein altes Gehöft, dessen Hoftor die offene Seite eines Karrees bildete. Auf der rechten Sandsteinsäule hing schief eine verwitterte Holztafel in welche mit Bonanza-Lettern das Wort »Hammel« eingebrannt war. Hier wohnte also der Bauer mit den toten Viechern.

Das Wohnhaus lag quer gegenüber und seitlich schlossen sich auf der linken Seite der Stall, rechts eine ausladende Scheune an. Am Hoftor stand ein großgewachsener, hagerer Mann, der die beiden mit finsterem Blick verfolgte. Bucher grüßte ihn und wollte weitergehen. Dann hörte er mit einem bösartigen Unterton: »So möchte ich mein Geld auch mal verdienen. Mit Spazierengehen.«

Sie blieben stehen und drehten sich dem Typen zu. Er trug einen Blaumann, darunter ein verdrecktes T-Shirt. Jetzt war zu erkennen, dass er nicht hager, sondern außerordentlich zäh gebaut war. Muskeln spielten bei jeder Bewegung mit der braunen Haut. Er stand lauernd da und wartete, welche Reaktion sein provozierendes Gebaren wohl hervorrufen würde.

Seine rechte Hand, in der unregelmäßig zuckend ein Huhn hing, dessen Kopf abgeschlagen war, leuchtete blutverschmiert. Gerade dies schien ihm besondere Freude zu bereiten, denn er hielt das getötete Tier etwas vom Körper weg. Weniger, um sich nicht mit Blut zu verschmieren, als vielmehr deutlich zu zeigen, was er da in der Hand hielt.

»Wie verdienen denn Sie Ihr Geld?«, fragte Bucher und richtete einen tiefen Blick in die kantigen Augenhöhlen. Dort funkelten zwei hellwache grüne Augen.

»Mit Erwet«, entgegnete er giftig, hielt das Huhn dabei hoch und grinste Lara Saiter an. Aus jeder seiner Poren troff die blanke Geilheit.

»Man muss nur wissen wie man mit den Hühnern umgehen muss«, fügte er hinzu und sah sie herausfordernd an. Auch seine Haltung veränderte sich, indem er die Schulter leicht nach vorne nahm. Als wollte er jeden Augenblick losspringen.

Aus dem Haus kam eine Frau in den Hof, die wohl von einem der Fenster aus gesehen hatte, dass Fremde am Hof standen. Hinter ihrem Rücken rannte ein etwa Zehnjähriger hervor, der wild schreiend den Hof durchquerte. Behende nahm er im Lauf zwei Holzscheiter auf, die vor der Scheune lagen, drehte blitzschnell um und jagte zur anderen Hofseite. Jetzt wurde klar was sein Ziel war. Dem Ziel selbst im selben Moment auch. Wie ein Blitz fegte die graue Katze, die auf den warmen Sandsteinen der Fensterbretter des Stalles gedöst hatte, diagonal zum Hoftor. Der Fratz warf das erste Scheit mit voller Wucht. Daneben. Blitzschnell nahm er in der Verfolgung das andere Scheit in die rechte Hand und warf wieder. Diesmal erwischte das vom Boden aufschlagende Holz noch die Hinterläufe, was aber keine Folgen hatte. Sie entkam nach kurzem Straucheln der Hinterläufe über die Straße hinweg in das Nachbarsanwesen.

Der kleine Rüpel blieb stehen, reckte die Hände in die Luft und schrie »Yeeaah«. Seine Mutter plärrte, als alles vorbei war, völlig hysterisch: »Kevin! Keviiin! Less die Katz in Ruh!« Dabei sah sie nicht ein einziges Mal zu Kevin, sondern kam mit schlurfenden Schritten zur Hofeinfahrt. Die ausgelutschten Sandalen mit den Holzsohlen klackerten bei jedem Schritt auf dem Fußboden. Von der Wade an spannte sich eine schwarzgraue Leggins um die verquollenen Beine. Ein weites T-Shirt fiel, vom mächtigen Busen geweitet, wie ein Umhang bis zur Hüfte. Die kleine Comicmaus auf dem T-Shirt, die zwischen den beiden Brüsten hin- und hergezogen wurde, tat Bucher leid. Buchers Archäologenblick erkannte, dass diese Enddreißigerin vor vielen Jahren einmal sehr attraktiv gewesen sein musste. Ihr Mann hatte währenddessen keinen Blick von Lara Saiter genommen. Weder Kevin, die Katze noch das Nahen seiner Angetrauten konnten seine Blickstarre lösen. Sie blieb in einigem Abstand seitlich hinter ihm stehen und glotzte stumm.

»Wann haben Sie Carola Hartel das letzte Mal gesehen?«, platzte Bucher mit der Tür ins Haus.

Schulterzucken und ein widerliches »Pöh«.

»Und Sie?«, wandte sich Bucher an die Frau.

Sie tat es ihrem Mann gleich, verzichtete jedoch höflicherweise darauf, irgendeinen Laut von sich zu geben.

Bucher ließ offen, ob es sich um eine Feststellung oder um eine Frage handelte: »Sie waren nicht auf der Beerdigung.«

Sie drehte sich wortlos um und schlurfte beachtlich schnell zum Haus zurück. Ihre nackten Waden rieben dabei aneinander. Von drinnen drangen nun wüste metallische Schläge nach draußen. Bucher vermutete: Kevin – fast allein zu Haus.

Hammel konnte seine Augen inzwischen wieder bewegen. Sein Gesicht war zu Lara Saiter gerichtet, die Augen aber schielten böse zu Bucher. »Jeder bekömmd, wos er verdient.«

»Es wird erzählt, Sie hätten versucht, an Carola Hartel ranzukommen. Die hat Sie aber immer abblitzen lassen. Stimmt das?« feuerte Lara eine kleine Schrotladung ins Gebüsch. Mit Erfolg.

Er lachte, getroffen. Wollte vor ihr das Gesicht nicht verlieren. »An die Carola Hartel hab ich mich nie rangemacht. Nur an die Carola Rescher.«

»Da hatte der Bürgermeister aber mehr Schmalz«, legte sie frech noch einen drauf.

Dem war er nicht gewachsen und reckte ihr in einer kurzen zornigen Regung das tote Huhn entgegen. »Der? Der hot noch nie, noch nie hot der so was wie Schmalz gehobt. Den hob ich scho emol in en Bode gschdampft.«

»Was die Carola aber auch nicht sonderlich beeindruckt hat, oder?«

Er winkte ab. Im Haus war das Schlagen inzwischen verstummt. Dafür erschien die Frau wieder in der Haustür und schrie: »Norbeet! Norbeet! Komm jetzt rei mit des Huh!«

Bucher blickte zur Seite und sah, wie Lara lächelte. Oh, sie lächelte diesen Kotzbrocken an, dass einem das Herz weich werden konnte. Schlank, schön, schwarzhaarig. Dann sagte sie in fast echtem Fränkisch: »Jeder bekömmd wos er verdient«, drehte sich um und ging.

Hüllmer ging nicht ans Handy. Hartmann war nicht zu erreichen. Von Batthuber wollte er im Moment nichts und Lara hatte er gerade erst am Wirtshaus abgesetzt. Sie wollte sich um den Schreibkram kümmern und die noch ausstehenden Berichte durcharbeiten, die für heute angekündigt waren. Bucher war auf dem Weg nach Würzburg und hatte sich telefonisch im Auktionshaus Kappenberg & Hüglschäfer angemeldet, ohne zu offenbaren wer er war. Er parkte in der Nähe des Hauptbahnhofes im Halteverbot und legte die kleine unscheinbare Plakette mit dem Polizeistern so auf das Armaturenbrett, dass sie erst auf den zweiten Blick erkennbar war.

Bevor er losging rief er noch bei der hiesigen Kripo an und ließ sich mit der Team der Spurensicherung verbinden, das am Tatort gearbeitet hatte. Der Stimme nach musste es sich um den langen Dünnen mit den wenigen Haaren handeln, den er am anderen Ende der Leitung hatte. Bucher hatte den Notizzettel an sein Lenkrad geheftet. Ihm war aufgefallen, dass die Kollegen in Carola Hartels Auto zwar Spuren gesichert hatten, aber nirgends konnte er entdecken, wo sich der Autoschlüssel befand. So wie sich der Bericht las, musste das Auto unverschlossen in der Scheune gestanden haben. Seine zweite Frage bezog sich ebenfalls auf einen Schlüssel. Die Haustür war verschlossen gewesen, doch im Sicherstellungsverzeichnis, welches jene Gegenstände aufführte, die bei der Leiche gefunden worden waren, war kein Schlüssel aufgelistet. Weder ein Autoschlüssel noch ein Hausschlüssel. Nach Lage der Dinge mussten sie davon ausgehen, dass Carola Hartel die Haustür versperrt hatte, als sie das Haus verließ. Wenn bei ihr kein Schlüssel gefunden worden war, lag es nahe, dass der Täter, aus welchen Gründen auch immer, den Schlüssel an sich genommen hatte.

Der Dünne überlegte kurz und erklärte zur ersten Frage, dass sie nicht nach einem Autoschlüssel gesucht hätten und es für die Gegend nicht ungewöhnlich gewesen sei, dass das Auto unverschlossen in der Scheune gestanden habe. Hier herrschte schließlich noch Vertrauen. Bucher lachte zynisch in die Muschel. Die Sache mit dem Haustürschlüssel konnte sich der Kollege auch nicht erklären. Auf die Frage, wie sie denn selbst in das Haus gekommen wären, bekam er zur Antwort, dass der älteste Bruder einen Schlüssel für das Haus hatte. Zum Schluss bat er noch darum, die sichergestellten Kleidungsstücke zur Dienststelle nach Ochsenfurt zu schicken. Er wollte sie sich bei Gelegenheit in Ruhe noch einmal ansehen. Immer deutlicher wurde ihm, dass das Fehlen von detaillierten Tatortfotografien ein viel größeres Handicap darstellte, als er sich das vorgestellt hatte. Über diese Lücke halfen auch die Aufnahmen nicht hinweg, die Hüllmer gefertigt hatte. Er wollte gar nicht daran denken, was wäre, wenn diese auch nicht zur Verfügung gestanden hätten.

An der Fußgängerampel gegenüber des Würzburger Bahnhofs sammelte sich eine Menschenmenge. Irgendwo musste eine Schule sein, denn pubertäres Gekreische übertönte die vorbeibrausenden Autos. Im Pulk überquerte er den Röntgenring und kam direkt in die gegenüberliegende Kaiserstraße. Ihm fiel wieder einmal auf, dass er zu einer Minderheit gehörte. Er trug keine Ohrhörer. Keine feinen weißen Kabel ringelten sich vorbei an seinen Wangen und verschwanden in den Falten des Sommerjacketts. Bisher war es ja eher eine Erscheinung bei Jugendlichen gewesen. Wenn er in München mit der U-Bahn unterwegs war, wunderte er sich immer, wie die das fertig brachten Getöseknöpfe im Ohr zu tragen, sich zu orientieren, SMS zu schreiben und nebenher auch noch Gespräche zu führen. In letzter Zeit schien jedoch die Altersschranke gefallen zu sein und die Plage der Ohrhörer kletterte die Alterspyramide nach oben. Ein Jungdynamiker in Anzug und Krawatte kam ihm entgegen, Anfang zwanzig, und sah schon jetzt wie ein stellvertretender Sparkassendirektor aus. Auch aus seinen Ohren ringelten Kabel.

Lief da wirklich Musik? Oder empfingen alle geheime Nachrichten *from outer space*? Vielleicht handelte es sich ja auch um Navigationssysteme oder Einkaufsführer. Waren es vielleicht gar Androiden? Bevor Bucher die idiotischen Gedanken weiter von sich Besitz ergreifen ließ, stoppte er. Es konnte auch sein, dass gar nichts lief, weder Musik noch andere Töne, und die Kabel im Nirgendwo der Innentaschen, Backbags und Schnellziehtäschchen verschwanden, ohne je Anschluss zu finden. Sozusagen ein neues modisches Accessoire.

Er blieb an jeder der Straßenbäckereien standhaft, die sich schon Meter vorher durch herzhaft zu Magen gehenden Geruch ankündigten. Das Zeug sah zwar wahnsinnig gut aus und er hätte sich gerne eine Tüte mit »von allem« füllen lassen. Aber bisher war es noch immer eine Enttäuschung gewesen. Zucker, Zucker und Aromastoffe. Zu einfallslos für sein verwöhntes Schleckermaul.

Er querte den Barbarossaplatz und entwand sich den freitagmittäglichen Massenwanderungen, die ausgelassen die

Stadt aufsuchten, indem er durch die stille Oberthürstraße weiter zur Eichhornstraße und schließlich in die Herrnstraße gelangte. Je länger er durch die Innenstadt lief, desto freier fühlte er sich. Diese Stadt, so pleite sie war, verschaffte ihm doch mit ihren barocken Restbeständen an Lebensfreude und dem fröhlichen Slang, der von den Wänden widerhallte, Raum. Raum um zu denken. Würzburg war ein guter Ort für ihn. Das Auktionshaus Kappenberg & Hüglschäfer fiel wesentlich weniger prunkvoll und exotisch aus, als er sich das vorgestellt hatte. Wenigstens eine vergilbte grüne Holztür verschaffte Eintritt und betätigte eine über der Tür angebrachte Glocke. Ein warmer Ton erfüllte den Raum, der überlief von altem Plunder, wie ein erster Blick ergab. Truhen standen übereinander, barocke Sessel schoben ihre geschwungenen Beine zwischen die Schenkel biedermeierscher Sofas, auf deren Lehnen alte Stoffballen Falten warfen. Wände waren nicht zu sehen. Wenn es gegangen wäre, hätten die Besitzer auch noch an der Decke Gemälde befestigt. Glasvitrinen rückten eng zusammen, bargen Karaffen, glatt, rund, bauchig, geschliffen, unbeschädigt oder mit kleinen Platzern. Nicht zu vergessen die Kerzenleuchter, von Knirps bis Goliath, in Messing oder Silber. Und wo noch Platz war, breitete sich Geschirr aus, dazwischen verstaubte Kästchen mit Besteck. Und über allem lag ein von Leinöl bestimmter Moder. Bucher sog mehrmals ein. Jetzt konnte er in etwa ermessen, was gemeint war, wenn einer dieser Weinverkoster von Geruch nach altem Leder und Tabaksbeutel sprach. So in etwa konnte das riechen. Gott sei Dank hatte er keinen Wein im Keller, über den jemals solch ein Urteil abgegeben worden war.

Ein schmaler Gang ermöglichte es, den Raum zu durchqueren und durch einen Rundbogen in den hinteren Teil des Geschäftes zu gelangen. Hier herrschte nüchterne Leere. Ein breiter Tresen, mit rotem Samt bezogen, grenzte die Kunden von den Büros ab, die sich hinter dem blauen Vorhang verbargen. Ein runder Nussbaumtisch, ein zweisitziges Sofa und zwei dazu passende Stühle. Die drei Wände waren mit unterschiedlichen Tapeten bezogen und an der Decke hing eine Hightech-Leuchteinrichtung.

Bucher wartete. Der blaue Vorhang geriet in sanfte Wallung und ein älterer Herr, schlicht aber vornehm gekleidet, trat an den Tresen. Die Begrüßung durch Herrn Kappenberg war freundlich. Bucher nannte vorerst nur seinen Namen und holte das Portrait von Carola Hartel hervor. Er legte es auf die rote Samtfläche. Kappenberg sah ihn irritiert an, zog dann aber umständlich seine Brille hervor und beugte sich zu dem Bild. Derweil nahm Bucher seinen Dienstausweis zur Hand und legte ihn neben das Bild.

Kappenberg richtete sich überrascht auf. »Polizei!?« Dann nahm er den Ausweis in die Hand und las laut: »Landeskriminalamt« Er reichte Bucher den Ausweis und fragte: »Was verschafft uns das Vergnügen?«

Bucher deutete auf das Bild. »Vorweg, Herr Kappenberg. Ich bin nicht von der Kunstfahndung. Mich interessiert, ob sie diese Frau hier auf dem Bild schon einmal gesehen haben.«

Kappenberg nahm das Portrait in die Hand und betrachtete es ausgiebig. Es war klar, dass es nicht mehr darum ging, die abgebildete Person zu erkennen, sondern wie er reagieren sollte.

»Ja. Ich habe diese Frau schon einmal gesehen.« Er wartete.

»Wann war das?«, fragte Bucher und nahm das Foto zurück.

»Vor etwa drei Monaten, wenn ich mich recht erinnere. Vor Ostern, noch während der Passionszeit.«

»Wissen Sie auch, wie diese Frau heißt?«

Kappenberg neigte den Kopf leicht zur Seite. »Das nicht. Nein.«

»Und trotzdem erkennen Sie sie wieder. Dann muss der Anlass ihres Besuches bei Ihnen, ich nehme an es war hier im Geschäft, ja einprägsam gewesen sein.«

Kappenberg lächelte und deutete auf Buchers Brusttasche, wo er das Foto hineingesteckt hatte. »Diese Frau war sehr, sehr attraktiv. Hatte eine tolle Ausstrahlung«

Bucher war erstaunt.

»Und weswegen war sie bei Ihnen?«

»Ja wegen dem Liebermann. Aber das wissen Sie doch schon, also bitte?«, sagte er in kumpelhaftem Ton.

Bucher stutze einen Augenblick und fragte dann: »Liebermann? Meinen Sie Max Liebermann? Den Maler?«

Kappenberg wusste nichts mit der Situation anzufangen. »Ja natürlich. Wen sonst. Max Liebermann. Diese Frau hier war bei uns im Geschäft und hat sich nach dem Max Liebermann erkundigt, den wir in unserem letzten Katalog angeboten hatten.«

Bucher musste überlegen. »Und diese Frau war hier bei Ihnen und wollte den Liebermann kaufen?«

»Sagen wir, sie hatte Kaufinteresse. Sie erkundigte sich nach dem Preis und verlangte dann das Übliche.«

»Was ist das Übliche?«, fragte Bucher, der noch nie ein Gemälde in einem Auktionshaus gekauft hatte.

»Zertifikat, Gutachten und die Ergebnisse der Provenienzprüfung.«

»Das alles verlangte sie?«, fragte Bucher erstaunt nach. Was bitte ging hier vor sich? Carola Hartel wollte einen echten Liebermann kaufen? Und sie kannte sich anscheinend in diesem Metier aus.

Kappenberg unterbrach Buchers Gedanken. »Würden Sie so freundlich sein und mir erklären, worum es geht. Vielleicht ersparen Sie sich dann einige Fragen.«

»Gleich, Herr Kappenberg. Nur noch eine Frage. Hat sie den Liebermann bei Ihnen erstanden?«

«Nein. Wir mussten das Gemälde aus dem Katalog streichen, weil die Herkunft nicht einwandfrei geklärt werden konnte. Es gab da vor einiger Zeit in München eine große Auktion mit Liebermanngemälden. Bei drei der Gemälde gab es große Schwierigkeiten wegen der Herkunftsnachweise. Wir haben uns bei unserem Gemälde sehr bemüht, eine eindeutige Herkunft nachvollziehen zu können, es kam aus sehr guter Quelle, wirklich. Aber … «, er hob entschuldigend die Hände, »es gab eine Lücke von knapp zwanzig Jahren und so entschlossen wir uns, das Gemälde nicht weiter anzubieten. Deshalb hat diese Frau es nicht erstanden.«

Nachvollziehbar. Alles was er sagte, klang nachvollziehbar und doch rumorte es in Buchers Kopf. Irgendwo war hier eine Schnittstelle. Doch jetzt musste er Kappenberg offenbaren, weshalb er hier war. Der musste sich erst einmal setzen, als er hörte, was mit dieser attraktiven Frau geschehen war.

»Was war denn an dieser Frau so besonders?«, wollte Bucher wissen, der glaubte, in Kappenberg einen einigermaßen unbefangenen Zeugen hierüber gefunden zu haben.

»Na ja. Sie war nicht so eine Magazinschönheit, wissen Sie. Die Tür ging damals auf und sie kam herein, sehr zielstrebig und mit einem so herrlichen Lächeln. Ja. Sie hatte einfach ein sehr einnehmendes Wesen. Und das meine ich im positiven Sinn.«

Bucher hörte gar nicht genau hin. Er überlegte, was er mit dieser Information anfangen sollte.

»Was hätte das Bild denn kosten sollen?«

Kappenberg wog den Kopf »Fünfzehntausend. Geradeweg. Und das hätten wir auch dafür bekommen.«

Bucher lächelte kurz verkniffen und sagte dann mehr zu sich selbst. »So, so. Fünfzehntausend.«

Kappenberg sah ihn entrüstet an und protestierte. »Keineswegs überteuert. Keineswegs. Das ist ein völlig reeller Preis, das dürfen Sie glauben.«

Bucher winkte ab. »Ja sicher, ich dachte gerade an etwas anderes. Aber sagen Sie doch, was für ein Gemälde war es denn? Eine Landschaft, ein Stilleben?«

»Eines jener herrlichen Gartenbilder, die Liebermann so zahlreich gefertigt hat – allerdings eher eine Studie zu einem dann folgenden größeren Bild, aber wundervoll. Er hatte ja diesen wunderbaren Garten auf seinem Grundstück – übrigens mitten in Berlin – anlegen lassen. Tja, und da hat er sich so richtig ausgetobt. Ich sage Ihnen. Dieses kleine Bild war eine Augenweide. Ich hatte mir sogar überlegt, ob ich es nicht selbst nehmen sollte.« Begeisterung für das Kunstwerk klang aus seinen letzten Worten und ein wenig Enttäuschung darüber, es nicht zu besitzen.

»Und wieso haben Sie es nicht für sich behalten?«

»Die Besitzerin hat es wieder zurückgenommen. Sie war nicht begeistert zu hören, dass wir Probleme mit dem Herkunftsnachweis hatten oder besser gesagt, dass sie die Herkunft nicht lückenlos belegen konnte.«

Bucher fiel wieder eines der Bücher ein, die er auf dem Schreibtisch in Carola Hartels Haus gefunden hatte – *Ruth hat auf einer schwarzen Flöte gespielt.* »Sie sagten vorhin, dass die Herkunft des Bildes bis auf zwanzig Jahre geklärt war. Für welchen Zeitraum bestand denn ein Problem die Herkunft nachzuweisen?«

Kappenberg lachte böse. »Na welcher Zeitraum denken Sie wohl, Herr Bucher? Unserem Gemälde fehlten exakt siebzehn Jahre. 1931 bis 1948.« Dann hielt er kurz inne und schüttelte den Kopf. »Aber glauben Sie denn, das Bild hat etwas mit diesem schrecklichen Verbrechen zu tun? Ich kann mir das beileibe nicht vorstellen. Fünfzehntausend Euro. Dafür tötet man doch keinen Menschen. Und dann nicht so.«

Bucher ging nicht darauf ein. »Haben Sie noch Kontakt zur Besitzerin des Bildes?«

»Nein. Wie ich sagte. Die Besitzerin war, ja, sie war ungehalten darüber, dass wir das Bild aus der Auktion nahmen. Und nicht zu unrecht hat sie uns Vorwürfe gemacht, dass wir diese Situation hätten vermeiden können, wenn wir uns vorher kundig gemacht hätten. Dieser Vorwurf trifft aber auch auf die Besitzerin zu«, suchte er mit dem letzten Satz die Anteile der Nachlässigkeit gerecht zu verteilen.

»Wieso haben Sie nicht?«

»Die Sache in München hat die gesamte Branche sensibilisiert. Bei dieser Auktion war es übrigens nicht das Auktionshaus, welches den Sachverhalt bei den drei problembehafteten Bilder entdeckte, sondern Erben.«

»Mhm. Und dieses Gartenbild? Würden Sie mir sagen, wie die Besitzerin heißt?«

Kappenberg hob die Arme. »Oh. Eigentlich geben wir die Namen unserer Kunden nicht heraus.«

»Ja prima, Herr Kappenberg. Erstens eigentlich und zweitens, sie ist ja keine Kundin mehr.«

Kappenberg stand auf und holte ein teuer gebundenes Register, in welchem er umständlich blätterte und dabei leise stöhnte. Dann hatte er es endlich gefunden.

»Ja. Da ist es.«

»Und?«, fragte Bucher ungeduldig.

»Schurzek. Frau Schurzek.«

Bucher war sich bei seiner Frage nach der Besitzerin gar nicht im Klaren darüber, was er als Antwort erwartet, mehr noch erhofft hatte. Er spürte nur eine kurze Schlaffheit und hätte den Kopf fast sinken lassen. Doch dann verdrängte ein Schub gebremsten Ärgers dieses Gefühl der Resignation. Den Namen Schurzek hatte er wahrhaftig noch nie gehört, er konnte damit überhaupt nichts anfangen. Das wollte er selbst sehen, lesen, schwarz auf weiß.

»Geben Sie mal her!«, befahl er Kappenberg, wartete aber keine Reaktion ab, sondern griff über den Tisch und zog das Register heran. Ein unscharfes Foto des Gemäldes war eingeheftet. Die kräftigen Farben grün und gelb in Vorherrschaft sprachen ihn sofort an, besänftigten sein Gemüt. Er schloss für einen nicht messbaren Augenblick die Augen, roch, fühlte, spürte das Sommeridyll. Dann flog sein Blick über die Seite. Der Zustand des Bildes und des Rahmens waren exakt beschrieben. So exakt wie die Anamnese eines gewissenhaften Arztes. Zertifikats- und Gutachternummern waren aufgeführt, Tag und Uhrzeit der Einlieferung, Vertragsnummern und natürlich der Name des Besitzers. Da stand tatsächlich Schurzek. Cornelia Schurzek. Er rutschte eine Zeile nach unten, wo die Adresse stand, und sofort befand er sich wieder in Liebermanns leuchtendem Garten. Buchstabe für Buchstabe las er den Ort. Karbsheim. Dann die Anschrift. Schlossberg 1. Wärme durchfloss seine Muskeln, die sich entspannten.

Er klappte das edle Register zwischen Daumen und Fingern so heftig zu, dass Kappenberg zusammenschrak.

»Entschuldigung, Herr Kappenberg. Ich hätte noch eine Bitte an Sie. Erklären Sie mir doch, wenn das überhaupt möglich ist, die Problematik dieser Herkunftsnachweise. Wie muss man sich das Prozedere vorstellen, und wo liegen die Schwierigkeiten für Verkäufer?«

Kappenberg wog den Kopf.

»Also so schwierig ist das nicht. Stellen Sie sich vor, sie wären, aus Erbschaft womöglich, in den Besitz eines wertvollen Bildes gelangt. Ihre Tante hatte den Liebermann zum Beispiel schon immer über dem Sofa hängen. Schon als Kind hat sie das Bild angeregt. Nun ist die liebe Tante verschieden, und weil Sie so ein lieber Neffe waren, der sie jeden Sonntag brav besucht hat und auch sonst ein anständiges Leben führen, hat Sie Ihnen neben viel Geld und Immobilienbesitz auch noch den Liebermann vermacht.«

Bucher musste schmunzeln, wie er Kappenberg so zuhörte, der sich vom Schreck wieder erholt zu haben schien.

»Nun haben Sie aber eine modern eingerichtete Wohnung, keinen Sinn für Impressionismus und möchten das Bild zu Geld machen. Also suchen Sie Rat bei einem Auktionshaus oder einem Kunsthändler. Der wird das Bild in Augenschein nehmen und Sie natürlich fragen, wie Sie zu dem Schatz gekommen sind. Sie werden wahrheitsgemäß antworten, dass es aus einer Erbschaft stammt.«

»Genau«, stimmte Bucher zu und überlegte, ob er es fertig brächte einen echten Liebermann, noch dazu ein Gartenbild, zu verkaufen.

»Jetzt fangen die Schwierigkeiten schon an«, fuhr Kappenberg fort. »Wo hatte die Tante das Bild her? Und wie kam der Vorbesitzer ihrer Tante in die Verfügungsgewalt des Gemäldes? Die entscheidende Frage lautet: War das Gemälde im Laufe seiner Besitzwechsel immer eine bewegliche Sache, die durch Einigung und Übergabe Besitz und Eigentümer wechselte, oder gab es diesen einen dunklen Flecken in der Geschichte eines Gemäldes, dieses eine Mal, in welchem das Bild den Besitz wechselte, ohne dass es eine Einigung gab, also schlicht Beute war? Das muss man klarstellen. Beute. Und genau diese Situation gab es tausendfach während des Dritten Reiches. Sie konnten sich ausleben, die Verbrecher, die Gierigen.« Kappenberg sprach ohne jede Emotion, ruhig und sachlich. Gerade durch das Fehlen einer aufgeblähten moralischen Hysterie gewannen seine Worte Ausdruckskraft, beeindruckten Bucher.

Er sagte: »Es kann gut sein, dass ich noch einmal auf ihre Hilfe zurückgreifen muss, Herr Kappenberg«, und verabschiedete sich. Er fühlte sich in Eile, obwohl dem objektiv gar nicht so war. Doch die Ermittlungen begannen unaufhaltsam den Druck zu steigern. Trotzdem gab er dem Hungergefühl nach. Auf dem Weg durch die Sanderstraße lugte er vom Gehsteig aus durch eines der Fenster. Das, was er sah, ließ ihn abrupt stoppen. Gemütliche Holztische, eine Theke und auf dem Absatz der Holzvertäfelung eine einladende Reihe geleerter Flaschen – und was für welche! So ging er hinein, zum Sandertorbäck, und ließ sich verwöhnen.

Das Gespräch mit Kappenberg und die daraus gewonnenen Erkenntnisse beschäftigten ihn so sehr, dass er dem was der Koch gezaubert hatte leider nicht die Aufmerksamkeit schenken konnte, die es verdient gehabt hätte. Der Sandertorbäck würde ihn wiedersehen. Das stand fest. Aus Carola Hartel wurde er nicht schlau. Was um alles in der Welt wollte Carola Hartel mit einem Gemälde von Liebermann? Ein Gartenbild noch dazu? Sie hatte doch gar keinen Garten. Konnte die Inszenierung des Tatortes mit diesem Bild zusammen hängen? Nein. Eher nicht. Das war eine klassische Auenlandschaft. Eine wilde Auwiese, das Wäldchen am Hang und der Fluss mit seinen Tümpeln und Nebenarmen. Es hatte nun wirklich wenig von einem Garten. Aber immer wieder führten in diesem Fall Hinweise zu Gemälden. Der Anblick des Opfers auf den Tatortfotos hatte ihn an Edvard Munchs *Der Schrei* erinnert. Und von diesem Bild hatte er doch erst vor kurzem gelesen, dass es seit dem spektakulären Diebstahl in Oslo nach wie vor als verschollen galt, obwohl inzwischen schon fünf Täter gefasst werden konnten. Er kaute und dachte, trank und ging weiter auf die Suche – wenigstens eine Ahnung erhoffte er. Doch noch ergab sich kein Bild. Er brauchte mehr Informationen, mehr Mosaiksteine für das Bildnis, welches er zusammensetzen musste. Und das, was er brauchte, konnte er nur im Schwesternheim bekommen. Er musste ins Schloss.

Hartmann hatte nach dem Gespräch mit dem Bürgermeister Batthuber vor dem Gasthaus abgesetzt und war dann wieder zurück nach Karbsheim gefahren. Batthuber war mit seinem Wagen schon auf dem Weg nach Würzburg, als Hartmann, wieder zurück in Karbsheim, seinen Wagen auf einem Seitenweg nahe der Sandsteinmauern der ehemaligen Stallungen des Schlosses abstellte. Er drehte den Sitz ein wenig zurück. So konnte er bequemsitzend in den Rückspiegel sehen und hatte die Dorfstraße im Blick. Von hier aus wollte er beobachten, wer den Schlosshof verließ. Der Beerdigung brauchte er nicht beizuwohnen. Dort waren ja die anderen. Zudem hatte er die Befürchtung, von der Trauer anderer zu sehr ergriffen zu werden. Im Moment empfand er sich als emotional nicht sonders stabil. Daran war Magdalena Schuld. Sie riss ihn hin und her. Auf der einen Seite stand sie und auf der anderen Seite Claudia und die Kinder. Wie oft hatte er sich in den vergangenen Monaten vorgenommen, sie nicht mehr zu treffen und ihr nüchtern, so wie ein Kripobeamter das eben konnte, zu sagen, dass es Zeit war ihre Beziehung zu beenden. Aber was half alle Erfahrung, alle Professionalität, die ihre Wirksamkeit scheinbar nur dann entfalten konnte, wenn man mit Fremden zu tun hatte? In dieser Geschichte hing er fest und wusste nicht, wie er sich lösen sollte. Sah er nur ihr blondes Haar, legte die Stirn auf ihre Schulter und bettete die Nase in diese ihn schier verrücktmachende Delle zwischen Schlüsselbein und Hals, rieb sanft an ihrem Nacken, dann war er nicht mehr Alex Hartmann. Er war glücklich, es war wohlig und all diese schwierigen Fragen waren ihm auf einmal gleich. Er fürchtete diese Gedanken. Vor allem den, dass er, Alex Hartmann, nicht glücklich sein konnte. Eine Lösung seines Problems schien es nicht zu geben und so war der Fall gerade recht gekommen, um zu verdrängen, was begonnen hatte ihn zu entkernen. Jetzt verstand er plötzlich Filme und Bücher, deren Handlungen für ihn bisher die Hirngespinste realitätsferner Künstlerbourgeoisie waren.

Gerade wanderten seine Gedanken wieder zu Magdalenas Händen und schon allein bei diesem Gedanken verdichtete sich sein Atem, spürte er Wärme durch die Glieder rauschen – die drei Gestalten nahm er dennoch wahr. Die fette Oberin und zwei Männer. Im Schlepptau dahinter kamen Ruzinski und weitere Gestalten. Frauen mit weißen Hauben. Er wartete, bis sie aus seinem Blickfeld verschwunden waren. Dann stieg er aus und ging zum Eingang des Schlosses. Als er die Treppe hochging, schaltete er sein Handy aus. Er wollte da drinnen nicht gestört werden. Irgendwo würde er die Küche schon finden. Er brauchte nicht lange zu suchen und wurde belohnt. Die Frau, die er heute Morgen am Gang gesehen hatte, stand vor einer silberglänzenden Metallplatte und schaute ihn überhaupt nicht überrascht an. Als er sagte, dass er von der Polizei wäre, zuckte sie nur mit den Schultern. Seine Frage, ob er mit ihr über das Schloss reden könnte, beantwortete sie mit einem Augenaufschlag.

Eine Stunde später verließ er das Schloss. Am Auto kontrollierte er den Füllstand des Tanks und brauste davon. Er würde eine Stunde brauchen, bis er am Ziel war.

Am Nachmittag, er war gerade fertig und schaltete sein Handy endlich ein, erhielt er kurz darauf einen Anruf von Armin Batthuber.

»Hallo Alex.«

»Ja. Was ist?«

»Wo bist du?«

»Auf dem Weg nach Ochsenfurt.«

»Kannst du mir helfen, Alex?«

»Wobei?«

»Ich glaube, ich bin da auf etwas gestoßen.«

»Okay. Warte bis ich da bin – und wo ist da?«

»Ich bin in Würzburg im Präsidium und habe die Akten von dem Brand gefunden.«

»Und?«

»Komm her und schaue es dir selbst an.«

Hartmann war stehen geblieben und überlegte nach dem kurzen Telefonat, was es wohl sein könnte, was der Kleine herausgefunden hatte. Dann schaltete er das Handy wieder aus, setzte sich ins Auto und gab Gas.

Bucher hätte sich für Würzburg gerne mehr Zeit genommen und die Unbeschwertheit dieser Stadt genossen. Diese Perle am Main, vielleicht wäre Traube am Main besser ausgedrückt, stand nicht unter dem eitlen Druck schick zu sein und zugleich auf Bodenständigkeit zu verweisen wie München. Die heitere Gelassenheit machte Bucher den Abschied zwar schwer, doch er beeilte sich, zurück nach Karbsheim zu kommen. Noch heute wollte er wissen, welche Person sich hinter dem Namen Cornelia Schurzek verbarg.

Die Landstraße war für Freitagabend wenig befahren und er fuhr, als habe er von Geschwindigkeitsbeschränkungen noch nie etwas gehört. Mehrmals versuchte er einen der anderen zu erreichen doch Batthuber ging nicht ran, Hartmann hatte das Handy offensichtlich ausgeschalten und wenn er es bei Lara Saiter versuchte, war das Netz weg. Er unterdrückte das Fluchen, ließ den alten Passat durch die langgezogenen Kurven eines einsamen Wiesengrundes gleiten und hörte auf einem immer schwächer werdenden Sendesignal Klassik Radio – eine Dauerwerbesendung mit wenig ambitioniertem, aber unaufdringlichem Klassikgedudel für belanglose Stunden. Als Vivaldi im Rauschen versank, schaltete er auf B4 um und vernahm überraschenderweise Jazz. Sie spielten tatsächlich *Smooth Jazz* auf B4. Hatte es einen Regierungswechsel gegeben?

In Mendersberg hielt er vor der *Quelle,* sprang hinein, gönnte sich eine Dusche und versuchte noch einmal einen der anderen zu erreichen. Diesmal hatte er mehr Glück und erwischte Lara, die sich schon auf dem Rückweg von Ochsenfurt befand – mit den inzwischen eingetroffenen Spurengutachten und dem Obduktionsbericht. Bucher setzte sie mit knappen Worten von dem in Kenntnis, was er in Würzburg erfahren hatte. Sie erzählte ihm, dass sie mit einer Journalistin der Main Post geredet habe, die in Ochsenfurt auf der Dienststelle erschienen war, und dass es glimpflich abgegangen sei. Die Presse war also erst einmal ruhig gestellt. Kurz darauf trafen sie sich vor dem Schlosseingang.

Die nahezu blinde und gehörlose Schwester, die sie in der Eingangshalle empfing, fragten sie nach einer Frau Cornelia Schurzek, doch die zittrige Alte verstand nichts. Sie gingen einfach weiter in Richtung des Büros der Oberin. Noch im Gang kam ihnen eine jüngere Tracht entgegen. Die gut Siebzigjährige verstand sofort, fragte aber, was sie denn noch wollten, ihr Kollege sei doch erst da gewesen. Bucher sagte ein »Ja, ja« und nannte dann den Namen Schurzek. Sie schüttelte erst verneinend den Kopf. Die gestärkte Haube saß wie angemauert ohne zu wackeln oberhalb der Hallelujazwiebel. Während die Schwester nachdachte, legte sie die rechte Seite der Unterlippe über die Oberlippe, was nachdenklich und in Verbindung mit der Tracht wenig vorteilhaft aussah. Bucher hatte schon Luft geholt, um noch mal eindringlicher nachzufragen, da sah er eine Veränderung. Sie stoppte plötzlich die Schwenkbewegung des Kopfes und ein Lächeln erstrahlte. »Ja klar! Schurzek! Das ist doch die Frau Rektor.«

»Gibt es den neben diesem Herrn Stoegg noch eine zweite Rektorin hier?«, fragte Bucher, wusste aber während er die Sätze sprach schon, was er zur Antwort erhalten würde.

Die Schwester winkte lachend ab. »Nein. Das ist die Frau vom Rektor. Und die heißt mit Mädchenname Schurzek.« Sie war sichtlich stolz darauf, dass ihr das noch eingefallen war.

»Dann wäre es nett, wenn Sie uns beschreiben könnten, wie wir zu Frau Schurzek kommen«, sagte Lara Saiter sehr freundlich.

»Oh. Das ist schlecht«, meinte die Schwester ehrlich bedauernd, »aber am Freitagabend … das ist ganz schlecht. Da darf man den Herrn Rektor nicht stören. Da ist Musikabend.«

»Heute nicht«, entgegnete Bucher ungeduldig, aber doch bemüht, nicht allzu unfreundlich zu klingen. Er spürte den Druck, der in ihm aufstieg, von der Körpermitte her kommend. Musikabend? Die Frau des Rektors war also die ominöse Auftraggeberin gewesen. Hier lief die Spur zusammen. Was bitte hatte sie veranlasst, das Bild unter ihrem Mädchennamen dem Auktionshaus zu geben? Es war mindestens anrüchig. In Zusammenhang mit dem Mord war es verdächtig. Bucher konstruierte verschiedene Varianten, deren Wegverlauf ihn jedoch nicht direkt zu Carola Hartel führte. Ein dunkles, wegloses Dickicht lag noch dazwischen. Üblich war es in diesem Geschäft sicher nicht, mit halb verdeckten Personalien zu arbeiten. Verboten war es aber vielleicht auch nicht. Er war sich nicht sicher. Zumindest deutete es darauf hin, dass Frau Rektor nicht eindeutig identifiziert werden wollte. Wer wollte sich schon in den Ruch bringen, ein Gemälde zu besitzen, dessen Herkunft für einen nicht unwichtigen Zeitraum als nicht geklärt galt?

Die Gedanken schossen ihm durch den Kopf, während die Schwester vor ihnen noch unschlüssig war, ob sie dem Gebot nicht zu stören zuwider handeln konnte. Lara beugte sich und sah ihr ernst ins Gesicht, was ihre Zweifel beseitigte. Endlich beschrieb sie den Weg zu den Stoeggs.

Umgehend verließen sie das Hauptgebäude, gingen den Hof wenige Meter bergan, verließen ihn nach Norden durch eine breite Hofeinfahrt, die früher von Pferdegespannen, heute von Kilowattmonstern benutzt wurde. Hinter dem angrenzenden Betonweg breitete sich ein kleines Wäldchen am Hang aufsteigend aus. Grob gezimmerte Treppenstufen aus Holzbalken führten zwischen den Bäumen hindurch nach oben und schließlich auf eine lichte Streuobstwiese.

Die Dämmerung nahm sich heute Zeit. Ein tiefes Blau widerstand der Nacht, die vom Horizont her schwarze Streifen sandte. Das wenige Licht reichte noch, um sich zurechtzufinden. Von links her führte die Auffahrt in den Obstgarten, und jeweils in den Ecken der überfußballfeldgroßen Wiese standen zwei beachtliche Wohnhäuser mit Krüppelwalmdach und schmiedeeisernen Gitterfenstern, aus denen Licht nach außen drang. Puppenstubenromantik pur. Hier hatte sich Herr Rektor also niedergelassen. Die Schlosswohnungen waren anscheinend nicht gut genug, zu nahe bei der Arbeit, oder welche Gründe es auch immer gegeben haben mochte. Zu wenig Platz boten sie jedenfalls nicht und der Schlossgarten war ja auch ganz nett.

Sie klingelten an der Tür am Haus der Stoeggs. Sie öffnete. Sie musste es sein. Klein, zierlich, ein lockiger grauer Haarpelz umfloss das sonnengebräunte Gesicht. Zu braun für diese Jahreszeit und für eine Frau, die nicht auf dem Feld arbeitete, wie die zarten, gepflegten Hände Auskunft gaben. Also Sonnenstudio oder Süden, dachte Bucher, und blickte stumm in zwei grün funkelnde Augen. Sie sah nicht freundlich drein und ihr Gesicht verdunkelte sich, als Lara freundlich fragte: »Frau Schurzek, oder Stoegg?«

Kein Erschrecken. Im Gegenteil. »Was soll das?«, entrüstete sich die Besitzerin eines echten Liebermanns.

»Wir müssen mit Ihnen reden«, sagte Bucher.

»Mag sein, aber heute nicht. Kommen Sie morgen wieder.« Sie wollte schon die Tür schließen, da stieß Bucher grob seinen Fuß dagegen, drückte die Tür auf und sagte bestimmt: »Sofort. Entweder hier oder Sie kommen mit. Nur um das gleich klarzustellen.«

Sie wich erschrocken zurück und rief aufgeregt: »Adolf! Kommst du bitte!«

Adolf hörte aufs Wort.

Lara blickte schnell zu Bucher und ihr Blick fragte: Was ist denn mit dir los? Er wunderte sich selbst, wie schnell und heftig er reagiert hatte, signalisierte ihr mit einer kurzen Bewegung der Lippen, dass alles in Ordnung war. Ihm selbst war klar, woher sein plötzlicher Zorn kam. Schon vor Tagen war ihm der Fall vom letzten Jahr immer wieder in den Sinn gekommen und das Schwesternheim hier erinnerte ihn sehr an diese Ermittlungen – und an einen widerlichen Typen namens Staffer.

Jetzt war er gespannt auf Adolf und atmete tief aber lautlos durch.

Adolf war so Mitte fünfzig, groß und schlank. Glatte, überwiegend graue Haare hingen vom mächtigen Schädel. Der breite, ein wenig schiefe Mund fiel sofort auf. Auch seine Art zu gehen, den Oberkörper gerade haltend und den Kopf leicht in den Nacken gelegt. So wirkte es stelzenhaft, war aber nicht verbunden mit jener Heiterkeit, die Stelzengänger vermitteln. Bei ihm lag in jedem Schritt ein pathetischer Hauch. Ein eitler Fatzke, dache Bucher.

Es ergab sich also, dass Adolf mit ernster Miene zur Tür schritt und da er den Kopf nicht neigte, drehte er seine braunen Augen nach unten und sah die beiden Störenfriede an.

Sofort begannen sie ein Psychospielchen: Bucher und Lara Saiter schwiegen. Eigentlich wäre es zu erwarten gewesen, dass sie dem Hausherren nochmals ihren Namen nannten wie auch den Grund ihres Besuchs. Doch sie warteten mit freundlichem Gesicht darauf, dass dieser Adolf Stoegg den Anfang machte. Eine kleine Unhöflichkeit zu Beginn hat einer fruchtbaren Unterhaltung noch nie geschadet, dachte Bucher.

Adolf Stoegg legte eine Hand auf die Schulter seiner Frau und klang ungehalten. »Ja, bitte. Worum geht es?«

»Wir möchten uns gerne mit Ihnen über Carola Hartel unterhalten«, entgegnete Bucher sachlich.

»Und das muss jetzt sein? Am Freitagabend?« Stoegg schnaubte verständnislos.

»Gehen Sie davon aus, dass wir zu dieser Zeit nicht gekommen wären, wenn es sich lediglich um eine Routinebefragung handeln würde.«

Stoegg atmete kurz durch die Nase ein und das Geräusch, das dabei entstand, drückte seine Verachtung für die beiden Gestalten aus. Worte verboten sich und waren ihm auch zu schade. Er trat zur Seite und wies in den Hausgang. Seine Frau versuchte vergeblich, Blickkontakt mit ihm aufzunehmen. Ihr passte das überhaupt nicht. Doch Adolf sah nur zu Bucher. Ein breiter, gefliester Hausgang leitete durch einen türlosen Bogen in das Wohnzimmer. Es war riesig. Der Blickwinkel der Augen reichte nicht, um den Raum vollständig zu erfassen. Bucher musste den Kopf leicht drehen. Vom Torbogen aus umfasste ein erhöhter Absatz entlang der Wände einen tieferliegenden Bereich, der zur Längsseite des Hauses hinwies. Ein Gang umgab diese Terrasse und drei Stufen führten vom gefliesten Absatz hinunter auf edelsten Parkettboden. Zwei gewaltige, gewinkelte Sofas standen sich gegenüber, dazwischen ein ausladender Glastisch. Und das alles vor einer breiten Fensterfront, die zum Garten hinauswies. Ringsherum Regale voll mit Büchern. Feinster Alt-68er-Barock. Ikeasofas waren zu Rolf Benz mutiert und Billy zu echter Massivholzschreinerei. Die Möbel mussten hell sein, am besten mit Maserung. Jede Dunkelheit, die an Eiche oder Tropenholz, ja pfui, erinnern konnte, war untersagt. Und wo hängt das in patiniertem Goldlack gerahmte Bild von Che Guevara?, dachte Bucher, während er den Schritt hinunter auf den Parkettboden tat und seinen Blick weiterschweifen ließ. Er entdeckte mehrere Zeichnungen auf der linken Wandseite.

Stoegg bat den unwillkommenen Besuch Platz zu nehmen, doch Bucher ignorierte die Einladung mit stummem Nicken – einer unangemessen arroganten Geste.

Anstatt sich brav zu setzen, ging er auch noch nach links und betrachtete die Bilder. Es handelte sich um zwei Tuschzeichnungen von Alfred Kubin, wie er an der Signatur erkannte. Beklemmende und beängstigende Zeichnungen, die eine düstere Atmosphäre ausdrückten – keine leichte Kost. Die eine, die ihn besonders in den Bann schlug, zeigte eine athletische Männergestalt, deren Hässlichkeit durch eine brutale Überzeichnung der Muskeln und eine das Gesicht bedeckende Maske herrührte. Die Gestalt stürmte voran und das Bild fror den Augenblick ein, in welchem das rechte Bein des Hünen, weit emporgezogen, wie mitten im Schritt, drohend in der Luft schwebte. Ein Schlächter war da unterwegs, der alles niederschmetterte und zermalmte, was ihm vor die stiefelbewehrten Füße geriet. Bucher erinnerte sich an eine Ausstellung mit Werken von Kubin in München. An dieses Bild konnte er sich nicht erinnern. Es fesselte ihn und er hätte es gerne noch intensiver betrachtet. In seinem Rücken hörte er jedoch ein Räuspern. Stoegg wies mit einer Hand auf die Stelle, wo er Bucher gerne sitzen haben wollte. Der folgte nun und setzte sich. Lara ebenfalls, nur ein Stück entfernt von Bucher, auf die schräg nach innen weisende Seite des Benz. So vermied sie einen ständig frontalen Blickkontakt. Frau Schurzek-Stoegg lehnte sich locker in die weichen Kissen des Sofas zurück und schlug die Beine übereinander. Stoegg saß nur auf der vorderen Kante, beide Füße auf dem Boden, den linken Arm vor dem Bauch. Sich darauf aufstützend, der rechte Ellenbogen. Zeigefinger und Daumen umfassten sein Kinn. Er wollte damit Lockerheit, Offenheit und sachliches Interesse suggerieren. Ein Kommunikationsprofi, dachte Bucher und breitete die Arme kurz aus, als wollte er sich entschuldigen, bevor er begann.

»Tja. Schön haben Sie es hier«, sagte er bewundernd und ließ seinen Blick noch einmal kreisen.

Stoegg schritt sofort ein: »Bitte.« Er wollte also zur Sache kommen. Es klang ruhig. Er war also nicht aufgeregt. Wenn doch, so hatte er gelernt, es zu verbergen. Bucher blieb stur und wies zu den beiden Tuschezeichnungen, die er gerade betrachtet hatte. »Sind das auch Originale?«

Stoegg lächelte. Seine Frau zeigte keinerlei Reaktion. Keiner der beiden antwortete. Entweder waren sie trainiert, mit überraschenden Situationen umzugehen oder es war ihnen klar, weswegen die beiden Ermittler in ihrem Wohnzimmer saßen. Sie begingen nicht den Fehler zu fragen, wie Bucher dazu kam *auch* zu sagen.

Stoegg wandte sich seiner Frau zu, um sie um stumme Bestätigung zu bitten. »Unser Interesse gilt den bildenden Künsten, von Kindheit an. Wir hatten das große Glück in musisch geprägten Familien aufzuwachsen.« Dann sah er wieder zu Bucher und lehnte sich nach hinten gegen ein Kissen.

»Hatte Carola Hartel Zugang zu Ihrem Haus?«, wechselte Bucher das Thema.

»Wieso fragen Sie das?«, sagte Frau Stoegg und richtete sich ein wenig zu schnell auf, um vertuschen zu können, dass die Frage sie störte.

»Hatte Sie?«, wiederholte nun Lara Saiter, die bisher geschwiegen hatte, mit freundlicher und bestimmter Stimme.

»Natürlich. Sie war sogar sehr oft hier beschäftigt. Das ist ja nichts Besonderes«, sagte Stoegg.

Fehler, dachte Bucher – wieso rechtfertigt er sich bei so banalen Fragen schon? »Welche Tätigkeiten hatte Carola Hartel eigentlich zu verrichten? Bisher wurde uns gesagt, dass sie ausschließlich für Sie, Herr Stoegg, gearbeitet habe.«

»Da hat man Ihnen nichts Falsches berichtet«, begann Stoegg, der jetzt langsamer sprach, um mehr Präsenz auszustrahlen. Es war ihm anzumerken, dass er sich hier, in seinen eigenen vier Wänden, sicher fühlte. Die kleinen Aufgeregtheiten von vorher hatten ihn nicht nachhaltig beeindrucken können. Tatsächlich wirkte er trotz kleiner Unstimmigkeiten souverän. Bucher war gespannt, ob es mit einigen Fragen doch gelingen konnte, diese festen Mauern ins Wanken zu bringen, und hörte Stoeggs Ausführungen zu. »Die Carola Hartel hat im Sekretariat gearbeitet und dort die verschiedensten Arbeiten verrichtet. Aber sie war auch hier in unserem Haus. Wir haben sehr viele Besprechungen, Einladungen, offizielle Termine. Wissen Sie – ich bin in der Synode und da hat man eben auch Verpflichtungen, wie Sie sich denken können. Viele Gespräche, oft Gäste hier im Hause. Bei diesen Gelegenheiten hat sie bei den Vorbereitungen geholfen, die Gäste auch bedient. Wunderbar hat sie das gemacht. Das konnte sie wirklich gut.«

Bucher sah ihn verständnisvoll an. »War wohl nicht wunderbar genug, sonst hätten Sie sie ja weiter beschäftigt, oder?«

»Wie kommen Sie denn darauf?«, fragte Stoegg sichtlich amüsiert.

»Nun ja. Vor etwa ein paar Monaten endete doch das Arbeitsverhältnis.«

»Stimmt«, sagte Stoegg und sah zu seiner Frau, »das lag aber nicht an uns. Wir hätten sie schon gerne weiterbeschäftigt. Es war Carola Hartel selbst, die kein Interesse mehr an dem Job hatte.«

»Wissen Sie auch, worauf diese plötzliche Entscheidung zurückzuführen war?«

»Von plötzlich kann keine Rede sein. Wissen Sie, ich denke, es war ihr einfach zu anstrengend hier zu arbeiten. Das war sie nicht gewohnt.« Er lachte jetzt und es klang wie befreit, fühlte sich sicher und war zufrieden mit der Gelassenheit und Nachvollziehbarkeit, in welcher er die Fragen beantwortete. »Das ist hier schon ein großes Unternehmen. Wir tragen hier große Verantwortung und im Büro da muss man schon eine gute Kraft sein, um alles bewältigen zu können. Carola Hartel war damit sicherlich überfordert.« Er nickte seinen Worten selbst zu und jedes Mal wenn er *wir* sagte, meinte er *ich*.

»Aber das war doch zu erwarten, nach dem, was wir bisher über Frau Hartel erfahren haben. Sie hatte schließlich noch in keinem Büro gearbeitet?« sagte Bucher und ließ seine Stimme ein wenig unsicher klingen.

Stoegg hob die Arme. »Ja. Aber … sie wollte nun mal bei uns arbeiten und die Chance wollte ich ihr auch nicht verwehren.«

»Schön«, meinte Bucher und sah zu Lara Saiter. Stoegg war der Meinung, dass es das gewesen sei und setzte schon an sich zu erheben. Da drehte Bucher sich ihm wieder zu und fragte: »Es gibt da eine Überweisung von fünfzehntausend Euro, wissen Sie schon davon?«

Stoegg winkte ab. »Ja sicher. Dr. Aumacher und Ruzinski haben mir davon berichtet. Ich kann Ihnen dazu überhaupt nichts sagen. Um Geldangelegenheiten kümmere ich mich nicht. Aber ich denke, Ruzinski wird Ihnen da sicher weiterhelfen können. Ein … ich gebe zu, dummer Vorfall. Das wird sich aber sicher klären.« Stoegg saß immer noch vorgebeugt da, als wollte er gleich aufstehen.

Bucher sah zu Boden, ließ ein nachdenkliches »Mhm«

verlauten und richtete sich dann an Frau Stoegg. »Wie kamen Sie denn mit Frau Hartel zurecht?«

Sie antwortete prompt, war demnach dem bisherigen Gespräch konzentriert gefolgt. »Wie mein Mann schon sagte. Es gab nichts auszusetzen. Sie hat hier ihre Arbeit gut verrichtet. Ihre Stärke lag sicher im Umgang mit Menschen. Wie sie sich bei der Büroarbeit angestellt hat, kann ich nicht beurteilen. Ansonsten hatten wir keine Berührungspunkte.«

Na, ob das wohl stimmt, dachte Bucher, sah sie stumm an und holte den ersten Giftpfeil hervor.

»Bei unseren zugegeben erst am Anfang stehenden Ermittlungen haben wir doch schon so einiges erfahren. Die Leute reden ja auch manchmal dummes Zeug. Gerade unter dem Eindruck eines solchen Verbrechens. Aber sagen Sie – kann es sein, dass Carola Hartel Sie erpresst hat?«

Na endlich, freute er sich, als er sah, wie Stoegg ihm entsetzt den Kopf zudrehte und Frau Rektor hektisch aufzuckte. Weggeblasen die Gelassenheit, die Muskeln spannten sich, und die Regie versagte.

Sie feuerte ein böses »Jetzt ist aber Schluss!« auf Bucher ab, während Adolf seine Beherrschung noch nicht ganz verloren hatte und gleichzeitig, jedoch wesentlich ruhiger ein »Wie kommen Sie denn auf eine derlei absurde Behauptung!?« loswurde.

Bucher zuckte unschuldig mit der Schulter, ließ seine Frage unbeantwortet stehen und erhöhte das Tempo. »Wo ist eigentlich das Gartenbild von Liebermann? Ich habe es hier gar nicht hängen sehen.«

»Was haben unsere Gemälde mit Carola Hartel zu tun?«, wollte Stoegg aufgeregt wissen, ohne zu fragen, woher Bucher von dem Gemälde wusste.

»Carola Hartel hat sich bei Kappenberg & Hüglschäfer eingehend nach diesem Bild erkundigt. Hat sogar ein vitales Kaufinteresse daran gezeigt und verlangte unter anderem einen Herkunftsnachweis. Aufgrund ihrer Anfrage beim Auktionshaus und der lückenhaften Provenienzauskunft wurde das Bild ja schließlich aus der Auktion genommen.«

Beide Stoeggs waren immer noch von jener gesitteten Aufgeregtheit ergriffen, wie sie Leuten eigen war, die in öffentlichen Ämtern auftraten und Selbstbeherrschung erlernt hatten. Was Bucher gerade gesagt hatte, führte nicht zu dem Effekt, auf den er gehofft hatte. Sie waren von der Nachricht nicht geschockt. Überhaupt nicht.

Stoegg antwortete harsch: »Also bitte. Wir können die Herkunft des Bildes nachweisen. Es handelt sich bei allen unseren Gemälden um Erbstücke. Allesamt Erbstücke. Dass die Herkunft des Liebermanns Lücken aufweist – ja gut. Das erfahren tausende andere Besitzer solcher Gemälde auch.« Stoegg stand jetzt auf. »Ein Grund für eine Erpressung ist das jedoch bei weitem nicht, Herr Bucher. Da liegen sie völlig falsch. Es gibt nichts zu verbergen.« Sein Aufstehen drückte die Aufforderung an Bucher aus, zu gehen. Doch der blieb sitzen.

»Wo waren Sie denn am vergangenen Samstag, Herr Stoegg? So zwischen fünfzehn und einundzwanzig Uhr?«

Stoegg machte eine ärgerliche Bewegung mit der Hand, brauchte ein, zwei Sekunden, um seinen Ärger zu bezähmen und noch einige Sekunden, um zu überlegen. »Am Nachmittag hatten wir eine Besprechung. Die dauerte von zwei bis kurz nach vier.«

»Wer ist *wir*?«, wollte Bucher wissen und erntete einen zornigen Blick.

»Dr. Aumacher, Ruzinski und ich. Der Ruzinski kam aber erst später dazu. Der war mit seiner Frau irgendwo unterwegs.«

Der letzte Satz hatte auf eigenartige Weise abwertend geklungen, wie Bucher fand.

»Und nach der Besprechung?«, ließ er nicht locker.

»Wir, meine Frau und ich, haben uns für den Gottesdienst und das anschließende Fest zurecht gemacht. Wir sind zusammen mit Dr. Aumacher und dessen Frau in den ersten Gottesdienst nach Gollheim gegangen. Das war um acht Uhr. Wir waren um kurz nach neun wieder hier, haben uns umgezogen und sind dann auf das Fest. Es waren auch noch viele

Mitarbeiter von uns dabei. Wir legen wert darauf, bei solchen Gelegenheiten präsent zu sein.«

»Sie und Dr. Aumacher«, stellte Bucher fest.

»Ja. Wir beide jeweils mit unseren Frauen, dann noch Ruzinski mit seiner Frau, die Schwestern eben – aber auch unsere Beschäftigten. Das ist uns wichtig, wenn Sie verstehen, was ich meine.«

»Also, Schwestern auch?« Bucher musste diese dämliche Frage einfach stellen.

»Haben Sie was dagegen?«, fragte Stoegg genervt.

»War dieser ... der Name fällt mir gerade nicht ein. Dieser Mann mit den blonden Locken ....«

Es entging Bucher nicht, dass Stoegg den Schluckreflex nicht unterdrücken konnte, bevor er antwortete. »Sie meinen Herrn Pfahlberg, Carsten Pfahlberg?«

»Riiichtig.« Bucher erschrak, wie gedehnt er es aussprach. Er hatte das einmal auf einer Komiker-CD gehört, und es klang verdammt höhnisch.

Stoegg antwortete trotzdem, betont sachlich. »Herr Pfahlberg war selbstverständlich auch dabei.«

»Selbstverständlich«, echote Bucher, »und welche Aufgaben hat Herr Pfahlberg hier?«

»Er ist so eine Art Hausmeister und zuständig für unsere Käserei.«

»Sie machen Käse?«

»Ich nicht. Aber – ja, wir haben auch eine Schaf- und Ziegenherde. Carsten Pfahlberg ist gelernter Käser, stammt aus dem Schwäbischen und macht unseren Bio-Käse. Hinten bei der Milchsammelstelle ist auch die Käserei.«

Stoegg konnte seinen Ärger über die Fragen kaum mehr unter Kontrolle halten. Es waren weniger die Fragen, die ihn wütend machten, sondern die Erfordernis sich unterordnen zu müssen, diesen Polizisten Rede und Antwort zu stehen. Bucher verzichtete darauf, sich mit Stoegg weiter zu beschäftigen. Dazu war ein andermal noch Zeit. Er stand wortlos auf und folgte ihm zur Tür. Ohne sich zu dessen Frau umzudrehen, sprach er ein betontes »Auf Wiedersehen« gegen die Wand, an welcher die beiden Kubins hingen. Mit dem Gruß meinte er die Zeichnungen.

Stoegg hielt ihnen die Tür auf. Als sie die Schwelle nach draußen überschritten hatten, sagte er drohend: »Sie sollten bei ihren Ermittlungen etwas umsichtiger vorgehen. Ihr Ton gefällt mir überhaupt nicht, ja! Vor allem sollten Sie überlegen, mit wem Sie es zu tun haben.«

Lara Saiter drehte sich um, sah Stoegg an und gab ein bedauerndes »Oooh« von sich, so als ginge es darum ein Kind zu trösten, das sein Spielzeug verloren hat.

Stoegg knallte die Tür zu.

Schweigsam gingen sie zum Auto. »Und?«, fragte sie.

»Tja. Und.«, sagte er und zog Grimassen.

Sie lachte und meinte: »Ist nicht so toll gelaufen, oder? Dein Blindflug mit der Erpressung war ja auch etwas gewagt, mhm?«

»Schon, schon. Aber das hat sie doch ein wenig aus der Fassung gebracht.«

»Schon, schon«, äffte sie ihn nach, dass er lachen musste, »aber auch nur für ein paar Sekunden. Unsere Informationen haben ihnen keine Angst gemacht. Glaube mir, das Bild ist nicht ihr Problem.«

»Genau. Das Bild ist nicht ihr Problem. Aber das mit der Erpressung schon. Er hat es ja gesagt. Das Bild war kein Grund für die Erpressung, *da liegen Sie völlig falsch.* Ich schwöre dir, da hat er sich verplappert. Das Bild ist nicht der Grund für eine Erpressung gewesen, sondern etwas anderes. Aber ich bin überzeugt, es hängt mit diesem Liebermann-Gemälde zusammen.«

»Kann schon sein. Ist dir aufgefallen, dass er von seinem Haus gesprochen hat? Seinem Haus. Ganz schön vornehm bei Rektors oder was meinst du?«

»Ja aber hallo. Provinzprotz vom Allerfeinsten, aber diese moralinsaure ökochristliche Spießerei – ist doch widerlich. Also wenn die Gäste haben, wird doch bei jedem Pups betont, wie ökologisch korrekt alles ist, Kinderarbeit nicht im Spiel, das Olivenöl ist biologisch, kalt gepresst und fair gehandelt, und so weiter und so fort. Wahrscheinlich ist Claudia Roth durchs Wohnzimmer gegangen und hat es geweiht.«

Sie machte eine beschwichtigende Bewegung mit den Händen: »Hey – ist ja gut. Du kannst die nicht ab, oder was?«

»Mir ist nur der Staffer wieder eingefallen. Das ist doch die gleiche Sippschaft, Lara«, sagte er ein wenig frustriert.

»Dann werden sie dem Staffer bald Gesellschaft leisten.«

»Zu hoffen wäre es schon.«

Bucher zog sein Handy heraus und versuchte es noch mal bei Hartmann. Ohne Erfolg.

»Verdammt noch mal! Wo ist der Alex? Seit heute Mittag versuche ich den zu erreichen und er hat das beschissene Handy ausgeschalten. Was soll denn das?«

»Wird sich schon wieder melden. Ist vielleicht noch ermitteln. Und wie schaut es beim Kleinen aus?«

»Nicht erreichbar. Und der Hüllmer ist auch verschwunden.« Bucher steckte das Handy ärgerlich weg.

»Heute geht eh nichts mehr. Wir gehen jetzt was essen in unserer *Quelle* und dann Schluss für heute, oder? Über das von eben reden wir morgen.« Sie hielt ihren Bauch. »Ich habe so was von Hunger.«

Bucher schwieg und folgte ihr. Wo aß sie das alles nur hin? Natürlich trieb sie intensiv Sport. Aber das eine Mal Taekwon-Do und Joggen pro Woche konnten die Pizzas, Nudeln und Quarktaschen XL doch nicht beseitigen? War es vielleicht Veranlagung? Er prüfte mit der Handfläche den Status seiner Bauchmuskulatur und beruhigte sich mit der Erkenntnis, dass es schon schlimmer gewesen war.

In der *Quelle* herrschte Hochbetrieb. Alle Tische waren belegt und der runde Stammtisch in der Mitte der Wirtsstube war wieder voll besetzt mit Männern. Bucher machte überwiegend rote Gesichter, mindestens rote Nasen aus. Der Tisch floss schier über von Bier- und Weingläsern und im Zentrum stand ein Haufen noch nicht abgeräumter Teller. Anscheinend hatte es kurz zuvor das fränkische Nationalgericht Bratwurst mit Kraut gegeben. Fast alle rauchten und das Gemisch von Bierdunst, Bratwurstfett und Tabakqualm gaben der Luft den Geschmack puren Behagens. Sein und Lara Saiters Erscheinen hatte nicht zur Folge, dass die Gespräche verstummten. Vielleicht war mit der Beerdigung das Thema Hartel auch schon wieder verschwunden und anderes hatte die Lufthoheit über den Stammtischen errungen. Als sie auf dem Weg in das Nebenzimmer am Stammtisch vorbeigingen, brüllte die Stimme Norbert Hammels, der zur Überraschung Buchers hier in Mendersberg im Wirtshaus saß, unangenehm aus der Klangmasse von Lachen, Reden und Klirren von Gläsern heraus. »Jetzt nehmen sie schon Schwanzlose bei den Gendarmen.« Er stemmte sich nach vorne und wollte die anderen zum Lachen animieren, die jedoch verstummt waren und gespannt zu Lara Saiter blickten, für welche die Derbheit bestimmt war.

Sie drehte sich kurz zur Seite und sagte in Richtung Tisch: »Wusste ich ja gar nicht. Aber für Sie, Herr Hammel, bringt diese Regelung doch nichts mehr. Sie haben das bewerbungsfähige Alter schon weit überschritten«, wandte sich mit einem Grinsen ab und ging in den Nebenraum. Es dauerte eine lange Sekunde, dann explodierte eine Lachsalve, die Hammel um die Ohren flog. Alle bis auf ihn brüllten und tobten vor Lachen. Einige bekamen noch rötere Gesichter, andere verfielen nach den ersten gebrüllten Lachern in beängstigendes Husten oder schlugen vor Schadenfreude auf den Tisch. Es war, als hätten alle, die da versammelt saßen, nur darauf gewartet, dass dies einmal passieren möge. Dass Hammel sich derart blamierte. Und dann noch wegen einer Frau. Bucher wunderte sich, dass keiner Angst vor der Brutalität hatte, die dieser Kerl ausstrahlte, doch der Alkohol und die Sicherheit des Gedankens, zur Mehrheit zu gehören, räumte jede Skrupel bei Seite. Als Bucher die Tür zum Nebenraum schloss, sah er, wie Hammel seinen Kittel von der Stuhllehne nahm. Er deutete stumm mit dem Zeigefinger wackelnd auf die Tischmitte, bevor er aus dem Gastraum stürmte, immer noch begleitet von hämischem Johlen und dem beißenden Spott seiner Kumpane.

Obschon es inzwischen Nacht war, konnten sie den vollen Umfang der Speisekarte für ihre Wahl in Betracht ziehen. Nachdem Schweinebraten und Sauerbraten vertilgt waren, überfiel beide eine ungemeine Müdigkeit. Hartmann und Batthuber waren noch nicht wieder zurück und telefonisch auch nicht zu erreichen. Nach kurzer Diskussion kamen sie überein, dass es keinen Grund gab, sich Sorgen machen zu müssen. Wäre einer der beiden in Schwierigkeiten gewesen, hätte er sich sicher gemeldet. Was Heller anging, schien auch noch keine Nachricht aus München vorzuliegen. Bucher hatte für morgen eine Besprechung geplant, in welcher die Ergebnisse der Berichte eingehend erörtert werden sollten. Bis dahin sollten die beiden anderen wieder da sein, hoffentlich mit interessanten Neuigkeiten. Dann stand Manfred Schober auf der Liste, dessen Alibi noch fehlte. Und diesen sprachlosen Blonden wollte Bucher aufsuchen, der seine Sprache wohl bald wiederfinden sollte. Auf dem Zimmer angekommen, versuchte er Miriam zu erreichen, bekam jedoch keine Verbindung zustande über den großen Teich. Er war mit den bisherigen Ergebnissen nicht zufrieden, spürte, dass ihnen noch etwas für die Ermittlungen Entscheidendes fehlte. Er holte sein Notizbuch hervor, klappte den schwarzen Gummi nach hinten und las seine Eintragungen. Er notierte nicht nur Namen, Nummern, wesentliche Aussagen, sondern auch Gedanken, die ihm in den Sinn kamen, Stimmungen, Gefühle, die er meinte erkannt zu haben. Beim Lesen rief er die jeweilige Situation wieder vor sein inneres Auge, betrachtete sie ein zweites Mal. Doch jetzt, im Zustand zwischen Müdigkeit und nicht ruhen können blieb eine Eingebung, eine Idee aus. Er zog sich gar nicht erst aus. Er schlurfte zu der Holzkiste und kramte einen 98er Fongaban hervor, holte die Autoschlüssel und fuhr nach Gollheim.

Das Auto stellte er am Dorfplatz ab, weit genug von Carola Hartels Haus entfernt. Die letzten Meter ging er zu Fuß, schloss die Tür auf und betrat den immer noch muffigen Gang, der in Franken »Ern« hieß. Er wartete eine Weile, um die Augen an das Dunkel zu gewöhnen, rief sich die Zimmereinteilung vor Augen und ging dann vorsichtig weiter. Aus dem Schrank holte er eines von Carola Hartels Weingläsern und verschwand damit im Arbeitszimmer, in welchem der Schreibtisch stand und dessen Fensterreihe zur Straße hinauswies. Er setzte sich auf den blauen Polstersessel, schenkte das erste Glas ein und sog den Duft von dunklen Beeren ein, der beim Einschenken verströmte. Den ersten Schluck behielt er lange im Mund und schluckte langsam. Jetzt kam Entspannung. Was er hier wollte, war ihm nicht klar. Was er tat geschah unbewusst, ohne konkreten Plan, intuitiv. Es war still und der ausgelatschte Sessel sehr bequem. Das Haus gab Geräusche von sich. Es knackte und knarrte, wie bei ihm zu Hause, als das alte Dach noch auf den Mauern lastete. Er drehte den Sessel zu den Fenstern hin und sah auf die gegenüberliegende Häuserzeile. Kein Licht brannte und während der ersten halben Stunde war nur ein einziges Auto vorbeigefahren, dessen Scheinwerfer ein bizarres Licht in das Zimmer geworfen hatten. Bei geschlossenen Augen begann er zu überlegen, versuchte, was sie bisher wussten zu einem Bild zusammenzufassen, doch er brachte kein Bild zusammen. Seine Gedanken fertigten bei jedem neuen Ansatz immer zwei Rahmen. Im einen sah er in der Mitte des Bildes die getötete Carola Hartel knien, im anderen waren die Schlossherrschaften verteilt und kein Gedanke mochte ihm kommen, der beide Rahmen zu einem einzigen verschmelzen ließ. Ein matter Lichtschein riss ihn aus seiner Grübelei. Blinzelnd öffnete er die Augen und sah aus dem Fenster. Der Schein kam von gegenüber. Er beugte sich leicht nach vorne, um über die Fensterreihe des Erdgeschosses hinweg einen Blick nach oben werfen zu können. Direkt gegenüber war Licht angegangen hinter einem der oberen Fenster. Bucher zog den Stuhl etwas nach vorne, um bequem angelehnt verfolgen zu können, was sich aus diesem Lichtschein ergeben könnte. Schatten wanderten langsam, dann wieder schneller, an der Decke entlang. Dann erschien eine Gestalt am Fenster. Es musste sich um eine Frau handeln, eine alte Frau, aber das Deckenlicht schien vom Rücken her in Richtung Bucher und tauchte das, was vom Körper zu sehen war, in undurchdringliches Schwarz. Jetzt öffnete sie das Fenster, beide Flügel. In der Stille war ein leises Klappern zu hören. Dann verschwand sie und das schwerfällige und stockende Schwanken ihres Oberkörpers machte deutlich, dass ihr das Gehen große Probleme bereitete. Das Licht erlosch. Bucher nippte am Fongaban, schenkte noch einmal nach und blickte nach oben, zum geöffneten Fenster, schaute noch einmal. Da war sie wieder, die Gestalt. Es dauerte eine Weile, bis sich die wenigen Informationen, die seine Augen aus der Dunkelheit liefern konnten, mit denen im Hirn auf ein fertiges Bild einigen konnten. Die Alte hatte beide Unterarme auf das Fensterbrett gelegt. Darunter leuchtete etwas Helles hervor. Offensichtlich hatte sie auch ein Kissen auf das Fensterbrett gelegt. So stand sie da und hielt den Kopf hinaus auf die Straße. Na klar, lächelte Bucher, das ist ein Logenplatz. Sie hat das Licht ausgemacht, dass niemand sie dort oben erkennen konnte. Vor allem nicht, auf welche Weise sie ihre schlaflosen Nächte verbrachte. Er sann nach. Bei den bisherigen Befragungen in der Nachbarschaft war nichts herausgekommen. Das konnte doch nicht möglich sein. Diese Frau dort oben musste detaillierte Kenntnisse haben von dem, was sich hier in diesem Haus abgespielt hatte. Sicher hatte sie in den letzten Wochen nicht nur die Schlaflosigkeit an das Fenster getrieben, sondern zu einem guten Teil auch die Neugierde. Zumal wenn eine junge, attraktive Frau, über der sich die Leute in den Dörfern eh schon die Mäuler zerrissen, in der Nachbarschaft einzog.

Der Ausflug hatte sich schon gelohnt. So saß er da im kahlen Arbeitszimmer von Carola Hartel, die tot unter der Erde lag, und sah einer alten Frau zu, deren womöglich einzige Unterhaltung es war, nachts am Fensterbrett zu lehnen und in die Nacht zu starren. Er schämte sich, dass er so versteckt Gegenobservation betrieb und schob den Sessel vorsichtig nach hinten.

Gerade als er so ruhig geworden war, dass er dachte, seine Gedanken wunderbar ordnen zu können, musste er eingeschlafen sein. Es war stockdunkel im Zimmer, als er aufwachte. Die Straßenlampen waren schon lange verloschen und das dünne Licht, das von ihnen ausgehend durch die Fenster gedrungen war, fehlte ihm, um sich zu orientieren. Wieso war er eigentlich aufgewacht? Hatte er geträumt? Schon wollte er sich im Sessel aufrichten, sich strecken und dehnen, als er es hörte. Kein Traum. Er hörte dieses Knarren. Davor ein leises Klacken. Augenblicklich war er hellwach. Das Herz hatte die Frequenz schon erhöht, als er das Pochen im Ohr vernahm. Die Muskeln strafften sich, die Bauchdecke zog nach innen und beim Einatmen schien die Luft nicht weiter als bis zum Kehlkopf zu gelangen. Draußen im Gang war jemand. Ein Jemand, der vorsichtig war, denn er setzte behutsam Schritt vor Schritt. Ihn schien das Knarren der Dielen zu sorgen. Die Schritte kamen von hinten her Richtung Küche und Arbeitszimmer. Bucher spürte den kalten Schweiß auf der Stirn, brauchte gar nicht unter dem Jackett zu fühlen. Er war unbewaffnet. Er versuchte langsam aufzustehen, um hinter die Tür zu kommen. Die Oberschenkel schmerzten furchtbar, als er langsam den Druck erhöhte und seinen Körper aufrichtete, ohne sich an der Sessellehne abzustützen, die etwas locker war und bei Druck Geräusche von sich gab. Jetzt musste er den Atem unter Kontrolle bringen, denn Muskeln und Hirn schrieen »Sauerstoff, Sauerstoff!«. Als er stand, zwang er sich die Last seines Körpers ganz auf die beiden Füße zu legen. Es ging ihm zu langsam, doch gelang es. Jetzt entspannten die Muskeln und er atmete lautlos durch den weit aufgerissenen Mund aus. Wieder konzentrierte er sich und lauschte. Langsam hob er einen Fuß in der Hoffnung, die Entlastung würde kein Geräusch verursachen, und hatte Glück. Mit zwei Halbschritten brachte er sich nahe an die Wand. Wenn jetzt die Tür aufgehen würde, hätte er erst einmal Deckung.

Die Bilder von Carola Hartel tauchten vor ihm auf. Leider waren es die, die Hüllmer gemacht hatte. Was, wenn es ihr

Mörder war? In diesem Augenblick entschloss er sich dazu, sofort zu attackieren, wenn die Tür aufgehen würde. Den Überraschungseffekt ausnutzen. Seine Augen suchten in dieser verdammten Dunkelheit nach Konturen. Die Fenster waren zu erkennen, doch er konnte schon nicht mehr den entkernten Stuhl wahrnehmen. Wie schön wäre eine Mondnacht gewesen. Ob die Alte immer noch drüben am Fenster lehnte und darauf wartete, dass etwas passierte? Etwas Außergewöhnliches? Die Türklinke wurde nach unten gedrückt und langsam schob sich das Türblatt auf Bucher zu. Wer da hereinkam, musste doch merken, dass jemand hinter der Tür stand, dass da Bucher stand, dass da ich stehe, ging ihm durch den Kopf. Als er die Schatten einer Hand wahrnahm, die von außen das Türblatt umgriffen und nach innen drückten, als er den Schatten eines Kopfes sah, stürzte er los. Er wollte den Eindringling durch den Sprung gegen die Tür zwischen Türblatt und Türrahmen erst einmal einklemmen und dann .... ? Das weitere würde sich dann schon ergeben. Mit voller Kraft rammte er seine linke Schulter an die Außenseite der Tür. Die eiserne Türklinke bohrte sich in seine Hüfte und er stöhnte vor Schmerz. Der unbekannte Körper wurde durch die Wucht gegen den Türrahmen geschlagen, genau so wie Bucher das gewollt hatte. Kaum dass er den Schlag vernommen hatte, sprang er erneut los, mit einer Drehung nach links, um den, der da jetzt taumelte, zu packen, irgendwie. Hoffentlich hat er kein Messer, dachte er, als er die Hände ausfuhr, um zuzugreifen. Da war jetzt kein Herzrasen mehr, keine Gedanken, die ihn hinderten. In diesen Augenblicken war er völlig gedankenlos, voller Instinkt, animalischen Instinkten. Zurückkatapultiert in die Steinzeit. Brutal, skrupellos und gewalttätig. Sekunden der Abwesenheit von Gewissen. Bucher sah den zusammengesunkenen Körper, der sich gerade am Türrahmen aufrichten wollte. Jetzt hatte er ihn, fast. Und noch etwas war da plötzlich, was er kannte. Ja, das kannte er doch.

Da hörte er ein lautes Krachen, seine Hose wurde mit irrsinniger Kraft zurück zur Tür gezogen, irgendetwas riss, laut, es knirschte in seinen Ohren, als brächen unter ihm Eisplatten weg. Und er kam nicht vom Fleck. Im Gegenteil, er wurde zurückgeschleudert an die Tür, schlug mit dem Kopf an die Türkante und rutschte zu Boden. Hörte, wie er beim Hervorquetschen der Luft aus seinen Lungenflügeln irre Laute von sich gab. Was ist das?, schoss es durch seinen Kopf, und er verlor jegliche Kontrolle, schlug wild um sich. Der Schatten verschwand im Gang. Bucher stöhnte, riss sich endlich von der Tür los. Sein Hosengürtel hatte sich in der Türklinke verhangen.

Als er in den Gang rannte, hörte er, dass der andere schon oben angekommen war. In völliger Dunkelheit jagte er nach oben – hörte ein Krachen vom Dachboden. Irgendwo rechts musste der Verschlag sein, der zur Treppe in den Dachboden führte. Beim Tasten erfühlte er einen Lichtschalter und drückte ihn durch. Klick. Für einen kurzen Augenblick musste er den Unterarm schützend vor die Augen halten, so blendete ihn die blank in der Fassung hängende Glühbirne. Das Herz donnerte bis in die Ohren. Er sah die schmale Treppe aus groben Holzbrettern, rissig und verdreckt, rannte hinauf. Sah sich um. Nichts. Von hinten hörte er schnelle Schritte. Es klang hohl und schon weit entfernt. Es machte keinen Sinn, ihm hinterherzurennen. Stattdessen suchte Bucher einen Lichtschalter im Dachboden. Als er endlich die erforderliche Beleuchtung hatte, sah er es. An der unverputzten Wand des Dachbodens, die zur Scheune hinwies, klaffte eine Öffnung. Davor eine schmale Tür, die früher einmal den Zugang vom Wohnhaus auf den Scheunenboden ermöglicht hatte. Sie war mit einem Tuch verhangen. Ein Zugang zum Scheunenboden. Na klar. Da wurden sicher alle möglichen Sachen gelagert, die man im Haushalt brauchen konnte. Zwiebeln, getrocknete Kräuter, vielleicht Getreide, Mehl.

Bucher stand verloren da. Es hatte keinen Sinn, dem anderen hinterherzurennen. Der kannte sich hier aus. Anscheinend blind. Er wartete, bis er wieder einigermaßen ruhig atmete, dann durchforstete er die anderen Zimmer im ersten Stock, bewaffnet mit dem Holzbein eines Stuhls, den er am Boden liegen gesehen hatte. Er setzte seine Nahschau im Erdgeschoss fort. Er ließ das Licht im Gang brennen und setzte sich dann wieder in den Sessel im Arbeitszimmer. Seine Hose war futsch, ebenso Hemd und Jackett. Und er hatte nichts, überhaupt nichts. In der Flasche Fongaban war noch ein knappes Viertel und die Anstrengung hatte Durst gemacht. Er nahm einen tiefen Schluck aus der Flasche, spülte kurz und intensiv, bevor er den Wein hinabgleiten ließ. Was war das noch mal, kurz bevor er den Kerl hätte packen können? Er überlegte, was es gewesen sein konnte. Die Flasche war schon leer, als es ihm einfiel. Jetzt lehnte er sich langsam und ein wenig zufrieden in den Sessel zurück, da er wusste, wer ihm gerade entkommen war. Er dachte nach und wartete bis zum Morgengrauen.

VIII.

Bevor er zum Auto ging, lief er hinüber zum Nachbarhaus und notierte den Namen, der auf dem Klingelschild stand. In einigen Ställen brannte schon Licht und das aufgeregte Klirren der Ketten wies darauf hin, dass die Fütterung schon im Gange war. Dumpfer Stallgeruch gab der neutralen Morgenluft ländliche Würze.

Die gewundene Landstraße von Gollheim nach Mendersberg führte ihn nach einigen Kurven direkt vor einen atemberaubenden Sonnenaufgang. Eine weite Linkskurve brachte ihn weiter zu der Anhöhe über dem Auengrund. Dort steuerte er nach links in den Feldweg, stellte das Auto auf eine Grasfläche am Waldrand und stieg aus. Es war hier weitaus kühler und er zog die alte dunkelblaue Jacke über, die er immer im Kofferraum liegen hatte. Diesmal folgte er nicht dem Feldweg nach unten, sondern schlug sich keinem vorgegebenen Pfad folgend durch die Bäume. Er querte den Hang auf gleicher Höhe und als er sich in etwa dort befand, wo er meinte, dass die Fundstelle der Leiche hangabwärts liegen müsste, wandte er sich nach rechts. Sofort rutschte er im nassen Gras weg, denn es ging steil hinunter. Immer wieder hielt er sich an Ästen fest, um dem Drang seines Körpers, nach vorne zu schieben, entgegenwirken zu können. Es war anstrengender, als er sich das vorgestellt hatte. Endlich stieß er auf den Trampelpfad, den Lara beschrieben hatte, dem er weiter nach unten folgte und der ihn unweit der Fundstelle aus dem Wald heraus auf die Auwiese führte. Die Sonne war nun schon kräftig, und trat man aus dem Schatten der Bäume heraus in das Licht, war der Temperaturunterschied wohlig zu spüren. Mücken und Fliegen surrten schon wieder, doch diesmal blieb Bucher von Angriffen verschont. Er ging hinüber zu dem schmalen Flecken vor der Kopfweide, wo man Carola Hartel gefunden hatte. Nichts deutete hier mehr auf das Verbrechen hin. Nur die gewaltige Wucherung am Stamm der Kopfweide fiel Bucher auf. Er kniete nieder und lehnte sich an den Stamm, spürte die derbe Borke an seinem Schulterblatt, versuchte den Kopf so zu halten, wie der Täter es beabsichtigt haben musste. So sollte sein Opfer schauen. Dafür hatte er den Nagel gebraucht.

Bucher sah den Bach vor sich, grünes Gras und in der Ferne die Wipfel der Pappeln, die den Flusslauf säumten. Die Baumstämme blieben von hohem Gras verdeckt, am Horizont dahinter stemmte sich der Hang empor und wies mit unzähligen Schattierungen in grün Richtung Karbsheim. Es platschte laut, als einige Frösche ins Wasser sprangen. Eine Heuschrecke flog nahe an Buchers Gesicht vorbei. Ihr Flügelschlag erzeugte ein metallisches Surren. Es roch nach frischem Morgen. Wieso hier? Wieso ausgerechnet hier und nicht in ihrer Wohnung, ihrem Auto, sonst wo? Ratlos stand er auf und beeilte sich zurück zum Auto zu kommen.

Vor der *Quelle* stand nur Laras Auto. Batthuber und Hartmann waren immer noch nicht da. Besorgt ging er auf sein Zimmer, duschte den ersten müden Schleier mit kaltem Wasser fort. Auf dem Weg nach unten zum Frühstück kam ihm Batthuber entgegen und grüßte mit einem müden Winken. Er sagte nichts, fragte nicht nach Hartmann. Dafür war später Zeit. Lara saß schon am Frühstückstisch, der diesmal in der Wirtsstube gedeckt war. »Du warst weg heute Nacht?«, fragte sie und schnitt wie beiläufig einen Weck auf. Bucher schenkte Kaffee ein. »Ja. War in Hartels Haus heute Nacht.«

Sie sah ihn überrascht an, fragte aber nicht nach Details. Keiner von ihnen hatte Lust Dinge zweimal erzählen zu müssen, und die anderen sollten irgendwann mal auftauchen oder sich wenigstens abmelden. Zwanzig Minuten später, Batthuber saß schon mit am Tisch, linste Hartmann herein, rief ein »Bis gleich« und verschwand wieder. Es dauerte noch eine Stunde und drei Kannen Kaffee, bis alle, einschließlich Hüllmer, am Tisch versammelt waren. Zur Besprechung wechselten sie in das Nebenzimmer, um einigermaßen ungestört reden zu können. Bevor Bucher begann, suchte er die Listen mit den bisher vernommenen Zeugen heraus. Er suchte nach dem Familiennamen und der Adresse, die er sich heute Morgen eingeprägt hatte. Büschelmann. Er fand den Namen, und die Anschrift passte. Allerdings waren nur ein Otto und eine Erna aufgeführt. Hüllmer kannte die Familie und erzählte, dass die Mutter von Otto noch mit im Haus wohnte. Bucher berichtete nun von seiner Entdeckung während der Nacht und meinte, dass er die Oma selbst noch einmal befragen werde. Die Geschichte mit dem Eindringling verschwieg er zunächst, um dadurch die Konzentration nicht zu nehmen. Er selbst war noch aufgeregt genug, doch er spürte, dass Hartmann und Batthuber gierig waren zu berichten, was sie so lange ferngehalten hatte. Andererseits war er doch noch ein wenig sauer, dass er die beiden so lange nicht erreichen konnte und dass sie sich nicht bei ihm gemeldet hatten. Daher bat er Lara Saiter, zunächst die Ergebnisse der Spurenberichte mitzuteilen. Solange mussten die anderen noch schmoren. Auf jedem der gehefteten Berichte klebte ein Blatt, auf welchem sie ihre Notizen festgehalten hatte. Sie würde schnell auf die wesentlichen Punkte kommen.

»Also Leute«, begann Lara Saiter und sah bedeutungsschwer in die Runde, »kommen wir gleich mal zum wesentlichen Punkt. Die Ergebnisse der DNA-Untersuchung liegen vor«, sie machte eine Pause und sah wie zur Kontrolle noch einmal auf das Blatt Papier vor ihr, »und unsere Leute im LKA haben echt super gearbeitet. Sie konnten die Spur auswerten und eindeutig zuordnen.«

Bucher und die anderen spitzten die Ohren. Das war eine völlig neue Wendung. Hatte der Täter doch einen Fehler begangen?

Batthuber konnte es kaum erwarten. »Und? Wer war es?«

Lara Saiter sah nochmals ernst in die Runde und hob den Spurenbericht hoch. »Der Frosch. Eindeutig, der Frosch«, sagte sie mit gespielt ernster Miene und es dauerte tatsächlich ein, zwei Sekunden, bis die anderen die Nachricht begriffen. Batthuber schmiss sich mit einem angewiderten »Ähh« nach hinten, Bucher schwieg, Hartmann sah Lara still an, einzig Hüllmer lachte. Er bekam eine knallrote Birne vor Lachen und sein mächtiger Oberkörper schwang dabei auf und ab. Lara Saiter grinste Bucher an und ordnete einige Zettel. Nach einer Weile begann sie mit sachlicher Stimme: »Also die DNA-Untersuchung hat nichts erbracht, außer diesem einen Ergebnis. Und das stimmt wirklich. Die in München haben sich auch schon lustig gemacht. Das können wir also vergessen.«

»Das bedeutet also, da schneidet jemand dieser Frau den Hals auf und hinterlässt keinerlei DNA-Spuren!? Das gibt's doch nicht. Wer hat denn da die Spuren gesichert? Kann ich nicht glauben«, blaffte Hartmann ungläubig in die Runde.

Lara Saiter zuckte mit der Schulter. »Ich denke mal nicht, dass die hier geschlampt haben.«

»Ich auch nicht«, sagte Bucher. »Sie haben das sogar zweimal geprüft. Einmal die Kollegen hier und dann noch die Leute in der Rechtsmedizin. Das passt schon, Alex. Aber es gibt uns ja Auskunft darüber, mit wem wir es zu schaffen haben. Wieder so ein perverser Möchtegern-Profi, der ja keine Spuren hinterlassen will. Ich garantiere euch, irgendwas hat er vergessen. Wir werden das schon finden.«

Da niemand etwas anzufügen hatte, machte Lara Saiter weiter. »Die Recherche in den Datenbanken hat nichts erbracht. VICLASS war völlig negativ, was die relevanten Kriterien angeht. Das können wir also auch abhaken.«

»Aber Johannes hat doch gesagt, dass sie bei der Obduktion gesagt hätten, dass der Täter das mit dem Betäubungsschlag schon mal, ja, geübt haben muss. Und da gibt es wirklich nichts ähnliches? Nicht mal in Österreich, so wie letztes Jahr?«, wollte Batthuber wissen.

Sie schüttelte den Kopf. »Niente. Nicht mal in Österreich. Aber so was kann man ja auch an Tieren üben.«

»Das stellt unseren Täter aber sicher nicht zufrieden und die toten Pferde von Hammel wiesen ja keinerlei äußeren Verletzungen auf«, sagte Hartmann eher versonnen.

»Der Spurenbericht?«, fragte Bucher.

»Tja. Das größte Problem«, meinte Lara Saiter skeptisch. »Die haben nicht schlecht gearbeitet. Was allerdings fehlt, sind detaillierte Beschreibungen der Tatortdetails. Die hat natürlich niemand gemacht, da es ja überflüssig ist zu beschreiben, wie genau ein Knoten angelegt war, wenn man Fotos davon hat.«

»Ja, genau. Wenn man Fotos hat!«, wiederholte Batthuber sarkastisch.

»Bevor ich zu den einzelnen Punkten komme, noch was zu diesen Kopien aus dem Archiv in Würzburg. Carola Hartel hat alte Zeitungsartikel kopieren lassen. Es war aber nicht mehr herauszubekommen, welche Artikel das waren.«

»Mhm. Alte Zeitungsartikel«, sinnierte Hartmann und schüttelte den Kopf. Bucher zuckte mit der Schulter. Im Haus waren keine Kopien von Zeitungsartikeln gefunden worden. Lara Saiter machte weiter. »Von der Kleidung des Opfers konnten Staub- und Faserspuren gesichert werden. An der Aufnaht der rechten Hosentasche hat man eine kleine Menge einer pulverigen Substanz gesichert. Die Auswertung läuft noch. Die Fußspurenlage am Tatort war unergiebig. Man fand zwar Schleif- und Rutschspuren vor, jedoch ohne auswertbaren Umriss- oder Profilabdruck. Also keinerlei Auskunft über Schuhgröße und so weiter. Leider auch hierzu kein Bildmaterial.«

Sie wandte sich Hüllmer zu. »Wenn du keine Übersichtsaufnahme gemacht hättest, säßen wir vollkommen auf dem Trockenen.«

Dann faltete sie ihre Hände hinter dem Rücken. »Bei dem Fesselungsmaterial handelt es sich um gewöhnliche Hanfseile mit einer Stärke von einem Zentimeter. Sie werden auch Kälberstrick genannt. Laut Beschreibung waren an Händen und Füßen ein normal gebundener doppelter Knoten angebracht, also zweimal übereinander geknotet. Dazu sind wirklich keine besonderen Kenntnisse erforderlich. Bei dem Nagel handelt es sich um einen handelsüblichen Zimmerernagel, acht Zentimeter lang. Ein achtziger Nagel, eben. Das einzig interessante ist die Tatsache, dass die Kleidung nur an den

Stellen feucht war, die unmittelbaren Bodenkontakt hatten. Hose und Bluse waren gewebetief an den anderen Stellen trocken. Das bedeutet, dass sie erst nach dem Hagel- und Regensturm am Tatort gewesen sein kann. Also nach zwanzig Uhr. Das grenzt die Tatzeit entscheidend ein.«

»Dann hätte sie irgendwann nach sieben Uhr ihre Henkersmahlzeit gehabt«, stellte Hartmann fest.

Bucher schüttelte energisch den Kopf. »Das passt nicht.«

»Was passt nicht?«, fragte Batthuber.

»Die Tatzeit. Nach allem was wir bisher gehört haben, muss die Tat ja ein gutes Stück nach acht erfolgt sein, eher so gegen neun, denn es fallen schließlich eine zeitlang noch gehörig Tropfen von den Bäumen, die sie durchnässt hätten. Und dann – bereits ab acht Uhr war es stockdunkel da unten. Wie soll das gehen, in völliger Dunkelheit jemanden so akkurat niederzumetzeln, ohne dabei Spuren zu hinterlassen? Noch dazu jemanden, der sich kein bisschen gewehrt hat. Also da passt doch was nicht.« Er sah in die Runde. Alle schienen zu überlegen, fanden aber keine Antwort auf die Frage. Bucher überlegte laut weiter. »Dann auch da runter zu kommen, bei völliger Dunkelheit. Das erscheint mir fast unmöglich.«

»Also wenn man sich gut auskennt geht das schon, da runterzukommen«, meinte Hüllmer, der der Diskussion bisher aufmerksam und schweigend gefolgt war.

»Gut. Gehen wir davon aus, Täter und Opfer kennen sich so gut aus, dass sie gemeinsam ohne wegzurutschen und sich dabei die Kleidung zu beschmutzen an die Stelle gekommen sind. Das alleine ist schon, na ja, schwer vorstellbar. Jetzt aber die Frage. Was bewegt Carola Hartel nach einem üblen Hagelsturm da hinunterzugehen mit ihrem Mörder? Was wollten die denn da unten? Und wie muss der Kerl erst ausgesehen haben? Mindestens Handschuhe hat er ja anhaben müssen. Und das im Sommer. Also das wäre ihr doch aufgefallen!«

Lara Saiter verneinte. »Nicht unbedingt, Johannes. Wie du sagst, war es bereits dunkel. Vielleicht hat er sich erst auf dem Weg präpariert.«

»Und das Ding zum Betäuben, das Messer, Nagel, Hammer, die Kälberstricke? Hat er alles dabei gehabt oder war es unten deponiert?«, retournierte Bucher, um klar zu machen, dass er das Geschehen nicht nachvollziehen konnte.

Hartmann schaltete sich ein. »Deponiert auf keinen Fall. Ich vermute, er hat es mitgeführt. In einem kleinen Rucksack. Anders wäre es schwer vorstellbar. Er hätte ja im Dunkeln mit der Taschenlampe erst rumfummeln müssen. Nee. Das hätte sie doch misstrauisch machen müssen, oder?«

Alle schwiegen und dachten nach. Lara Saiter löste das Schweigen auf und fuhr mit ihrem Bericht fort, der aber nichts neues mehr erbrachte.

Bucher fasste noch einmal zusammen. »Das, was wir zumindest bisher an objektiven Spuren haben, versetzt uns nicht in die Lage, einen klaren Hinweis auf diesen Kerl zu erhalten. Hätten wir schon einen Verdächtigen am Haken, dann würde uns nur ein Geständnis helfen, denn das, was wir an Indizien vorweisen können, wäre für eine Überführung bei weitem nicht ausreichend. Mit der dürftigen Sachlage schmeißt uns jeder Staatsanwalt raus, an Wüsthoff will ich da gar nicht erst denken.

Aber gut. Die Situation ist nun mal so. Da müssen wir uns eben mangels Alternativen schon jetzt etwas näher mit dem Täter selbst beschäftigen. Ich hätte zwar gerne ein bisschen mehr an Tatsachenbeweisen auf dem Tisch liegen, aber da schaut es nun mal mau aus. Vielleicht haben wir ja auch etwas übersehen. Was wissen wir also vom Täter?«

Die Diskussion, die sich an Buchers Frage anschloss, erbrachte, dass es sich um jemanden handeln musste, der sich am Tatort gut auskannte, so gut, dass er sogar im Dunkeln agieren konnte und demnach ziemlich sicher ein Einheimischer sein musste. Jemand aus dem Dorf. Bucher erinnerte sich wieder an die vergangene Nacht. Auch der nächtliche Besucher musste sich in Carola Hartels Haus so gut auskennen, dass er gar kein Licht brauchte. Bucher schwieg aber weiterhin. Auf Grund der Tatausführung war ebenfalls deutlich, dass sie es mit einem physisch leistungsfähigen Mann zu tun hatten.

Die Brutalität mit der die Tat ausgeführt wurde, machte ratlos. Schließlich stellte Hartmann die Frage nach der Bedeutung der Inszenierung des Tatortes, der großen Mühe, die sich der Täter mit der Positionierung der Leiche gemacht hatte.

Es war noch äußerst bruchstückhaft, was Bucher auf Hüllmers Fotos hatte herauslesen können. Vorsichtig äußerte er sich dazu. »Die Erbarmungslosigkeit der Tatausführung haben wir anhand dessen, was bisher erörtert wurde, hinreichend gezeigt. Was dieses Bild am Tatort angeht, so lautet die Kernfrage: Was wollte der Täter, dass der Betrachter sieht, wenn er auf die Leiche stößt? Und – was wollte der Täter selbst sehen? Welche Information soll das Bild transportieren? Nicht etwa, dass er versucht hätte die Tote zu verstecken. Nein. Er hat sie nicht begraben, im Wasser versenkt oder versucht sie zu verbrennen. Genau das nicht. Schlussfolgerung – er will seine Tat demnach in keiner Weise verbergen und hat keine Furcht davor, dass wir uns auf seine Fährte setzen, ihn kennenlernen wollen und versuchen sein Motiv zu entschlüsseln. Denn das muss ihm als intelligentem Menschen ja klar sein. Bleiben zwei Möglichkeiten: Entweder ist es ihm egal oder er wiegt sich so in Sicherheit, dass er meint vor uns keine Furcht haben zu brauchen.«

Die anderen hörten aufmerksam zu. Keiner widersprach oder hatte etwas anzumerken. Bucher machte weiter.

»Er hat die Leiche präsentiert, eine Szene komponiert. Das fällt einem doch nicht mal so nebenbei ein. Er hat demnach eine intensive Vorbereitungsphase durchlebt. Er brauchte Werkzeuge für die Tat und – noch interessanter – auch nach der Tat. Wieso hatte er einen Nagel und Hammer dabei, um den Kopf am Baum so annageln zu können, dass es seiner Vorstellung entsprach? Doch nur, weil er sich schon vorher darüber im Klaren war, was er an Material benötigen würde, weil er eine genaue Vorstellung von dem Bild hatte, wusste, wie das fertige Bild aussehen sollte. Er hat die Tat und ihre

Inszenierung also schon als fertiges Produkt in seinem Gehirn haben müssen.

Dann dieser Ort. Was macht diese Stelle an der Trauerweide so einzigartig? Ich glaube nicht, dass es woanders hätte sein können. Es muss etwas geben, was Täter, Opfer und exakt diesen Tatort verbindet. Wenn wir also Verdächtige haben, wird dies ein wichtiger Punkt sein, den es zu ermitteln gilt.«

Bucher trank einen Schluck, spürte, wie er unter Anspannung stand, allerdings einer Anspannung, die er als positiv empfand.

»Das Opfer war bis auf den tödlichen Schnitt in den Hals nicht verletzt. Es gab keinerlei feststellbare direkte sexuelle Einwirkung des Täters. Versucht man den Ablauf der Tat zu rekonstruieren, so sieht man einen gut vorbereiteten Täter vor sich, der jeden Schritt den er macht genau plant, systematisch und schnell vorgeht. Es muss ein völlig emotionsloser Mensch sein. Gefährlich, auch für uns.« Bucher überlegte einen Moment. »Nur einmal während der Tatausführung, ein einziges Mal ist er außer Kontrolle geraten. Zumindest kommt es mir so vor. Carola Hartel war schon tot, da nimmt er das Tatwerkzeug und bringt ihr diesen irrsinnigen Schnitt bei, der fast den Kopf abgetrennt hätte. Das muss ein wichtiger Augenblick gewesen sein. Was hat ihn in diesem Augenblick so wütend gemacht? Er hatte doch alles so gut geplant und es lief so gut. Sie lag ja schon tot vor ihm. Und dann dieser brutale Akt.«

»Der war aber schnell wieder unter Kontrolle, denn er hat die Leiche ja in keiner Weise geschändet. Dass er ihr einen Nagel durchs Ohr geschlagen hat, war für ihn lediglich wichtig, um seine Vorstellung umzusetzen, und dient nicht primär einer demütigenden Handlung post mortem«, sagte Lara Saiter.

»Das schon. Aber stellt euch die Szene einmal vor. Dieser gesamte Ablauf scheint sich zu vollziehen, als wären da Puppen am Werk, Menschen ohne jede Reflektion und Regung. Wenn ich mir vorstelle, wie das dort abgelaufen sein muss, sehe ich den Täter wie in Trance handeln. Man trifft sich an diesem eigentümlichen Ort. Sie muss ihn kennen. Er betäubt sie mit einem Schlag. Ein Schnitt. Sie verblutet. Dann dieser Ausraster mit dem zweiten Schnitt, dann findet er seine Kontrolle wieder, positioniert die Leiche und verschwindet. Macht kaum Fehler, hinterlässt keine Spuren, außer dem was er will, das wir wissen sollen.«

»Na ja. Das Herrichten, wie sagt ihr? – das Positionieren – muss schon eine Plagerei gewesen sein«, meinte Hüllmer.

»Sicher. Und diese Mühe und Plage muss es ihm wert gewesen sein. Die Leiche wird nicht gelegt, oder sonst wie positioniert. Sie kniete. Was bedeutet dieses knien? Das ist das, was mich am Intensivsten bewegt, wenn ich das Tatortfoto von Hermann ansehe. Vor wem und wozu kniet man nieder? Der durch das Ohr geschlagene Nagel ist so präsent, dass man ein Weile braucht, um sich von diesem barbarischen Akt, den man bildlich vor sich vonstatten gehen sieht, zu distanzieren. Wenn man das schafft, wird klar, dass dieser Nagel keinerlei Symbolkraft für den Täter hatte. So oft ich inzwischen darüber nachgedacht habe, ist das Bestimmende dieser Szene ihre außergewöhnliche Ausdruckskraft, das kniende Opfer mit aufrechtem Köper. Das ist ja das Wichtige! Wäre sie kopfüber zusammengesunken, hätte sich eine völlig andere Aussage ergeben. Deshalb war dieser Nagel für den Täter ja auch so enorm wichtig. Ohne diesen Nagel hätte er seine vorgefasste Bildaussage nicht umsetzen können.«

Er wartete einen Augenblick, wertete die Stille als Zustimmung und brauchte auch einen Augenblick, bis er sich wieder gesammelt hatte und weitersprechen konnte. »Also das Knien als Symbol. Nun, die Knie – sie schlottern, zittern, werden weich – in schwierigen, angsterfüllten Situationen. Man kann jemanden beknien, das heißt jemandem zusetzen, etwas fordern. Dann gibt es noch den Begriff der Kniekehle, in Bezug auf die Tötungsart eine eigentümliche Verbindung. Und wann kniet man nieder? Wenn man betet, um Gnade bittet, jemandem Ehrerbietung erweist. Alles Gesten, bei denen man sich unterwirft, seine Eigenständigkeit aufgibt, ein Stück weit seine Freiheit verliert. Das Hinknien zu diesen Zwecken stellt aber einen freiwilligen Akt dar. Ich knie um zu beten, ja. Ich tue das, weil ich es will.«

Er schwieg jetzt und wartete. Batthuber brach das Schweigen. »Ja, ist schon klar. Und?«

Lara Saiter antwortete, den Blick zu Bucher gerichtet: »Genau das passt nicht zu Carola Hartel. Niemals. Niemals wäre sie vor einem Mann niedergekniet.«

»Ach, wer weiß«, traute sich Hartmann mit einem anzüglichen Lächeln in die Runde zu schmeißen. Er konnte keinen Lacher ernten, und dem Blick Lara Saiters, so kurz er war, wich er schnell aus.

»Genau das war sie nämlich nicht«, führte sie ihren Satz weiter, »Unterwürfig. Sie war eine Frau, die sich des Wertes ihrer Freiheit durchaus bewusst war. Viel Achtung hat ihr das hier nicht eingetragen. Was ich bisher von ihr erfahren habe, muss sie eine fleißige Frau gewesen sein. Und dumm war sie auch nicht. Ich halte sie sogar für ziemlich intelligent. Vieles was hier über sie erzählt wird, beruht meiner Meinung nach auf Missgunst und Neid.«

Hüllmer rutschte etwas unruhig auf dem Stuhl herum.

Bucher nickte ihr stumm zu und sie fragte ihn: »Und du denkst jetzt, dass der Täter sie dieses eine Mal zum Knien gebracht hat. Ein für alle Mal?«

»Da bin ich mir noch nicht sicher, aber ich bin davon überzeugt, dass sich das zumindest andeutet.«

»Glaubst du nicht, dass ein Täter, der in der Lage ist so eine Tat zu planen und sie auch umzusetzen, gerade in der Art und Weise wie er dann eine Botschaft mitteilt, subtiler argumentieren würde?«, fragte sie, wobei sie die letzten Worte betonte.

Bucher stutzte. Das, was sie bisher erörtert hatten, war tatsächlich wenig verschlüsselt. Auch ihn plagte das Gefühl, eine Interpretation gefunden zu haben, die die Bildsprache des Täters schlüssig erklärte. Da war noch was. Er antwortete Lara daher etwas zurückhaltend. »Was das Knien angeht, bin ich mir noch nicht ganz sicher, ob es die vollständige Deutung der Inszenierung ist. Sicher bin ich mir, dass das Knien eine zentrale Bedeutung hat. Ich werde mich damit noch einmal intensiv befassen. Subtiler, denke ich, wird der Täter in einem anderen Bezug.«

»Wovon redet ihr eigentlich?«, fragte Batthuber. Bucher ignorierte die Frage.

»Ich denke, dass in der Inszenierung auch eine Rechtfertigung für die Tat versteckt ist. Da werden wir die Subtilität finden, die du ansprichst.«

Lara entgegnete nichts, und wenn sie nicht widersprach, war das schon als Zustimmung zu werten.

»Wir haben es also mit einem sehr feinfühligen Menschen zu tun, wenn man euch so zuhört«, sagte Batthuber mit deutlich erkennbarem Widerwillen.

»Irgendwie auch, Armin. Der Kerl muss ja sehr sensibel sein, um diese subtile Rache umzusetzen. Er kennt sich definitiv mit Emotionen und deren körperlicher Ausdrucksweise aus, handelt aber selbst kaltblütig. Wir haben es mit einem körperlich kräftigen Mann zu tun, dessen intellektuelle Fähigkeit ausreicht ein solches Bild zu entwerfen, und dessen Gefühlskälte und Brutalität ihn in die Lage versetzt, diese Vorstellung letztendlich auch umzusetzen. Er ist ungemein gefährlich.«

»Und glaubst du es ist ihm egal, dass wir ihn suchen, oder dass er sich sicher fühlt?«

Bucher lächelte. »Ich glaube, dass er sich sicher fühlt. Und das ist unsere Chance. Außerdem glaube ich, dass nichts zufällig ist an diesem Fall. Nichts, aber auch gar nichts ist hier zufällig. Aber da muss ich mir noch klar darüber werden, wo die Ansatzpunkte für uns liegen könnten. Jetzt seid ihr dran. Ich hoffe, ihr habt was zu bieten. Wer will?«

Hartmann und Batthuber einigten sich mittels eines kurzen Blickkontakts, dann begann Hartmann.

Er berichtete, dass er am Vortag abgewartet hatte, bis die Beerdigung begonnen hatte. Er war davon ausgegangen, dass die Führungstruppe des Schwesternheims an der Beerdigung teilnehmen würde, was auch der Fall war. Dies hatte er genutzt, um eine Frau, vermutlich eine Küchenhilfe, die ihm morgens auf dem Gang begegnet war, aufzusuchen und in Ruhe zu befragen. Die Frage Buchers, was ihn bewogen hatte, ausgerechnet diese Frau aufzusuchen, beantwortete er mit einem knappen »Intuition«. Eine knappe Stunde dauerte die Unterhaltung und er erfuhr, dass im Schwesternheim ein strenges Regiment herrschte. Hartmann sagte nochmals deutlich in die Runde, dass er seiner Quelle zugesagt hatte, dass ihr Name nirgends auftauchen werde, da sie von der Arbeit in der Küche abhängig war und sie nicht verlieren durfte. Bucher, der mit dem Kinn zwischen Daumen und Zeigefinger der rechten Hand aufgestützt dasaß, zeigte ihm mit einer lockeren Geste aus dem Handgelenk an, dass dies keinerlei Problem darstellen würde. Wie er erfahren hatte, galt innerhalb der Beschäftigten des Schwesternheimes Dr. Aumacher als derjenige, der bestimmte was wie zu geschehen hatte. Er saß schon seit langem im Verwaltungsrat des Heimes und bezog nach seiner Pensionierung vor einigen Jahren zusammen mit seiner Frau ein Haus der Schwesternschaft. So wie Hartmann es beschrieb, sollte es ein Stück oberhalb der Schlossanlage liegen. Bucher sah kurz zu Lara. Beiden war klar, um welches Haus es sich handeln musste. Das schmucke Ding, gegenüber der Villa von den Stoeggs. Wie er weiter erfahren hatte, gab es vor fünf Jahren einen vollständigen Führungswechsel im Schwesternheim. Der ehemalige Rektor wie auch die bisherige Oberin gingen in den Ruhestand. Kurz darauf erreichte auch der Verwaltungschef die Pensionsgrenze und es war Aumacher, der Stoegg als Rektor empfahl, der bis dahin irgendwo im Schwäbischen Pfarrer gewesen war. Gemeinsam holten sie Ruzinski als Verwaltungschef und bei der Wahl der Schwestern machten sie kräftig Werbung, hier und da auch ein wenig Druck, damit ihre Wunschbesetzung Schwester Clarissa zum Zuge kam. Bald nachdem alle Positionen besetzt waren, zog Aumacher in das Haus ein und ab diesem Zeitpunkt änderten sich Ton und Umgangsformen auf außergewöhnliche Weise zum Schlechteren. Ein Pfarrer, der bisher für die Seelsorge der Schwesternschaft zuständig war, wurde, wie man munkelte, auch unter Einschaltung eines Anwaltes aus dem Landeskirchenamt weggemobbt. Es kam zu einigen Entlassungen, vor allem von Mitarbeitern, die gegenüber dem neuen Rektor Stoegg eine, sagen wir kritische Haltung äußerten.

So wie es Hartmann geschildert wurde, war Aumacher derjenige, der die Richtung vorgab, und Stoegg hatte sie zusammen mit Ruzinski umzusetzen. Und da Stoegg sich vor allem darum kümmerte, auf allen Sitzungen dieser Synode eine wichtige Rolle zu spielen, war es Ruzinski, der mit Rückendeckung der beiden anderen und der Oberin einen wenig freundlichen Führungsstil pflegte.

Lara Saiter meinte, dass dies für die dort Beschäftigten durchaus unangenehm wäre, doch mochte sie bisher nicht erkennen, wo ein Bezug zu Carola Hartel lag. Hartmann lächelte und deutete mit den Fingern an, dass sie sich noch ein wenig gedulden sollte und erzählte weiter. Die anderen waren aufmerksame und interessierte Zuhörer. Vor allem Hüllmer spitzte die Ohren. So um Weihnachten herum soll es zu einem Zwischenfall gekommen sein. Er sprach jetzt etwas leiser als zuvor. Wie er in der Schlossküche erfahren hatte, war Carola Hartel zu dem Zeitpunkt einige Zeit im Schloss, besser gesagt bei Stoegg tätig, und dessen altes Mütterchen, schon weit über achtzig, war über die Weihnachtsfeiertage zu Besuch. Der alten Dame ging es irgendwann nach Neujahr nicht sonderlich gut und die Stoeggs entschlossen sich, die alte Frau in das Pflegeheim zu verlegen. Ist ja nur ein Katzensprung über die Straße weg. Dort, so wurde erzählt, habe die alte Dame wirres Zeug geredet. Überwiegend Zeug aus der ›guten alten Zeit‹. Gegenüber einigen Schwestern sollte sie sogar geäußert haben, dass sie Angst vor ihrem Sohn und seiner Frau habe. Dem Gerede nach muss der Satz gefallen sein, dass der über Leichen gehe. Offen wurde darüber zwar nicht geredet, doch irgendwie haben die Stoeggs das mitbekommen. Die Mutter wurde umgehend aus dem Pflegeheim genommen und wieder ins Haus verfrachtet. Und dort war es Carola Hartels Aufgabe, sich um die alte Frau zu kümmern.

Bucher sah Hartmann fragend an. Er konnte aus der bisherigen Schilderung nichts entnehmen, was als Spur bezeichnet werden konnte. Hartmann ließ sich nicht beirren und machte weiter. Die anderen horchten auf, als er sagte, dass er gestern nach Ansbach gefahren sei und später dann noch nach Nördlingen. In Ansbach habe er sich mit einem Freund getroffen, der dort am Verwaltungsgericht tätig war und auch Mitglied der Synode war. Dem habe er die Geschichte erzählt.

Lara Saiter wurde ungeduldig. »Alex, jetzt komm bitte zum Punkt und spann uns nicht länger auf die Folter. Wo öffnet sich die Tür?«

Hartmann zierte sich nicht mehr länger. »Also. Kurz nach dem Machtwechsel im Schwesternheim kam es zu einer ziemlich bedeutsamen Korrektur. Diese Schwesternschaft hier stirbt aus. Die Jüngste ist inzwischen dreiundsechzig. Die Heime, die Pflegestellen und die Landwirtschaft können in Zukunft nicht mehr mit der kostenfreien Arbeitskraft der Schwestern betrieben werden. Also hat man sich Gedanken gemacht, wer das ganze Zeug erben soll. Bis vor dreieinhalb Jahren war als Erbe die Diakonie e.V. eingetragen.«

Batthuber stieg auf die Pause ein, die Hartmann ließ. »Und jetzt stehen Stoegg und dieser Aumacher im Testament, oder was!«

»Nein. Jetzt steht die Bayerische Landeskirche im Übernahmevertrag.«

Bucher zuckte die Schultern. »Ist ja alles nicht verboten, oder? Und was hat man schon von diesen alten Buden hier. Allein der Unterhalt für diese Gebäude ist doch gigantisch hoch. Das ist wirklich keine Freude, sondern eher eine Last, so ein Ding zu erben.«

»Könnte man schon meinen«, sagte Hartmann, »Aber. Die haben einen riesigen Grundbesitz. Alleine die landwirtschaftliche Nutzfläche umfasst zweihundertachtzig Hektar. Die EU-Förderung für diese Fläche macht eine Riesensumme aus. Etwa achtzig Hektar liegen ein Stück von hier entfernt an der Autobahn A7, nahe der Auffahrt Kitzingen, Marktbreit. Dort soll in einigen Jahren ein Gewerbepark entstehen, der ist schon Planung. Alleine dieses Projekt ist millionenschwer. Das Schwesternheim hat eine Planungs-GmbH gegründet, in der die Entwicklung dieses Projektes ausgelagert ist. Geschäftsführer ist ein gewisser Dr. Felden. Der ist sauber, was ich bisher rausbekommen habe. Mitgesellschafter sind Dr. Aumacher und Stoegg – und ganz interessant, der Banker, der angeblich seine Überweisungen nicht im Griff hat, dieser Knauer. Also da steckt jede Menge Geld dahinter.

Stoegg und Aumacher haben die Weichen völlig anders gestellt. Das Pflegeheim wird nicht mehr weiterbetrieben, es gibt keine Neuaufnahmen mehr. Ziel ist die Errichtung eines Tagungszentrums. Was man so hört, sprechen einige hingegen von einem Schlosshotel – Palazzo Protzo und so. Es geht also um viel Geld. Und diejenigen, die bestimmen, sind Aumacher, Stoegg, Ruzinski und diese Oberin. Die wird aber bald Geschichte sein. Ihr müsst zugeben, dass es keine schlechte Aussicht ist, auf so einem Goldesel zu sitzen.«

»Solange man nicht runterfällt«, fügte Batthuber an.

Bucher schwieg und wartete darauf, dass Hartmann begann, seine Erkenntnisse zu einem schlüssigen Ganzen zusammenzufügen.

»Wie gesagt. Ich war dann noch in Nördlingen. Da stammen die Stoeggs her. Habe mich da umgehört. An seine Mutter bin ich leider nicht rangekommen. Sie ist inzwischen dort in einem Pflegeheim untergebracht. Interessant ja auch die Frage, weshalb nicht oben im Schloss? Da wäre der liebe Sohn doch so nahe. Aber egal, ich habe einige Leute aufgetan, die mir über die Stoeggs was erzählen konnten. Es ist eine alte Pfarrersdynastie, aus der Stoegg kommt. Seine Mutter ist die Tochter eines Dekans aus dem Hessischen. Stoeggs Vater stammte aus Oberfranken und kam in den dreißiger Jahren nach Nördlingen.«

Lara Saiter rollte mit den Augen. »Alex. Bitte!«

»Jetzt warte doch mal«, nervte der zurück.

»Und! – Der Vater von Stoegg war ein hoher Vertreter der *Deutschen Christen*. Klickt es jetzt vielleicht bei euch?«

Bei Bucher klickte es sofort. Das Buch, welches er in Carola Hartels Schreibtisch aufgefunden hatte. Wie lautete noch mal der Titel?, überlegte er. Deutsche Christen und irgendein Müller. Da konnte was draus werden. »Das Buch, das ich mitgenommen habe.«

»Genau.«

»Welches Buch? Da waren ja mehrere«, fragte Batthuber und sah ungeduldig zu Hartmann.

»*Die Deutschen Christen und Ludwig Müller*«, antwortete der trocken und sah in die Runde. Batthuber half diese Aussage auch nicht weiter.

Bucher hatte beim Durchsehen des Buches nach vielleicht dort aufbewahrten Notizen weite Teile gelesen und wusste, worum es ging. Aus verschiedenen Glaubensgruppen des Protestantismus ging 1932 die Glaubensbewegung *Deutsche Christen* hervor. Diese war streng nach dem Führerprinzip organisiert. Bezeichnender Weise wählte diese Gruppe für sich selbst auch den Namen *SA Jesu Christi*. Die Nazis propagierten in ihrem Parteiprogramm ein sogenanntes »positives Christentum« und die *Deutschen Christen* bekannten sich hierzu. Wer Mitglied in ihrer Glaubensgemeinschaft werden wollte, musste arischer Herkunft sein. Zudem forderten sie von der evangelischen Kirche die Loslösung von jüdischen Wurzeln. Bucher schüttelte den Kopf, als ihm diese irrwitzige Geschichte wieder einfiel. Als die Nazis 1933 die Macht übernahmen, wirkte sich dies auch auf die Kirchen in Deutschland aus. Ziel war die Gleichschaltung der Kirchen auf die nationalsozialistische Weltanschauung. Was konnte also besser passieren, als eine *SA Jesu Christi* parat zu haben, die diese Aufgabe von innen heraus durchführen konnte? Tatsächlich gelang es dieser Gruppierung 1933 bei den Synodalwahlen in allen Landeskirchen der neu geschaffenen Evangelischen Reichskirche die Zweidrittelmehrheit zu erlangen. Das bedeutete die Kontrolle über alle wichtigen administrativen Positionen in der evangelischen Reichskirche. Eine Machtposition ohne Gleichen, die sich auch in der Personalie Ludwig Müller manifestierte. Der »deutsche Christ« Müller wurde als Reichsbischof höchster protestantischer Würdenträger im Deutschen Reich. Als er kurz nach Amtsantritt den Arierparagraphen auch für Kirchenämter einführte, erhob sich der Widerstand. Pfarrer Martin Niemöller rief den Pfarrernotbund ins Leben, aus dem wenig später die *Bekennende Kirche* hervorging. Dessen Leiter, allen voran Niemöller, kündigten den Gehorsam gegenüber der Reichskirche. Als die Reichskirche das Alte Testament dann als jüdisch erklärte und verwarf, erfolgte der endgültige Bruch. Massenaustritte aus den einzelnen evangelischen Reichskirchen waren die Folge und die *Deutschen Christen* spalteten sich. Die Gleichschaltung war misslungen. Obwohl die *Deutschen Christen* weiterhin die Mehrheit der Landeskirchen beherrschten, standen den zweitausend Pfarrern der *Deutschen Christen* rund siebentausend Pfarrer der *Bekennenden Kirche* gegenüber.

Bucher erläuterte den anderen kurz, was es mit diesen *Deutschen Christen* auf sich hatte.

»Und Stoeggs Vater war einer von diesen *Deutschen Christen?*«, fragte Lara Saiter.

»Exakt. Ein Nazi, und zwar ein glühender«, bestätigte Hartmann.

»Eigentlich keine passende Referenz für einen Pfarrer und Rektor einer diakonischen Einrichtung«, sinnierte Lara Saiter. »Wie kann so einer überhaupt so weit aufsteigen innerhalb einer Landeskirche, mit so einem Background?«

Bucher winkte ab. »Die Bayerische Evangelische Landeskirche war zusammen mit der Baden-Württembergischen und der Hannoverschen Landeskirche nicht gleichgeschalten und nicht von den Führungsleuten der *Deutschen Christen* beherrscht. Es hat aber ganz sicher jede Menge Pfarrer und Gemeinden in Bayern gegeben, die die Ideologie dieser Gruppierung verinnerlicht hatten. Als der Krieg vorbei war, gab es keine Nachteile für Pfarrer, die dieser Christen-SA zugehört hatten. Hinter denen standen ja auch die Gemeindemitglieder. Manche Gemeinden waren gespalten, sogar derart, dass sie darum stritten, wer am Sonntag in der Kirche Gottesdienst feiern durfte. So lässt sich auch die Karriere von Stoegg Senior erklären. Nach dem Krieg wurden viele der SA-Christen rehabilitiert und konnten ohne Schwierigkeiten als Pfarrer weiterarbeiten.

Also für Stoegg war die Vergangenheit seines Vaters in keiner Weise hinderlich, vielleicht sogar förderlich, wer weiß. Er hat sich jedenfalls entschlossen, den Berufsweg einzuschlagen, den die Familientradition vorgab, und was seine Karriere angeht? Die beginnt ja erst, als dieser Aumacher ihn aus dem staubigen Gemeindepfarrerdasein auf den hervorgehobenen Posten des Rektors setzt. Er ist also protegiert worden. Das klingt alles relativ unspektakulär, wenn man jedoch beginnt die Fragmente zusammenzufügen, ergibt sich ein recht bedrohliches Bild. Betrachtet man diesen Stoegg oberflächlich, dann ergibt sich das Bild eines Alt-68ers, der eine Kirchenkarriere hingelegt hat. Räumt man die Showelemente beiseite, steht ein Nazi-Profiteur vor einem.« Bucher lehnte sich zurück und berichtete von dem, was er bei Kappenberg erfahren hatte. Die anderen waren völlig überrascht.

Lara Saiter ergriff nun das Wort. »Es scheint sich also anzudeuten, dass Carola Hartel Ermittlungen angestellt hat«, sagte sie feststellend. »Die Bücher auf ihrem Schreibtisch, das Interesse für dieses Liebermanngemälde. Sie hat in der Vergangenheit herumgestochert. Und wer weiß, was ihr die verwirrte Mutter von Stoegg alles erzählt hat. Dazu diese eigentümliche Geldüberweisung. Da liegt doch auch dein Ansatz, Alex, oder?«

Der nickte ernst. »Genau da, und bei der äußerst spannenden Frage, wie kommt Stoegg in den Besitz eines echten Liebermanns? Wenn man sich noch mal vor Augen führt, wie unverfroren diese Rektorengattin das Bild verticken wollte? – Benutzt ihren Mädchennamen! Das sind doch dunkelste Abgründe. Bei der geistlichen Herrschaft stinkts, und zwar gewaltig.« Zur Bestätigung schlug er kurz mit der flachen Hand auf den Tisch.

Hüllmer, der der Unterhaltung gebannt gefolgt war, stand der Mund offen und Batthuber rutschte unruhig auf seinem Platz herum. »Dürfte ich dann auch mal was sagen?«

Bucher überging die Frage, denn er war damit beschäftigt die Informationen zu ordnen. Allen war klar, dass sich aus dem, was Hartmann herausgefunden hatte, durchaus ein stichhaltiges Motiv konstruieren ließ. Was aber nicht passte, war die Tatsache, dass die Beteiligten über ein einwandfreies Alibi verfügten. Er beschloss, die Sache Stoegg vorerst nicht zu vertiefen, sondern erst am Ende der Besprechung, wenn alle Erkenntnisse auf dem Tisch lagen, die Entscheidung zu treffen, wie sie damit umgehen würden.

An Batthuber gewandt sagte er etwas knurrig: »So, und jetzt du. Vorher aber noch eine Frage. Hat sich in der Sache Heller schon was ergeben?«

Batthuber sah ihn genervt an. »Der Breitkamm hat mich gestern Abend zurückgerufen, da war ich gerade in Ansbach.«

»Ansbach? Sagt mal, was ist denn da so interessant, dass ihr beide da unten unterwegs wart? Ich war noch nie in Ansbach.«

»Ich war ja nicht alleine. Der Alex hat mir ja dann Gesellschaft geleistet. Aber zu diesem komischen Breitkamm. Der hat mich angerufen und mitgeteilt, dass er mir telefonisch keine Auskunft gibt. Er hat alle Informationen für uns beim Kriminaldauerdienst hinterlegt. Da sollst dann du oder die Lara anrufen. Mehr hat er nicht rausgerückt.«

Batthuber war sichtlich beleidigt und Bucher konnte das gut verstehen, wäre er an seiner Stelle auch gewesen. Er brauchte nur kurz zu Lara Saiter zu blicken, um ihr anzudeuten, dass sie da gleich mal anrufen sollte. Sie nahm ihr Handy und verschwand draußen im Gastraum, kam nach einer Minute aber wieder herein und fragte so leise wie möglich: »Weiß jemand von euch das Kennwort für die Telefonauskunft?«

Bucher stöhnte. Dieses blöde Kennwort hatte er wieder mal nicht präsent. Hartmanns Gesicht nach zu urteilen war er nicht alleine. Hüllmer konnte nicht wissen, wovon sie sprachen. Einzig Batthuber kramte in seinem Geldbeutel herum und zog einen Zettel hervor. »Johannisbeerquarkspeise«, flüsterte er schließlich laut in Richtung Tür.

Bucher sah ihn mit offenem Mund an. »Wie bitte!?«

Batthuber zuckte mit den Schultern und wiederholte: »Johannisbeerquarkspeise.«

»Sind die jetzt blöde geworden? Wer denkt sich denn so einen Mist aus?«, schimpfte Bucher.

Lara war schon wieder verschwunden, daher warteten sie, bis sie wieder zurück war, denn jeder interessierte sich für das, was Breitkamm an Erkenntnissen hinterlegt hatte. Es dauerte nur zwei, drei Minuten. Sie kam herein und klopfte Batthuber auf die Schulter. »Mein lieber Armin. Feine Leistung. Also. Wir können an Heller herantreten. Er befindet sich in einem Zeugenschutzprogramm unserer Leute und es gibt keine Vorgeschichte mit Gewalttaten. Heller war Hauptzeuge in einem internationalen Wirtschaftsverfahren. Einen Führerschein von ihm haben wir übrigens nie kontrolliert und auch nie darüber gesprochen«, sie wandte sich an Batthuber, »und du sollst dich beim Breitkamm melden, wenn wir wieder in München sind.«

»Wieso?«, wollte Batthuber aufgeregt wissen.

»Darf ich dir nicht sagen. Du weißt was ich tun müsste, wenn ich dir das sagen würde, steht ja im Agentenhandbuch.«

Batthuber nickte traurig. »Du müsstest mich erschießen.«

»Genau. Also – frag nicht mehr nach und hole dir ein dickes Lob ab.«

»Du warst also in Ansbach. Und wo hast du übernachtet?«, grätschte Bucher dazwischen, um den Kleinen nicht zu übermütig werden zu lassen.

»Nix übernachtet. Wir haben bis heute Morgen im Archiv der Zulassungsstelle in Ansbach gesessen und nach den Zulassungsdaten alter Autokennzeichen gesucht«, lautete die Antwort. Die anderen schwiegen und warteten, was Batthuber und Hartmann herausgefunden hatten.

Er holte sein Notizbuch hervor und einen Packen Fotografien. Der Stempel auf der Rückseite trug das Datum des Vortags. »Aber jetzt erst mal zu diesem Brand vor vierundzwanzig Jahren«, begann Batthuber. »Um gleich zum Kern zu kommen. Derart lückenhafte Ermittlungen haben wir noch nie gesehen. Die Akten waren ja Gott sei Dank noch im ehemaligen Polizeipräsidium in der Frankfurter Straße gebunkert. Habe da übrigens die neue Einsatzzentrale gesehen, für diesen Sicherheitsbereich Unterfranken, wie die das jetzt nennen. Das pure *Raumschiff Enterprise*, sage ich euch. Nur Bildschirme. Also ich möchte da nicht drinnen hocken.«

Hartmanns Fingernägel klackten hörbar auf der Tischplatte. Batthuber unterbrach, sah ihn kurz an und kam wieder zur Sache. »Wir haben einen Kollegen gefunden, der sich echt viel Zeit für uns genommen hat – haben zwar nur die Hälfte verstanden, aber der war echt nett. In einer alten Umzugskiste haben wir dann die Akte gefunden.«

Hartmann machte weiter. »Kein Tatortbefundbericht, keine chemischen Analysen zum Brandursprung. Einfach unfassbar. Die Bildtafeln in den Akten enthalten nur einen Teil der Fotos, die an der Brandstelle gemacht wurden. Nach den beiliegenden Plänen hat es sich um einen alten Holzstadel gehandelt. Unten befand sich das Holzlager der ehemaligen Schreinerei. Dort wurden auch Bretter gesägt, was der Grund für Sägemehlhaufen war. Laut Abschlussprotokoll des Ermittlers, ein gewisser Kommissar Lauerbach, der schon verstorben ist, war die Brandursache eine Selbstentzündung in einem der Sägespänhaufen.«

Bucher verzog das Gesicht. »Das klingt aber abenteuerlich, oder?«

»Allerdings«, machte Batthuber weiter. »In der Asche der zusammengefallenen Brandreste hat man die völlig verkohlte Leiche einer Frau gefunden. Die Mutter von Manfred Schober, wie sich später herausstellte.«

»Wie haben sie das feststellen können?«

»Ehering, Zahnstatus und ein fehlender kleiner Zeh am rechten Fuß. Das ist soweit okay. Der Bericht ist damals von der

Staatsanwaltschaft abgenickt worden und im Aktenschrank verschwunden. Wir sind die Fotos durchgegangen und haben festgestellt, dass viel mehr Negative vorhanden waren als Fotos auf den Bildtafeln. Wir haben die Negative noch mal entwickeln lassen und das ist dabei herausgekommen.«

Er schob den Packen Farbbilder über den Tisch zu Lara hin. »Das sind die Aufnahmen, die nicht auf den Bildtafeln sind. Die Bildtafeln, die an die Staatsanwaltschaft gingen, habe ich hier, zum Vergleich.«

Die Farbfotos, die der Akte beilagen, waren von einem orangeroten Schleier überzogen. Sie zeigten eine Übersichtsaufnahme der Brandstelle. Ein roter Pfeil, mit Buntstift gezeichnet, wies vom Blattrand auf die Bildmitte und zeigte den Fundort der Leiche an. Die andern Aufnahmen zeigten Details und Ganzkörperansichten der Brandleiche auf. Die Fotos, die Batthuber hatte nachmachen lassen, waren aus einem anderen Winkel aufgenommen. Deutlich war hier der schwarze Rahmen eines Eisengestells zu sehen. Es musste sich um ein Bett handeln.

»Ein Bett?«, stellte Lara fragend fest und zuckte mit den Schultern.

»Ja. Ein Bett in einem Holzstadel. Das ist das eine. Aber jetzt schaue mal das Rahmenteil an, das oberhalb des Kopfes liegt.«

Sie inspizierte die Stelle genau, dann sah sie auf. »Gibt's doch nicht.«

Bucher griff nach dem Bild. »Lasst mal sehen.«

Auch er brauchte nur wenige Sekunden, um völlig überrascht in die Runde zu schauen. »Eine Handschelle?«

Hartmann nickte stumm und ernst. Zweifelsfrei war am oberen Bettrand die Schließe einer Handschelle zu erkennen. Die beide Glieder verbindende Kette sowie die zweite Schließe verschwanden im Aschestaub unter den runden Streben des Metallrahmens.

»Überlegt doch mal. Der Brand brach am späten Nachmittag aus. Die erste Meldung ging gegen vier Uhr ein. Was macht eine neununddreißigjährige Frau um vier Uhr nachmittags im Bett eines Stadels, mit einer Handschelle am Handgelenk?«

»Dass sie am Handgelenk anlag, ergibt sich aus den Bildern nicht«, stellte Bucher fest.

»Und was glaubst du hat eine gesunde Frau daran gehindert, beim ersten Knattern der Flammen und dem aufsteigenden, beißenden Rauch einfach abzuhauen?«

»Diese Frage hätten eigentlich die damaligen Ermittler beantworten sollen. Aber was steht denn dazu in der Akte?«, fragte Lara.

»Da sind die Dinger nicht mal erwähnt. Das gibt's doch nicht, oder? Natürlich war die Frau mit mindestens einer Hand gefesselt. Die verbrannten Arme sind dann, als die Hütte zusammengefallen ist, aus der Schelle gerutscht. Zugegeben, da sind ein, zwei Meter Abstand zwischen Leiche und dem Bettgestell. Aber einem Brandermittler muss das doch aufgefallen sein, sonst hätte er ja auch kaum die Details fotografiert. Und dann – weshalb sind die entscheidenden Fotos nicht in der Bildmappe? Da stimmt ja gar nichts. Und der Knaller kommt ja erst noch.«

Bucher horchte auf. Er hielt das, was die beiden herausgefunden hatten, schon für einen Knaller.

Lara Saiter sah die Fotos noch mal genauer an. »Na ja. Schlampig war das sicher, aber von Vertuschung würde ich mal nicht ausgehen. Wenn einer blöde genug ist, dann geht er über diese Handschelle hinweg. Und jetzt erzähl mal. Welcher Knaller kommt noch?«

Als die beiden mit ihrer Schilderung zu Ende gekommen waren, sahen sie sich verdutzt an. Hüllmers Haare standen richtig ab.

»Und ihr habt die ganze Nacht im Ansbacher Landratsamt gesessen und die Zulassungskarten der alten Autos durchgesehen?«

»Was glaubst du wohl, wie wir sonst auf den gekommen wären? Ist doch irre, oder?«, sagte Hartmann.

»Das ist wirklich irre«, bestätigte Lara Saiter. »Die geraten immer mehr in unser Visier.«

Sie brauchten eine Weile, um die neue Information zu diskutieren. Als sich die erste Überraschung gelegt hatte, berichtete Bucher von seinem nächtlichen Erlebnis.

»Und? Wer war es, woran hast du ihn letztendlich erkannt?«, wollte Batthuber wissen, der gar nicht genügend Input bekommen konnte, wie es schien.

»Am Geruch«, sagte Bucher und fügte nach einer kurzen Pause an: »Dieser Dampf von Bärlauch und Lavendel, der dem in den Klamotten hängt, das war unverkennbar. Es war Manfred Schober.«

»Mist«, rutschte es Lara Saiter heraus. »Und jetzt?«

»Wir beide machen uns auf den Weg zu Manfred Schober. Den müssen wir jetzt in die Mangel nehmen. Und die anderen beiden schnappen sich erstmal diesen Norbert Hammel. Das ist ein ganz übler Typ, den ihr gründlich abklären sollt.

»Welche Marschrichtung bei diesem Hammel?«, fragte Hartmann.

Bucher schmunzelte. »Bei dem werdet ihr sofort merken, welche Marschrichtung angesagt ist. Wir beginnen jetzt, Druck auszuüben. Geht also dementsprechend aggressiv und kompromisslos zur Sache. Ich rufe gleich den Wüsthoff an und informiere ihn über den bisherigen Sachstand. So wie ich ihn einschätze, zieht er mit. Es ist zwar Samstag, aber der wird schon erreichbar sein. Wahrscheinlich knallt er gerade irgendwo ne Sau nieder.«

Er richtete sich nun an Hüllmer. »Was hat eigentlich die Nachfrage bei den Kindern ergeben?«, wollte Bucher von ihm wissen.

»Nichts. Überhaupt nichts. Sie haben kein Telefongespräch mitbekommen. Kein Besuch, kein auffälliger Anruf. Nichts. Völlige Fehlanzeige. Und vom Leichenschmaus gabs auch nichts zu berichten. Das war eine elende Veranstaltung, sage ich euch. So was von traurig«, er schüttelte den Kopf. »Ich war ja schon bei vielen solcher Runden. Und bei manchen gings dann richtig lustig zu. Echt, glaubts mir. Aber das gestern! Furchtbar. Aber ist ja auch verständlich, bei dem was passiert ist.«

Bucher verstand was er meinte. »Gut. Also sobald wir den Manfred Schober verräumt haben, kümmere ich mich um den Heller. Dich möchte ich bitten, Hermann, dass du den Bruder, du weißt schon, den Polsterer, noch mal befragst. Und sei mir nicht böse – aber auch noch mal die Kinder und die anderen Geschwister. Auch wenn du die schon befragt hast. Aber einer muss doch wissen, wo sie am Freitag hin ist, nachdem sie die Kinder bei ihrem Ex abgegeben hat.« Hüllmer nickte.

»Und noch was. Sind die Klamotten von Carola Hartel schon angekommen? Die wollten wir uns noch mal ansehen.«

Hüllmer nickte. »Ja. Liegen auf der Dienststelle in Ochsenfurt.«

Die konzentrierte Stimmung verflog wie ein Schwarm Spatzen. Batthuber fragte aufgeregt, mit einem Unterton Fassungslosigkeit: »Ja. Und was ist mit dem Stoegg und dem Aumacher?«

»Die beiden – sind heute Mittag dran«, sagte Bucher in einem Ton, der eine Diskussion ausschloss.

Die Runde löste sich auf. Im Gang vor den Zimmern hielt Lara Bucher am Arm fest, als er gerade in seine Behausung spazieren wollte.

»Wieso lässt du den Kleinen nicht gleich mit Alex zu den beiden Pfaffen. Das wäre doch jetzt viel dringender, nach dem, was sie herausgefunden haben?«

»Weil ich will, dass du mit diesem Aumacher sprichst. Davon verspreche ich mir mehr. Armin bekommt seinen Auftritt schon noch. Er wird ja dabei sein. Aber ich denke du holst mehr aus Aumacher raus, bist eher in der Lage ihn zu provozieren. Ich will auf alle Fälle, dass du dabei bist, verstehst du?«

Lara Saiter nickte. »Glaubst du eigentlich, dass dieser Manfred Schober etwas mit dem Mord zu tun hat?«

Bucher war klar, welche Bedeutung das kleine Wörtchen »eigentlich« zu erfüllen hatte und beschränkte sich auf zwei

Fragen: »Was hatte er in ihrem Haus zu suchen? Wie sieht sein Alibi aus?«

Kommentarlos hob und senkte sie die Schultern und zeigte deutlich, dass sie von dieser Spur nicht überzeugt war.

»Was sagt dir denn, dass er nichts mit dem Mord zu tun hat?«, wollte Bucher wissen.

»Meine weibliche Intuition.«

Bucher schaute zur Decke. »Oh mein Gott. Bitte nicht. Und was sagt deine weibliche Intuition, wer es gewesen ist?«

»Keine Ahnung.«

»Und da soll man sich noch wundern, dass so viele Ehen scheitern?«, ätzte Bucher, hatte mit der Wendung in humorvollere Regionen jedoch keinen Erfolg.

»Wie gehen wir vor?«, wollte sie nüchtern wissen.

»Überlegt – wie immer. Vielleicht stellt sich ja auch heraus, dass er mit der Sache überhaupt nichts zu tun hat. Dann hat er seinen Frieden vor uns.«

»Das ist mir schon klar. Ich befürchte nur, dass sich alles auf diesen armen Kerl stürzen wird, wenn bekannt ist, dass wir ihn am Wickel haben. Die Presse wartet ja nur darauf, dass wir endlich einen Täter präsentieren. Ich sehe die Schlagzeilen schon vor mir: ›Waldmonster massakriert junge Frau‹ Dann wird es schwierig sein ihn da wieder rauszubekommen.«

Bucher verstand ihre Sorge und meinte: »Niemand wird etwas erfahren. Wenn wir ihn mitnehmen müssen, dann so behutsam und geräuschlos wie nur möglich. Wir machen auch kein großes Tamtam. Du nimmst den Spurenkoffer mit und fertig. Keine Unterstützung von außen. Und in der Main Post wirst du solche Aufmacher nicht lesen.«

Sie schien erleichtert, sagte kurz und knapp: »Hoffen wirs«, und ging zu ihrem Zimmer. Da sie mit Vorbereitungen noch eine Weile beschäftigt war, wollte Bucher die Zeit nutzen und im Pfarramt nebenbei vorbeisehen. Er rief ihr im Gang nach, wo er hinwollte, und machte sich auf den Weg über den kleinen Platz zwischen *Quelle* und Pfarrhaus.

Der Anblick der Frau, die ihm öffnete, überraschte ihn. Einen Augenblick lang verharrte er, ohne zu vergessen ein freundliches Gesicht zu machen.

Aus ihrem mageren Gesicht traten Backenknochen und Kinn kantig hervor. Eine unnatürlich gelbbraune Haut, wahrscheinlich Ergebnis intensiver Solarbehandlung, breitete sich von der Stirn über den Hals bis zum Dekolleté aus. Von einer Hepatitis rührte der Gelbton jedenfalls nicht, denn die grünen Augen lagen bewegungslos, eingebettet in reines Weiß, hinter den Gläsern einer fassungslosen, runden Brille. Die langen, glatten, eigentlich schwarzen Haare fielen bis zur Schulter und die grau gefärbten Strähnen glänzten matt. Das alles wirkte dermaßen artifiziell, dass Bucher einen Wimpernschlag länger benötigte sich vorzustellen, als es höflich gewesen wäre. Als sie auf seine Frage hin erklärte, dass ihr Mann in Karbsheim sei, um mit Friedemann Bankert den Sonntagsgottesdienst vorzubereiten, fiel ihm die weiche, ja geradezu erotisch sanfte Stimme mit dem unverkennbaren Münchner Zungenschlag auf.

Wozu dieser Kontrast, diese synthetisch wirkende Seniorisierung ihres Äußeren, die sie verhärmt aussehen ließ?

Wieder zögerte Bucher einen Moment zu lange, sich zu verabschieden, und natürlich bemerkte sie dieses eigentümliche Verhalten. Im Weggehen las er auf dem zweiten, kleineren Klingelschild die Namen Heinrich Hufeler und Dr. Sabine Hufeler-Courdon, wobei ihn die Frage beschäftigte, wie wohl das Leben einer promovierten Pfarrfrau in einem fränkischen Dorf aussehen mochte.

Hartmann und Batthuber waren schon weg und Lara hatte ihren Spurenkoffer verladen, als Bucher zurück kam. Sie fuhren mit einem Auto. In Karbsheim angekommen fragte er nach dem Haus von Friedemann Bankert. Ein Knirps mit verdreckten Hosen und einem Fußball unter dem Arm beschrieb ihnen den Weg zu einem langgezogenen Fachwerkgehöft, das am südlichen Dorfrand direkt am Fluss lag. Von der Straße her konnte man ungehindert in den geteerten

Hofraum einfahren. Ein geduckter Gebäudetrakt schirmte den Hof nach Norden ab. Im rechten Winkel schloss sich eine Art Stadel nach Westen an, wogegen zur Flussseite hin eine wuchernde Buschreihe den Hofraum formte.

Hufeler lehnte an der Motorhaube seines Autos und wartete offensichtlich auf Bankert, der nicht zu sehen war. Lara Saiter stieg nicht mit aus, sondern wartete im Auto und beobachtete Bucher, wie er sich mit Hufeler unterhielt. Es dauerte nur ein paar Minuten und als Bucher schon wieder auf dem Weg zum Auto war, kam Bankert aus dem Haus. Bucher hob nur grüßend die Hand und stieg ein.

»Ist schon ein komischer Kerl, dieser Hufeler«, sagte sie unvermittelt.

»Wie kommst du jetzt darauf?«

»Nur so. Habe gerade eurer Unterhaltung zugesehen, ohne zu wissen worum es ging. Die Art und Weise wie er dasteht, irgendwie so ängstlich, so gehemmt. Ein komischer Kerl halt. Und so wie er aussieht säuft der doch. Was wolltest du von ihm?«

»Wissen, wo der kleine Blonde wohnt, der mich gestern nach der Beerdigung aufgesucht hat, du weißt schon. Er heißt übrigens Waldemar Gurscht.«

»Ah ja. Und?«

»Zu dem fahren wir noch schnell. Vielleicht kann er heute reden.«

Bucher leitete sie, so wie Hufeler es ihm erklärt hatte. Es war einfach, denn sie mussten nur der schmalen Teerstraße nach Westen folgen, die eng dem Fluss folgend zum Dorf hinausführte. Hinter dem letzten Siedlungshäuschen folgten ausgedehnte Gärten. Bucher ließ einen neidischen Blick über die perfekt angelegten Gemüse- und Salatreihen schweifen. So ein Garten bedeutet ja fast Selbstversorgung. Er schwelgte in romantischen Gedanken an den unbestellten Acker, der sich hinter seiner Halbruine oberhalb des Lechs ausbreitete.

Verschämt, außerhalb der Ortsbebauung, stand einsam ein Gehöft, bestehend aus der dörflichen Dreieinigkeit von

Wohnhaus, Scheune und Stallung. Von der Ferne her schien es verfallen zu sein. Tatsächlich floss das Dach des Fachwerkensembles in beängstigenden Wellen über die Balken, doch die Ziegel waren noch in guter Verfassung, wie Bucher sogleich analysierte. Die dem Hof zugewandten Wände waren allesamt von wildem Wein und Efeu überzogen, der teilweise bis unter die Dachrinnen gekrochen war. Es musste eine Heidenarbeit sein, das wuchernde Zeug unter Kontrolle zu halten. Links neben der mattgrünen Holztür lehnte eine verwitterte Bank an der Hauswand, von dort warf blechernes Milchgeschirr, das zum Trocknen in der Sonne stand, Lichtblitze auf die Besucher. Im Hof fanden ein uralter Traktor, ein Miststreuer, zwei Schubkarren und zwei Mopeds Platz. Die alten Holzfenster hätten wieder einmal ein paar Millimeter Farbe vertragen und die windschiefe Eingangstür ließ in geschlossenem Zustand mindestens die Katze durch, die es hier sicher gab. Alles in allem vermittelte das Anwesen weniger den Eindruck morbider ländlicher Idylle. Die herumstehenden Gerätschaften, die halb gefüllte Wäscheleine, all das stand für eine natürliche, wenn auch ärmliche, Geborgenheit.

Sie gingen langsam, sich umschauend und immer neue Details entdeckend, zur Tür. Eine Klingel war nicht zu erkennen, so rief Bucher einfach ein lautes »Hallo«. Kurz darauf klappte die Tür nach innen auf und pendelte noch etwas nach. Das erste, was Bucher wahrnahm, noch bevor er die Gestalt musterte, die im Halbschatten des Ganges stand, waren die uralten, unebenen Sandsteinplatten, die den Boden des Ganges bedeckten. Dann wanderte sein Blick an zwei mächtigen schwarzen Gummistiefeln nach oben. Kurze, muskulöse Beine trugen einen kompakten Leib, der den blauen Overall beachtlich nach außen drückte. Die Arme waren so kräftig, dass sie, obwohl der Mann sie hängen ließ, seitlich vom Oberkörper abstanden. Doch das eindrucksvollste war dieses Gesicht. Ein Hals schien nicht zu existieren. Das breite knöchrige Kinn schien direkt am Brustbein aufzusitzen. Die Stirn floss ungestüm über die Augenhöhlen hinaus, zog den Blick ebenso auf sich wie die gewaltige Nase. Dieses grobschlächtige, wilde und vor Kraft strotzende Aussehen wurde unterstrichen durch den breiten Mund und die wulstigen Lippen. Bucher fühlte sich an den Film *Delicatessen* erinnert. Hier vor ihm stand eine völlig aus den Proportionen geratene Kopie des markanten Hauptdarstellers Dominique Pinon.

Bucher blieb stehen und sagte, dass sie von der Polizei seien und mit seinem Sohn Waldemar sprechen wollten.

Er erhielt ein neutrales »Weiß« zur Antwort, das offen ließ, ob Vater Gurscht, der da offensichtlich vor ihnen stand, wusste, dass sie von der Polizei waren oder dass sie mit seinem Sohn sprechen wollten. Bucher blieb stehen und wartete. Gurscht war sicher einen Kopf kleiner als er, doch eingefasst vom Türrahmen vermittelte er die Kraft eines Stiers. Einzig die Augen von Gurscht bewegten sich. Als er Lara und Bucher ausgiebig begutachtet hatte, drehte er sich zu Seite und rief nach Waldemar. Er tat dies zwar laut, doch ohne jede Schärfe oder auch nur annähernden Hauch eines Befehls. Im Gegensatz zu seinem robusten Äußeren klang es mild und gutmütig. Waldemar erschien hinter seinem Vater, der ihn sanft mit der rechten Hand nach draußen schob.

»Hallo Waldemar«, begrüßte ihn Lara und ging vorsichtig zwei Schritte auf ihn zu. Waldemar sah beide mit offenem Mund an, ohne entsetzt zu wirken. In seinem Gesicht stand die blanke Hilflosigkeit geschrieben. Sein Kiefer begann leicht zu zittern und er drehte sich nach seinem Vater um, der weiter wie ein Felsblock hinter der Tür stand, und genau wie Bucher und Lara Saiter den kurzen klagenden Laut hörte, den er jedoch im Gegensatz zu den beiden Polizisten interpretieren konnte. Er sagte »Oma« und Waldemar ging, ohne sich noch einmal umzudrehen, wieder ins Haus zurück.

»Net sprech«, sagte Gurscht und es klang ehrlich bedauernd.

»Waldemar ist gestern nach der Beerdigung zu mir gekommen und ich hatte das Gefühl, dass ihr Sohn mir etwas sagen wollte. Deswegen sind wir heute gekommen«, erklärte Bucher.

»Net sprech«, wiederholte Gurscht wieder und fügte an: »Oft mal.«

»Mhm«, entgegnete Bucher und sah zu Boden.

»Herr Gurscht, können Sie sich vorstellen, was Waldemar uns sagen wollte?«, fragte Lara Saiter.

Gurscht blickte ein wenig verwundert drein. Vielleicht war er es nicht gewohnt mit »Herr« angesprochen zu werden. Dann schüttelte er traurig den Kopf und sagte: »Schlecht sprech. Andern Tag schon.«

Bucher hoffte, dass dieser andere Tag bald kommen möge. Die beiden bedankten sich bei Gurscht und gingen zurück zum Auto.

Sie waren schnell an Manfred Schobers Blockhütte im Wald angekommen, nachdem sie den Weg nun schon kannten. Ein duftiger Windhauch ließ die Baumwipfel ruhig und regelmäßig schwanken und das beständige Blätterrauschen wurde nur ab und an durch ein durchdringendes Gezwitscher eines aufgeschreckten Vogels oder das dumpfe Knarren sich dehnender Baumstämme in den Hintergrund gedrängt. Bucher trug den Spurenkoffer und wunderte sich, welches Gewicht der Plastikkram doch zusammenbrachte. Schobers Manfred war gerade damit beschäftigt, Wäsche aufzuhängen, als sie den kurzen Anstieg zur Lichtung hinangingen. Er blieb ruhig stehen, zeigte keine Aufgeregtheit, auch keine Furcht, als er sie gewahrte. Lara Saiter sprach ihn zuerst an. Sie fragte ihn in harschem Ton und ohne eine der üblichen Begrüßungsfloskeln zu übermitteln, was er heute Nacht im Haus von Carola Hartel zu suchen gehabt hätte. Er sah ihr für einige Sekunden in die Augen, drehte sich dann zur Seite, als handelte es sich bei ihr um eine Erscheinung, und hing weiter Hosen und Tücher an die ausgeblichene blaue Leine. Sie ging weiter zur Tür und sagte im Vorbeigehen, dass es erforderlich sei, seine Hütte zu durchsuchen. Er drehte sich nicht einmal nach ihr um. Seine Wäsche schien ihm wichtiger. Bucher stand irritiert mit seinem Koffer vor der Szene und die kurze Interaktion der beiden kam ihm vor wie eine

Auseinandersetzung zwischen einer Mutter und einem unfolgsamen Kind. Oder ein nicht ganz ohne diese bestimmte Liebenswürdigkeit im Ton ablaufendes Gezänk eines älteren Ehepaars. Bucher brachte Lara den Koffer in die Hütte, die einen einzigen Raum mit den Abmaßen des Grundrisses zum Wohnen bereitstellte. Der Boden war mit wunderbaren Dielen bedeckt, die nicht gerade geschnitten waren, sondern deren weiche kurvige Ränder ineinander flossen. Es musste eine unvorstellbare Arbeit gewesen sein, Bretter zu finden, deren Schwung zueinander passte. Links breitete sich in Kniehöhe eine Liegefläche aus. Voll gepackt mit Kissen und bunten Decken – es sah romantisch und gemütlich aus. Ein richtiges kleines Liebesnest war das hier. In der Mitte des Raumes stand ein aus grobem Holz gefertigter Tisch mit breiten Ritzen. An den Wänden lehnten Holzregale. Es gab eines für Nahrungsmittel, eines mit Kleidungsstücken, daneben Werkzeug. Alles wohlgeordnet und sortiert. Rechts von der Tür spannten sich zwei Bohlen von Wand zu Wand. Die Arbeitsplatte für Küchen- und Handwerksarbeiten. Schräg gegenüber der Tür hockte ein alter Holzofen, mit dem geheizt, gekocht und gebacken wurde. Alles war wohlgeordnet. Es roch auch hier wieder nach einem Gemisch aus Lavendel, Rauch und frischem Bärlauch.

Lara ging ein paar Mal um den Tisch und sah sich um. Als sie Bucher in der Tür entdeckte, meinte sie: »Und? Das hat doch was hier, oder? Möchte gar nicht wissen, wer hier schon alles herausgeschlichen ist.« Dann nahm sie den Koffer, öffnete ihn und zog sich die Gummihandschuhe über.

Bucher widmete sich jetzt Manfred Schober. Sein Schweigen nervte ihn. Offensichtlich hatte er noch nicht verstanden, worum es für ihn ging.

»Am Samstag Abend wurde Carola Hartel ermordet. Wie wir wissen, waren Sie weder in Gollheim noch in Mendersberg beim Festgottesdienst. Jedenfalls hat Sie dort niemand gesehen. Wo waren Sie also am Samstag? Mittags und abends.«

Der Gefragte schüttelte das letzte Tuch ausgiebig aus, so

dass es knallte, hing es sorgfältig über die Leine und sagte: »Dehemm.«

Immerhin. Er redet mit mir, dachte Bucher. »Ich gehe davon aus, dass das hier ist?«

Manfred Schober sah ihn an. »Ja. Hier.«

Bucher spürte, wie das bedächtige Getue von Manfred Schober begann ihn zu nerven. Ernsthaft zu nerven.

»Hier«, wiederholte der ruhig, führte dabei mit seiner nach oben geöffneten Hand einen Halbkreis vor seiner Brust aus und ging hinüber zur Sitzgruppe. Was blieb Bucher anderes übrig, als ihm zu folgen? Dies hier war nicht sein Territorium, und genau aus diesem Grund vermied er es, wann immer es ging, Verdächtige in ihren eigenen vier Wänden zu vernehmen. Da waren sie – *dehemm*. Die gewohnte Umgebung vermittelt nun mal Sicherheit und es war dann unendlich schwerer, jemanden, der über einen Schuss Nervenstärke verfügte, aus der Ruhe zu bringen, das Tempo hoch zu halten und Druck auszuüben.

Vor ihm hampelte dieser Waldschrat mit seiner Wäsche herum. Bucher hatte in seiner Ungeduld schon ein paar mal den Blick streifen lassen, um herauszufinden, wo die Waschstelle eigentlich lag.

Bucher ging schließlich auf Schobers Manfred zu, stellte sich dicht vor ihn und ging noch einen halben Schritt näher an ihn heran, so dass es unhöflich, aber nicht bedrohlich war. »Schluss mit dem Getue. Wir suchen den Mörder von Carola Hartel und es scheint Ihnen ziemlich egal zu sein, ob wir Erfolg haben oder nicht. Wo waren Sie also am Samstag?«

»Ich war hier. Alleine.« Er setzte sich und starrte auf die Tischplatte, auf der abgefallene Blätter lagen. Er wischte sie mit einer zögernden Bewegung weg, als überlegte er dabei, ob es richtig war, was er tat. Bucher setzte sich auf einen Stuhl und fixierte sein Gegenüber. Warum bringt er mich so aus der Ruhe?, überlegte er. Es war ihm jetzt recht, dass er niemanden vor sich hatte, der losquatschte, da er selbst überlegen musste. Er war in Gedanken noch bei der Diskussion von heute Morgen. Ein Gedanke hatte sich eingenistet, den er nicht angesprochen hatte. Hartmann war es, der die Frage gestellt hatte, weshalb sich der Täter so viel Mühe gemacht habe. Ja. Warum diese Mühe?, überlegte Bucher. Der beständig leichte Wind und sein Platz im Schatten ließen ihn frösteln. Vielleicht war es aber auch die Szene, die sich in seiner Phantasie abspielte, wie der Täter den Bach durchschritt und die Szene fotografierte, um sich daran ergötzen zu können.

»Haben Sie eigentlich einen Fotoapparat oder eine Videokamera?«, hörte er sich noch mitten in Gedanken fragen und sah anschließend in ein verdutztes, bärtiges Gesicht. Also nichts dergleichen.

»Als Ihre Mutter damals starb, bei diesem Brand. Wo waren Sie da eigentlich?«, wechselte er jetzt das Thema, und aus der gelassenen, wuschelköpfigen Gestalt in zu weiten Cordhosen mit legerem, über dem Bund hängendem Wollhemd wurde ein angespanntes Wesen mit dunkel blitzenden Augen. Unruhig rutschte er hin und her. Bucher hielt dem aufgebrachten Blick gelassen Stand. Hatte er doch den Flecken in Manfred Schobers Gemüt gefunden, der ihn aus seiner Ruhe brachte, sein Herz schneller schlagen ließ.

Als er Anstalten machte sich zu erheben, ohne den Blick von Bucher zu wenden, befahl der harsch: »Sitzen bleiben! Also wo waren Sie damals?«

»Weiß ich heute nicht mehr. Es war Sommer und wir waren unterwegs«, presste er abwehrend heraus und ließ sich wieder in den Stuhl zurücksinken.

»Wir?«

Bei dieser Frage wich er Buchers Blick aus. Die Vorbereitung zu einer Lüge. »Ich war damals sechzehn. Mit andern Leuten halt«, kam es stockend.

»War Carola Hartel dabei, bei diesen Leuten?«

Es dauerte eine Weile bis die Antwort kam. »Ja.«

»Und wer noch? Clara Martmann, Günther Reichel, Liljane ...?«

»Ah, ist so lange her«, versuchte er das Tempo zu reduzieren und kaute nervös an seinen Nägeln. Ab und an drehte er sich zur Hütte um. Lara war noch beschäftigt.

»Mag sein«, machte Bucher weiter, »aber die Erinnerung an solche Tage bleibt doch präsent. Das vergisst man so schnell nicht. Also – wer war noch dabei?«, legte Bucher nach.

Manfred Schober, der bisher schräg zum Tisch gesessen hatte, drehte sich um, legte die braunen muskulösen Unterarme auf die Tischplatte und sah Bucher lange in die Augen. Jetzt kommt die Kehrtwende, wusste Bucher und war nicht überrascht, als er hörte: »Nur wir.«

»Nur Sie und Carola.«

Er nickte.

»Sie waren also ein Paar?«

Manfred Schober sah schweigend zu Boden. Das »Ja« erübrigte sich.

»Ich hätte ihr nie etwas antun können. Niemals«, bestätigte er traurig.

»Wie haben Sie vom Tod ihrer Mutter erfahren?«, ging Bucher wieder zurück.

»Mein Vater hat es mir gesagt. Er war wieder mal besoffen und es hat ihm nicht einmal was ausgemacht.«

Bucher wechselte wieder. »Wann haben Sie sie die letzten Male gesehen?«

Die Antwort kam prompt. »Mittwoch und Donnerstag.«

»Und wo?«

»Am Mittwoch bei ihr im Haus.«

»Haben Sie einen Schlüssel für das Haus und woher kennen Sie sich so gut aus, dass Sie da im Dunkeln so losrennen können?«

»Ich brauche keinen Schlüssel. Bin immer durch die Scheune gekommen. Da war immer offen.«

»Mhm. Und, weiter?«

Manfred Schober sprach, als erzählte er von Dingen, die weit weg waren, nichts mit ihm zu tun hatten, ohne jede Emotion und Wechsel der Stimmlage. Bucher hatte Ähnliches schon erlebt mit Leuten, die Psychopharmaka nahmen, aber bei dem da vor ihm war das nicht der Fall. Er achtete daher verstärkt auf Sprechweise und Körpersprache, als auf den

Inhalt, obgleich dieser eine Überraschung für ihn war. »Es ist das Haus meiner Tante. Die ist schon lange tot. Ich bin da von klein auf immer gewesen. Da kennt man sich ja aus.«

Bucher war verblüfft. Die kurzen, abgehakten Sätze liefen gleichtönig aus diesem eigentümlichen Kerl heraus. »Und Sie haben das Haus Ihrer Tante an Carola Hartel verkauft?«, fragte Bucher, um Zeit zu gewinnen und nachzudenken.

»Sie wollte es so.«

»Mhm. Wie viel haben Sie verlangt, oder wie viel hat sie gezahlt?«

»Das weiß ich nicht. Sie hat das alles für mich erledigt.«

»Auf der Bank in Ochsenfurt?«

»Nein. In Würzburg. Ich glaube bei der Deutschen Bank.«

»Haben Sie denn mal was unterschrieben? Sie müssen doch Unterlagen darüber haben, beim Notar gewesen sein?«

»Ja. Wir waren in Würzburg beim Notar. Der hat die Unterlagen und alles. Ich weiß darüber gar nichts. Fragen Sie den.«

Bucher notierte Namen und Anschrift des Notars, bevor er weiterfragte. »Und was wollten Sie letzte Nacht in dem Haus?«

»Etwas holen.«

Bucher wartete. Jetzt nur nicht drängen. Es war fühlbar, wie Manfred Schober gedanklich an dem haftete, was er da in der Nacht holen wollte. Seine Lippen bebten, der Kiefer spannte sich und gab den Muskeln sofort wieder Raum, wie an den Bewegungen der Barthaare gut zu beobachten war. Was wollte er aus dem Haus holen, das ihn derart bewegte und den bisher emotionslosen Körper so in Aufregung versetzte?

Schließlich hob er den Kopf und sagte mit zitternder Stimme: »Die Kette. Die Kette mit dem Medaillon, von meiner Mutter. Die habe ich Caro geschenkt. Am Donnerstag. Am Donnerstagabend erst.«

»Und wo?«

»Am Donnerstag war sie hier bei mir. Fast die ganze Nacht.«

»Und? Gab es an diesem Donnerstag etwas Besonderes? War sie vielleicht anders als sonst?«

Der schwarze Haarschopf nickte versonnen. »Ja.«

»Was war anders?«

Er sprach stockend, immer noch nachdenkend. »Sie … sie war die ganzen letzten Tage anders. Sprach immer davon, dass alles gut werden würde, alles wieder gut. Und dass sie jemanden treffen wollte.«

Er sah zu Bucher auf, hilflos. »Ich weiß aber nicht was sie meinte und wen sie treffen wollte.«

»Wenn sie sagte, dass alles wieder gut werden würde – dann ist doch etwas nicht gut gewesen. Was könnte das denn sein? So wie Sie das erzählen, ging Carola ja davon aus, dass Sie wüssten was gemeint war.«

Falsche Frage, stellte Bucher umgehend fest, als Manfred Schober ohne ihn anzusehen sagte: »Nein. Ich weiß nicht was sie gemeint hat.« Er blockte. Das war fast greifbar. Irgendetwas war nicht gut – aber was? Trotzdem kam Bucher zu dem Schluss, dass das kein Schauspieler war, der ihm da gegenübersaß und auch die Antworten erschienen schlüssig, bis auf diesen wunden Punkt. Er änderte die Richtung und fragte eher etwas zögernd: »Noch mal zu Ihrem nächtlichen Besuch. Sie haben doch ein wie ich denke recht gutes Verhältnis zu Carola Hartels Geschwistern. Von denen hätten Sie die Kette doch sicher zurückbekommen?«

Er schüttelte den Kopf und ging auf Buchers Frage überhaupt nicht ein. »Hab sonst nichts mehr«, sagte er leise.

Jetzt war Bucher klar, was Manfred Schober so eigentümlich erscheinen ließ. Es war kein Desinteresse, keine fundamentale Abwehr seinen Fragen gegenüber. Es war eine echte, tiefe Traurigkeit, welche selbst Bucher die Vögel nicht mehr singen hören ließ, wie ihm in diesem Augenblick bewusst wurde, als der Gesang schlagartig wieder den Weg zu seinem Ohr fand. Das Unglück, der Kummer dieses seltsamen Kerls schien alles zu ergreifen, was in seine Nähe geriet, die kein Weinen, kein Schreien verlangte, denn sie sprach aus jeder Bewegung, jedem Blick und jedem seiner Worte. Und die letzten hatten Bucher getroffen. Er schwieg und musterte den Mann vor sich, der kaum älter war als er selbst. Wie würde er in einigen Jahren aussehen? Was musste passieren, dass er so verloren dasaß, keine Lebenskraft, schon gar keine Lebensfreude mehr empfinden konnte? Er schob die Gedanken schnell beiseite, denn sie störten nur. Jetzt gewiss. Eigentlich immer. Er musste schauen, dass er den Fall bald abschloss, denn hier würde er noch depressiv werden.

Lara Saiter kam aus der Hütte, in der linken Hand den silbernen Koffer, am rechten Unterarm hingen verschiedene Plastiktüten mit sichergestellten Wäschestücken und Faserabzügen. Sie ging auf die beiden zu und bekam Buchers nächsten Satz noch mit. »Wir haben in dem Haus alles durchsucht und eine Kette mit Medaillon ist nicht aufgetaucht. Und auch bei der Toten wurde, soweit ich mich erinnere, kein Schmuck aufgefunden. Geben Sie uns doch bitte eine genaue Beschreibung, Herr Schober.«

Lara Saiter stellte die Sachen ab und setzte sich zu ihnen, während Schober eine Goldkette mit kleinem, runden Medaillon beschrieb.

Bucher war froh, dass sich die Spannung vom Anfang, die wegen seiner Unkonzentriertheit entstanden war, inzwischen verflüchtigt hatte. »Sie sagten vorhin, dass Sie Carola Hartel am Donnerstag zuletzt gesehen hätten. Wie ging das denn in den folgenden Tagen weiter. Waren Sie da noch mal verabredet, und wie haben Sie von ihrem Tod erfahren?«

Er ordnete die Hände. »Sie hat die Kinder ja dem Wolfram gegeben«, sagte er und wandte sich Lara Saiter zu. »Am Freitagabend wollten wir uns treffen. Hier. Aber sie ist nicht gekommen. Ich bin dann in der Nacht noch nach Gollheim gelaufen, ist ja nicht weit. Aber da war sie noch weg.«

»Wie, noch weg?«, fragte Lara nach.

»Ja sie war halt nicht im Haus. Ich war ja drinnen, und das Auto war weg. Die Scheune stand ja offen und das Hoftor auch. Das hat sie eigentlich immer zugemacht, wenn sie weggefahren ist, wegen dem Büschelmann. Der rangiert da immer mit seinem Bulldog rum, wenn das Tor offen steht.«

»Und dann sind Sie wieder gegangen?«

»Ja.«

»Und, ist Ihnen da irgendetwas aufgefallen, war jemand unterwegs, ist Ihnen begegnet?«, fragte Bucher.

»Nein. Niemand. Nur der Waldemar, der ist mir mit seinem Moped entgegengekommen.«

Bucher sah zu Lara, die jetzt übernahm. »Der Waldemar Gurscht.«

»Mhm.«

»Wo ist der Ihnen begegnet, und wie haben Sie ihn überhaupt erkennen können in der Dunkelheit?«

»Der Waldemar ist mit seinem Moped im Hof vom Büschelmann gestanden und ist gerade losgefahren, als ich auf die Straße gekommen bin, von der Scheune her halt, so wie heut Nacht. Und den Waldemar kennt hier jeder. Ich erkenne schon den Klang von seinem Moped und dann die Gestalt halt«, er zuckte mit den Schultern, »die erkennt man ganz einfach. Auch der Motorradhelm.« Er lachte ganz kurz beim letzten Wort. Tatsächlich ein kurzes Lachen voller Wohlwollen diesem blonden Kerlchen gegenüber. Das machte ihn bei Bucher sympathisch, der diese aufkeimende Vertrautheit aber umgehend verbannte. Das war zu gefährlich. Es langte, wenn Manfred Schober in Lara Saiter eine Fürsprecherin gefunden hatte. Außerdem war ihnen noch nicht bekannt, was Waldemar mitteilen wollte. Sicher war, dass er etwas so Wichtiges gesehen haben musste, dass er sich trotz seiner Behinderung und seinen Hemmungen zu Bucher traute.

»Wissen Sie vielleicht, was der Waldemar da gemacht hat?«, wollte Lara Saiter wissen.

»Esel füttern.«

»Was bitte?«, fragte Bucher, den das Wort »Esel« aus seinen Gedanken gerissen hatte.

»Der Büschelmann, vielmehr seine Töchter, die haben vier Esel, so aus Hobby, auf der Weide unten am Fluss stehen. Das ist ja gleich hinter seinem Hof. Und der Waldemar, der darf mit denen, ja, spielen halt. Er nimmt halt immer einen und führt den spazieren. Dafür muss er sie putzen und beim Futterholen helfen.«

»Zu welcher Uhrzeit war das?«

»Es hat zehn geschlagen, als ich schon wieder droben am Waldweg war. Ich schätze, so kurz nach neun.«

»Und von Donnerstag weg haben Sie von Carola Hartel nichts mehr gehört?«

»Nichts mehr«, bestätigte er mit niedergeschlagener Stimme, dann sank auch sein Körper, der sich während der letzten Sätze gestreckt und aufgerichtet hatte, wieder in Kummer zurück.

»Ich bin schuld. Ich bin immer schuld«, fügte er noch leise an.

Bucher sah kurz zu Lara, fragend, wie weiter jetzt. Woran war er schuld? Bloß jetzt nicht abbrechen.

Behutsam, voller Feingefühl fragte sie: »An ihrem Tod?«

Der schwarze Lockenkopf nickte und Bucher freute sich über die Frage, die offen ließ, ob er an Carola Hartel oder seine Mutter dachte.

»Aus welchem Grund meinen Sie schuld zu sein?«, fühlte Lara nach.

»Weil ... weil ich ... nie da war.«

Bucher horchte auf. Dem *nie* zufolge bezog Manfred Schober die Frage tatsächlich auf die Todesfälle beider Frauen.

»Nehmen Sie mich jetzt mit?«, hörte Bucher ihn fragen, und war noch mit seinen Gedanken beschäftigt. Prompt antwortete er »Nein«, und hatte kein gutes Gefühl dabei.

Auf dem Rückweg mit dem Auto rief er Hartmann an, der mit Batthuber schon auf dem Weg zur *Quelle* war. Bucher setzte Lara Saiter dort ab und fuhr sofort nach Karbsheim zurück, um diesen Heller in Augenschein zu nehmen.

Wenn es in Karbsheim ein Anwesen gab, für welches Bucher sich entschieden hätte, dann wäre es das von Heller gewesen. Eine Teerstraße, die in einen holprigen Betonweg überging, führte an das nordwestliche Ortsende. Etwas außerhalb der Bebauungslinie stand das liebevoll renovierte Fachwerkhaus. Die Grundfläche des eineinhalbstöckigen Schmuckstücks konnte nicht weit über achtzig Quadratmeter liegen. Anders als bei den meisten Häusern hier befand sich der Eingang nicht an der Längsseite, sondern mittig an der Giebelseite, die der Hofeinfahrt zugewandt stand. Von dort aus umfasste ein riesiger Garten die weiteren Hausseiten. Ein maroder Stadel stand etwas verloren abgesetzt vom Haus. Die Ställe, die es früher einmal gegeben haben musste, waren anscheinend abgerissen worden, denn Haus und Stadel bildeten keine Einheit, wirkten so alleine platziert wie ein Versehen. Bucher parkte den Wagen vor der grasigen Hofeinfahrt und ging die etwa fünfzig Meter vom Weg aus zu Fuß. Es war jetzt schon bald Mittag und die Sonne entfaltete ihre Kraft. Unter dem Jackett wurde es heftig warm. Ein eigenwilliges Geräusch erregte Buchers Aufmerksamkeit, das sich beim Näherkommen als Klavierspiel herausstellte. Im oberen Stock standen die Fenster weit offen und von dort drangen die wohlvertrauten Laute an Buchers Ohr. Bachs Klavierkonzert Nummer 4, A-Dur, wie er von seiner Schwester wusste. Die letzten Meter trat er sachte auf, damit die Steine nicht knirschten. Um nichts in der Welt wollte er dieses Musikstück unterbrechen. Achtsam, kein Geräusch zu verursachen, setzte er sich also vorsichtig auf die obligatorische, breite Holzbank, die an der Hauswand neben der Tür stand. Der Holunderbusch rechts davon spendete Schatten und er lehnte seinen Kopf an die Wand, entspannte die Muskulatur und genoss den gerade beginnenden 3. Satz, Allegro ma non tanto, lebhaft, doch nicht zu schnell.

Das weiche Fließen der Melodie, der schwingende, Bucher geradezu wiegende drei Achtel lange Takt dieses anmutigen Stückes tat seiner Seele gut. Er merkte wie seine Zunge, sich langsam entspannend, den Druck vom Oberkiefer nahm und am Gaumenboden Ruhe fand. Er schloss die Augen und ließ sich mitnehmen für ein paar Minuten, seine Schwester Claudia kam ihm in den Sinn und der plötzliche Wunsch sie zu sehen, in die Arme zu nehmen, ihr zuzuhören wie sie erzählte. Sie Cello spielen hören, mit ihr alte Geschichten erzählen und lachen. Mit Hilfe der Musik konnte er sich vorstellen, wie es vielleicht sein würde, gewann einige Minuten

Ruhe von diesem Mord, dieser Ermittlung, diesem Dorf – und das ganz ohne Wein.

Als die Musik endete, blieb er mit einem etwas schlechten Gewissen still sitzen und lauschte, was sich oben im Zimmer tat. Zufrieden stellte er fest, dass sich nichts tat, was zu belauschen gewesen wäre. Unzufrieden überlegte er, was ihn an diesem Fall so ermüdete, schlecht schlafen ließ und unter Druck setzte. Vielleicht gab es hier zu wenige friedvolle Orte wie diesen Platz auf der Bank. Er richtete sich auf und sah Richtung Weg. Von hier gewann man einen völlig neuen Blick auf das Dorf. Die Häuser lagen tief eingebettet in die Hänge, bewacht vom Kirchturm, der sich schon am höchsten Punkt befand, aber seine Spitze doch noch mal weit in den Himmel reckte, vielleicht mahnend? Er blickte auf die Dächer und sann darüber nach, welche Orte es hier gab, an denen ihn ein gutes Gefühl umfangen hatte und zählte vier – das Siedlungshäuschen der alten Frau auf der Bank, der Hof von Gurscht, schließlich das Gehöft von Heller und dann die Waldhütte von Manfred Schober. Er rieb die Hände, während er nachdachte. Alle diese Orte lagen abseits vom Dorf, hielten einen Sicherheitsabstand. Auch alle, die bisher etwas zu ihren Ermittlungen hatten beitragen können, waren Menschen, die am Rand dieses Ortes wohnten. Auch die Frau, die alle Autokennzeichen auswendig lernte, um geistig fit zu bleiben. Sie lebte im letzten Haus Richtung Mendersberg. Er sah wieder über die Dächer der eng zusammenstehenden Häuser. Da liegt kein Segen drauf, fuhr es ihm durch den Kopf, ohne zu wissen, aus welchem Grund ihm der Spruch seines Hausarztes eingefallen war.

Da liegt kein Segen drauf. Er wunderte sich, welche Gedanken die paar Takte Musik, diese knapp viereinhalb Minuten Entspannung, loslösten. Das klappt ja wieder mit dem Denken, sagte er still zu sich selbst. Und nicht nur das. Es war, als hätte die Musik eine Barriere beseitigt, die ihn bisher gehindert hatte die Dinge auch anders zu denken, in anderen Zusammenhängen zu sehen, losgelöst von den Details.

Oben regte sich etwas. Dumpfe Schritte auf Holzboden, eine Tür wurde geschlossen. Bucher stand auf und atmete tief durch. Die Musik hatte ihn so geglättet, dass er gar nicht in der Lage gewesen wäre, diesen Heller, der diesen Genuss schließlich bereitet hatte, intensiv genug zu befragen. Trotzdem drückte er auf den Knopf des wackeligen Klingelschildes und vernahm das weiche Ding Dang im Gang hinter der grünen Tür.

Heller öffnete und Bucher erschrak. Eine bleiche, übernächtigte und zerfurchte Miene starrte ihn an. Und er hatte einen freundlichen von Bach beschwingten Menschen erwartet, der ihn fröhlich hereinbat.

Heller war schweigsam. Sie saßen am Küchentisch. Bucher sah sich um und ihm gefiel die Einrichtung. Echtes Holzparkett, Rauputz an den Wänden, offener Durchgang zur Küche. Ein grober Tisch mit bequemen Stühlen. Hinter dem Kachelofen eine Liege.

Heller war anzusehen, dass er sein Heim nicht genießen konnte, so wie er dasaß und Bucher aus übermüdeten, völlig verängstigten Augen anblickte.

Der stellte Fragen, nur um der Fragen willen. Das übliche Blabla, wie es auch in Vorabendkrimis hätte geschehen können. Er hörte Hellers müde Antworten auf seine banalen Fragen und sah in dieses zerfurchte Gesicht. Gerade noch hat Heller doch Bach gehört, intensiv, jeden Ton mitlebend. War ein Mensch, der solche Musik hörte, bewusst hörte, nicht einfach so nebenbei, wie es gerade Mode war nebenbei zu hören, zu essen, zu trinken, zu reden; war ein solcher Mensch in der Lage, jemanden so zu töten, auf die Weise wie es Carola Hartel widerfahren war? Falsch, dachte Bucher. Die Frage war anders zu stellen. Wie könnte so ein Jemand Bachs Cembalokonzert hören oder eine einfache Kantate wie *Jesu bleibet meine Freude*, so anrührend gespielt wie von Dinu Lipati?

Heller wurde immer nervöser und Bucher fiel auf, dass er völlig in Gedanken versunken einen recht furchteinflössenden Eindruck auf ihn machen musste. Er konnte sich vorstellen, wie er aussah, wenn er ernsthaft nachdachte. Auf der anderen Seite, wovor sollte der solche Angst haben? Eine kriminelle Vergangenheit hatte er sicher nicht zu verbergen, dann hätten sie aus München schon einen Tipp bekommen. Also war es etwas anderes. Interessant wäre es schon zu erfahren, welche Umstände ihn hierher gebracht hatten. Aber jetzt war nicht die Zeit dafür. Der Kerl sah wirklich mitleiderregend aus. Hatte ihn das Erlebnis von Sonntagmorgen derart mitgenommen? Konnte sein. Klar war, Heller hatte ein perfektes Alibi für den Samstagabend. Er hatte mit dem Gesangsverein von Mittag bis in den frühen Morgen gefeiert. Was sollte Bucher also noch hier Zeit vergeuden. Er erhob sich und hätte sich beim Abschied fast für die schöne Musik bedankt. Im Hofeingang begegnete ihm eine Frau, die einen Korb im Armgelenk hängen hatte und die ihn mit großen Augen ansah. Er sah wie sie klingelte. Es war Hartmanns Küchenhilfe aus dem Schloss.

Bucher wählte den Feldweg vorbei am Sportplatz, der verlassen dalag. Seit er hier war, hatte er noch nie jemanden Fußball spielen sehen. Weder Kinder bolzten herum noch fand ein Vereinsspiel oder Training statt. Er hielt kurz an und sah über die einsame Wiese. Überhaupt waren kaum Menschen anzutreffen. Ab und an eine alte Frau mit einer Schubkarre auf dem Weg zum Garten oder Friedhof, hier und da ein alter Mann auf dem Fahrrad. Aber wo war die Zukunft des Dorfes? Wo waren die jungen Leute, Kinder, Jugendliche? Dieses Karbsheim erschien ihm immer sonderlicher. Er stand da, alleine mit seinem Auto, und mochte es nicht glauben, dass es hier so etwas gab wie Einsamkeit. Doch nicht auf einem Dorf. Er fuhr weiter, klappte die Sonnenblende herunter. Sie verkrochen sich in ihren Häusern. Dieses Verbrechen steckte allen in den Gliedern. Der Musikverein hatte die Probe am Mittwochabend abgesagt, die Kegelfrauen trafen sich nicht. Der Gesangsverein, der so schauerlich an der Beerdigung gesungen hatte, hätte die wöchentliche Probe am Dienstag doch besser durchführen sollen.

Er gondelte gemütlich in Richtung Ochsenfurt. Zwei, dreimal ruckelte der Passat, leicht, nicht wesentlich. Doch man kannte sein Auto ja schließlich, wusste wo es bockte, bocken durfte, und wie sich das ausnahm. Jedoch dieses linde Innehalten des Gefährts übertrug sich von der Rückenlehne auf die Lendenwirbel, stieg nach oben und wandelte sich beim Eintritt in den Bauchraum zu einem Gefühl, einem Gefühl der Besorgnis, und erst viel später erreichten die Wellen dieser Empfindung das Gehirn und konnten dann Nockenwellen, Ventilen, Vergasern oder Steuerketten zugeordnet werden. Ganz sachlich. Problem hier – Lösung da, gleich Werkstatt, Folge – Kosten.

Doch zuvor dieser Augenblick zwischen Wahrnehmung und Zuordnung. In diesem Zeiträumchen war es gleich, ob es sich um eine Maschine oder um ein Lebewesen handelte. Zu fühlen war da objektive Besorgnis.

Er entriss sich dem Hirngespinst. Wäre ihm eine Polizeistreife entgegengekommen, als er so vergeistigt lächelnd über die Landstraße schlich, die für höhere Geschwindigkeiten und für viel teuer Steuergeld gebaut worden war – sie hätten ihn als unter Drogen stehend mitgenommen. Erst recht, hätte er zur Begründung angeführt, dass er die Steuerkette seines Autos gefühlt habe.

In Ochsenfurt verspürte er Hunger. Am Gasthof *Zum Kauzen* fuhr er vorbei, denn dort fiel gerade eine Radlertruppe ein. So ging er in den Gasthof *Zum Schmied*. Die rot leuchtende Fachwerkorgie an der Giebelseite des Hauses zog ihn magisch an. Die Frage, was empfohlen werden könnte, bekam er mit einem irritierten »Spargel natürlich« beantwortet. Er nahm ihn und bestellte ein Glas trockenen Weißwein. Offensichtlich lag ein Kommunikationsproblem mit der Bedienung vor, die verunsichert nachfragte: »Einen trockenen Franken?«

Bucher bekam was er wollte und schaute seinerseits irritiert auf die anschließende Rechnung. Das hier war eben nicht München.

Auf der Polizeiinspektion Ochsenfurt ging es ruhig zu an diesem Samstagmittag. Kaum einer der knarrenden Funksprüche drang aus den Billiglautsprechern veralteter Funkgeräte, eine Polizistin versorgte den Dienst im Wachraum und die zwei Streifen der Mittagsschicht waren bereits unterwegs. Bucher war noch in der Wache und small-talkte mit der jungen Kollegin, als eine Frau die Sicherheitsschleuse betrat und er hörte, wie sie sagte: »Könnd ich bidde mein Mo sprech?«, und die Kollegin nach kurzem Blick in die Haftkladde antwortete: »Ja sicher, ich muss blos noch den Gnopf drück.« Worauf sie den Knopf drückte und ein surrendes Geräusch den Zugang zur Dienststelle freigab.

Bucher drehte sich grinsend um, dachte an die Mehrzahl von Hund, die hier »Hünd« lautete und an weitere schöne fränkische Sprachkompositionen wie »Reff Keff.« Er ließ einen Kaffee Crème aus der Maschine und ging in das Büro, in welchem Hüllmer seinen Schreibtisch stehen hatte und wo auch das Paket mit den sichergestellten Kleidungsstücken von Carola Hartel lag. Er überflog das Sicherstellungsverzeichnis. Hose, Bluse, Unterwäsche und Schuhe waren detailliert aufgeführt. Sonst aber nichts. Kein Schlüssel, keine Goldkette mit Medaillon, auch kein sonstiger Schmuck. Eigentümlich. Wenn er es recht überlegte, war die Kleidung, die sie getragen hatte, einen Tick zu elegant für das Dorffest, das am Samstagabend stattgefunden hatte, wenn man davon ausgehen wollte, dass es ihr Interesse war, daran teilzunehmen. Falls sie nicht vorhatte dorthin zu gehen, für was oder wen hatte sie sich dann so schick gekleidet? Bucher holte die Bluse aus der Plastiktasche und breitete sie vor sich aus. Der Name des Herstellers war ihm bekannt. Nicht ganz billig aber wirklich elegant, verband er mit dessen Namen. Angesichts der hässlichen, inzwischen in tiefem Schwarz getrockneten Blutflecke fiel es schwer, den Schick dieses Stück Stoffs vor Augen zu rufen. Aber dieser weite runde Ausschnitt zum Dekolleté hin lechzte ja geradezu nach einer Kette. Es war undenkbar, dass eine Frau wie Carola Hartel, die wusste welche Ausstrahlung sie besaß, zu dieser Garderobe keinen Schmuck getragen hatte. Welche Gründe konnte es dafür geben? Entweder sie hatte wirklich weder Kette noch Ohrringe getragen oder der Täter hatte ihr den Schmuck abgenommen. Bucher überlegte, während er die Bluse wieder verpackte. Störte es vielleicht seine Komposition?

Er holte Hose und Schuhe hervor. Die Hose stammte vom gleichen Hersteller wie die Bluse. Taschen gab es keine, in denen er nochmals hätte nachsehen können. Er nahm die Schuhe in die Hand, schlichte Lederballerinas, die sich ungemein leicht anfühlten. Da die Herstellerbezeichnung im Innenschuh unleserlich war, drehte er den Schuh um. Diese Marke sagte ihm gar nichts. Er legte den Schuh weg und wollte gerade zur Tasse greifen, da stoppte er abrupt in der Bewegung. Es war wie ein Stromschlag und für einen kurzen Augenblick war ihm sogar schlecht. Er griff wieder zum Schuh und setzte sich. Er drehte den Schuh wieder, um die Unterseite zu betrachten. Dann nahm er den zweiten und vollzog das gleiche. Er legte beide Schuhe auf Hüllmers Tisch und versuchte die Aufregung, die ihn ergriffen hatte, im Zaum zu halten. Wieso hatte das verdammt noch mal keiner kontrolliert, keiner bemerkt!? Er überlegte, was nun zu tun wäre und kam zu dem Schluss, dass er die anderen umgehend von der neuen Sachlage in Kenntnis setzen musste. Er klingelte die Mobiles, wie es neuerdings hieß, von Hartmann und Batthuber an, ohne Erfolg. Sie hatten die Handys natürlich ausgeschalten. So wie es sich eben gehörte. Unmöglich, während einer intensiven Vernehmung von jemandem am Handy gestört zu werden. Eine Störung im falschen Augenblick, und ein mühsam aufgebautes Vertrauensverhältnis war eines idiotischen Klingeltons wegen in wenigen Sekunden zunichte gemacht. Lara Saiters Handy klingelte, zumindest vibrierte es, doch sie ging nicht ran. Was war da nur los? Es machte auch keinen Sinn jetzt nach Karbsheim zu rasen. Also blieb er zunächst still sitzen und dachte darüber nach, welche Auswirkungen seine Entdeckung haben würde. Sie stellte die bisherige Ermittlungsarbeit zumindest in Teilbereichen auf den Kopf. Das lag eindeutig auf der Hand – und jetzt waren sie einen großen Schritt weiter. Der Mörder hatte also doch einen Fehler begangen.

Dann machte er sich auf in die Stadt, in der Hoffnung an diesem Samstag noch eine Buchhandlung im Serviceparadies Deutschland zu finden, die geöffnet hatte. Tatsächlich, er hatte Glück bei der *Buchhandlung am Turm* und wurde dort auch fündig. Er holte drei Lexika aus den Regalen, lehnte sich an einen der Büchertische und las begierig, was in den Wälzern über das Knie aufgeführt war. Das meiste war ihm bereits bekannt und brachte keine sonderlich neuen Denkanstöße. Im etymologischen Duden hingegen fand er neben den Erklärungen zur Wortherkunft auch einen Verweis zu weiteren Zusammenhängen, die unter dem Begriff »Kind« zu finden wären. Interessiert blätterte er die paar Seiten nach vorne. Dort stand, dass möglicherweise die Wortwurzel für Kind, »gen«, identisch sei mit der Wortwurzel von Knie, »genu.« Diese vermutete Verwandtschaft rührte daher, weil es in vergangenen Jahrhunderten üblich war, in Kniestellung zu gebären. Hoch spannend fand er zudem den Hinweis, dass der Akt des auf die Knie nehmen des Kindes durch den Vater, die symbolische Handlung für die Anerkennung der Vaterschaft darstellte.

Er stand da und sah nach draußen ohne wahrzunehmen, welch beschwingte Wochenendstimmung sich auf den Straßen der Stadt entwickelte. Das Wetter war immer noch langweilig schön und gab wirklich Anlass sich auf freie Tage zu freuen. Doch Buchers Gedanken trugen nicht an heitere Gestade, sie waren auf dem Weg ins Dunkel, wenngleich das anhand der Begriffe, die er im Moment bedachte, nicht naheliegend war. Kind. Knie. Vater. Doch wenn der Kontext in welchem sie standen, Buchers Fall betraf, dann wurden diese unscheinbaren Worte zu einem Türöffner in ein noch ungewisses Dunkel.

Das freundliche »Kann ich Ihnen behilflich sein?« einer Buchhändlerin riss ihn aus seinen Gedanken. Er sah sie verstört an, denn er hatte bei den letzten Sätzen, die er gelesen hatte, dieses Kribbeln verspürt. Diese sich körperlich äußernde, sich zurückhaltende Empfindung innerer Aufregung. Da pochte kein Herz schneller, wurde kein Atem geräuschvoll in die Lungen gepresst. Das war nicht nötig. Es musste ein schwacher Strom sein, der das Innere durchfloss und – er kannte das Gefühl, das diesen körperlichen Veränderungen zugrunde lag. Es trat immer dann auf, wenn sein ruheloser Geist entspannte und seine Empfindungen, zugegeben, die eines Bullen, aber immerhin zu einer nicht zu verachtenden Reizung fähig, ihm zu verstehen gaben: Du kriegst ihn.

Lara Saiter folgte Batthuber und Hartmann. Im Schloss angekommen, stellten sie ihre Autos mitten vor der Steintreppe ab. Die Schwester, die sie in dem großzügigen Vorraum empfing und versuchte, sie auf einen anderen Termin zu vertrösten, machte den Fehler zu sagen, dass sich Aumacher, Stoegg, Ruzinski und die Oberin gerade in deren Büro zu einer Besprechung zusammengefunden hätten. Batthuber ergriff die Hand der Behaubten, bedankte sich herzlich und ging einfach an ihr vorbei, nach links den Gang entlang, wie es ihm Bucher beschrieben hatte. Die zwei andern folgten ihm, hinter sich die aufgeregte Schwester, die den schnellen Schritten der Polizisten jedoch nicht folgen konnte. Hartmann klopfte an und öffnete gleichzeitig die Tür. Sie traten ein und blickten in die verstörten Gesichter der vier Versammelten. Die fette Oberin pumpte sogleich Luft in ihren voluminösen Leib, um eine Beschwerde loszuwerden. Doch Lara Saiter kam ihr zuvor, indem sie mit der ausgestreckten Hand auf den Ältesten in der Runde deutete, den sie richtigerweise als Dr. Aumacher identifizierte, und ihn bat für ein Gespräch mitzukommen. Sie formulierte dies durchaus höflich, ohne Aufgeregtheit, doch derart, dass eine Diskussion ausgeschlossen war. Aumachers Miene blieb ausdruckslos. Keine Emotion war zu erkennen. Stoegg hingegen war blass geworden, vor Zorn, Angst oder schlechtem Gewissen, falls es für Angst noch nicht reichte. Clarissas Kopf leuchtete in besorgniserregender Röte und Ruzinski warf schnaubend, nach Atem ringend, wütende Blicke Richtung Tür. Lara Saiter wandte sich zur Seite und verlieh mit dieser Geste ihrer Aufforderung stumm Nachdruck. Aumacher erhob sich mit einem Lächeln und meinte, dass er der Bitte einer so schönen Frau gerne nachkommen wollte. Er ging voran durch die noch offene Tür, vorbei an einer entsetzt dreinblickenden Schwester, die einen solchen Umgang mit ihren Vorständen sicher noch nie erlebt hatte. Diese fleißigen Haubenträgerinnen mit all ihren Eigenheiten und Sonderlichkeiten waren eingeschworen auf Glaube, Fleiß, Arbeit und – Gehorsam.

Hartmann war der letzte, der Aumacher folgte. Bevor er die Tür schloss, sagte er den drei Verbliebenen, dass sie sich zur Verfügung halten sollten. Auf die kleine Freude, die Reaktion seiner Botschaft an den Gesichtern abzulesen, verzichtete er.

Aumacher ging zügig und schweigend zu seinem Büro, öffnete die Tür und wies auf zwei Besucherstühle vor seinem Schreibtisch. Lara Saiter sah sich kurz um, entdeckte den runden Besprechungstisch in der Ecke und schüttelte den Kopf. Sie deutete auf ihn und holte einen der Stühle vom Schreibtisch weg. Aumacher zögerte einen Augenblick, wusste nicht mit der Situation umzugehen. Diese Polizistin sagt mir in meinem Büro, wo ich zu sitzen habe, tobte es in ihm. Er ärgerte sich schon, überhaupt gezögert und sich nicht einfach hinter den Schreibtisch gesetzt zu haben. Doch dafür war es zu spät. Sie hatte mit ihrem entschiedenen Auftreten die Situation fest im Griff. Er würde sich vorsehen müssen und überlegte, wie er sich weiter verhalten sollte.

Sie setzte sich ihm direkt gegenüber, Hartmann nahm zwischen den beiden Platz und Batthuber blieb an der Wand neben der Tür stehen und war damit so positioniert, dass Aumacher ihn nicht sehen konnte. Dessen Aufforderung, sich doch auch an den Tisch zu setzen, überging Batthuber mit einem einfachen »Nein. Danke«.

Hartmann lehnte sich entspannt nach hinten, faltete die Hände über dem Schoß und sah mit geneigtem Kopf auf seine Knie. Damit deutete er Lara Saiter an, dass er den passiven Teil übernehmen würde. Batthuber war der Wachhund im Rücken Aumachers und Lara Saiter übernahm in der

Frontalposition die Leitung der Vernehmung, was nicht bedeutete, dass sie ständig sprechen musste. Spätestens jetzt, im Schweigen, das den Raum erfüllte, erfasste Aumacher die Bedrohlichkeit der Situation. Hier ging es um kein rein informatives Gespräch. Nein, die führten eine richtige Vernehmung mit ihm durch.

Ein Gefühl, das er seit langem, ja seit vielen Jahren nicht mehr erfahren hatte, bemächtigte sich seines Körpers. Angst. Eine Angst, die nicht im Kopf geboren wurde. Es war jene Art Angst, deren Initial unterhalb des Rippenbogens seinen Anfang nahm, sich nicht rational konstruierte, sondern Ausdruck einer dunklen Ahnung war und wie ein lähmendes Gift auf Körper und Geist wirken konnte. Das hatte Aumacher bereits erfahren müssen. Wie hatte er sich abgemüht, gerackert, sich mit Leuten abgegeben, die er verabscheute, an Orten gewohnt, an denen er nie sein wollte. Nur aus einem Grund – nie mehr dieses Gefühl zu haben. Er wollte keine Angst mehr haben! Keine Angst mehr! So hallte es in ihm nach. Er sah sich um, ohne den Kopf zu bewegen. Gerne hätte er einen Schluck Wasser getrunken. Die Kehle war trocken und sein Schluckreflex vollzog sich so unendlich zäh, dass es wehtat. Sein Auge erfasste das Bild an der Wand gegenüber. Wie gut und beruhigend dieser Anblick. Sofort verspürte er Erleichterung und fasste den Entschluss zu versuchen, die Situation zu dominieren. Dominanz, das hatte er gelernt, schüchterte ein, räumte Widerstände aus dem Weg, und: Was konnten die drei da schon wissen? Vermutlich versuchten sie ihn lediglich einzuschüchtern mit ihrem bestimmten Auftreten. Die zwei Kerle, der junge freche und der ältere mit den geschmacklosen Klamotten, machten ihm keine Sorge. Doch die Frau da vor ihm. Ihre Art sich zu bewegen, ihr Blick, der nicht auswich und dieses geheimnisvolle Aussehen – die bleiche Haut, die schwarzen Haare und der dezent rote Lippenstift. Das machte Eindruck auf ihn. Sie galt es zuerst aus dem Weg zu räumen. Wie im Schlaf machte er sich auf, vermeintliche Schwächen bei ihr zu suchen und anzugreifen. Das konnte er, das hatte er lange genug praktiziert.

Lara Saiter, die den Blick und die kaum merkliche Veränderung ihres Gegenübers bemerkt hatte, drehte sich nach hinten und suchte, was seine Augen schon gefunden hatten. An der Wand hing einzig eine Zeichnung, fast monochrom, braun-grau. So gar nicht ihre Farben. Sie war düster, angedeutet war eine weite Landschaft, die diagonal von einer Baumreihe geteilt wurde. Im dadurch entstehenden rechten Landschaftsdreieck war eine geduckte Gestalt zu sehen, die über die Felder hetzte. Sie fand die dunkle, Einsamkeit vermittelnde Darstellung abstoßend.

Sie drehte sich wieder Aumacher zu, der jetzt etwas ruhiger geworden war und sie ansprach. »Sie sind ein sehr schöne Frau mit einer einzigartigen Ausstrahlung. Irgendwie erinnern Sie mich an dieses elfenhaften Wesen in dieser Fernsehwerbung, mhm, die mit dem Katzenfutter. Sicher haben Sie auch ein Kätzchen zu Hause, oder? Das ist ja bei erfolgreichen, einsamen jungen Frauen heutzutage so Usus. Wer kümmert sich denn um das Tierchen?«

Hartmann änderte seine Position nicht, dachte aber, dass es schwer werden würde, jemanden der so gekonnt versuchte Treffer unter der Gürtellinie zu landen, unter Druck zu setzen. Hoffentlich war das, was Batthuber herausgefunden hatte, die richtige Ladung für Aumachers Panzer.

Lara Saiter sah Aumacher regungslos in die Augen. Nicht ein Zucken hatte sie Aumachers Blick gestattet und während sie ihre Stirn gekonnt in Falten legte, sich dabei leicht nach vorne beugte, gingen ihr blitzschnell Gedanken durch den Kopf. Er will mich verunsichern, also ist er schwach auf der Brust. Er analysiert blitzschnell – kein Ehering, kein Ehemann. Kriminalkommissarin – schlecht für Beziehungen, na dann einfach mal reintreten und schauen was dabei rauskommt. Gar nicht so schlecht der alte Knacker. Dann sprach sie langsam und ungemein anzüglich: »Ich, Herr Dr. Aumacher, habe einen Panther zuhause, und was Katzenfutterwerbung angeht, da kann ich leider nicht mitreden – der frisst nur frisches Entrecôte.«

Hartmann, noch immer in Schläferposition, war stolz auf sie.

»Aber nun zu dem, weshalb wir gekommen sind, Herr Dr. Aumacher.«

Er gab nicht auf und unterbrach sie: »Dürfte ich denn wissen, mit wem ich es zu tun habe?«

Wenn er gedacht hatte, sie mit dem Verweis auf eine kleine Unhöflichkeit aus dem Konzept zu bringen, musste er sich getäuscht sehen. Sie nannte kurz die Namen und war schon wieder am Drücker. »Wie Sie wissen, ermitteln wir im Mordfall Hartel und haben hierzu einige Fragen an Sie.«

»Ich hatte schon das Vergnügen mit ...«, setzte Aumacher wieder an.

Sie unterbrach ihn: »... unserem Chef, Herrn Bucher. Das wissen wir. Er lässt sich entschuldigen und bedauert es sehr, nicht hier sein zu können, Herr Dr. Aumacher.« Dann wies sie mit dem Kopf auf Batthuber, ohne den Blick von Aumacher zu wenden. »Unser Kollege hat eine Frage an Sie.«

Stumm blickte er an Lara Saiter vorbei und hörte, was die Stimme mit diesem rücksichtslosen oberbayerischen Dialekt, der nur mühsam unter Kontrolle gehalten wurde, berichtete.

»Wir gehen einmal ein paar Jahre zurück«, begann Batthuber.

»So, so, gehen wir?« Aumacher verpackte die höhnische Bemerkung in ein verständnisvolles Lächeln.

Batthuber ließ sich nicht beeindrucken, bereute es aber den Wachhund spielen zu müssen, da er dem arroganten Pfaffen gerne in die Augen gesehen hätte. »Wie wir herausgefunden haben, ist Ihnen die Gemeinde hier ja nicht erst seit ihrer Pensionierung bekannt. Sie waren hier schon einmal Gemeindepfarrer. Also die Stelle, die jetzt der Pfarrer Hufeler innehat. Es war ihre erste Pfarrstelle nach dem Studium.«

»Nach dem Vikariat«, berichtigte Aumacher amüsiert.

»Sie waren insgesamt acht Jahre hier und sind dann auf eine Pfarrstelle nach Ansbach gewechselt.«

Aumacher machte Lara Saiter mit einem Lächeln und einem Ausdruck der Langeweile deutlich, dass er nicht sonderlich beeindruckt war. Sie saß still da, wie eine ägyptische Sphinx, und konfrontierte ihn mit einem Gesichtsausdruck, der ihn zunehmend verunsicherte. Was irritierte ihn so an ihr? War es vielleicht diese Ruhe, die sie ausstrahlte?

»Waren Sie eigentlich, nachdem Sie die Pfarrstelle hier verlassen hatten, noch öfters hier in der Gemeinde, zu Besuch oder so?«, hörte er den jungen Kerl hinter ihm fragen.

Aumacher drehte sich nicht zu ihm um, sondern antwortete an Lara Saiter.

»Also bitte. Das kann schon sein, dass ich das ein oder andere Mal noch hier gewesen bin. Ich war hier ja schließlich Pfarrer. Was wäre dagegen auch auszusetzen? Aber wie soll ich mich nach, das sind ja Jahrzehnte!, nach so vielen Jahren noch an Besuche hier erinnern können. Was soll das überhaupt!« Bei den letzten Worten wechselte seine Aussprache von zuvor gelinder Empörung zu einem deutlich drohenderen Klangbild.

»Vielleicht hilft es Ihnen, wenn ich etwas detaillierter werde«, sagte Batthuber ruhig, obwohl er innerlich aufgewühlt war. »Erinnern Sie sich an den Tag, als hier in Karbsheim das alte Holzlager abgebrannt ist? Eine Frau kam dabei zu Tode – nennen wir es einmal so.«

Lara Saiters Blick packte Aumacher wie die Backen einer Schraubzwinge die Bretter. Sein Mienenspiel zeigte keinerlei Auffälligkeit, als Batthuber seine Frage formuliert hatte. Doch ihr war dieses kurze Erschlaffen seiner Körperhaltung nicht entgangen. Sie konnte den Stich geradezu spüren, den die Frage Batthubers in Aumachers Innerem ausgelöst haben musste. Auch Hartmann, der scheinbar teilnahmslos dem bisherigen Gespräch gefolgt war, hatte diese winzige Unstimmigkeit bemerkt. Harter Bursche, dachte er, als er anschließend keinerlei Veränderung in Aumachers Stimme bemerken konnte. Dem war vor allem der letzte Satz Batthubers in die Brust gefahren.

»An diesen Brand kann ich mich nicht erinnern«, antwortete er.

Lara Saiters emotionslose Stimme warnte ihn. »Sie waren hier also acht Jahre Gemeindepfarrer, und auch nachdem Sie bereits in einer anderen Gemeinde tätig waren, kamen Sie noch einige Male hierher zu Besuch. An diesen Brand können Sie sich aber nicht erinnern?«

Aumacher versuchte auszusteigen und erschrak, denn bei ihren Worten war ihm eingefallen, was ihn an ihr irritierte. Sie war es, die Dominanz ausstrahlte. Sie.

»Erklären Sie mir bitte, wie Sie darauf kommen, mich hier nach Dingen zu fragen, die Jahre zurückliegen. Was soll das, bitte! Was hat meine Tätigkeit als Pfarrer mit dem Mord an dieser Frau zu tun? Ich glaube Sie wissen nicht mit wem Sie sprechen. Und wie ist das überhaupt! Bei den Krimis im Fernsehen wird man doch immer gefragt, ob man einen Rechtsanwalt möchte – ist das abgeschafft worden?« Er drehte sich nun sogar einmal nach Batthuber um und sah in ein frech grinsendes Gesicht, was ihn wahnsinnig zornig machte.

»Keineswegs, Herr Dr. Aumacher«, antwortete Lara Saiter sanft, »aber Rechtsanwälte stehen nur Beschuldigten zu. Die können die Aussage ja auch verweigern. Aber wir befragen Sie doch als Zeugen. Und – wie kommen Sie denn darauf, dass Sie einen Anwalt bräuchten?«

Bisher hatte Aumacher sich gut unter Kontrolle halten können. Sein Gemütszustand hatte sich nicht mittels körperlicher Regungen mitgeteilt, doch nun atmete er aufgeregt.

Batthuber ließ nicht locker. »Wir haben die Akten dieses Brandes noch einmal genau unter die Lupe genommen. Dabei sind uns eigenartige Dinge aufgefallen. Die Ermittlungen damals wurden aus welchen Gründen auch immer nicht besonders intensiv betrieben. Unter anderem fehlte eine Auflistung aller Personen, die im Umfeld des Brandes festgestellt worden waren. Ich habe die alten Negative, die noch vorhanden waren, entwickeln lassen und dabei ist mir ein alter VW Käfer aufgefallen, der in der Zufahrt zum Brandort abgestellt war. Er hatte ein Ansbacher Kennzeichen und bei der Überprüfung der alten Halterdaten kam heraus, dass das Fahrzeug auf einen Herrn Arnulf Aumacher zugelassen war. Das sind doch Sie, oder? Der Brandtag war ein ganz gewöhnlicher Wochentag. Kein Fest. Keine Beerdigung. Das haben wir bereits recherchiert. Was also hatten Sie an diesem Tag in Karbsheim zu tun? Ausgerechnet an dem Tag, an dem dieser Brand geschah?«

Aumachers Gelassenheit versank im knittrigen grauen Anzug. Hartmann legte jetzt nach, jetzt wo der Kerl einsackte, sollte er mit Frage um Frage bombardiert werden, um sich gar nicht erst Antworten zurechtlegen zu können. Die waren im Moment auch gar nicht so wichtig. Wichtig war, die sturmreif geschossene Festung Aumacher nun auch zu stürmen. Und Batthubers Ermittlungsergebnisse waren dazu wirklich geeignet. »Wir gehen nicht davon aus, dass es sich bei dem Tod der Frau um einen Unglücksfall handelt.«

Intuitiv übernahm nun Lara Saiter. »In welchem Verhältnis standen Sie zu Lauerbach?«

Hartmann freute sich über diese hinterhältige Art zu fragen, denn in der Art und Weise wie sie den Familiennamen des Brandermittlers einsetzte, suggerierte sie Aumacher, dass sie eigentlich schon wüssten, wie alles zusammenhing. Dass sie in Wirklichkeit nicht den Hauch einer Ahnung über die Zusammenhänge hatten, konnte Aumacher ja nicht wissen. Bluffen wie beim Pokern.

Aumacher saß zusammengesunken im Stuhl. Tiefe Furchen in seinem Gesicht traten bleich und hässlich hervor. Er war stumm vor Zorn. Sah diesen elenden, versoffenen Lauerbach mit seinem affektierten Menjoubärtchen wieder vor sich, nach Schnaps stinkend, ein verkrachtes Wrack, den man bei der Kriminalpolizei geparkt hatte, weil er besoffen zwei Streifenwagen zu Schrott gefahren hatte. Und was hatte er nicht alles für ihn und seine verkommene Sippschaft getan. Seinen Sohn, diesen Kretin, hatte er in die Verwaltung eines diakonischen Krankenhauses gebracht, die verhurte Tochter als Putze in ein kirchliches Bildungszentrum, mit dem Ergebnis, dass zwei Pfarrersehen dran glauben mussten. Er hatte diesen widerlichen Lauerbach sogar beerdigt. Und zum Dank waren alle Akten noch vorhanden – mit Bildern!

Er hätte seine Wut, seinen Zorn herausschreien mögen. Doch Lauerbach war tot, er hatte diese Meute vor sich und

Stoegg war ein Idiot, der ihm nicht helfen konnte und wohl auch nicht wollte.

Er hörte diesen rotzigen Kerl mit den langen Haaren und dem unrasierten Gesicht von hinten heuchlerisch fragen: »Kennen Sie denn einen Anwalt, den Sie verständigen möchten?«

Soweit war es also nun. Sie wussten es. Sie wussten alles. Weiß Gott, was dieser schmierige Lauerbach hinterlassen hatte. Aumacher lehnte seine Ellbogen auf der Tischplatte auf, ließ seinen Kopf in die aufgestellten Finger sinken und massierte seine Stirn. Dieser blöde Spruch kam ihm in den Sinn. »Und wenn du glaubst es geht nicht mehr … «

Aber wo verdammt noch mal war dieses kleine verfluchte Lichtlein. Er suchte konzentriert nach diesem erlösenden Schein, irgendetwas musste ihm doch einfallen, ihm war doch immer etwas eingefallen. Eine Idee.

Lara Saiter spürte seine Aufregung, spürte seinen nahen Zusammenbruch, vielleicht würde es auch nur eine Aufgabe werden: Sie fühlte aber auch, dass es sie nicht mehr anrührte, ihr aber auch keine Freude mehr bereitete, jemanden wie Aumacher geknackt zu haben. War sie eiskalt geworden?

Batthuber war es noch anzumerken, wenn er am Ziel angekommen war, diese freudige Erregung. Befriedigung konnte sie nicht mehr daraus gewinnen, zuzusehen, wie mühsam konstruierte Wahrheiten in sich zusammenbrachen, ganze Lebensgeschichten in Trümmer fielen. Sie suchte und fand sogar eine Spur Mitleid mit diesem Aumacher, wie er so vor ihr saß. Ein alter Mann in grauem Anzug, mit grauenvollen Bildern an der Wand. Einem, der immer alles unter Kontrolle hatte, war jetzt die Kontrolle entglitten.

Aumacher wiederum nahm den Gleichmut wahr, mit dem sie ihm begegnete und genau das machte ihm um so mehr Angst. Es war, als würde sie ihn durch ihre bloße Anwesenheit dazu bringen, sich selbst zu erlegen. Er ärgerte sich noch, dass er *erlegen* gedacht hatte, da hörte er ihre sanfte, leise Stimme, die tötete. »Herr Dr. Aumacher. Haben Sie eine Vorliebe für außergewöhnliche sexuelle Praktiken und teilten Sie diese

Vorliebe mit Hermine Schober, der Mutter von Manfred Schober? Konkret spreche ich von Fesselspielen und dergleichen. Insbesondere interessieren uns die Handschellen, die Hermine Schober am Tag des Brandes getragen hat – im Bett.«

Kein Lichtlein.

Bucher hatte sich in ein Café gesetzt und drei Blätter seines Notizblockes verschmiert. Mit Worten, Strichen, Fragezeichen, Pfeilen, Ausrufezeichen und allen möglichen Hieroglyphen, die Ausdruck überaus besorgniserregender Gedankengänge seinerseits waren. Manchmal bekam er Angst vor sich selbst, wenn er entdeckte, mit welcher Routine er Handlungen nachvollzog, die Stoff für einen Horrorthriller in sich trugen. Er besah die Blätter und dachte, ich muss das vernichten, bevor es einmal ein Psychologe in die Hände bekommt, denn das Endprodukt der Krakelei sah ähnlich bedrohlich aus wie eine der zu Bild gewordenen Angstphantasien von Kubin.

Trotzdem – es hatte sich gelohnt. Als ihm die Idee kam, hätte er fast vergessen zu zahlen, obwohl er von seinem Kaffee keinen Schluck getrunken hatte. Er war zum Auto gestürmt und nach Karbsheim gerast. Jetzt stand er vor dem Haus, in das er die Frau, die ihm in den Sinn gekommen war, gestern hatte gehen sehen. Auf sein Klingeln folgte zunächst ein hysterisches Kläffen, das sich ihm zur Erleichterung schnell in ein freudiges Winseln wandelte, als Frauchen mit sanften Worten zur Tür kam. Sie erkannte ihn gleich wieder und er wurde ins Wohnzimmer vorgelassen. Der freundlichen Aufforderung, auf dem Sofa mit zweiunddreißig gehäkelten Kissen und mindestens so vielen Puppen Platz zu nehmen, kam er nicht nach. Er hatte nur zwei Fragen.

»Frau Penzer«, begann er wieder und lächelte sie dankbar an. Frauen in diesem Alter mochten es, gleich was man zu sagen hatte, angelächelt zu werden. »Sie erzählten doch gestern, dass Sie Carola Hartel sozusagen mit auf die Welt verholfen haben.« Als sie vorsichtig nickte, fragte er weiter. »Und später auch deren beiden Kinder? Stimmt das?«

Sie stutzte einen Augenblick und sagte etwas verdattert: »Ja. Sicher. Aber … ich bin ja Hebamme. Was soll daran besonders sein?«

»Nichts«, beruhigte sie Bucher, »überhaupt nichts.«

»Und wie kamen die beiden Kinder von Carola Hartel zur Welt?«

»Ja wie wohl!«, war ihre verwunderte Antwort.

»Also … ganz … normal. Und der Kaiserschnitt?«, fragte Bucher nun nach.

Sie sah ihn ungläubig an. »Welcher Kaiserschnitt?«

»Also kein Kaiserschnitt?«, versicherte er sich noch mal.

»Aber nein, natürlich kein Kaiserschnitt. Das waren beides Hausgeburten. Die Carola hatte keinen Kaiserschnitt. Nie.«

Bucher drücke ihre beiden Hände zum Dank und Abschied. Sie hatte seine Vermutung bestätigt. Sofort ging er weiter und ein paar Minuten später stand er in der Hofeinfahrt des Eselbauern in Gollheim. Nach einigem Hin und Her durfte er endlich mit der Großmutter reden. Die war geistig rege und hoch erfreut über die Abwechslung. Sie plauderte fröhlich mit Bucher über ihre Nachbarin, deren Tod ihr nicht allzu sehr zugesetzt hatte. Sie äußerte keinerlei bösartige Kritik, doch zwischen den Worten schwang etwas Verächtliches mit. Sie hatte Carola Hartel zuletzt am Freitag gesehen. Wie die Alte beschrieb, stand das Auto mit laufendem Motor auf der Straße und wurde erst Minuten später in den Hof gefahren. Am Abend dann, kurz nachdem es dunkel geworden war, hatte sie gesehen, wie das Auto wieder aus dem Hof gefahren sei. Mehr wollte oder konnte sie ihm nicht berichten. Für den Augenblick genügte ihm dies auch und er machte sich auf den Rückweg nach Karbsheim und wählte dafür nicht die Hauptstraße, sondern fuhr auf schmalen Teerstraßen durch die Felder, um sich selbst über die neue Situation klar zu werden.

Er drehte die Seitenscheibe herunter und ließ warmen Wind an seinen Haaren reißen. Manche der Gräser an den ungemähten Rändern des holprigen Teerweges reichten schon bis an das Fenster heran. Bucher streckte seinen Arm aus und ließ bei langsamer Fahrt die Ähren durch seine Hand gleiten. Er fuhr grob seinem Orientierungssinn folgend nach Osten und kam oberhalb des Schlosses von Karbsheim wieder auf die Hauptstraße. Im Hof standen noch die Autos von Batthuber und Lara Saiter. Er überlegte kurz, bog dann aber in den Hof ein und stellte sein Auto neben den beiden anderen ab. Als er abschließen wollte, hörte er die Stimme von Batthuber, der jemandem etwas laut zurief. Als Lara mit Hartmann ins Freie traten, waren sie überrascht, Bucher auf der Motorhaube seines Autos sitzen zu sehen.

Sie trafen sich im Nebenraum der *Quelle*. Hüllmer hatten sie per Handy verständigt.

»Die Art und Weise wie du schweigst gefällt mir nicht«, sagte Lara Saiter und schob Bucher eine Tasse Kaffee zu. Der wartete, bis alle mit Getränken versorgt waren, Hüllmer hatte eine Tüte Gebäck organisiert, doch das sollte warten.

»Carola Hartel ist nicht an der Stelle am Fluss ermordet worden«, sagte Bucher schließlich ruhig. Hartmann, der gerade mit klirrendem Rühren die drei Löffel Zucker in seiner Tasse Kaffee verflüssigen wollte, stoppte abrupt. Alle starrten Bucher an, keiner fragte, nicht einmal Lara Saiter. So erklärte er, was er gefunden hatte.

»Die ganze Zeit über hat mich etwas gestört, das an dieser Sache nicht gepasst hat. Ich habe die Kleidungsstücke noch einmal durchgesehen und dann sind mir ihre Schuhe aufgefallen.«

»Ihre Schuhe«, wiederholte Batthuber verunsichert.

»Ja. Ihre Schuhe. Es waren nur Markenklamotten, die sie anhatte, und mich interessierte einfach der Hersteller ihrer Schuhe. Also habe ich sie umgedreht. Irgendwo auf der Sohle steht ja meistens so ein italienischer oder französischer Name. Fratelli Rosetti, Charles Jourdan oder so.«

»Mhm, du kennst dich aus. Warst du schon mit Miriam Schuhe kaufen?«, sagte Lara und zog kurz die Stirn in Falten.

Bucher ging nicht darauf ein. »Den Namen des Herstellers habe ich vergessen, aber die Sohle und der Absatz waren

blitzeblank. Kein Dreck, Schmutz oder sonst etwas. Das Blut an der Oberseite ließ die Dinger aber völlig verdreckt aussehen. Das hat natürlich getäuscht. Es ist völlig unmöglich, dass
Carola Hartel mit diesen Schuhen gleich auf welchem Weg an die Stelle gelaufen ist, an der man sie gefunden hat. Völlig unmöglich.«

Sie sahen sich an. Batthuber schüttelte den Kopf. »Aber dann passt ja gar nichts mehr. Die Alibis, alles. Scheiße.«

»Wie lautet deine Version?«, fragte Lara Saiter leise, während sie die Tasse an die Lippen setzte und ihn von der Seite her ansah.

»Mhm. Der Täter muss sie runtergeschafft haben. Für mich scheint klar, dass sie zu diesem Zeitpunkt schon tot war.«

»Und das Blut? Die Tatzeitfeststellung der Rechtsmedizin?«, fragte Hartmann, der schon dabei war, die bisherigen Ergebnisse den neuen Erkenntnissen gegenüberzustellen.

»Der Täter muss Blut von ihr aufbewahrt haben. Davon war ja genug zu haben, wenn man jemandem die Kehle durchschneidet. Es ist zwar sehr unappetitlich, doch nun ließe sich auch der erste vorsichtige Schnitt erklären. Er brauchte eine gewisse Menge Blut. Das hatte er in einem Behältnis dabei und an Ort und Stelle verteilt. Es ist nicht schwer in freier Natur Beschleunigungsspritzer zu simulieren. Wäre da eine weiße Wand gewesen, sähe das anders aus. Und zum Todeszeitpunkt habe ich mir auch schon Gedanken gemacht.«

Bucher wartete einen Augenblick, bevor er weitersprach, was die Aufmerksamkeit der anderen noch steigerte.

»Er muss die Leiche gekühlt haben.«

»Das ist aber eine mutige Schlussfolgerung«, meinte Hartmann.

»Nein. Sie ist logisch. Die Körpertemperatur entsprach bei der ersten Messung am Fundort der Umgebungstemperatur. Das wäre nicht der Punkt. Aber – es gab noch keinerlei Eiablage von Fliegen. Und das ist seltsam. Demnach hat sich der

Körper der Toten nicht von der Lebendtemperatur abfallend der Umgebungstemperatur genähert, vielmehr war es umgekehrt. Die gekühlte Leiche wurde erwärmt. Und an kalte Leichen gehen keine Fliegen ran. Da wäre noch etwas. Sie hatte sich recht schick gemacht. Ich vermute, dass sie eine Goldkette mit Medaillon getragen hat, das ihr Manfred Schober geschenkt hatte. Der Täter hat diese Goldkette vermutlich mitgenommen und wahrscheinlich auch ihren Autoschlüssel. Als diese Frau Hazi ... ihr wisst schon, die mit dem Autokennzeichen, als die das Auto gesehen hat, ist nicht Carola Hartel gefahren, sondern der Täter. Da bin ich mir ganz sicher.«

Batthuber graute offensichtlich vor der erneuten Vernehmungsarbeit. »Oh Mann. Diese ganzen Alibiüberprüfungen«, jammerte er.

Lara Saiter sagte wenig mitleidig: »Jammer nicht rum. Die sind alle noch gültig. Denn abgelegt wurde die Leiche ja zu der von uns angenommenen Zeit. Daran ändert sich ja nichts. Bleibt noch die Frage, ob wir es mit zwei Leuten zu tun haben?«

Bucher hörte auf mit seinen Zähnen die Unterlippe zu bearbeiten. »Der Täter hat sie auch dort unten abgelegt. Das war ja das für ihn Wesentliche. Diese symbolhafte Positionierung. Dann hat er das Ganze auch noch fotografiert oder gefilmt. Also, das war ein und derselbe. Und mit dem Alibi liegst du richtig. Allerdings haben wir nun ein völlig anderes Zeitmuster.«

Er unterbrach seinen Gedanken und wechselte mit leiser, dunkler Stimme zu einem anderen Punkt. »Da wäre noch was. Es fehlt ein Kind.«

Hüllmer sah ihn entsetzt an. »Eines von Carola Hartel? Verschwunden?«

»Nicht ganz so. Carola Hartel hatte drei Kinder. Ihr habt richtig gehört – drei!«

Jetzt waren die anderen platt.

»Die Hebamme hat mir bestätigt, dass die beiden Kinder, die wir ja kennen, bei Hausgeburten zur Welt kamen. Bei der

Obduktion wurde aber eindeutig ein Kaiserschnitt festgestellt. Und so was macht man ja nicht um zu gucken, ob da vielleicht was drin ist, oder?«

Batthuber nickte.

»Wo ist also dieses Kind abgeblieben? Niemand hat davon erzählt. Die Hebamme wusste noch nicht mal was von einem Kaiserschnitt. Ist ja auch seltsam, oder?«

Er richtete sich auf und musste nun erstmal tief ausatmen. Eine elend bleierne Müdigkeit befiel ihn. In kurzen Sätzen erklärte er, was er über die Bedeutung der Begriffe »Kind« und »Knie« herausgefunden hatte. »Wir sind nahe dran. Diese Knie-Kind-Geschichte und dann dieser verheimlichte Kaiserschnitt. Da liegt was für uns drinnen, das spüre ich.«

»Und nicht mal ihre Geschwister, ihr Ehemann oder dieser Liebhaber für ein Jahr haben was von dem Kaiserschnitt gewusst?«, sinnierte Batthuber.

»Wir werden sie noch mal fragen, aber das hat bisher auch niemand angesprochen«, sagte Hartmann ratlos und sah zu Hüllmer. Der zuckte nur die Schulter. »Höre ich heute auch zum ersten Mal. Das ist völlig neu.«

Bucher raffte sich auf. »Nehmt die noch mal richtig in die Mangel, und zwar richtig. Die schweigen mir hier zuviel. Peinlichkeiten interessieren mich nicht. So eine Schwangerschaft bleibt nicht unbemerkt. Ab Morgen sind sie noch mal dran. Aber jetzt zu euch. Was habt ihr denn anrichten können, bei seiner Heiligkeit? Und wo sind die Festnahmen, hm!?«

Lara Saiter erzählte von der Vernehmung Aumachers, der letztlich zugegeben hatte, ein Verhältnis mit Hermine Schober gehabt zu haben, auf dieser Position jedoch verharrte. Batthubers Ermittlungsergebnisse hatten ihm zwar sichtlich zugesetzt, doch aus Schock oder einem letzten Reflex von Selbstbewusstsein hatte Aumacher sich nicht weiter zu dieser Sache eingelassen und für ein weiteres Gespräch die Anwesenheit eines Anwaltes gefordert.

Die Vernehmung von Stoegg gestaltete sich wesentlich schwieriger, da er sich weigerte, sich überhaupt zu der Angelegenheit mit dem Liebermann zu äußern, sie sogar wüst beschimpfte und sich in zweideutigen Drohungen erging. Er betonte mehrmals, dass es keinen Anhalt gäbe, seine Familie in Bezug zu dem Mord zu bringen. Sollte das geschehen, würde er seine Anwälte anweisen, energisch gegen sie vorzugehen. Außerdem habe er alles Wesentliche zum Fall Carola Hartel gesagt. Als sie die Sprache auf den Brand brachten und Aumachers Beziehung zu Hermine Schober erwähnten, musste sich Stoegg spitzbübisch gefreut haben.

»Das ist ein richtig widerlicher Typ«, stellte Hartmann fest, »aber unser Problem liegt darin, dass wir noch keinen wirklich schlüssigen Bezug zwischen Mord, Brand, dieser Bildgeschichte und der Geldüberweisung herstellen können.«

Bucher nickte nachdenklich. »Stimmt schon. Ich suche nur gerade nach der Schnittstelle zur Thematik ›Kind‹. Das gehört auch noch dazu. Wo liegt die?«

»Das Problem ist doch die Sache mit dem Alibi. Alle, die wir im Visier haben, verfügen über ein Alibi. Und bei fast allen ist es das gleiche – dieser blöde Gottesdienst in Gollheim«, stellte Lara Saiter nüchtern fest. »Vielleicht kommen wir bei diesem Punkt weiter, wenn wir uns die Alibis für den Zeitraum ansehen, an dem sie wahrscheinlicherweise getötet worden ist. Und wo ist der eigentliche Tatort?«

»Passt mal auf!«, sagte Bucher. »Die Fensterguckerin hat doch gesagt, dass ihre Nachbarin am Freitagabend mit dem Auto zurückgekommen sei. Als es dunkel war, ist sie dann wieder gefahren – und das Hoftor blieb offen. Manfred Schober hat aber berichtet, dass sie das Hoftor immer geschlossen hielt, damit ihr Nachbar mit dem Traktor nicht im Hof wenden konnte oder so. Das hat Carola Hartel wohl gestört.« Er sah mit hochgezogener Stirn in die Runde.

»Du meinst also, der Täter ist am Abend schon mit dem Auto weggefahren, hat das Hoftor offen stehen lassen und es erst wieder geschlossen, als er Samstag Früh das Auto zurückgebracht hat?« vollzog Hartmann langsam Buchers Gedankengang nach.

»Genau.«

Batthuber war von dieser Variante nicht überzeugt. »Dann muss er in ihrem eigenen Haus gewartet haben? Und wenn er sie dort getötet hat, stellt euch das mal vor wie das ausschaut, wenn man jemandem den Hals aufschlitzt. Das hätte die Spurensicherung doch finden müssen?«

»Stimmt nicht, Armin. Die Spurensicherung ist vom Tatort am Fluss ausgegangen. Die haben das Haus nicht wie einen Tatort betrachtet – wir übrigens auch nicht. Da müssen wir noch mal ran. Da muss es Spuren geben!«

»Zugegeben. Aber stell dir mal vor, was der für ein Equipment benötigt hat, und wie ist er am helllichten Tag in das Haus gekommen, ohne dass ihn jemand gesehen hat?«

»Also das ist nicht schwer. So, wie der Schobers Manfred von hinten her rein kam – aus der Scheune. Und was das Equipment angeht – ein kleiner Rucksack hat dafür gereicht«, sagte Bucher.

Lara fasste zusammen: »Tatzeit demnach Freitag zwischen siebzehn und zwanzig Uhr. Er hat sie getötet, die Leiche verpackt und in ihr Auto geschafft. Dann noch Spuren beseitigt. Vielleicht gewartet, bis es dunkel war, bevor er mit ihrem Auto, ja, wohin kann er gefahren sein?«

»Ja entweder direkt zu einem Haus, wo er die Leiche hat kühlen können, oder er hat ihr Auto deponiert, die Leiche umgeladen und ist mit seinem Auto dann zu diesem Ort«, meinte Hartmann und schrieb etwas in sein Notizbuch.

Bucher sah Hüllmer an. »Es muss in der Nähe sein. Es muss in einem der Dörfer hier sein. Wo kann man da Leichen kühlen?«

Hüllmer blies die Backen auf und zuckte mit den Schultern. »In jedem Wirtshaus oder in einer Metzgerei.«

Batthuber war ungeduldig und platzte heraus: »In der *Quelle*, oder? Ist doch die einzige Kneipe hier weit und breit. Auch die einzige Metzgerei. Und was ist eigentlich mit diesem Manfred Schober, Mensch, der hat kein Alibi, der kennt sich im Haus aus, war in der Nacht sogar dort. Wieso grillen wir den nicht mal anständig durch? So wie der aussieht und da im Wald haust.«

Er konnte gar nicht verstehen, dass keiner der anderen auf seinen Einwurf einging. Was war an diesem Kerl bloß dran, dass ihn Bucher und Lara so aus dem Feuer hielten?

»Na ja. Da gibt es schon noch mehr. In Karbsheim gibt es kein Wirtshaus mehr, auch keine Metzgerei. Aber ein altes Gemeinschaftskühlhaus, das aber seit längerem nicht mehr in Betrieb ist. Inzwischen hat ja jeder seine eigene Kühltruhe.«

Bucher sah nur kurz zu Hartmann. »Ihr grast alles ab, schaut alles an, was passen könnte. Und was war eigentlich mit diesem Hammel, habt ihr den angetroffen?«

Batthuber grinste fies zu Hartmann, der nur den Kopf schüttelte und ein Lächeln nicht ganz unterdrücken konnte. Batthuber erklärte dann kryptisch. »Also der Hammel war nicht zu Hause, seine Frau aber schon. Und die war, sagen wir es so, die wäre sehr zugänglich gewesen. Nicht nur zu einem Gespräch.«

»Mhm. Und?«

»Ja was, und?«, sah ihn Hartmann konsterniert an. »Wir sind wieder gegangen. Sie behauptete, ihr Mann sei am Samstagabend zu Hause gewesen.«

»Also in der Kirche war der sicher nicht«, ergänzte Hüllmer.

Drei Stunden später saß Bucher bei Hüllmer zu Hause. Frau und Tochter waren übers Wochenende zu Verwandtschaft gefahren. Hüllmer hatte sich mit der Begründung davor gedrückt, an den Ermittlungen weiterarbeiten zu müssen, was glaubwürdig klang, aber nicht so ganz stimmte. Er hatte Bucher eingeladen, da die anderen drei entschieden hatten den Samstagabend in Würzburg zu verbringen. Bucher verstand selbst nicht, wie er den Überredungskünsten von Lara und Hartmann widerstehen konnte und doch nicht mitgekommen war. So stand er nun mit Hüllmer in der Küche und hackte rote Zwiebeln und Schalotten recht grob, putze und brach grüne Bohnen, während Hüllmer mit zwei gewaltigen Stücken Rinderfilet und den Kartoffeln beschäftigt war. Bereits nach den ersten Schalotten wanderte sein tränender Blick durch die Küche.

»Handtuch?«, fragte Hüllmer.

Buchers Augen wanderten weiter an den Regalen entlang. »Mhm. Eher einen Kochwein. Gibts so was bei dir?«

Hüllmer verzog die Lippen zu einem etwas spöttischen Lächeln. »Gibts schon, wenn du den Kochwein meinst, den man trinkt. Allerdings weiß ich nicht, obs dem Herren vom LKA genehm sein wird.«

Bucher sah ihn verwundert an.

»Na ja«, erklärte Hüllmer, »hab bei deiner Ankunft das Kistchen schon gesehen mit den teuren *Bouteilles* aus dem Frankenreich. Bist ein kleiner Etikettensäufer, hä!« Er drehte sich um und legte einen Rosmarinzweig und eine ungeschälte Knoblauchzehe in die Pfanne mit dem bereits heißen Öl.

»Was heißt da ›Etikettensäufer‹?«, hakte Bucher nach, der sich wunderte, was diesem Hüllmer alles auffiel.

Der lachte und plapperte drauflos. »Hm. Dachte nur, dass das für so einen LKAler typisch ist. Bier? Nein. Doch kein Bier! Oder noch schlimmer Frankenwein? Um Gottes Willen, könnte ja vergiftet sein. Nee, nee. Bordeaux! Den kriegt man in der Vino-Theke, da deckt man sich mit wohlklingenden Namen ein. Darfs diesmal ein Château Grand Malheur sein, der Herr. Wie hat Ihnen eigentlich die Domaine Migraine-Esprit vom letzten mal gefallen? Ja so ist das.«

»Wo ist jetzt der Kochwein?«, fragte Bucher ohne Regung.

Hüllmer drehte an einer Ecktür an der Einbauküche und holte einen Bocksbeutel hervor, während er unbeholfen herumtänzelte und höhnte: »Und dann kommen sie angefahren, die Münchner Starermittler, mitten hinein ins fränkische Weinland – und! Das erste was ausgepackt wird, ist eine Kiste mit Franzosenweinen. Wohl bekomm's!«

Er hatte inzwischen eingeschenkt und hielt Bucher ein Glas vor die Nase, welches mit sattgelber Flüssigkeit gefüllt war. Bucher musste sich die Tränen aus den Augen wischen, die inzwischen nicht nur vom Zwiebeldampf, sondern auch vom Lachen über Hüllmers beleidigte Frankenseele herrührten. Der Wein war phantastisch, weit jenseits der eher mageren Tropfen, die ihm nur aus trüber Erinnerung bekannt waren. Damals hatte er allerdings auch noch keine Ahnung, was Wein sein konnte.

Bucher hielt sein Glas hoch und prüfte die Farbe. »Da habe ich aber voll ins weinfränkische Herz getroffen, mein Lieber. Was ist denn das für ein köstlicher Stoff?«

»Verrate ich noch nicht. Mach die Zwiebeln und Bohnen fertig, dann essen wir und danach gibts eine Weinprobe.«

Hüllmer konnte wunderbar kochen. Beim Essen unterhielten sie sich und kamen mit keiner Silbe zum Mordfall. Hüllmer erzählte von seinem Werdegang bei der Polizei, dann folgten die üblichen Fragen nach Leuten, die einem gemeinsam bekannt waren. Es war schon spät, als sie in den Keller gingen. Dieser Hüllmer hatte in seinem neuen Haus doch tatsächlich einen Lehmkeller, und was Bucher weit mehr beeindruckte, einen eigenen Weinkeller, in dem der Lehm nur locker mit Sandsteinen abgedeckt war. Er sah sich um und entdeckte durchaus bekannte Etiketten. Die Mehrzahl der Regale waren jedoch mit den klassischen Bocksbeuteln gefüllt. Hüllmer griff mit seinen riesigen Pratzen vier Flaschen und trieb Bucher, der sich in der etwas dunklen französischen Ecke aufhielt, wieder nach oben.

Sie schmatzten, schlürften, schluckten, ohne dass Bucher zu Gesicht bekam, welche Künstler diese Weine fabriziert hatten. Er musste zugeben, dass er Franken weit unterschätzt hatte und erinnerte sich an die Preise auf der Speisekarte in der *Quelle*. Wenn das bei den Weinen ähnlich sein sollte, würde er seine Kreditkarte liebend gerne bemühen. Hüllmer blieb hartnäckig und ließ die Bocksbeutel verschwinden, reichte Bucher aber einen Zettel und forderte ihn auf zu notieren, welche Weine ihm am meisten zusagten. Bucher notierte die Nummern. Seine Favoriten waren zwei und drei. Er tippte auf Riesling und Silvaner.

»Und? Taugen die vielleicht nichts?«, fragte Hüllmer erwartungsvoll.

»Vom Feinsten. Habe ich echt unterschätzt.«

»Sag ich doch. Münchner Schickeria.«

Bucher schüttelte den Kopf. »Ist bei mir schon was anderes.«

»Natürlich.«

»Nix natürlich. Nationalstolz.«

»Wie, Nationalstolz?«, fragte Hüllmer.

»Mein Vater war Franzose.«

»Ach nee. Hatte ja auch den klassischen französischen Namen. Bucher, hm.«

»Es gibt sogar Franzosen, die heißen Sarkozy oder Abdelrahmanad.«

Hüllmer winkte mit einem Lächeln ab und beugte sich über den Tisch. »Verstehe. Du hast ja dann einen richtigen Migrationshintergrund, oder – und bist im LKA sicher in ein Förderprogramm gekommen, hä? Gibs schon zu.«

Bucher grinste nur und nahm einen kräftigen Schluck. Hüllmer fragte dann ernst: »Was heißt, war Franzose?«

»Mhm. Ist vor einigen Jahren gestorben. Hat mir aber unter anderem einen Weinkeller hinterlassen. Einfach irre. Als ich vor zwei Jahren aus München rausgezogen bin aufs Land, ich wohne in einem halbrenovierten Bauernhof bei Landsberg, da war das teuerste am Umzug echt der Weinkeller.«

»Kann ich mir vorstellen.« Dann wechselte er das Thema. »Wenn du auf einem Bauernhof wohnst, bist du doch das Landleben gewöhnt. Wieso kommst du hier nicht zurecht?«

»Wie meinst du, nicht zurechtkommen?«

»Ja, du weißt schon. Irgendwie hast du doch Probleme mit den Leuten hier, oder hab ich nicht recht?«

»Natürlich habe ich Probleme mit den Leuten. Ist ja auch natürlich, wenn man weiß, dass aus ihrem Dorf eine junge Frau massakriert worden ist und verdammt noch mal niemand auch nur irgendetwas Sinnvolles beizutragen hat, um den Mörder zu finden. Der einzige, der freiwillig was mitzuteilen hätte, ist ein jugendlicher Epileptiker, der vor lauter Krämpfen keinen Ton herausbringt. Ansonsten ist hier doch

Fehlanzeige. Aber mit den Leuten habe ich kein Problem. Wirklich nicht.«

»Du fühlst dich nicht wohl hier.«

»Also in Karbsheim wollte ich nicht leben. Das ist ein eigentümliches Dorf. Findest du nicht auch?«

Hüllmer wiegte den Kopf. »Sind schon komisch, da hast du schon recht. Aber lassen wir das.«

Bucher brachte das Gespräch jetzt auf den Fall, den er nicht ganz aus seinem Kopf verbannen konnte.

»Was glaubst du, Hermann. Welche Bedeutung kann diese Stelle da unten in dem Augrund für den Täter haben? Gibt es da Geschichten drüber oder ist da mal was passiert?«

Er sah Hüllmers Zunge unter der Oberlippe entlang gleiten, während er überlegte. »Nichts. Gar nichts. Ich habe auch meine Frau schon mal gefragt. Da unten war noch nie was. Nur die Wiesen eben, die jetzt nicht mehr bestellt werden. Das Wasserwirtschaftsamt hat sie in den letzten zehn Jahren aufgekauft für Renaturierungsprojekte. Gibt ja keine Bauern mehr hier. Da wird das Gras und Heu auch nicht mehr benötigt. Ist jetzt eben eine idyllische Auenlandschaft. Reiher, Störche, Eisvogel. Alles wieder da inzwischen. Schluss mit den Plagen.«

Trotz des feinen Alkoholnebels, der sich sternförmig von der Stelle zwischen Nase und Stirn ausbreitete, nahm Bucher etwas wahr, was zur Nachfrage anstieß. »Welche Plagen?«

Hüllmer schenkte zuerst nach.

»Gib mir von dem Dreier noch mal, der ist Klasse. Was'n das für einer?«

»Was glaubst du, was das früher für eine Plagerei war, da unten das Heu zu machen, auf das die kleinen Bauern angewiesen waren, um ihre Milchkuh, den Ochsen, vielleicht eine Ziege und ein paar Hasen durch den Winter zu bringen! Die Hitze, gnadenlos. Weit und breit keine Aircondition. Dann der Staub vom immer staubtrocken werdenden Gras, der beim Wenden mit der Gabel aufwirbelt, und magisch von Gesicht und Nacken angezogen wird und sich genau dort ablegt. Ein Jucken, als hättest du die Krätze. Aber nicht genug.

Ständig Mücken, Fliegen, Schnaken und Bremsen um dich herum und von dem Viechzeug immer eine im Ohr, in der Nase. Zum Wahnsinnigwerden. Von der harten körperlichen Arbeit ganz zu schweigen. Und den Pferden und Kühen, die mit dabei waren, ging's ja nicht besser. Eine Scheißplagerei, die nur auf Bildern romantisch wirkt. Ich weine dieser Zeit keine Träne nach, keine einzige. Es war eine Scheißzeit, sage ich dir. Sklavenarbeit in einer elenden Bruthitze. Ich gehe da nicht mehr runter, wenn's nicht sein muss.«

Bucher war überrascht von der Abscheu, die in Hüllmers Worten lag. »Hast du da unten Heu gemacht?«

»Als Kind schon noch. Wir hatten da ein Stück Wiese, gar nicht weit von der Stelle weg.«

Das Glas war schon wieder leer. »Ist noch was von dem Dreier da?«, fragte Bucher und merkte, wie der Alkohol von der Kopf- und Gesichtshaut aus begann, auf die darunter liegenden Ebenen einzuwirken. Er hob das Glas mit dem Dreier und sagte: »Ein Rausch im Monat stärkt den Magen, fördert den Schlaf und mildert die Spannungen.«

»Wer sagt das?«, fragte Hüllmer. »Klingt gut.«

»Montanne«, sagte Bucher, dem die letzten Vokale wegrutschten.

»Wer?«, fragte Hüllmer, dessen Stimme etwas hysterisch klang, was Bucher freute.

Er setzte neu an. »Motänje.«

Da Hüllmer ihn weiterhin ratlos ansah, nahm er seine Degustationsnotiz und kritzelte unter die Weinnummern: »Montaigne.«

»Und wer war das?« wollte Hüllmer wissen.

»Ein Franzos.« Zu mehr war Bucher nicht mehr in der Lage.

»Und? Welcher ist nun dein Favorit?«, sagte Hüllmer und deutete auf den Zettel vor seiner Nase.

»Dreier, dann Zweier.«

Hüllmer holte die Flaschen, so dass Bucher endlich die Etiketten, sehr schlicht wie er meinte, lesen konnte. Der Zweier war ein Riesling Innere Leiste, Spätlese trocken und kam von einem Weingut *Am Stein*.

»Was heißt ›Innere Leiste‹?«

Hüllmer zuckte nur mit den Schultern. »Vom Knoll, oder?«

Bucher nahm nun den Bocksbeutel seines Dreiers zur Hand. Es war ein 2000er Silvaner, Julius-Echter-Berg vom Weingut *Wirsching*. Iphofen konnte Bucher noch lesen. Er hielt stumm die leere Flasche vor Hüllmers Gesicht.

»Wirsching«, sagte der stolz, »da kannst du so manche Chardonnayplörre, die so unters Volk geschwemmt wird, aber vergessen.«

IX.

Dröhnender Glockenschlag riss Bucher aus dem Schlaf. Klar, es war Sonntag, er war auf dem Land und das Bimmeln rief die Gläubigen zur Kirche. Wäre der Pfarrer nicht Hufeler gewesen, hätte er sich tatsächlich aufgerafft. So aber suchte er Schutz unter der Decke, fand aber keinen Schlaf mehr. Er blieb einige Minuten liegen und horchte in seinen Körper, vor allem in seinen Schädel, ob sich da nicht doch ein wenig Müdigkeit oder ein pochender Schmerz erfühlen ließ. Nichts. Warum auch. Schließlich war er relativ früh zu Bett gegangen, hatte reinen Wein getrunken und daher tief und fest geschlafen. So gut wie seit Tagen nicht mehr.

Er saß gerade mit Hüllmer am bereits abgeräumten Frühstückstisch, als sein Handy klingelte. Lara, erkannte er auf dem Display.

»Wo bist du?«, fragte sie aufgeregt, und an ihrer Stimme war zu hören, dass etwas passiert sein musste.

»Bei Hüllmer.«

»Du musst sofort kommen! Bring Hüllmer mit!«

»Wohin denn? Und was ist eigentlich los?«

»Zur *Quelle,* und beeilt euch bitte!« Sie legte auf und hinterließ einen Bucher, dem ihr Ton Sorgen bereitete. So hatte er Lara noch nie gehört, aufgeregt schon, das war bei ihrem Job auch nicht verwunderlich. Doch diesmal – es musste etwas passiert sein.

Kurze Zeit später rasten sie in Richtung Würzburg. Lara fuhr, da er seinem Blut noch kein rechtes Vertrauen für eine Blaulichtfahrt schenken wollte. Batthuber und Hartmann waren vorneweg und räumten den Weg frei. Hüllmer wollte mit einem Streifenwagen hinterherkommen. Straßen und Autobahn waren wie leergefegt an diesem traurigen Sonntagmorgen, an dem es hätte regnen müssen. Stattdessen schien die Sonne, es war warm, die Weingärten schienen in unnatürlich sattem Grün wider und sie hörten den Funk mit und schwiegen. In der Stadt angekommen, ließ Lara das Martinshorn aufheulen, jagte die Höchberger Straße hinunter, vorbei an der Zeller Straße, die Bucher genommen hätte. Doch sie folgten Batthuber, der den Weg über die Friedensbrücke nahm. Bucher schenkte dem virtuellen Canaletto keinen Gedanken, konzentrierte sich auf die Straße. Lara schob den Mercedes gekonnt nach rechts den Kranenkai hinunter. Batthuber war jetzt im Weg. Kurvenfahren musste er noch lernen. Die zwei silbernen Pfeile schossen in den Mainkai. Vor der Durchfahrt unter der Alten Mainbrücke hindurch erreichten sie die Straßensperre. Ein paar verlorene Kirchgänger auf dem Heimweg standen am Mainufer und versuchten zu erkennen, was geschehen war. Sie fuhren bis zum Absperrband vor, parkten, stiegen fast gleichzeitig aus und eilten Richtung Brückenbogen. Beachteten nicht die erschrockenen Blicke der Umstehenden. Alles, was nun kam, erlebte Bucher wie in Zeitlupe, Sprache, Töne und Geräusche kamen wie von fern.

»Wo ist er?«, fragte er den nächst besten Uniformierten und hielt seinen Dienstausweis hoch. Er erkannte einen der Würzburger Kollegen der Spurensicherung wieder, der ihnen schon zuwinkte. Sie durchschritten den Torbogen und gingen nach rechts. Zwischen Straße und Mainkai ergab sich ein kleiner Platz. Dicht an der Brückenmauer, die hier noch im Trockenen stand, befanden sich zwei steinerne Bänke. Dahinter, mit dem Vorderrad zwischen Bank und Brückenmauer gezwängt und an der Mauer lehnend, ein Moped auf dem eine Gestalt saß, deren Oberkörper ebenfalls an der Mauer Halt fand. Der Kopf, auf dem noch der Sturzhelm saß, war schlaff nach vorne abgesunken. Ein herzzerreißender Anblick. Zwei Kollegen in weißen Overalls waren im näheren Bereich des Toten mit der Spurensicherung befasst. Bucher blieb stumm, atmete laut aus der Nase aus. Er fragte mit einem kurzen Anheben des Kopfes in Richtung einer der beiden Overalls, ob sie an den Tatort herangehen könnten. Als das Okay kam, ging er zügig auf das Moped zu. Nur nicht zögern, dachte er. Lara und die anderen beiden waren dicht hinter ihm. Das linke Bein des Toten hing schlaff herab und die Fußspitze hing unnatürlich verkrümmt am Boden. Bucher beugte sich herab und sah durch das Visier des Sturzhelms. Eine braungelbe, feinporige Schicht, die eng am Plastikglas auflag, war alles, was er erkannte. Hässliche Quellungen dieser Masse traten aus dem Sturzhelm kommend am Hals und im Genick hervor. Er musste sich umgehend abwenden, spürte den Taumel und das Kontraktieren seines Magens. Er zwang sich ruhig zu atmen, blieb stehen und wartete, bis der Schwindel vergangen war. Für die Umstehenden sah es aus, als überlegte er. Sein Blick war Richtung Wasser gewandt, doch er sah weder die Allee der Brückenheiligen noch die blaue Oberfläche des Mains oder die Feste Marienberg, hoch über den berühmtesten Weingärten der Stadt. Nichts von diesem Postkartenblick erreichte ihn. Als es wieder ging, drehte er sich nochmals zu dem Toten hin, ging einen Schritt auf ihn zu und berührte mit seinem Handrücken die Schulter, streichelte zweimal sanft über die dünne rote Jacke, spürte den knochigen, kalten Oberarm. Waldemar Gurscht hatte diesen Tod nicht verdient.

Auch Lara und die anderen waren von dem, was sie hier sahen, ergriffen.

Bucher richtete ein einfaches »Und?« an einen der Overalls.

Der wusste, was erwartet wurde. »Der Kleine scheint hier auf etwas gewartet zu haben. Schaut zumindest so aus. Ist mit dem Moped über den Bordstein reingefahren und hat sich gegen die Mauer gelehnt. Der Täter muss von der Seite gekommen sein und hat mit einer dieser Spezialspraydosen dieses Zeug von unten her in den Sturzhelm gesprüht – PU-Schaum. Das ging ganz schnell. Man nimmt den Dreck sonst dazu her, Fenster- und Türrahmen auszuschäumen.« Er sah an Bucher vorbei in Richtung Leiche. »Das dringt in die kleinsten Ecken vor, schäumt irrsinnig auf und härtet sofort von der Oberfläche her aus.« Er deutete zur Mauer. »Sein Mund und seine Nasenlöcher waren sicher sofort von Schaum verstopft. Atemnot – und dann, noch schlimmer –

Erbrechen. Ohne der Obduktion vorgreifen zu wollen, aber er ist ziemlich sicher erstickt.«

»Aber er muss sich doch gewehrt haben?«, sagte Bucher bitter.

»Sicher. An der linken Hand sind auch Abriebspuren. Aber wenn der Täter sich mit seinem Körpergewicht gegen ihn gelehnt hat, dann war der arme Kerl wie in einer Schraubzwinge. Auf der einen Seite die Mauer, von vorne der Täter – das dauert maximal eine Minute.«

»Zeugen?«, fragte Lara Saiter.

Der Overall schüttelte den Kopf. »Schwierig. Wenn jemand in dieser Zeit hier mit dem Auto vorbeigefahren ist, dann war meiner Meinung nach gar nicht zu erkennen, was da ablief. Das Einsprühen dauert ja nur ein paar Sekunden. Und oben auf der Mainbrücke, da hört man nicht mal was von dem, was hier unten geschieht. Der setzt an und sprüht ein – sein Opfer hat ja zum einen den Sturzhelm auf, dann der Schaum. Also – ich denke, der konnte gar nicht mehr schreien, außerdem muss es in der Nacht passiert sein, denn am Moped war das Licht noch eingeschalten. Ach ja – die Spraydose hat der Täter einfach neben dem Moped liegen lassen. Keine Fingerabdrücke, keine DNA. Sie ist aber nagelneu. Das Etikett ist abgemacht worden.«

Lara Saiter fragte umgehend: »Ist ersichtlich, in welchem Geschäft das Ding gekauft worden ist?«

»Nein. Aber so neu wie das Ding aussieht, sicher in einem Baumarkt hier …«

»Dann sofort Leute losschicken, die alle Videobänder der letzten Tage sicherstellen – in allen Baumärkten. Da ist vielleicht was drauf«, ordnete Lara Saiter an.

»Wird gemacht«, sagte der Overall.

Bucher nickte niedergeschlagen und ging mit langsamen, schweren Schritten zur Ufermauer, wo er sich hinsetzte. Ihm fiel ein, wie Gurscht sich gequält, ja, geplagt hatte, einen Ton herauszubringen. Gestern Vormittag noch. Bucher machte sich Vorwürfe. Es war doch klar, dass Gurscht etwas wusste. Wieso hatte er nicht alles darangesetzt ihn zu schützen?

Warum war er nicht auf die Idee gekommen, dass Gurscht in Gefahr war? Jetzt hing er tot auf seinem Moped an der Alten Mainbrücke.

Lara kam und setzte sich neben ihn, während die beiden anderen sich um die ersten Ermittlungen kümmerten.

»Wissen die Eltern schon Bescheid?«, fragte er, ohne sie anzusehen.

»Ja. Die Ochsenfurter Kollegen waren schon draußen und haben sie verständigt.«

»So kann man ihnen ihren Sohn aber nicht zeigen.«

»Ich kümmere mich drum. Hoffentlich lässt sich das Zeug entfernen. Den Sturzhelm muss man aufschneiden.«

»Den habe ich auf dem Gewissen. Das war doch klar, dass der mir was sagen wollte, an der Kirche. Ich hätte ihn schnappen sollen. Einfach mitnehmen, einen Psychologen holen und so.«

»Du weißt, dass das nicht stimmt«, sagte sie.

Bucher hörte weg. Es war das erste Mal, dass ihm das passierte. Dass einer seiner Zeugen getötet wurde. Und er war sich sicher, dass Waldemar Gurscht diesen grausamen Tod gefunden hatte, weil er etwas gewusst, etwas gesehen oder gehört hatte. Vater Gurscht fiel Bucher ein. Dieses untersetzte Kraftpaket. Ihm wurde schlecht. Schlecht von seinem Versagen. Mit einem lauten Pfeifen presste er die Luft durch seine Lippen.

»Armin und Alex sollen die Sache hier vor Ort übernehmen. Das ist ganz klar unser Fall. Obduktion noch heute. Wir brauchen den Todeszeitpunkt ganz schnell.«

Lara Saiter war beruhigt. Er war wieder zurück in ihrer Welt.

»Er hat die Kontrolle verloren«, sagte Bucher.

»Wir haben ihm Angst gemacht«, meinte Lara.

Er deutete mit einer traurigen Bewegung nach links zur Brücke. »Nicht wir. Waldemar hat ihm Angst gemacht – mit dem, was er wusste.«

»Wir schon auch. Waldemar hat ihn vielleicht gesehen.«

»Er hat ihn ganz sicher gesehen.«

»Du betonst das *ihn* so. Meinst du jemand bestimmten?«

»Nein. Manfred Schober war es vermutlich nicht. Der hat uns ja gesagt, dass er ihn mit dem Moped in der Nähe vom Haus gesehen hat.«

»Könnte ja ein ausgebuffter Trick von Schober gewesen sein?«, prüfte sie sofort ab.

»Nein. Glaube ich nicht. Es ist jemand anderes. Waldemar Gurscht hat jemand anderen gesehen. Und es muss an diesem Freitag gewesen sein.«

Bucher legte den Kopf in seine Hände und zürnte. »So eine Scheiße! Mann, so eine Scheiße!« Er spürte die Übelkeit und musste sich zusammenreißen, um nicht einfach loszuheulen. Bei dem Gedanken daran wurde ihm noch schlechter, denn er ahnte, dass er weniger aus Trauer, denn aus Wut über sein Versagen heulen würde.

»Gestern noch war ich ganz guter Dinge, dass wir nahe dran sind«, sagte er und versuchte etwas Speichel zusammenzubekommen. Sein Mund war trocken geworden.

»Wir sind auch nahe dran. Aber wir waren nicht schnell genug.«

»Wie gehts dir?«, fragte er und sah ihr zum ersten Mal, seit sie angekommen waren, in die Augen.

Die Frage hätte er sich sparen können. Die dunklen Augen und der rote Mund waren von einer mehligfarbenen, ungesund aussehenden Haut umgeben.

»Nicht gut. Wirklich nicht gut.«

»Meinst du, du kriegst das hin mit der Obduktion und dem, was sonst noch zu tun ist?«

»Krieg ich schon hin. Alex und Armin kümmern sich um den anderen Kram. Die haben das im Griff. Und ich gehe zu Schober. Ich hoffe er hat diesmal ein vernünftiges Alibi.«

Sie saßen schweigend auf der Mauer, um sie herum wuselten Spurensicherer, Uniformierte legten Absperrleinen um. Die abgestellten Einsatzfahrzeuge ließen das Blaulicht laufen und aus den Außenlautsprechern quakten blechern die nüchternen, auf das Wesentliche beschränkten Anweisungen und Bestätigungen. In der Häuserzeile gegenüber hatten einige Bewohner ihren Logenplatz an den Fensterbrettern eingenommen, was nicht zu verhindern war. Bucher regte sich nicht einmal darüber auf. Direkt über dem Tatort verhinderten ein paar junge Polizisten, dass sich Gaffergruppen bildeten. Der Autoverkehr war umgeleitet und die Anwesenden sprachen möglichst leise miteinander, nur der Funk zerriss ab und an diese bedrückende Stille, die sich um den an der Mauer lehnenden Toten ausgebreitet hatte. Bucher und Lara Saiter wirkten in dem Bild sich gemächlich bewegender Gestalten wie ein Skulpturenpaar. Ihm kam es vor, als liefe das Geschehen in Zeitlupe ab, und einmal hoffte er aufzuwachen und alles nur geträumt zu haben.

Lara erschrak, als er wie aus heiterem Himmel zusammenzuckte und nach seinem Ohr schlug.

»Eine Mücke«, erklärte er und versank wieder in Gedanken.

»Diese elenden Plagegeister«, entgegnete sie und observierte den Luftraum.

»Plagegeister«, wiederholte er und erinnerte sich an das Gespräch mit Hüllmer gestern, wie eindrücklich der von den Plagen im Augrund erzählt hatte. Sie sah besorgt zu ihm hinüber, als Gemurmel zu hören war. Verstehen konnte sie nichts, doch es klang seltsam. Bucher sprach mit sich selbst. Dann noch die Bewegungen seiner Hände. Es sah aus, als versuchte er wie ein kleines Kind mit den Fingern zu zählen. Dann hörte sie: »Die toten Pferde, natürlich, die toten Pferde!«

Sie wollte schon fragen, ob alles in Ordnung sei, als er zu ihr sagte: »Hole dir Unterstützung von den Würzburgern. Alleine schaffen wir das nicht.«

Sie bemerkte dieses energetische Schwingen in seiner Stimme. Er verfolgte etwas. Und wieso sollte sie sich um Unterstützung kümmern, das war doch sein Job? Bevor sie fragen konnte, sagte er: »Ich fahre heute noch weg.«

»Wie, weg?« Konsterniert sah sie zu ihm hinüber.

Bucher hob sich mit den Händen von der Mauer ab und sprang auf den Boden. »Ich muss mit jemandem reden. Ich fahre heute noch nach Augsburg und morgen dann weiter ins LKA. Morgen Abend bin ich wieder da. Frag mich jetzt bitte nicht, warum. Ich muss mir selbst erst darüber klar werden.«

Sie griff nach seinem Oberarm, fasste sanft eine Falte seines Jacketts. »Ja womit fährst du denn?«

»Mit dem Zug. Meine Kiste macht im Moment Probleme«, er schüttelte den Kopf, um weitere Nachfragen zu unterbinden. »Im Zug kann ich besser denken. Autofahren wäre ganz schlecht. Du machst das hier, ja? Ich rufe dich morgen Früh an, bitte!«

Sie folgte ihm, als er fast hastig auf die andere Straßenseite wechselte. »Hast du denn Geld?«

»Ja. Ja«, sagte er hektisch, ließ sie stehen und verschwand im Brückenbogen.

Lara Saiter stand da und spürte den Ärger, der in ihr aufstieg. Nur der Umstand, dass so viele Fremde mit am Ort waren, hinderte sie daran Bucher nachzurufen, was sie dachte. Erbost drehte sie um und suchte ein Opfer.

Die Späßchen des Schalterbeamten, dessen Fränkisch weit jenseits dem von Erwin Pelzig lag, gingen Bucher auf den Geist. Nervös klapperte er mit dem Rand einer Zwei-Euro-Münze auf dem Blech vor dem Schalterglas.

»Also nach Augsburg wollen Sie«, nervte die Rotnase dahinter und lachte, »des liecht ja mehr im Wech, als aufm Wech, inzwische.«

Bucher schnaubte genervt und hörte: »Bei Augsburch soche mir ja auch, kein Anschluss auf diesem Geleise, hähä.«

Bucher presste eine missvergnügtes »Jetzt aber« heraus. Er wollte endlich in einem Zug sitzen, wenn möglich alleine und nachdenken – und er musste Manner anrufen. Seine Idee konnte ja völlig idiotisch sein, aber wenn etwas dran war, dann konnte nur Manner ihm helfen. Wofür war der schließlich Pfarrer und mit ihm befreundet. Seit dem Fall, den er vor einiger Zeit in Augsburg zu klären hatte, war diese Freundschaft zwischen ihnen gewachsen. Und bei Manner fühlte er sich so wohl wie zu Hause. Hier in dieser bedrückenden Umgebung, das war Bucher klar geworden, konnte er im Moment nicht mehr denken. Er fühlte sich schuldig am Tod von Waldemar Gurscht und vor allem dafür brauchte er Manner.

Die Waggons des Intercitys stanken alle muffig und verraucht. Es war kaum jemand unterwegs an diesem Sonntagnachmittag, daher fand er ein leeres Abteil, in welchem er erst einmal das Fenster öffnete. Gute zwei Stunden später hielt der IC an einem Ort, den Schilder als Hauptbahnhof von Augsburg auswiesen. So Unrecht hatte der Bahnler in Würzburg gar nicht. Wenigstens gab es eine Bahnhofsbuchhandlung, die geöffnet war und die etwas Leben in die triste Kleinkunstbühne brachte. Ganz ohne leere Hände wollte er bei Manner nicht auftauchen. Er querte den Bahnhofsvorplatz und musste zwischen Bussen Slalom laufen. Bei einigen lief der Motor unnützerweise, und so war er gezwungen, immer wieder stinkende Dieselschwaden zu durchqueren. Kein Wunder, dass das mit der Kulturhauptstadtbewerbung in die Hose gegangen war, dachte er auf den letzten paar Metern zur Straßenbahnhaltestelle.

Einen Fahrplan gab es dort nicht mehr, dafür ein hochmodernes, digitales Anzeigesystem, das auswies, wann welche Linie eintreffen würde. Er musste mit der Zweier fahren, die laut Anzeige in drei Minuten ankommen würde. Er wartete ungeduldig und sah sich um. Das alte Augsburg war weit weg von diesem verlorenen Ort. Ein Konglomerat hässlicher Zweckbauten versiegelte die Erdoberfläche, vor einem Internetcafé, das auch DVDs anpries, lungerten ein paar windige Gestalten herum. Eine Gruppe pubertärer Mädchen zeigte gepiercte Näbel und seltsame Tätowierungen zwischen Arsch und Rücken. Als einige Minuten vergangen waren, stand hinter der Linie Zwei eine Eins. Noch eine Minute also. Was so ein Leuchtspursystem wohl gekostet haben mochte, dafür dass es einem die Zeit stahl? Das Ding nervte ihn, so wie ihn alles rundherum nervte. Er sah auf seine Uhr. Solides

Schweizer Uhrenhandwerk, Automatik, Co-Axial. Der Sekundenzeiger schnappte präzise von einem Strich zum anderen – eine Minute bestand bei den Schweizern noch aus sechzig Sekunden. Die Augsburger Minuten schienen länger zu sein, als anderswo, denn die auf der Anzeigetafel angezeigte Minute war nach erst zweieinhalb Minuten vorbei. Die Eins verschwand und ein Straßenbahnsymbol erschien. Doch weit und breit keine Straßenbahn. So war das also in einer Stadt, in der die Zeit fast stehen geblieben war. Schon etwas verzweifelt betrachtete er den Bildschirm gegenüber, auf dem die aktuellen Pferdewetten aufgelistet wurden, als er von rechts ein Krachen und Klappern hörte. Ein blaues Ungetüm näherte sich. Sieben Minuten dauerte der Ritt mit der Museumsbahn mitten hinein in die Augsburger Innenstadt. Er eilte die Maximilianstraße hinunter, vorbei an prächtigen Brunnen und Fassaden, die ein wenig für die bisher erlebte Tristesse entschuldigten. Wie konnte es sein, dass eine Stadt, die über solch ein Potenzial verfügte, sich derart unter Wert verkaufte? Welches generöse Denken war denjenigen zu Grunde gelegen, die diese wunderbare Achse zwischen Rathaus und St. Ulrich und Afra geschaffen hatten? Die großen Würfe in der Stadtplanung waren Geschichte und kleinteiligem Gezeter um unwichtige Details gewichen. Aber das war Bucher jetzt egal. Er war schließlich aus einem anderen Grund gekommen und beschleunigte seine Schritte. Nur am Tor gegenüber dem Herkulesbrunnen hielt er kurz inne und erinnerte sich an den Fall Maren Hengersberg, der ihn damals im November mit Manner zusammengebracht hatte.

Wenige Minuten später klingelte er am Hoftor der Kirchengemeinde. Vom Zug aus hatte er Peter erreicht und Gott sei Dank war er durch keinen anderen Termin blockiert.

Alleine schon das freundliche Gesicht mit diesen lebendigen Augen und den roten Backen zu sehen, tat Bucher gut. Die herzliche Umarmung umso mehr. Sie gingen hinauf in die Wohnküche. Eine gefüllte Karaffe stand am Tisch, daneben die geleerte Flasche Lanessan 1988. Bucher hatte sie Manner vor einigen Monaten geschenkt und der meinte, dass es doch eine geeignete Gelegenheit wäre, sie heute zu trinken. Dazu gab es Schinken und Käseschnitten, Tomaten mit Mozzarella, Oliven und Artischocken. Bucher entspannte nach und nach, ließ sich in die weichen Kissen der Eckbank sinken, nahm den ersten Schluck Lanessan – eine Offenbahrung. Gut zu wissen, dass noch einige Flaschen zu Hause herumlagen. Zwei, drei Jahre würde der Wein noch auf diesem Niveau bleiben.

Manner saß ihm gegenüber.

»Wie geht es Miriam? Ist sie noch in den Staaten?«

Bucher spülte genüsslich einen weiteren Schluck den Gaumen hinunter.

»Mhm.«

»Bei euch ist alles in Ordnung?«

»Ja. Kann ja nichts schief gehen, wenn wir uns eh nicht sehen.«

»Wann kommt sie wieder zurück?«

»Am Freitag.« Bucher war entsetzt, dass er sich noch gar nicht darauf freuen konnte, und Manner hatte es bemerkt.

»Was ist passiert?«

Bucher erzählte. Noch bevor es dunkel war, verlangte die Karaffe nachgefüllt zu werden. Diesmal mit einem Italiener. Zuvor stellte Manner zwei Teller mit Rhabarberkuchen auf den Tisch. »Vom Schenk. Der ist hier Innungsmeister der Konditoren – da geht es noch um Ehre. Probier mal!« Bucher liebte Rhabarber und dieser Schenk war ein Geschenk an diese Frucht, denn was er daraus machte, war vollendet. Bucher ging es zusehends besser. Peter Manners Art zu erklären, zu reden, der Wein, das Essen und die inzwischen vertraute Umgebung in dieser Pfarrküche wischten den Alb, der Bucher seit dem Morgen gequält hatte, hinweg, so dass er wieder in der Lage war zu denken, wenngleich ihm bewusst war, dass die Frage der Schuld noch länger in ihm bohren würde.

»Du hast also das Gefühl nicht recht weiterzukommen da oben?«

»Es ist kein Gefühl – ich komme nicht weiter. Wir haben zwar Fragmente offen legen können. Aber sie fügen sich nicht zusammen.«

»Du hast also Teile eines Bildes, die deiner Meinung nach alle zu einem Gesamtbild gehören. Diese Teile fügen sich jedoch nicht zusammen, es fehlen noch Schlüsselstellen. Und du hast nur eine neblige Ahnung von diesem Bild, aber noch keine Vorstellung von ihm.«

»Exakt.«

»Was denkst du? Woran könnte es liegen?«

»Ja ... an mir. Ich bringe die Zusammenhänge einfach nicht zusammen.«

»Und weshalb? Lass es doch mal sein, dich unter Druck zu setzen. Welche Situation ist das in diesem Karbsheim? So heißt das doch?«

Bucher überlegte. »Schweigen. Das ist es. Alle schweigen. Wir haben zwar diese Beziehungsgeschichte mit dem Aumacher und das mit dem Liebermann von Stoegg herausgefunden. Aber was fehlt, sind tiefere Einblicke in das Leben des Opfers. Die Leute im Dorf ...«, er hielt den Atem an, »... es ist wie eine Mauer. Nur oberflächliche Dinge sind es, die wir erfahren. Und – echte Trauer habe ich kaum festgestellt. Nur dieser Waldschrat und der eine Bruder, die hat es wirklich erwischt. Beim Rest aber – Betroffenheit, Angst, Erschrecken. Mehr nicht. Es ist, als wäre ihnen dieser Mord lediglich«, er suchte nach dem richtigen Wort, »... unangenehm. Ja. Unangenehm. Stell dir mal vor. Der Ehemann, die Geschwister, der Liebhaber. Keiner wusste angeblich von dieser Sache mit dem Kaiserschnitt!«

Manner hatte aufmerksam zugehört. »Klingt ja fast so, als ob alle etwas wüssten und daher als Kollektiv dazu verdammt sind zu schweigen. Sozusagen zum Schutz ihrer Dorfgemeinschaft.«

»Aber doch nicht einen Mörder, Peter. Schon gar nicht so einen. Der ist völlig gefühlskalt, ein Schlächter. Und das wissen die doch.«

»Ja schon. Aber es wäre nicht das erste Mal, dass so etwas

passiert. Der Druck in so einer Dorfgemeinschaft kann sehr ausgeprägt sein, ganz diffizil in Gang gesetzt werden. Angst. Schlichte Angst. Du sagst ja selbst, dass er hochintelligent sein muss. Allein diese Symbolik, also seine … Bildsprache, so hast du es genannt, deutet ja darauf hin, dass er nicht nur intelligent, sondern auch noch kreativ ist. Ich kann mir schon vorstellen, dass so jemand in der Lage ist, ein Gefühl der Angst zu erzeugen. Wer weiß, was da schon alles passiert ist.

»Siehst du«, sagte Bucher, »Genau darum geht es. Wer weiß, was da noch alles passiert ist. Eine Frau wird vermutlich verbrannt. Nichts passiert. Ihr Sohn wird eigentümlich und zum Einsiedler. Da ist Stoff für noch mehr Überraschungen vorhanden. Und da ist einfach nicht ranzukommen. Wie ein Panzer.«

»Was irgendwie auch verständlich ist. Wenn nur ein Stein ins Wanken gerät, dann bricht alles zusammen.« Manner dachte nach. »Gut. Und du bist dir also sicher, dass der Täter aus dem Dorf stammt?«

»Ja. Absolut sicher.«

»Und was ist das für eine Idee, über die du mit mir sprechen wolltest?«

Bucher überlegte noch einmal, ob er es überhaupt erwähnen sollte. Ihm selbst erschien es als grotesk.

»Es gehört zu meinen Angewohnheiten, an Tatorten Dinge zu notieren, die mich beschäftigen, Gedanken, Dinge, die ich sehe – also ganz wild durcheinander. Das hat meistens mit dem Fall nichts zu tun. Diese Notizen bin ich nochmals durchgegangen.« Bucher holte sein Notizbuch hervor. Manner lehnte sich mit verschränkten Armen zurück und hörte aufmerksam zu, als Bucher begann.

»Als ich das erste Mal zum Fundort gegangen bin, sind auf der Wiese Stechmücken über mich hergefallen und es ist noch etwas früh im Jahr, oder? An der Fundstelle selbst, im Schatten, haben mich dann zwei Bremsen am Hals erwischt.

An dem Abend, an dem das Opfer an der Stelle abgelegt wurde, übrigens an einer Trauerweide mit einem riesigen Krebsgeschwür am Stamm, ist ein Hagelsturm über dem

Auengrund niedergegangen. Deshalb war es schon weit vor Sonnenuntergang ziemlich finster. Auf der Bluse des Opfers wurde eine DNA-Spur gesichert. Allerdings hat sich herausgestellt, dass es sich um einen Frosch gehandelt hat, der offenbar über die Leiche gehüpft ist. In diesem Augrund gibt es ziemlich viele Viecher. Als ich später noch mal drunten war, habe ich auch Frösche gesehen, sie sind ja durch ihr Gequake wesentlich präsenter als diese Blutsauger. Ach ja, Heuschrecken sind auch rumgeflogen. Große grüne und die kleinen Grashupfer. Ein paar hundert Meter weit von der Fundstelle entfernt hat ein Bauer eine Weide mit Kühen und Pferden. Zwei Pferde lagen an diesem Sonntagmorgen verendet auf der Weide.«

Manner lachte betreten. »Entschuldige. Aber das klingt, also sei mir nicht böse, es klingt ein wenig wirr, was du da erzählst.«

Bucher sah ihn mit einem so ernsten und traurigen Gesicht an, dass ihn schauderte. »Peter. Er hat sie nicht dort unten getötet. Aber das Ufer war voll mit ihrem Blut und das Wasser auch. Auf dem Wasser schwammen noch am nächsten Morgen große Blutflecken, zum Teil auf Blättern und Zweigen, die der Hagelsturm angeschlagen hatte.«

Manner wurde ganz heiß, als ihm klar wurde, worauf Bucher hinaus wollte. Er schüttelte den Kopf und ein eisiger Schauer lief ihm über den Rücken. »Nein, Johannes. Das gibts nicht.«

Bucher beugte sich über den Tisch und flüsterte gedrückt, voller Abscheu: »Doch. Ich weiß es doch. Eine fehlt. Und genau die passt.«

Manner zählte auf: »Das Wasser voller Blut, Frösche, Stechmücken, Stechfliegen, Viehpest, Geschwüre, Hagel, Heuschrecken, die Finsternis, mein Gott, das sind ja die zehn Plagen!«

Bucher hob beide Hände und knickte den rechten Daumen ab. »Neun sind es hier, Peter. Die zehnte fehlt.«

»Die Tötung der Erstgeburt.«

»Ja. Die Tötung der Erstgeburt. Und deshalb stellen sich

diese Fragen: Wieso fehlt ausgerechnet die zehnte Plage? Ist sie schon begangen worden? Wenn ja, wann? Vor kurzem, oder schon vor einigen Tagen, Wochen, Jahren? Steht dieser Kindsmord vielleicht noch zu erwarten? Weißt du, das ist es, was mich umtreibt. Immer zentraler rückt die Thematik des Kindes in den Mittelpunkt. Was immer den Täter antreibt, es hat etwas mit einem Kind zu tun. Ich habe dir ja von dem Zusammenhang Knie und Kind erzählt, die ich in diesem Lexikon gefunden habe. Doch – ich komme einfach nicht weiter. Vielleicht gelingt es, wenn ich mehr über diese Plagen erfahren kann. Deshalb bin ich hier.« Er verbesserte sich sofort. »Nicht nur deshalb, du weißt. Auch um wieder einmal in dieser gemütlichen Küche zu sitzen und mit dir guten Wein zu trinken.«

Manner ging in sein Arbeitszimmer und kam mit zwei Wälzern zurück. Während er in den Büchern suchte, bediente Bucher sich noch einmal bei Schinken und Artischocken.

Manner sah auf. »Wie kommst du eigentlich auf die Plagen, sag mal? Das ist doch verrückt.«

Bucher ließ die Frage unbeantwortet, erzählte nicht von Hüllmer und dessen Erzählung von der Plagerei im Auengrund. Manner sollte sich auf seine Bücher konzentrieren. Nach einigen Minuten hob er den Kopf und stöhnte. »Du kommst aber auch immer mit Fragen an. Weißt du, dass das wieder so ein zentraler Punkt im Alten Testament ist?«

Bucher schüttelte den Kopf. Manner murrte und legte das Buch beiseite. »Die Geschichte mit den Plagen ist ja allgemein bekannt. Mose soll sein Volk aus ägyptischer Knechtschaft bringen. Der Pharao lässt die Juden aber nicht ziehen, und so sendet Gott die zehn Plagen über Ägypten, bis schließlich nach der letzten Plage, der Tötung der Erstgeburt, der Pharao klein beigibt und die Juden ziehen lässt.«

Bucher stimmte mit dem Weinglas in der Hand zu. »Kann mich noch erinnern. Dann bereut er es, sendet sein Heer nach, das dann im Roten Meer, welches sich den Flüchtlingen geöffnet hat, ertrinkt. Oder war da nicht noch was mit einem Schilfmeer?«

»Ja. So in etwa. Ich will aber auf etwas anderes hinaus. Der Pharao hatte ja keine Chance.«

»Klar«, sagte Bucher, »er hat sich ja mit Gott angelegt.«

Manner schürzte die Lippen und schüttelte den Kopf. »So habe ich das nicht gemeint. Es geht um eine der zentralen Fragen in der Theologie.«

»Oh je. Kommt wieder eine Vorlesung?«

»Du wolltest das wissen.«

»Sorry.«

Manner sagte: »Theodizee.«

Bucher merkte, dass er schon wieder auf Montaignes Spuren wandelte, den Magen stärkte, den Schlaf förderte und entspannte – und hatte Manner nicht gerade was von Tee gesagt? Er fragte vorsichtshalber indifferent zurück.

»Wie bitte, Peter?«

»Theodizee – Leid und Böses in der Welt«, wiederholte Manner, »darum geht es an dieser Stelle in der Bibel. Auch an anderen natürlich, im Buch Hiob zum Beispiel. Aber wir haben es ja mit den Plagen zu tun. Ein schönes Beispiel übrigens für narrative Theologie.

Das spannende an der Sache ist ja, dass Gott Mose sagt, dass er das Herz des Pharao verhärten werde, so dass dieser auf die Forderung Moses, sein Volk ziehen zu lassen, gar nicht eingehen kann. Gott gibt dem Pharao keinerlei Verhaltensoption. Er lässt ihn quasi ins offene Messer laufen.« Manner sah Bucher eindringlich an. »Ich will das nicht näher ausbreiten, aber Epikur hat die Theodizee so umschrieben: Entweder will Gott die Übel beseitigen und kann es nicht: dann ist Gott schwach, was auf ihn nicht zutrifft, oder er kann es und will es nicht: dann ist Gott missgünstig, was ihm fremd ist, oder er will es nicht und kann es nicht: dann ist er schwach und missgünstig zugleich, also nicht Gott, oder er will es und kann es, was allein für Gott ziemt: Woher kommen dann die Übel und warum nimmt er sie nicht hinweg? Bis heute beschäftigt diese Frage uns Menschen – Gläubige wie Atheisten.

Der Philosoph und Naturwissenschaftler Leibniz versuchte aufgrund des schrecklichen Erdbebens in Lissabon das Böse, den freien Willen des Menschen und die Rechtfertigung der Schöpfung Gottes in Einklang zu bringen. Bei ihm gilt Gott als vollkommen weise, mächtig und gut, der die beste aller möglichen Welten geschaffen hat. Wir können demnach froh sein in der besten aller Welten zu leben, auch wenn wir es nicht verstehen können. Keine Antwort auf die Frage zu finden – ›warum?‹

In unserer hochtechnisierten modernen Lebenswelt herrscht eine solche Ansammlung von Angst und Frustration – das nur am Rande. Ein zeitgenössischer Religionskritiker stellte übrigens die These auf, dass wir die Frustrationen unserer heutigen inhumanen Arbeitswelt vorwiegend nicht mehr mit Hilfe religiöser Rituale und Illusionen ertragen, sondern unter dem betäubenden Schwall einer allgegenwärtigen Bewusstseins- und Vergnügungsindustrie.«

»Also der ganze Talkshowmist und Legoland-Tourismus.«

Manner schmunzelte. »Exakt.«

Bucher sah ihn zweifelnd an. »Ja. Schön. Epikur, Leibniz, Religionskritiker – Theodizee.«

Manner runzelte die Stirn. »Pass auf. Du hast vorhin die Frage gestellt, wie kann es sein, dass dieser kleine Kerl da an der Brücke auf so grausame Weise getötet wird? Du hast es sehr allgemein formuliert: ›Wie kann es sein‹. Eigentlich bist du aber auf der Suche nach jemandem, der hierfür die Verantwortung trägt, und damit meine ich nicht den Täter. Ich denke, was du sagen wolltest war: Wie kann Gott so eine schreckliche Tat, dieses Elend zulassen? – Dann bist du mitten drin in der Diskussion um die Theodizee.«

»Das habe ich inzwischen ja kapiert. Nur bin ich schon wieder auf dem Weg, herauszufinden, ob es etwas mit meinem Täter zu tun haben kann. Wo die Abzweigung zu ihm ist.«

»Bleib mal bei dieser Frage. Wo suchst du denn die Verantwortung? Wer kann außer dem Täter denn noch verantwortlich sein, außer Gott?«

Buchers Antwort kam schnell. »Ich. Ich hätte ihn rausnehmen müssen aus dieser Gefahr. Es war doch offensichtlich, dass er etwas zum Mord zu erzählen hatte und somit in Gefahr war.«

Manner schüttelte den Kopf. »Klar. Du fühlst dich verantwortlich – und schuldig. Aber glaubst du wirklich, dass du eine Chance hattest, seinen Tod zu verhindern? Schau dir diesen Pharao an.«

Bucher verstand nicht. Sicher hatte Gott sein Herz nicht verhärtet, so dass Waldemar Gurscht ermordet werden konnte.

»Oder anders, Johannes. Wo willst du mit deiner, wie ich meine, vermeintlichen Schuld hin?«

»Vielleicht muss jeder mit seiner Schuld zurechtkommen, für sich.«

Manner lächelte. »Und du weißt ganz genau, dass das nicht lange gut geht, denn kein Mensch kann das aushalten. Du weißt es.«

Bucher atmete schwer und stöhnte. »Es ist eben ein Elend.«

»Du weißt, ich war lange Jahre in Brasilien. Dort war das Elend rein äußerlich viel elender als hier. Die seelische Not der Menschen war aber genauso groß. Kein Unterschied. Nochmals – wir leben in der besten Welt, auch mit einem Land wie Brasilien, das nicht für das Beste steht, und müssen Übel akzeptieren. Mit dieser Welt müssen wir zurechtkommen.«

Er deutete über den Tisch hinweg auf Bucher. »Gleichwie! Zurück zu deinem Fall. Nach allem was du erzählt hast – diese bildhafte Verwendung von Symbolen, der Mord, die Zurschaustellung der Leiche, das alles erscheint mir eine Allegorie auf die Theodizee zu sein und der Täter muss über theologisches Wissen verfügen. Ich halte es für ausgeschlossen, dass es sich hier um Zufälligkeiten handelt.«

Der Wein lähmte zusehends Buchers Fähigkeit konstruktiv zu denken. Er war jetzt müde und erschöpft, lediglich die Frustration – das war Manner gelungen – war nicht mehr in dem Maße vorhanden. Die Sache mit dieser Theodizee war ihm zuviel. Außerdem hätte er Miriam anrufen sollen. Im Moment war ihm alles zuviel. Wenigstens war ihm das weitere Vorgehen klar. Dem Mörder würde er keine Ruhe mehr lassen. Keine Ruhe mehr.

Morgen würde er sich mit klarem Kopf den Informationen Manners widmen, an diesem Abend war er nicht mehr dazu in der Lage. Mit einem kurzen Wink gab er zu verstehen, dass er genügend gehört hatte und fragte: »Wie läuft es eigentlich bei dir so. Sind die Schäflein alle brav?«

Manner schob die Bücher zur Seite und sagte zweideutig: »Die Schäflein schon.«

»Äh … du vielleicht nicht?«

Manner schüttelte lachend den Kopf. Der Italiener hatte seinem Gesicht ein gleichmäßig warmes Rot verliehen. »Also bitte. Du kennst mich doch. Nein. Wir haben einen neuen Bischof bekommen.«

Bucher glaubte sich zu erinnern, es in der Süddeutschen gelesen zu haben. »Ach ja. So ein Soldatenpfarrer war das vorher, oder so.«

Manner lachte, dass sich Tränen in seinen Augen sammelten.

Bucher fragte nach: »Und? Seid ihr mit dem Neuen nicht zufrieden? Hast du Schwierigkeiten?«

Manner winkte ab, noch immer lachend.

»Nein. Ist halt ein völlig anderer Stil eingezogen. Gewöhnungsbedürftig, aber wenn es so bleibt, können wir zufrieden sein. Es hat zwar einige überraschende Personalentscheidungen gegeben, aber das Schlimmste ist ja verhindert worden.«

Bucher verstand nicht. »Wie, das Schlimmste?«

»Schwierig zu erklären. Aber es hätte da ein anderer zum Zuge kommen können, ganz aus der Nähe hier. Das wäre wirklich schlimm geworden, gerade in einer Stadt wie Augsburg, die für Ökumene steht. Die Stadt des Religionsfriedens und der Unterzeichnung der Rechtfertigungserklärung.«

»Also wenigstens ist euer Neuer nicht so ein Betonkopf wie dieser Bischof in Regensburg, der ständig in der Presse ist mit irgendwelchen Verfahren gegen seine Leute. Das scheint mir doch ein rechter Prozesshansel zu sein, oder?«

Manner zog die Stirn in Falten. »Das Kirchenrecht stellt scharfe Schwerter zur Verfügung. Manche ziehen sie.«

Es war Bucher recht, dass Manner wegen einer Besprechung sehr früh am nächsten Morgen aufstehen musste. Sie verabschiedeten sich und Bucher machte sich auf den Weg zum Bahnhof. Auf dem Weg von der Straßenbahnhaltestelle zum Bahnhof hatte er zweimal die Gelegenheit zu Tode zu kommen. Die engen Steige reichten für die Pendlermassen nicht aus und er wurde auf die Straßen gedrückt. Mitten durch das Gewühl von Menschen zog der innerstädtische Autoverkehr. Zweihundert Meter weiter wäre er fast in einen Bus gelaufen, der aus einer nicht einzusehenden Ausfahrt quer zum seitlichen Bahnhofszugang geschossen kam. Endlich am Bahnsteig sechs angekommen, hörte er noch ein knarrendes »Vielen Dank für ihr Verständnis« und anschließendes Gelächter und Gemurmel. Ein Zug war wohl ausgefallen und die Pendlermassen strömten alle auf Bahnsteig sechs. Der ICE kam mit nur zehn Minuten Verspätung an, was niemanden störte. Im Gegenteil, die meisten waren damit hochzufrieden. Sagenhafte fünfzig Minuten dauerte der Trip nach München.

Er eilte in Richtung U-Bahn und suchte im Zickzack seinen Weg durch den Ameisenhaufen der Bahnhofshalle. Der Boden glänzte, kein Papierchen lag herum, aber ein Bratwurststand durfte den widerlichen Dampf alten Fetts in die Umgebung entlassen.

Bucher nahm das in diesem Gebäude bestimmende Tempo auf – kurze, flotte Schritte.

Die U-Bahn war wie immer pünktlich. Schnell passierte er die Sicherheitstür im LKA, grüßte die Vorübergehenden, querte den Innenhof und chipte sich durch die hässliche Metalltür im Erdgeschoss des Altbaus. Eine Tür weiter und er stand in den Räumen der Fahrstaffel. Er wunderte sich, dass sich eine Fahrstaffel noch so altmodisch nennen konnte.

Waren die noch von keiner Umstrukturierung erfasst worden, hatte noch kein *Consultant* für fünfzehnhundert Euro Tagessatz die Idee gehabt, Schilder drucken zu lassen auf denen »Kfz-Kompetenzzentrum« stand? Aber natürlich, fiel ihm ein, in dem Vortrag neulich war ja die Rede davon, dass in den Bereichsbezeichnungen sich Kompetenz und Servicecharakter finden sollten. *Car Point Service Center* oder so. Das war doch eine Menge Kohle wert.

Bucher verschonte die drei gut gelaunten Kerle mit seinen abstrusen Gedanken und schilderte das widerwillige Verhalten seines Passats. Als er Alter und Kilometerstand nannte, erntete er teils mitleidige Blicke und Schulterzucken.

Bei der Kriminaltechnik brauchte er nicht lange. Die Spurensicherung hatte er schon informiert, und ein Team war bereits damit beschäftigt, das technische Equipment zu verpacken. Sie würden noch heute Nachmittag damit beginnen, das Anwesen von Carola Hartel unter die Lupe zu nehmen. Bucher spürte wieder Energie. Das Tal, in welches ihn der Mord an Waldemar Gurscht gestürzt hatte, war weniger tief, als er befürchtet hatte. Es war gut gewesen, Würzburg zu verlassen und mit Peter Manner zu reden, dachte er, als der durch die Gänge rauschte. Er war auf dem Weg zum Ausgang, um zu den Kollegen der Kunstfahndung zu fahren, die am anderen Ende der Stadt ein nobleres Arbeitsumfeld gefunden hatten, als es in der alten Bude in der Maillingerstraße möglich gewesen wäre. Er war schon fast am Treppenabgang angekommen, als ihn dieses schnarrende »Ja Bucher!«, von hinten durch den Gang schallend, stoppte. Ka-Ef.

Er drehte sich zu ihm um und wartete. Kundermann-Falckenhayn hielt das Anrufen schon für die Begrüßung und stieg gewohnt unfreundlich in das Gespräch ein. »Wie lange dauert das denn noch da oben?«

»Bis wir den Täter gefasst haben«, antwortete Bucher lakonisch, darauf bedacht, nicht verächtlich zu klingen. Er war sogar imstande zu lächeln, doch nicht aus Freundlichkeit, sondern als ihm wieder klar wurde, dass Kundermann gezwungen war den Kopf anzuheben, um einen Blickkontakt herzustellen.

»Ich brauche noch Ihre Stellungnahme zur Umstrukturierung«, sagte Kundermann.

Bucher antwortete hinterhältig: »Schöne Grüße übrigens von Kollege Weiss. Ich habe ihn in Augsburg im Krankenhaus besucht und mit ihm über diese Umstrukturierung gesprochen. Er war über diese Strukturierung noch gar nicht informiert.«

Ka-Ef zeigte keine Regung. »Die Beratungsfirma möchte möglichst bald ihren Abschlussbericht vorlegen.«

»Ja. Wie gesagt. Ich bin in Eile, weil ich wieder nach Würzburg muss.«

»Sobald Sie zurück sind, bitte Ihre Stellungnahme. Wir wollen die Ergebnisse nämlich in einer großen Präsentation vorstellen.«

Bucher schwieg, blinzelte nicht, hielt den Kopf starr. Aha. Große Präsentation. Er sah schon wieder Buchstaben durch die Luft wirbeln. Er arbeitete also an einer neuen Powerpointpräsentation.

Der Stand der Ermittlungen interessierte Ka-Ef überhaupt nicht, nur dieses unsinnige Managementgeschwafel und die Powerpointpräsentationen.

Ohne ihm ein Signal gegeben zu haben, verabschiedete sich Bucher mit dem Ausdruck des Bedauerns, aber er wäre nun mal in Eile. Am frühen Nachmittag fuhr sein Zug nach Würzburg. Diesmal die schnelle Variante mit dem ICE über Ingolstadt und Nürnberg. Vorher musste er noch in den Münchner Osten. Sein Entschluss stand fest. Stoeggs Kunstsammlung sollte genauer in Augenschein genommen werden und dazu waren Spezialisten erforderlich. Die Künstler des LKA hatten ihre Büros in einem modernen Bürokomplex in der Nähe des Ostbahnhofs. Teppichboden dämpfte die Schritte in den Gängen, die Büros waren großzügig, hell und mit ansprechenden Möbeln ausgestattet. Das hatte Stil hier. Eine Sekretärin brachte Kaffee, sie saßen an einem großen runden Besprechungstisch in einer voll verglasten Raumecke mit tollem Blick auf die Nachbarschaft. Als Bucher die Intarsien der Tischplatte betrachtete, sinnierte er darüber nach, wie wohl der Beschaffungsantrag für dieses Stück formuliert gewesen sein könnte.

Im Gespräch kristallisierte sich heraus, wer Bucher vor Ort unterstützen konnte. Eine junge Kollegin, die nach dem Abitur ein paar Semester Literatur- und Kunstgeschichte studiert hatte und letztendlich bei der Polizei gelandet war. Sie war Expertin für Impressionismus und Drucke. Ihr zur Seite würde ein älterer Kollege stehen, der Bucher an Kappenberg erinnerte, er war auf Beutekunst spezialisiert. Auch sie würden noch heute mit ihrem Job beginnen.

Während der Zugfahrt telefonierte Bucher mit Wüsthoff, der die erforderlichen Durchsuchungsbeschlüsse ohne große Nachfrage genehmigte. Dann rief er bei Lara an, erfuhr, dass sie gerade beim Bruder von Carola Hartel waren. Er setzte sie mit wenigen Sätzen über das in Kenntnis, was er erfahren und veranlasst hatte. Am Schluss des Gespräches fragte er sie, ob sie sauer auf ihn sei, wegen seines fluchtähnlichen Weggangs am gestrigen Tag. Sie antwortete mit einem deutlichen »Ja«, dem noch immer ihr Ärger anzumerken war, erzählte dann aber von den Ergebnissen, die der gestrige Tag noch erbracht hatte. Es waren keine Neuigkeiten dabei. Schließlich kam sie auf die Obduktion zu sprechen und die vorher stattfindende Identifizierung des Ermordeten durch seine Eltern. Es war nicht nötig, dass sie betonte, wie schlimm es gewesen sein musste. Alles, was sie nicht beschreiben konnte, lag in der Art und Weise, wie sie sagte: »Und vorher waren noch seine Eltern da. Wir haben alles versucht, aber das Zeug ist nur schlecht von der Haut herunter zu bekommen.«

Hartmann wartete schon am Bahnhof und erzählte, dass das Spurenteam bereits in Gollheim am Arbeiten war. Sie fuhren zur Polizeiinspektion Ochsenfurt. Dort war das Treffen mit den Kunstfahndern vereinbart.

Am Ende des Nachmittags fuhren sieben Fahrzeuge in den Schlosshof. Das Ermittlungsteam, die Kunstfahnder, Hüllmer und zwei Streifenwagen. Die Schwestern waren in heller Aufregung und sie taten Bucher leid, doch es half alles nicht. Er ging mit Hartmann und Lara Saiter zum Büro der Oberin. Die lehnte am offenen Fenster und wunderte sich über den Fuhrpark im Hof. Als Bucher gleichzeitig klopfend und die Tür öffnend mit unfreundlicher Miene in ihr Büro trat, sie sich umdrehte und entsetzt auf die Polizisten blickte, lief sie sogleich zornesrot an. Bucher sagte, dass sie wissen wollten, ob im Schlossbau noch Privaträume von Stoegg zu finden wären. Sie presste die Lippen aufeinander und bellte los: »Jetzt muss ich doch einmal eine Lanze für den Herrn Rektor brechen!«

Bucher fuhr sie an: »Brechen sie wo und was sie wollen. Jetzt beantworten Sie meine Frage. Hat Herr Stoegg oder seine Frau hier noch exklusiven Zugang zu Räumen?« Er hielt ein paar Blätter hoch. »Das ist ein Durchsuchungsbeschluss!« In Wirklichkeit waren es vier Blankoformblätter Sicherstellungsverzeichnis, die er dabei hatte. Aber das raschelnde Papier und die unverhohlene Aggressivität in seiner Stimme ließen sie sofort einlenken.

»Ja. Der Gästepavillon.«

»Der was?«, fragte Lara Saiter erstaunt.

Eine schmächtige, ältere Schwester mit großer runder Brille, die ihnen gefolgt war und die Szene mitbekommen hatte, sagte sichtlich beeindruckt: »Der Gästepavillon ist im hinteren Anbau. Für Gäste des Rektors eben.«

»Und da hat nur der Rektor Zugang.«

»Ja. Da hat er drauf bestanden. Wenn keine Gäste da sind, hält er sich manchmal mit seiner Frau und auch den Kindern, wenn die mal zu Besuch hier sind, dort auf.«

»Aber das Haus dort oben auf dieser Wiese, das hat doch sicher auch Gästezimmer?«, fragte Bucher nach.

»Sicher. Sogar schöne. Aber er wollte das so.« Sie sprach jetzt schon sicherer und vermittelte, dass sie mit den Entscheidungen des Rektors keinesfalls so in Einklang stand wie ihre Oberin. Die war inzwischen kreidebleich und stützte sich am Schreibtisch auf. Wahrscheinlich war ihr bewusst geworden, was gerade stattfand. Eine Durchsuchung.

Bucher und die anderen folgten der Schmächtigen zum Gästepavillon. Die Bezeichnung Pavillon war maßlos untertrieben. An der Nordseite des barocken Schlosses drang ein nachträglich angefügter sechseckiger Bau hervor. Der Gästepavillon selbst umfasste aber den kompletten zweistöckigen Trakt und verfügte über einen eigenen Zugang. Von den Türen, die zum Schwesternbau hinüberführten, waren die Klinken abmontiert. Im Erdgeschoss befand sich ein einziger riesiger Raum bedeckt mit feinstem Holzboden. Darauf edle Teppiche. Drei Ledersessel und zwei ausladende, lange Sofas vor dem offenen Kamin vermittelten eine gediegene Gemütlichkeit.

Möchte gar nicht wissen, was hier so alles besprochen worden ist, dachte Bucher und ließ seinen Blick über die Gemälde und Graphiken streifen, die an den Wänden hingen. Er ging sofort wieder hinaus und überließ den Fachleuten die Arbeit. Batthuber war mit Hartmann unterwegs zu Stoeggs Haus, um ihm den Durchsuchungsbeschluss zu eröffnen, den Batthuber bei Wüsthoff abgeholt hatte.

Die Durchsuchung der Räume und die Vernehmungen zogen sich bis in die Nacht. Aumacher, selbst nicht betroffen, litt unter partieller Amnesie. Er konnte sich nicht einmal mehr daran erinnern, dass im Gästepavillon überhaupt Bilder zu finden waren. Ein schmaler lilafarbener Streif lag im Westen über den Baumwipfeln und darüber die letzten Reste eines schwarzblauen Himmels, dessen Dunkelheit von hell leuchtenden Sternenflecken zerrissen wurde. Bucher war auf dem Weg nach Gollheim. Dort unterstützte Hüllmer das Spurensicherungsteam. Das Hoftor stand weit offen. Davor hatten sich Gruppen mit Neugierigen gesammelt. Alte, Kinder, Frauen, Männer. Bucher musste beim Einfahren in den Hof aufpassen niemanden umzufahren. Aus der Scheune drang das grelle Licht von Scheinwerfern. Ein Generator ratterte irgendwo und es stank nach Rasenmäher. Er begrüßte die Kollegen aus München und ging zu Hüllmer.

»Hast du es dabei?«

»Klar. Wie du gesagt hast.« Sie gingen zum VW-Bus des Hundstratzers und Hüllmer reichte Bucher einen Rucksack, dann stemmte er einen länglichen Sack von der Rückbank und legte ihn in Buchers Benz.

»Was machst du eigentlich mit deiner eigenen Kiste?«, fragte er Bucher, als er den Kofferraumdeckel zuschlug.

»Gibts hier ne gute Werkstatt?«

»Kein Problem«, lautete die Antwort.

Bucher fuhr von Carola Hartels Haus zur Kirche von Gollheim. Dort wartete er bis der Zeiger die volle Stunde anzeigte und gab Gas. Er raste mit unerlaubt hoher Geschwindigkeit zum Ort hinaus. Die lang gezogenen Kurven der einsamen, engen Landstraße nahm das moderne Fahrwerk wie eine Eisenbahn, eiskalt, ohne rucken. Er jagte Richtung Osten, fand dort keinen Lichtstreif am Himmel. Nur pures Schwarz und Sterne wie Nadelstiche darin. Am Feldweg, der in den Auengrund hinunter führte, bog er ab und holperte ohne Rücksicht auf das neue Auto bis zur Einbuchtung. Dort stellte er das Auto ab, löschte das Licht, schlüpfte in einen Blaumann, zog den kleinen Rucksack über und holte den Sack aus dem Kofferraum. Er sollte um die sechzig Kilo wiegen. Es dauerte eine Weile, bis er ihn auf seiner Schulter zurechtgelegt hatte. Dann eilte er in das Dunkel des Waldes, bemühte seine Erinnerung, diesen Pfad wiederzufinden. Es dauerte gar nicht lange, bis sich seine Augen an das Dunkel gewöhnt hatten. Hastig stolperte er den Hügel hinunter, ab und an blieb er an einem Stamm hängen, ein Zweig schlug ihm ins Gesicht. Nach einem kurzen Stück schaltete er die Stirnlampe an, sicher, dass der Schein nicht von der Straße her zu sehen war. Auf dem Weg abwärts wirkte das Gewicht auf dem Rücken eher hinderlich als zu schwer. Unten angekommen lief er hinüber zur Trauerweide, legte den Sack vorsichtig ab und nahm den Rucksack von der Schulter. Hüllmer hatte alles vorbereitet. Ein Kälberstrick, ein verschlossener Plastikbehälter, Nagel und Hammer waren darin. Dann richtete er den Sack so aus, wie man Carola Hartel gefunden hatte. Das Ding zuzuziehen war viel schwerer als es auf der Schulter zu tragen. Er schlug den Nagel in den Stamm und band dann den Kälberstrick an den Sack. Er machte vier Knoten. Danach ging er ein paar Meter am Fluss entlang und tat so, als würde er fotografieren. Gut, das Blut musste noch verteilt werden. Er öffnete den Behälter, vergoss und verspritzte die Flüssigkeit. Dann besah er sein Werk. Hatte er etwas vergessen? Nein. Den Eingang zum Pfad zu finden fiel ihm von hier schwerer. Er hastete Richtung Auto, zog sich immer wieder an Zweigen und Baumstämmen nach oben. Am Auto riss er den Blaumann und die Badekappe herunter, wechselte Strümpfe und Schuhe und raste wieder los. Weiter nach Osten. Als er vor der Kirche in Mendersberg ankam, nahm er die Zeit.

Ja!, dachte er. So hat das funktioniert.

Für den Weg von Gollheim nach Mendersberg hatte er zweiunddreißig Minuten benötigt. Erleichtert fuhr er weg, hielt aber nicht an der *Quelle*, sondern begab sich auf die Landstraße und fuhr ohne Ziel durch die Nacht. Auf B4 lief Rachmaninoffs drittes, aufwühlendes Klavierkonzert. Das, was er da machte, war gefährlicher als mit Alkohol im Blut herumzugondeln, doch er konnte beim Autofahren so wunderbar nachdenken. Etwa eine Stunde später hielt er vor der *Quelle* an. Im Gastraum war nur noch eine Schafkopfrunde an einem Seitentisch zugange. Am runden Stammtisch hielten zwei einsame Trinker die Stellung. Durch die Milchglasscheiben sah er, dass im Nebenraum einiges los war. Verschwitzt und abgerissen, wie er von seinem Waldspaziergang noch war, ging er hinein und blickte in zufriedene Gesichter. Besonders die Kunstfahnder erweckten den Eindruck, einen Coup gelandet zu haben. Wichtiger war aber das, was die Leiterin der Spurensicherung zu berichten hatte. Im hinteren Teil der Scheune hatten sie einen Bereich ausfindig gemacht, der mit Stroh und Heu notdürftig bedeckt war. Darunter fanden sich erhebliche Blutspuren, die jemand versucht hatte im Staub zu verwischen. Der Laborabgleich morgen würde also ziemlich sicher ergeben, dass es sich um Carola Hartels Blut handelte.

Er hatte entschieden, dass sie sich vorerst um den Mord an Carola Hartel kümmern sollten. Die Würzburger Kollegen konnten die ersten Routineschritte in Sachen Waldemar Gurscht übernehmen. Dass sie dem Täter schon sehr nahe waren, konnte er spüren, und gerade das machte ihn traurig, denn der Mord an Waldemar Gurscht war völlig überflüssig und verschaffte dem Täter nicht einmal mehr Zeit. Die anderen waren mit seiner Entscheidung einverstanden. Bucher beschäftigte zudem noch die Frage, woher der Täter wusste, dass Gurscht eine Gefahr für ihn war – hatten die beiden sich gesehen, oder war im Dorf über Waldemar Gurschts Versuch gequatscht worden, mit Bucher zu sprechen?

Mit halbem Ohr hörte er Lara zu. »Er hat ihr in ihrem Haus aufgelauert, sie mit einem Schlag betäubt und in der Scheune dann getötet«, resümierte Lara mit müdem Blick zu Bucher.

»Genau so war es«, sagte der und vermittelte ihr damit, nicht nachzufragen, wo er die ganze Zeit gewesen sei. Vor den anderen hatte er nicht vor, über seine Tour zu reden.

Die Künstler machten sich auch schon auf den Weg. Sie hatten Unterkunft in Ochsenfurt bezogen, die Spurensicherer mussten noch nach Würzburg. Die Kapazität der *Quelle* war erschöpft. Als alle anderen gegangen waren und Bucher mit seinem Team wieder alleine war, kam er auf seinen Versuch zu sprechen. Es war also durchaus möglich, dass einer der Gottesdienstbesucher Carola Hartel an die Stelle am Fluss gebracht hatte. Vorausgesetzt, die Leiche lag schon im Auto, das vor der Kirche stand. Dann erzählte er von seiner Entdeckung, die zehn Plagen betreffend, und den Schlüssen, die er daraus zog. Keiner hatte seinen Ausführungen etwas hinzuzufügen. Es war zu unwirklich, was Bucher da konstruierte, und doch auf erschreckende Weise logisch und nachvollziehbar.

Hartmann berichtete, dass sie herausgefunden hatten, dass Carola Hartel kurz nach Abschluss ihrer Lehre für etwa ein halbes Jahr nicht in Karbsheim gelebt hatte. Es waren wirklich die einzigen paar Monate ihres Lebens, die sie nicht in Dorfnähe verbracht hatte. Ihr Bruder erinnerte sich noch an den Namen des Supermarktes in Aachen, bei dem sie beschäftigt war. Keiner konnte damals verstehen, weshalb sie aus Karbsheim weggegangen war, allerdings wunderte sich auch niemand, als sie ein dreiviertel Jahr später wieder zurückgekehrte, in einem erbarmungswürdigen Zustand, wie ihre Schwägerin sich noch erinnerte.

»Ist gut vorstellbar, nach einem Kaiserschnitt und dem was danach passiert sein mag«, sagte Lara. Wir werden uns um diese Aachener Spur kümmern. Sie hat da nicht nur in einem Supermarkt gearbeitet, sondern muss auch irgendwo gewohnt haben.«

»Da ist Holland nicht weit weg«, dachte Hartmann laut nach.

»Das ist aber nicht gerade für Kaiserschnitte so berühmt gewesen«, meinte Lara.

»Vielleicht ging's nicht anders.«

Jemand von ihnen musste nach Aachen, das war klar. Sie entschieden sich für Hartmann, der sich mit Händen und Füßen wehrte, doch keines seiner Argumente verfing und konnte ihm aus der Patsche helfen. Batthuber fand mit dem Routenplaner seines Notebooks noch an Ort und Stelle heraus, dass es von Ochsenfurt nur knapp vierhundert Kilometer waren. Er meinte, dass er es in gut zwei Stunden schaffen würde. Es war seine kleine Rache für die Sache mit den zwei Freundinnen.

Alle waren müde und lösten die Runde nicht ungern auf. Bucher musste Miriam endlich anrufen und jetzt war es da drüben früher Abend, also ideal.

Er hatte ein richtig schlechtes Gewissen, als er es auf der anderen Seite des Atlantiks klingeln ließ. Als Miriam das Gespräch annahm, schlug sein Herz aufgeregt. Sie hat es wenigstens nicht weggedrückt, dachte er und das »Hallo« klang unsicher.

Lachen am anderen Ende: »Was ist denn mit dir los?«

Er war überrascht. Hatte er sich umsonst Sorgen gemacht?

»Ich dachte nur, du bist vielleicht sauer, weil ich mich die letzten Tage nicht gemeldet habe.«

»Ach«, sagte sie wegwerfend, »ich liege hier übrigens in einer völlig irren Badewanne. Die spinnen, die Amis. Und jetzt erzähle mal, wie es bei euch läuft.«

Er folgte artig, berichtete von Waldemar Gurscht, richtete die Grüße von Peter Manner und Lara aus. Schilderte detailliert seinen Strecken-Zeit-Versuch.

»Und was denkst du. Wie wird das weiter gehen?«

»Wir kriegen ihn«, sagte er abgeklärt und wunderte sich selbst über die Sicherheit, mit der ihm das über die Lippen gegangen war. Es klang selbstverständlich.

»Ja, natürlich …«

»Ein, zwei Tage noch«, unterbrach er sie. Das war die Frage, die sie beantwortet haben wollte – und er auch. Er war sich sicher.

Beide schwiegen in das Rauschen einer transatlantischen Handyverbindung. Ein teures Schweigen.

Ihm fiel Aumacher ein und plötzlich kam ihm die Idee, sie zu fragen, ob sie etwas Interessantes über Ansbach zu berichten wisse und es verwunderte ihn, wie es aus ihr hervorsprudelte, als hätte er die telefonische Lexikaabfrage gewählt. Allein, dieses Telefonat war wesentlich teurer. Sie erzählte von einer mittelgroßen bayerischen Stadt, an die insbesondere Studenten der evangelischen Theologie selten gute Erinnerungen knüpften. Kam dann auf die architektonischen Sehenswürdigkeiten zu sprechen, um dann eingehend die berühmten Bachwochen, von denen Bucher noch nie etwas gehört hatte, abzuhandeln. Diese seien gerade für Menschen, die in der Finanzbranche arbeiteten, ein *le must,* wie sie es feinsinnig ausdrückte, was wiederum Bucher beruhigte, der nun gerade nicht in der Finanzbranche tätig war. Sie erzählte vom Desaster erfahrener Vorstände der Deutschen Bank, die man bequem parken konnte, indem man ihnen die Organisation besagter Bachwochen in die Hand gab. Bucher fragte nicht, weshalb dies ausgerechnet Vorstände der Deutschen Bank übernahmen, wunderte sich allerdings über die Euphorie, mit der Miriam von diesen Bachwochen erzählte. »Warst du schon mal dort?«, fragte er vorsichtig.

»Einmal? Ich bitte dich, als geübter journalistischer Schnorrer war ich so oft es eben ging in Ansbach. Diese Banken haben doch Geld wie Heu und es waren immer herrliche Tage. Komfortable Unterkünfte, phantastisches Essen, ein kunstverständiges Publikum, kein Schicki-Micki-Gequatsche, eine solide Insiderveranstaltung auf hohem Niveau, mein Lieber!«

»Und worin bestand die Gegenleistung?«

»Darin, den Herrschaften die Ehre gegeben zu haben.

»Das hätte ich von dir nicht gedacht!«, ätzte Bucher.

»Tja, irgendwann musstest du es einfach erfahren. Und jetzt entspann dich mal.«

X.

Trotz des himmlischen Telefonats mit Miriam hatte er unruhig geschlafen. Nach dem Duschen öffnete er die Fenster und sah hinaus. Hinter dem Pfarrhaus gegenüber stieg ein gleißender Sonnenball empor und hoch am Himmel standen Wolken. Das erste Mal, seit er angekommen war, sah er Wolken am Himmel. Majestätisch und weiß ruhten sie gelassen, umgeben von königlichem Blau. Bucher schloss beruhigt die Fenster und ging hinunter. Endlich Wolken. Er deutete es als gutes Zeichen.

Während des Frühstücks verteilten sie die Aufgaben. Batthuber und die Kunstfahnder sollten sich Stoegg vornehmen, Lara hatte es mit Aumacher zu tun. Bucher hatte anderes vor und Hartmann war tatsächlich schon auf dem Weg nach Norden. In gediegenem Sandbraun war er aufgelaufen, wie Lara erzählte, die ihm noch eine gute Fahrt wünschen konnte. Sie grinsten, als sie anschaulich, mit großen Bewegungen, schilderte, dass nur die grün-rote Krawatte auf befremdliche Weise mit dem zartgelben Jackett und den cremefarbenen Schuhen korrespondiert habe.

Bucher kommentierte das ganze nicht. Ihm war die Farbwahl Hartmanns seit jeher ein Rätsel.

»Was hat eigentlich die Recherche mit den Kühlräumen ergeben?«, fragte er in die Runde. Batthuber schnaufte gequält. »Das alte Kühlhaus, das Hüllmer erwähnt hat, kannst du vergessen – haben wir uns mit der Spurensicherung angesehen. Niente. Der Wirt hier in der *Quelle* hat ganz schön komisch geschaut, aber wir haben sein Kämmerchen auch gecheckt – natürlich negativ. Dann waren wir noch in Karbsheim, im ehemaligen Sportheim. Da gibts zwar Kühlräume für den Gastbetrieb, die sind aber definitiv nicht betriebsbereit, und in Gollheim im Wirtshaus, das kannst du auch vergessen.«

»Und gibt es so was vielleicht auch privat?«, fragte Bucher nach.

»Ja«, antwortete Batthuber. »Die sehen wir uns heute auch an, wenn wir mit der anderen Arbeit fertig sind.«

»Wo?«

»Hammel. Der Hammel hat einen großen privaten Kühlraum.«

»Und?«

»Kommt noch dran, wenn wir mit dem anderen Zeug ertig sind, also der Typ und sein Kühlraum.«

Bucher beließ es dabei.

»Ich habe noch zwei Infos«, schaltete Lara sich ein.

»Einmal wären da die Kontoauszüge von Carola Hartel, die ich noch mal durchgearbeitet habe. Die Frau muss von der Hand in den Mund gelebt haben.«

»Wieso. Ich denke, die hatte Kohle ohne Ende?«, fragte Batthuber unwirsch.

»Das schon. Von ihren Konten gingen aber nur die laufenden Beträge weg, Betriebskosten für das Haus, Telefonrechnung und so weiter. Ausschließlich Lastschriften. Es sind aber keine Auszahlungen zu finden, auch keine Kreditkarten oder EC-Kartenabbuchungen. Wo hatte sie also das Geld liegen, das man zum Einkaufen, Tanken, Essengehen braucht? Da muss noch irgendwo ein Konto sein.«

»Konten? Dein Part«, stellte Bucher fest.

»Dann wäre da noch was. Ich habe den Carsten Pfahlberg überprüft. Laut Einwohnermeldeamt ist er seit vierzehn Monaten hier gemeldet. Der Zuzug erfolgte von Stuttgart. Interessanter ist sein Bestand in den Kriminalakten. Mister Knast-Tatoo hat schon mehrfach bei uns arbeiten lassen – und es war kein Kinderkram. Drei gefährliche Körperverletzungen, eine Vergewaltigung, zweimal sexuelle Nötigung und eine schwere Brandstiftung. Er ist vor genau eineinhalb Jahren aus der Haft entlassen worden. War durchgehend fünfeinhalb Jahre gesessen. Wie Stoegg schon gesagt hat, ist er Käser. Aumacher hat ihn übrigens hierher geholt, als Mädchen für alles. Und noch etwas. Pfahlberg war in seiner Jugendzeit schon hier in Karbsheim. Vor etwa fünfundzwanzig Jahren gab es da oben im Schloss auch eine Gruppe mit – schwer erziehbaren Jugendlichen – so hieß das damals.«

»Das sind heute Jugendliche mit Problemhintergrund, oder?«, warf Batthuber ein.

»Jedenfalls – der Pfahlberg war in Karbsheim zwischen dem dreizehnten und siebzehnten Lebensjahr. Er kennt sich also hier sicher gut aus.«

»Um den kümmerst du dich auch«, entschied Bucher.

»Geht klar. Den Sohn von Lauerbach, unserem Brandermittler, habe ich übrigens ausfindig machen können. Der arbeitet in einer kirchlichen Einrichtung. Soll ziemlich versoffen sein. Ich werde mit ihm telefonieren.«

Nach der Frühstücksbesprechung blieb er für eine Weile auf seinem Zimmer, saß am geöffneten Fenster, ließ die Sonne in sein Gesicht scheinen und dachte nach. Vor einem halben Jahr muss etwas passiert sein, was Carola Hartels Leben entscheidend veränderte. Vielleicht hatte Stoegg gar nicht gelogen und sie hatte von selbst auf eine weitere Beschäftigung im Schwesternheim verzichtet. Kurz darauf hat sie sich von Norbert Gürstner getrennt, für den sie erst ein halbes Jahr zuvor ihren Mann verlassen hat. Sie bleibt nicht in Karbsheim, sondern zieht mit ihren Kindern in das Haus von Manfred Schober, der selbst jedoch im Wald wohnen bleibt, obwohl beide ziemlich sicher ein Liebespaar waren, ging ihm durch den Kopf. Ein Paar, das nie ganz zueinander gefunden hat. Wieso eigentlich? Mit dieser Frau an seiner Seite wäre dem komischen Kauz der Weg zurück doch gut möglich gewesen? Bucher sah, wie Hufeler vorbeifuhr. Er zog sein Jackett über und eilte hinüber zum Pfarrhaus. Frau Doktor war zu Hause. Sie ließ Bucher wortlos eintreten. An ihrem bitteren, heute eher beleidigten Gesichtsaudruck hatte sich nichts geändert. Aus dem oberen Stock war Kindergeschrei zu hören.

»Was möchten Sie noch wissen, Herr Kommissar?«, fragte sie ihn noch im Gang. Wie es klang, war er ihr lästig und sollte möglichst schnell wieder verschwinden.

»Carola Hartel war im Kirchenvorstand, wie ich erfahren habe. Wie war sie denn so?«

»Fragen Sie das doch bitte meinen Mann. Ich bin nur die Pfarrfrau.« Ihr Lächeln war aufgesetzt, als sie die Worte sprach, doch die Bitterkeit ihrer Worte sollte keinesfalls überhört werden. Bucher hatte keine Zeit für Mitleid.

»Ihren Mann werde ich sicher auch noch fragen, aber es interessiert mich, was Sie dazu zu sagen haben. Aber, noch etwas anderes – ich las am Klingelschild, dass sie promoviert haben, worin, wenn ich fragen darf?«

»Mathematik.«

»Mhm. Und wie war das nun mit …«

Sie fiel ihm ins Wort: »Sie hat immer bekommen, was sie wollte.«

Bucher fragte schnell, böse und ohne nachzudenken. »Auch den Herrn Pfarrer?«

Sie blieb ruhig, sah ihm fest in die Augen und lachte sarkastisch. »Fragen Sie doch ihn. Ich weiß es nicht.«

Sie sprach von ihrem Mann, als wäre es eine fremde Person. »Fragen Sie doch ihn.« Bucher wechselte das Thema. Seine Ahnung war bestätigt worden und das reichte. »So um den Jahreswechsel herum, gab es da etwas Besonderes hier in den Dörfern?«

Sie überlegte nicht. »Hier gibt es nie etwas Besonderes.«

»Ich meine, was in Bezug zu Carola Hartel stehen könnte.«

»In Bezug zu Carola Hartel war alles besonders.«

Er bemerkte, wie er mit den aufeinandergepressten Lippen Bewegungen vollzog. Er musste diese dumme Angewohnheit sein lassen, es sah einfach blöde aus. Da ihm nichts weiter einfiel, fragte er, ob sie am vorvergangenen Samstag auch am Gottesdienst in Gollheim teilgenommen hatte, was sie bestätigte. Bucher, in Gedanken schon woanders, wollte noch wissen, wie der Gottesdienst abgelaufen sei und sie erzählte ihm, was er hören wollte. Allerdings im Slang der Erklärungen, wie man sie aus der Sendung mit der Maus kennt.

Sie konnte nicht wissen, wie wichtig ihr spöttischer Bericht für Bucher war.

Er fuhr zu Stoeggs Haus. Die zwei Kunstfahnder und zwei Kripoleute aus Würzburg vernahmen das Ehepaar Stoegg – allerdings getrennt. Bucher ging ins Wohnzimmer. Die zwei Kubins, denen er auf Wiedersehen gesagt hatte, waren verschwunden. Bestimmt lagen sie verpackt in einer Sicherstellungskiste, ordnungsgemäß beschrieben und erfasst. Innerlich aufgewühlt fläzte er sich auf das schicke Sofa und wartete auf eine Vernehmungspause. Er war neugierig, was Stoegg zu sagen hatte, und fast mehr noch interessierte ihn die Geschichte der beiden Kubins.

Er saß fast eine Stunde, versuchte zwischendurch autogenes Training, mit dem Ergebnis, dass weder sein rechter Arm warm wurde noch seine wirren Gedanken sich klärten. Als er zum dritten Mal eine Flasche Silvaner vom Weingut *Wirsching* vor sich sah, gab er auf. Endlich kam die Kunstexpertin aus Stoeggs Lesezimmer, in welchem sie ihm zusetzten. Sein Anwalt war schwach.

Bucher staunte nicht schlecht, als er erfuhr, dass es sich bei einem der beiden Kubins um das seit Jahrzehnten als verschollen geltende Bild *Der Krieg* handelte, das um 1901 entstanden war und das Grauen des folgenden Weltkriegs bereits vorweggenommen hatte. Stoegg hatte sich auf Anraten seines Anwaltes kooperativ gezeigt und über die Herkunft der wichtigsten Bilder, so auch bezüglich des Liebermanns, Auskunft gegeben. Sein Vater hatte die Bilder aus arisiertem Bestand für das berühmte Butterbrot herausgekauft. Seine Zugehörigkeit zu den *Deutschen Christen* war dabei nicht von Nachteil gewesen. Die Kunstfahnderin war begeistert. Insgesamt hatten sie drei Tuschezeichnungen von Alfred Kubin, zwei Gartenbilder von Liebermann und zwei Landschaften von Gabriele Münter sichergestellt. Bucher konnte ihre Freude verstehen, doch nicht teilen. Wenn es schief ging, war es möglich, dass Stoegg alles wieder zurückerhalten würde. Seine Karriere war am Ende, aber was machte das schon.

Nach kurzem Überlegen ging Bucher mit ins Lesezimmer, schritt bis zum Schreibtisch, hinter dem sich Stoegg verkrochen hatte, und beugte sich über die Arbeitsplatte. Mit beiden Händen stützte er sich ab. Ihm war doch eine Idee gekommen.

»Sie sagten, Herr Stoegg, sie sind alle gemeinsam zum Gottesdienst gefahren. Eine Frage – sind denn auch alle wieder gemeinsam zurückgefahren?«

Den ganzen Morgen über hatten sie ihn mit Fragen zu den Bildern gequält und jetzt kam dieser Bulle und fragte ihn so was. Er hatte schon das »Ja« ausgesprochen, als er stoppte und stockend sprach, während er nachdachte. »Mhm, nein. Doch nicht. Der Carsten Pfahlberg. Der ist mit dem einen Auto schon etwas früher losgefahren, das war aber kurz vor Schluss, als der Posaunenchor schon das Schlussstück gespielt hat.«

»Mit welchem Auto?«, fragte Bucher.

»Mit dem Kombi, dem blauen. Die Marke weiß ich nicht. Ford, glaube ich.«

»Wo wohnt dieser Carsten Pfahlberg eigentlich und wo steht das Auto?«

»Er hat eine kleine Wohnung hinten in den Häusern bei der Gärtnerei. Da wird er aber nicht sein. Soweit ich weiß, wollte er übers Wochenende wegfahren – heute Abend sollte er aber wieder da sein. Das Auto steht in der Garagenhalle nebenan.«

Als Bucher ging, hörte er wie Stoeggs Anwalt eindringlich darauf hinwies, welche Konsequenzen es hätte, würde sein Mandant in der Öffentlichkeit in Verruf geraten. Ja, ja, die Öffentlichkeit, dachte Bucher. Die letzte Instanz, vor der Leute wie Stoegg wirklich Mores hatten.

Die Wohnung von Pfahlberg befand sich in einem putzigen Gesindehaus, das durch einen Durchgang direkt mit den alten Scheunehallen verbunden war. Auf Klingeln und Klopfen öffnete niemand. Bucher versuchte einen Blick durch die Fenster nach innen zu erlangen, doch die zugezogenen Vorhänge ließen nicht zu etwas zu erkennen.

Er setzte sich ins Auto und fuhr an das andere Ende des Dorfes. Sie saß schon wieder auf der Bank, in mittäglicher Sonne, umgeben von Oleander und Fuchsien. Diesmal fuhr er bis nach oben, stellte das Auto vor dem Scheunentor ab und richtete seine Frage noch im Gehen an sie.

Was war Anfang des Jahres geschehen? Es musste etwas Entscheidendes passiert sein. Ihre schwebende, teils zitternde, an manchen Stellen abreißende Stimme erzeugte Aufmerksamkeit, auch wenn sie Banales berichtete. Als säße er gar nicht neben ihr, zählte sie auf, was sich so alles zugetragen hatte im Dorf, Anfang des Jahres. Der Bruder von Gürstner, dem Bürgermeister, hatte den Führerschein verloren. Auf dem Heimweg von einem Gelage wollte er in seinen Hof fahren, war aber an der Hausmauer hängen geblieben. Vor Trunkenheit hatte er das gar nicht bemerkt und immer wieder neu eingekuppelt, Gas gegeben. Selten fuhr Polizei durch den Ort, doch alle wunderten sich, dass ausgerechnet in jener Nacht eine Streife just dann in Karbsheim auftauchte, als Gürstner damit beschäftigt war, sein Haus einzureißen. Man vermutete einen Anruf, doch herausgekommen war nichts. Eine Nichte von Wolfram Hartel war auf einer Eisplatte ausgerutscht und hatte sich die Hüfte gebrochen. Und die Frieda Heckmann war gestorben, mit siebenundsiebzig Jahren. Eine fleißige Frau, wie Bucher erfuhr, die jahrelang die Milchsammelstelle geleitet hatte. Sie erzählte weiter und er wartete noch einige Geschichten ab, um nicht unhöflich zu wirken.

Schon wieder mitten im Dorf bremste er, dass die Reifen quietschten, wendete und fuhr zu ihr zurück. Diesmal stieg er nicht aus, drehte das Fenster nur herunter und stellte zwei Fragen. Eine betraf die Milchsammelstelle. Als sie geantwortet hatte, musste er bleich geworden sein, denn sie fragte, ob ihm vielleicht ein Schnäpschen gut täte, ihr hülfe das auch immer, wenn ihr schwindlig wäre.

Nein. Bucher brauchte jetzt kein Schnäpschen. Jetzt nicht.

Auf der Dienststelle in Ochsenfurt führte er zwei längere Telefonate. Die vom Bayerischen Rundfunk waren sehr hilfsbereit. In Ansbach ging es etwas zäher voran. Mit wilden Buchstaben kritzelte er Stichworte der wichtigsten Informationen in sein Notizbuch, zitterte vor Aufregung, als er merkte, wie der Nebel begann sich zu lichten. Auf dem Rückweg nach Karbsheim rief er Lara an. Es dauerte eine Weile, bis sie am Telefon war. Sie sprach leise.

»Es gibt Neuigkeiten«, sagte Bucher.

»Hier auch.«

»Zuerst du«, kam er ihr zuvor.

»Ein Anruf hat mich erreicht. Wir haben zwei weitere Konten.«

»Von Carola Hartel.«

»Nein. Von ihrem jüngeren Bruder, dem Polsterer. Sie hat für ihn alle Bankgeschäfte erledigt. Die war ganz schön gut drauf. Sie hat auf seinen Namen zwei Konten eröffnet, die aber nur sie nutzte. Die genauen Daten bekomme ich noch, es müssen aber ziemliche Bewegungen da sein.«

»Klingt gut. Und was macht Aumacher?«

»Sein Anwalt ist anwesend und sie haben eine Erklärung abgegeben. Sehr dürftig. Er gibt zu ein Verhältnis mit Hermine Schober gehabt zu haben, am Tag des Brandes sei er in Karbsheim gewesen, um sich mit ihr zu treffen, sei aber zu spät gekommen. Es habe schon lichterloh gebrannt, als er angekommen sei.«

»Das schaut aber schlecht für ihn aus. Er kann ja nicht wissen, was Lauerbach zurückgelassen hat.«

»Genau. Ich denke, er spielt wieder mal mit dem Feuer und will wissen, was wir drauf haben. Gefährlich auch für uns, weil – nur ein blinder Schuss, der daneben liegt – und er weiß, dass wir noch gar nicht so viel in der Hand haben.«

»Wie machst du weiter?«

»Ich lass ihn schmoren. Mache auf verständnisvoll und tue so, als gäbe ich ihm noch eine faire Chance. Mal sehen wie lange die Nerven mitmachen. Der Typ ist wirklich eiskalt.

Wenn wir nur was hätten, mit dem wir ihn noch unter Druck setzen könnten.«

»Konfrontiere ihn mit der Vergangenheit von Pfahlberg. Er hat ihn schließlich geholt – warum wohl? Das macht ihn nervös.«

»Das habe ich schon gemacht. Er pokert noch. Hat ihn aber stark verunsichert.«

»Gut. Bleibe da dran. Wir müssen uns dringend treffen. Was ich habe ist zu kompliziert fürs Telefon. Ich rede noch mit ein paar Leuten. Bis später dann.«

Es war schon dämmrig, als Bucher mit Lara und Batthuber im Nebenraum der *Quelle* zusammensaß. Hüllmer half den Kunstfahndern bei der Aufstellung der Sicherstellungslisten und dem Schreiben der Berichte.

Bucher berichtete von den Ergebnissen seiner Telefonate.

»Ich muss in das Haus rein. Ich muss das vorher sehen«, sagte er energisch.

Lara war mit seinem Vorschlag nicht einverstanden. »Aber wieso nehmen wir ihn nicht einfach fest, einen Haftbefehl und einen Durchsuchungsbeschluss bekommen wir doch sofort!«

»Es geht mir doch nicht darum. Ich will ihn sicher hinter Gitter bringen. Ein für alle mal. Da will ich kein Risiko eingehen.«

Batthuber war unglücklich. »Das mit der Milchsammelstelle ist mir wirklich durchgegangen. Natürlich gibt's da auch einen Kühlraum. Butter, Käse.«

»Ist nicht deine Schuld. Das Ding ist seit über zehn Jahren schon nicht mehr in Betrieb. Es wird im Dorf aber noch so genannt.«

Buchers Handy klingelte. Es war Hartmann. Bucher nickte immer wieder, sagte »Mhm«, »Ach«, »Gibt's ja nicht, Mensch«, und steigerte die Neugier der anderen. Es dauerte einige Minuten bis Hartmann geendete hatte und Bucher mit einem »Bis morgen dann!« auflegte.

»Alex hat über den Supermarkt in Aachen eine ehemalige Kollegin ausfindig machen können, bei der er gerade war und ihr vom Schicksal ihrer damaligen Kollegin erzählt hat. Die beiden waren wohl auch miteinander befreundet. Wie diese Aachener Kollegin erzählte, war Carola Hartel schwanger und brachte in Enschede ein Kind per Kaiserschnitt zur Welt, das sie umgehend zur Adoption freigegeben hat.«

»Ganz schön hart«, meinte Lara und sah ihn traurig an.

Bucher verzog das Gesicht. »Diese Freundin behauptet, dass ihr Carola Hartel erzählt hätte, dass sie vergewaltigt worden wäre. In Karbsheim, und das Kind aus dieser Vergewaltigung stammte.«

Das war eine neue Wendung und die beiden anderen schwiegen.

»Leider hat sie nicht gesagt, wer der Vergewaltiger war.«

»Ist das glaubhaft, das mit der Vergewaltigung?«, fragte Lara.

»Ja. So wie ich diese Frau inzwischen einschätze – das ist glaubhaft«, antwortete er.

Sie mussten nachdenken.

Als es dunkel war, fuhr Batthuber Bucher nach Karbsheim. Sie warteten im Schatten einiger Birken und observierten das Haus, welches Bucher sich genau ansehen wollte. Das Haus und die alte Milchsammelstelle. Ein schwaches, gelbes Licht drang aus den Fenstern. Die Vorhänge waren zugezogen. Sie hatten Glück. Es war schon zehn Uhr durch, als das Licht ausging, und kurz darauf das Garagentor quietschend aufgeschoben wurde. Dann leuchteten Scheinwerfer eines Autos auf und ein dunkelblauer Kombi fuhr langsam davon. Bucher und Batthuber konnten vom Scheinwerferlicht nicht erfasst werden. Als sie ganz sicher waren, stieg Bucher aus und Batthuber nahm die Verfolgung des Pkw auf. Per Handy sollte er Bucher über den Status ihrer Zielperson auf dem Laufenden halten. Als auch Batthubers Rücklichter hinter der letzten Kurve verschwunden waren, versicherte Bucher sich, dass niemand unterwegs war und lief im Schatten der Bäume hinüber zum Stadel, dessen Tor noch offen stand. Von hier musste es einen Zugang zum Haus geben. Er fühlte keine Skrupel, kein Nachdenken darüber, dass das, was er tat, unrechtmäßig war. Im Gegenteil. Er fühlte sich im Recht, sah Waldemar Gurscht an der Mauer der alten Mainbrücke lehnen und wollte nur eines – denjenigen, der das getan hatte sicher hinter Gitter bringen. Es ging ihm nicht darum eine schnelle Festnahme zu erlangen. Nein – er wollte, dass dieser Kerl so lange wie möglich hinter Gittern verschwand – und verdrängte, dass das, was er gerade tat, genau dies verhindern konnte.

Die halb verfaulte Holztür war nur mit einem Lederband gesichert, das in einen Eisenhaken eingehängt war. Er blieb in der hinteren Ecke des Stadels stehen und wartete lange Sekunden auf das mit Batthuber verabredete Zeichen. Lange Sekunden, in denen er sich konzentrierte. Es war ein lauer Frühsommerabend, und doch lag eine trübe Stille über den Dächern. Kein Laut drang bis zu ihm vor. Saßen denn alle vor ihren Flimmerkisten und sahen sich Quizshows oder die siebenhundertvierzigste Folge einer Schmonzette an? Das Handy vibrierte und erzeugte beim Kontakt mit seiner Lampe einen rasselnden Ton. Er nahm ab. Batthuber gab das Okay. Jetzt war genug Zeit rechtzeitig herauszukommen, falls etwas schief gehen sollte. Er zog den Lederriemen ab, zog die Tür vorsichtig an und betrat einen dunklen Raum. Seine Augen hatten sich schon an das Dunkel gewöhnt und das Restlicht der Lampe im Hof reichte aus, um sich zurecht zu finden. Er stand in einem kühlen, leeren Raum, völlig ohne Möbel. Von den beiden Türen wählte er die direkt gegenüberliegende, die ihn in den Gang des Wohnhauses brachte. Gerade hatte er ein großes Zimmer betreten, da vibrierte das Handy wieder. Er brachte seine Atmung unter Kontrolle und nahm flüsternd ab. »Armin?«

Am anderen Ende flüsterte Lara: »Nein. Ich bin's.«

Er hätte Schreien mögen. Wollte sie ihn umbringen? Sie wusste doch wo er war! Sein »Was ist?« klang unfreundlich.

Sie war nicht beeindruckt. »Habe eine wichtige Information für dich, wenn du schon im Haus bist. Es geht um

Carola Hartels Deckkonto. Auf den Kontoauszügen der letzten beiden Jahre ist zu sehen, dass regelmäßige Zahlungen eingingen. Monatlich. Immer dreihundert Euro – überwiesen von der Stuttgarter Bank. Ich habe gerade erfahren, von wem das Geld kam.«

Bucher unterbrach sie flüsternd: »Frieda Heckmann.«

In der Hörermuschel fing sich das Rauschen seines Blutes und die dumpfen Schläge des Herzens. Er hörte, wie sie genervt schnaubte: »Hast du das im Haus auch gefunden?«

»Nein. Hier ist bisher gar nichts. Alles leer. Keine Möbel, nichts.«

»Pass bloß auf dich auf. Der Typ ist gefährlich.«

»Armin ist an ihm dran. Der hat das im Griff. Aber jetzt lass mich weitermachen. Bis später dann«, beruhigte er sie.

Batthuber hatte alles im Griff. Er folgte dem blauen Wagen, der Karbsheim in Richtung Süden verlassen hatte, mit gehörigem Abstand. Soviel, dass er ihn in manchen Kurven kurzzeitig aus den Augen verlor. Doch er wollte das Risiko nicht eingehen, durch das Licht seiner Scheinwerfer entdeckt zu werden. Der Blaue fuhr langsam, auf einer Strecke, die Batthuber noch nicht kannte, durch die Nacht. Nach einer Viertelstunde, mitten auf einer langen Geraden, leuchteten unvermittelt die Bremslichter auf. Batthuber erschrak. Es war mitten in der Pampa. Links und rechts, gleich hinter den Straßengräben, waren Weidezäune zu erkennen und hinter den Weiden befand sich Wald. Er konnte nicht mehr bremsen und anhalten, das wäre aufgefallen. Schüttelte ihn der da vor ihm etwa ab!? Sein Herz schlug heftig, als er sich langsam näherte, doch der Blaue bog nach links auf einen schmalen Feldweg ab. Batthuber fuhr geradewegs weiter, kontrollierte im Rückspiegel, in welche Richtung sich die Scheinwerfer bewegten. Als er sich in Sicherheit wähnte, wendete er in einem Waldweg, schaltete von Abblendlicht auf Parkleuchte um und stieg aus. Aus der Ferne sah er, wie sich der Lichtschein des Blauen immer weiter von der Straße entfernte. Er wusste nicht was er machen sollte. So ein Mist.

Unmöglich konnte er ihm folgen, jetzt in der Nacht. Das Licht würde ihn sofort verraten und ohne die Scheinwerfer brauchte er gar nicht versuchen nachzukommen. Er entschied sich für einen Kompromiss und fuhr zurück zur Abzweigung, bog nach rechts ein und ließ das Auto in der Einfahrt stehen. Dann sprintete er los. Von Ferne hörte er ab und zu einen Motor, die Lichter waren nicht mehr zu erkennen. Nach etwa dreihundert Metern hatte er den Waldrand erreicht. Er versuchte in die Nacht zu lauschen, doch sein Herz schlug so laut, selbst wenn er die Luft anhielt, nur Rauschen in seinen Ohren. Er fluchte und suchte in der Dunkelheit nach einem Lichtschein. Hatte der Typ im Blauen etwas bemerkt und fuhr auf ihm geheimen Feldwegen zurück zum Haus? Sollte er Bucher warnen? Er wartete noch eine Minute. Jetzt hörte er etwas. Es klang wie, ja wie das Blöken von Schafen. Sicher, es waren Schafe, natürlich. Ein anderes Geräusch mischte sich jetzt ein. Behutsam stärker werdend. Ein Motor. Er kam schon wieder zurück! Batthuber rannte was er konnte. Ohne das Licht anzuschalten raste er rückwärts auf die Straße und fuhr wieder zur ersten Wendestelle. Als er das Licht gelöscht hatte, sah er den unruhigen Schein der Scheinwerfer aus dem Wald herausleuchten. Es musste der Blaue sein. Der Lichtkegel wandte sich von Batthuber ab nach rechts, brachte Bäume zum Vorschein, die bisher vom Dunkel verdeckt waren und leuchtete dem Fahrer in Richtung Karbsheim. Batthuber startete den Motor und folgte dem Fahrzeug in passendem Abstand. Mit der rechten Hand bediente er das Handy und rief Buchers Nummer aus dem Speicher auf. Das helle Tuten fuhr ihm durch Mark und Bein – kein Netz! Er nagte vor Aufregung an seiner Unterlippe, dass es weh tat. Beim zweiten Blick auf das erleuchtete Display wurde ihm schlecht. Der Akku war leer. Er schmiss das Handy auf den Beifahrersitz, schlug auf das Lenkrad ein und schrie: »Wieso bauen die in diese Scheißleasingkisten keine Freisprecheinrichtungen ein!« Doch es half ihm nicht die Schuld zu verschieben. Natürlich war er dafür verantwortlich, dass sein Diensthandy geladen war. Aber er kannte sich mit all den Notebooks, Organizern und Handys, die er hatte, schon gar nicht mehr aus. Die beiden Privathandys lagen im Hotelzimmer. Er jammerte laut herum, was er für eine Pfeife sei. Nur noch sieben Kilometer etwa, dieser hässliche blaue Escort vor ihm fuhr in Richtung Johannes und er konnte ihn nicht warnen. Zwei Kilometer später, er hatte immer noch kein Netz, entschied er sich. Er gab dem Benz die Sporen und schnellte an die Rücklichter heran. In einer Rechtskurve, welche die Landstraße wieder in ein Stück dunklen Wald hineinbrachte, überholte er und verdankte den Vorzügen des EPS, nicht an einem Baum zu zerschellen. Im Rückspiegel kontrollierte er, ob der Ford versuchte ihm zu folgen. Es schien nicht so. Am Ortsschild von Karbsheim reduzierte er die Geschwindigkeit auf das nötigste und raste zur Hofeinfahrt, bremste scharf ab – leider verhinderte das ABS ein Quietschen, betätigte die Lichthupe und schlug dreimal kurz auf die Hupe. Dann verschwand er um die nächste Ecke und stellte sein Auto im Schatten einer Scheune ab.

Die Wolken waren dichter geworden. Ein beständiger Wind, der Regen bringen würde, trug sie über die Ziegeldächer. Ein Dreiviertelmond goss ein bitteres Licht durch die Wolkenlücken. Batthuber war ausgestiegen und sah zur Hofeinfahrt. Bucher kam nicht, stattdessen sah er den flatternden, von der Straße aus in den Hof gerichteten Scheinwerferstrahl.

Nach dem Telefonat mit Lara steckte Bucher das Handy in die Hosentasche. Das große Zimmer war mit Dielenboden belegt. Es stand ein kleiner Tisch darin, davor ein einfacher Holzstuhl. An der einen Wand ragte ein Kachelofen hervor. Sonst gab es nichts. Kein Regal, kein Schrank, keine Bilder, nichts. Auf dem Tisch lagen zwei Bücher. Die Bibel und ein altes abgegriffenes Kinderbuch. Es war eine Kinderbibel. Bucher nahm das Einlageband der Bibel und landete im 2. Buch Mose, 6. Kapitel. Ein Textteil war unterstrichen. Bucher las: »Und der Herr sprach zu Mose: Das Herz des Pharao ist hart; er weigert sich, das Volk ziehen zu lassen. Geh hin zum

Pharao morgen früh. Siehe, er wird ans Wasser gehen, so tritt ihm entgegen … .« Bucher wusste, was dann kam. Die Ankündigung der ersten Plage.

Er ließ die Seiten locker durch die Hand gleiten, suchte weitere Eintragungen oder Notizen. Fehlanzeige. Nichts. Weder eingelegte Blätter oder etwas anderes. Die Kinderbibel war uralt, die Seiten von Flecken überzogen und die Kanten abgegriffen. Die Darstellungen aus dem alten Testament waren drastisch realitätsnah – vor allem die der zehn Plagen. Er ging weiter durch das dunkle Haus. Die alten Dielen knarrten unter seinen Tritten, ab und an fasste er an die Leiste, fühlte nach dem Handy. Nichts vibrierte. Alle Räume waren leer. Nicht ein Foto oder Bild war zu entdecken. Im Badezimmer hing ein Elektroboiler über der alten Badewanne. Am Waschbecken lagen Zahnbürste, Zahnpasta und ein Rasierapparat, daneben ein altes Handtuch. Er stieg die Holztreppe empor. Zwei Zimmer fand er. Das eine so blank und leer wie die Räume im Erdgeschoss. Im anderen stand ein Holzbett mittig an der Wand. Gegenüber, in einem Schrank ohne Türen, hingen Kleidungsstücke, davor standen zwei Taschen.

Bucher spürte Unruhe in sich aufsteigen. Diese Leere bedrückte ihn, denn sie fand ihren Grund nicht in Armut und war auch kein Ausdruck einer besonderen Form von Askese. Hier gab es nichts Persönliches – nicht die Winzigkeit eines menschlichen Gefühls ließ sich an einem Ding festmachen. Ein Bett, ein Schrank, Teller, Geschirr. In diesen Räumen war keine Zukunft, weil niemand da war, der eine hatte – und die Vergangenheit blieb ausgeblendet. Kein Bild, kein Foto – keine Gefühle. Einzig zwei Bibeln. Alles hier war von einer schmerzverursachenden Emotionslosigkeit. Bucher eilte hinunter, sah noch kurz in die Küche. Ein Herd mit zwei Töpfen, ein Tisch, ein Stuhl, ein Schrank. Genug gesehen.

Sie lagen richtig. Wenn er gehofft hatte Fotos zu finden, eine Goldkette mit Medaillon oder einen Autoschlüssel, eine Kamera oder vielleicht sogar Bilder – so musste er enttäuscht sein. Doch das Nichts, das die Räume offenbarten, machten ihn sicher. Er schlich wieder zurück in den kalten Eingangsraum und öffnete die zweite Tür. Sogar das leise Knarren der Scharniere hallte aus dem noch dunkleren Dunkel zurück. Im Schein der Lampe erkannte Bucher drei Stufen, die nach unten führten. Als er die Lampe nach oben führte, reflektierte das Licht von den glänzenden cremefarbenen Kacheln an den Wänden. Zuerst spürte er die Kälte im Gesicht, von wo aus sie unter die Arme und weiter zum Rücken kroch. Milchgeschirr hing an der einen Wand, mehrere blecherne Bottiche standen herum. Er wollte gar nicht genau hinsehen, allein die Vorstellung an dem Ort zu sein, an welchem er Carola Hartel kühl gehalten hatte, genügte, sein Herz wild schlagen zu lassen. Dann Lähmung. Draußen war etwas passiert. Ein lautes, scharrendes Geräusch bremsender Reifen kam vom Hof her. Vom Türspalt her meinte er Lichtblitze gesehen zu haben. Tausendstel später folgte das dreifache laute Hupen. Er stand da, bewegungslos, in der Kälte schlagartig mit glühendem Kopf. Er ahnte, dass etwas schiefgegangen war, als er die Geräusche des davonbrausenden Diesels hörte. Das war einer von ihnen gewesen. Batthuber, schoss es ihm durch den Kopf. Endlich gehorchte sein Körper wieder. Die drei Stufen nahm er mit einem Satz, hastete weiter Richtung Stadel, als er die Scheinwerfer sah. Keine Chance mehr aus dem Hof heraus zu kommen, ohne entdeckt zu werden. Er hoffte, dass es nicht das blaue Auto sein würde.

Batthuber stand an der Hausecke und verfolgte, wie der blaue Escort hinter der Hausecke verschwand. Er lauschte angestrengt, hörte wie eine Autotür zugeschlagen wurde, wie das Tor beim Schließen quietschte. Dann war Stille. Er traute dem Frieden nicht. Konnte gut sein, dass er im Dunkel des Hofes wartete. Er faltete die Hände und wollte nachdenken, doch eigentlich betete, nein, bettelte er, dass es noch mal gut gehen möge. Danach wartete er, bis der Mond von einer Wolke verdeckt war, huschte über die Straße in den Schatten einer Stallwand und schlich vor bis zur Hofecke. Langsam, mit pochendem Herz, schob er den Kopf um die Ecke, immer mit der Vorstellung, er stünde da mit dem Messer, um zuzustechen. Stattdessen Stille. Der Hof war leer und von Bucher nichts zu hören und zu sehen. Er musste demnach noch im Haus sein. Mist. So ein Mist. Lara musste kommen. Die ersten Tropfen fielen.

Bucher brauchte nicht zu überlegen. Mit ausgreifenden, zugleich sanften Schritten sprang er zurück in den Kühlraum. Erschrocken blieb er auf der ersten Stufe stehen. Verdammt, verdammt, verdammt. Der Lederriemen. Er hatte vergessen, den Lederriemen von innen an den Haken zu legen. Was, wenn er Verdacht schöpfen würde? Es war keine Zeit mehr.

Bucher lehnte direkt neben der Tür an der eisigen Kachelwand. Wie brachte man nur diese Kälte hier herein? Draußen hörte er, wie eine Autotür zugeschlagen wurde und kurz darauf das Stadeltor quietsche. Dann folgten Schritte. Er konnte kein Innehalten in ihrer Folge hören, als die Tür geöffnet wurde. Er lauschte, nur wenige Meter entfernt, wie der Riegel von innen vorgeschoben wurde und die Schritte vom Steinboden zum Holzbelag des Ganges wechselten. Eine Tür klappte ins Schloss. Bucher beugte sich nach vorne und sah durch das Schloss nach draußen. Ein schwacher Lichtschein drang vom Ganglicht her in den Vorraum. Er wartete und fror. Konnte nicht sehen, wie der andere im Wohnzimmer am Tisch saß, die Hand aus seiner Hosentasche nahm, ein dünnes Goldkettchen hervorzog und das Medaillon baumeln ließ.

Ein Rauschen war zu vernehmen und es schien, dass er sich scheute, bis in die kühle Schwärze vorzudringen, in welcher Bucher gefangen war und fror. Seit über einer Woche der erste Regen und eine brauchbare Geräuschkulisse, um die Flucht zu wagen.

Als er um die Ecke bog und mit schnellen Schritten in Richtung Mendersberg davonlief, erschrak er zum letzten

Mal an diesem Abend. Es war Batthuber, der ein erleichtertes »Psst« loswurde.

Hartmann kam nach Mitternacht von Aachen zurück und wunderte sich über die beiden, die bei trübem Licht im Gastraum der *Quelle* beisammen saßen. Es waren Bucher und Lara. Batthuber hatte die erste Wache vor dem Haus in Karbsheim übernommen. Bald war Lara an der Reihe. Hüllmer war die letzen Stunden bis zum Morgen an der Reihe. Bis zur Festnahme des Verdächtigen. Hartmann setzte sich müde an den Tisch.

»Wir glauben es auch zu wissen. Aber wie kommst *du* auf einen Verdächtigen?«, fragte Lara.

»Ich bin mit einem Kollegen von der holländischen Polizei doch noch ins Krankenhaus von Enschede gefahren und habe versucht, etwas über diese Sache mit dem Kaiserschnitt und der Adoption herauszubekommen. Die waren total unkompliziert – Holländer halt. Wir müssen uns bei denen noch irgendwie bedanken.«

Bucher nickte ungeduldig. »Und?«

Hartmann schüttelte den Kopf. »Fehlanzeige. Ich habe zwar das Bild von ihr vorgezeigt, aber da konnte sich niemand mehr erinnern. Ist schon zu lange her. Dann hat mich die ehemalige Freundin angerufen, als ich schon auf dem Rückweg war. Ihr war noch etwas eingefallen. Carola Hartel hat ihr gegenüber einmal eine abfällige Bezeichnung gebraucht, die sie anscheinend nicht vergessen hat.«

Sie nickten, als Hartmann sagte, was er erfahren hatte. »Genau den haben wir im Visier.«

Lara erzählte ihm von den Buchungen, die sie entdeckt hatte. »Sie hat von dieser Frieda Heckmann monatlich – ich nenne es mal Schmerzensgeld – erhalten. Vermutlich liefen die Zahlungen seit dem Zeitpunkt der Vergewaltigung. Ist ein hübsches Sümmchen zusammengekommen.«

Hartmann fielen fast die Augen zu. Er wollte nur noch schlafen.

Lara Saiter hob die Stimme an. »Ich fand es aber auch

spannend, nachzuforschen, woher diese Frieda Heckmann so viel Geld erübrigen konnte und bin auf etwas Aufregendes gestoßen.«

Hartmann war nicht zu müde, um sie neugierig anzublicken.

»Auch sie hat eine monatliche Zahlung erhalten. Das Geld ging auf ein Konto, das früher auch auf ihre Schwester lief. Zu Beginn, vor vierzig Jahren, waren es einhundertundvierzig Deutsche Mark und zum Schluss, also mit ihrem Tod, waren es dreihundert Euro.«

Hartmann war enttäuscht. Er zuckte mit der Schulter und stand auf. »Und von wem kam die Kohle? Von der landwirtschaftlichen Alterskasse?«

»Nein. Von der Acredobank Nürnberg.«

»Ah. Ist ja spannend. Was es doch für Banken gibt.« Er drehte sich um.

»Der Absender hieß übrigens Dr. Aumacher«, sagte Lara leise.

Hartmann war wieder hellwach und Bucher fasste für sich noch einmal die Daten zusammen.

»Und noch etwas solltest du wissen. Carola Hartel hat sich am vorletzten Freitag mit Olaf Lauerbach getroffen – dem missratenen Sohn unseres Brandermittlers. Der hat seinen Job Dr. Aumacher zu verdanken. Sie war am Nachmittag bei ihm und hat ihn über den Brand ausgefragt. Sie waren in einem Café in Bad Windsheim und sie hat dort gegessen.«

»Tagliatelle« stellte Hartmann richtig fest und fragte: »Wie kommt die denn bitte auf diesen Lauerbach?«

Lara berichtete weiter. »Er war ziemlich schockiert, als er von uns erfahren hat, was mit ihr geschehen ist und hat erzählt, dass er vor einigen Monaten Aumacher anrufen wollte. Der war nicht da, aber sie sei zufällig am Telefon gewesen. So hat sie seine Telefonnummer erhalten. Woher sie wusste, wer sein Vater war, konnte er nicht sagen.«

»Und was wollte dieser Lauerbach von Aumacher?«

»Lauerbach hat Schwierigkeiten in seinem Job und Aumacher sollte ihm helfen – sagt er wenigstens.«

»Weshalb sollte der ihm helfen?«

»Weil er das schon öfters getan hat.«

»Verstehe. Alte Schulden. Und wie konnte Carola Hartel den Bezug herstellen – zu diesem Lauerbach? Nur wegen des Telefonanrufs von ihm?«

»Den Namen Lauerbach hätte sie nie vergessen«, sagte Lara erschöpft. »Der machte ihr seit dem Brand ungeheuere Angst, ihr, und Schobers Manfred.«

»Was hat sie denn von diesem Lauerbach erfahren?«

»Dass sie und Manfred nicht am Tod von Hermine Schober schuld waren.«

Hartmann lehnte im Türrahmen und schüttelte immer wieder den Kopf.

Bucher kritzelte auf dem Bierdeckel herum und resümierte: »Carola Hartel ist also vergewaltigt worden, wurde zu allem Unglück auch noch schwanger. Sie hat das Kind entbunden – aus welchen Gründen auch immer – und sofort zur Adoption freigegeben. Ab etwa diesem Zeitpunkt gehen regelmäßig monatliche Zahlungen auf einem Konto ein, dass sie auf den Namen ihres Bruders angelegt hat – Schweigegeld, Kindergeld, Schmerzensgeld – wie immer man dies nennen mag. Diejenige, die ihr das Geld überweist, Frieda Heckmann, erhält selbst monatliche Zahlungen von Dr. Aumacher. Im Frühjahr dann, kurz nach dem Tod von Tante Frieda, fährt der Neffe nach Enschede und stellt Nachforschungen an. Carola Hartel trifft sich mit dem Sohn des Brandermittlers Lauerbach, der von Aumacher Hilfe anfordert, weil er Schwierigkeiten im Job hat. Ein paar Stunden später wird sie getötet.«

Mit einem wilden Strich fuhr er quer über den Filz. »Er ist der Meinung, sie habe sein Kind getötet. In seiner Vorstellung sieht er sich als um sein Kind beraubter Vater. Und das nach einer Vergewaltigung. Selbst wenn er das ausblendet. Da muss doch noch etwas sein. Da steckt mehr dahinter.«

Hartmann, der noch in der Tür stand, beschwichtigte. »Jetzt nehmen wir ihn erstmal fest. Dann ist er weg von der Straße. Die Indizien reichen doch?«

»Wackelig ist das schon noch. Wenn wir keine objektiven Spuren bekommen, dann wird es eng. Auf ein Geständnis brauchen wir nicht warten.«

»Was ist eigentlich mit den fünfzehntausend Euro? Hat sich da was ergeben?«

Lara antwortete: »Stoegg hat heute einen Anruf bekommen. Er wurde gebeten, seine Funktion in der Synode niederzulegen. Das hat ihn umgehauen. Es war nicht schwierig, in der Situation. Er hat geplappert.«

»Und? Sie hat ihn erpresst, oder?«

Sie verneinte. »Überhaupt nicht. Sie hat Stoegg vor zwei Wochen darüber in Kenntnis gesetzt, dass sie mit einer jüdischen Organisation Kontakt aufgenommen hat, die auf die Rückgabe arisierter Kunstwerke spezialisiert ist. Mit der Überweisung ist wirklich alles schief gegangen. Stoegg hat versucht, ihr Schweigen mit der Kohle zu erkaufen. Ruzinski und Knauer haben aber wirklich einen Fehler gemacht – das Geld ging auf das falsche Konto. Eigentlich sollte es zur Deutschen Bank nach Würzburg gehen. Als am Sonntag bekannt wurde, was geschehen war, erhielt Ruzinski von Stoegg den Auftrag, den Bimbes wieder zurückzuholen. Mit Knauer hat er dann die Tour ausgekartet. Die beiden dachten übrigens, der Stoegg hätte was mit der Hartel gehabt. Die wussten von den Bildern nichts.«

Für Hartmann war es jetzt genug und er ging.

Lara sah zu Bucher, der den Bierfilz inzwischen zerbröselt hatte. »Hast du noch ernsthafte Zweifel?«

»Nein«, sagte er überzeugt.

Batthuber war nach seiner Ablösung sofort den Weg entlanggefahren, in den der Blaue vor wenigen Stunden eingebogen war. Am Ende der Schafweide stieß er auf einen zwischen Hecken versteckt liegenden Feldstadel. Er verständigte Bucher und noch vor Sonnenaufgang rückten die Spurensicherer an. Lara Saiter und Bucher warteten, bis die Nachtzeit zu Ende war, und holten Dr. Aumacher aus dem Bett. Er durfte sich waschen und anziehen. Dann wurde er zur Polizeiinspektion Ochsenfurt gebracht und vernommen. Die Turmuhr schlug acht, als sein Anwalt eintraf und die Vernehmung beginnen konnte. Lara Saiter befand sich da schon auf dem Weg zu Manfred Schober.

Sie berichtete ihm über ihren Verdacht und nun begann er zu erzählen, von früher. Sie rief Bucher an und teilte ihm mit, was sie gerade erfahren hatte. »Auf diesem Zettel in ihrer Wohnung stand doch ›O.h. war immer da‹ oder so ähnlich. Das würde ja passen.«

Es passte.

Die Aussage von Aumacher wurde gerade von einer Schreibkraft in den Computer getippt, als sie sich alle vor dem Haus trafen, das Hüllmer und Batthuber noch immer observierten.

Der Regen der letzten Nacht hatte eine Abkühlung bewirkt. Die ersten Sommertage waren dahin. Graue Wolken hingen über dem Augrund. Bucher und die anderen fuhren nach Karbsheim. Hüllmer war mit seinem Privatwagen zur Observation gekommen und gab Bescheid, dass ihre Zielperson noch im Hause war. Sie fuhren mit drei Autos bis vor die Haustür. Bucher ging voran und drückte den Klingelknopf. Nach einer Weile noch einmal. Dann hörte er das Knarren der Dielen im Gang und die Tür wurde geöffnet. Sie sahen in ein erschrockenes Augenpaar.

»Herr Friedemann Bankert. Sie sind festgenommen wegen des Verdachts, Carola Hartel getötet zu haben«, sagte Lara Saiter.

Er machte keine Schwierigkeiten.

Einen Tag später saßen sie in einem der kahlen Vernehmungszimmer der Kriminalpolizei von Würzburg. Bucher und Lara Saiter hatten auf den harten Stühlen am grauen Resopaltisch Platz genommen. In der Mitte der Tischplatte surrte eines der neuen digitalen Aufnahmegeräte.

Den beiden gegenüber saß ein bestellter Anwalt namens

Schottdorf, neben Friedemann Bankert. Staatsanwalt Wüsthoff saß auf einem Stuhl in der hintersten Ecke, atmete hörbar schwer – die vielen Zigarren – sagte aber keinen Ton.

Hartmann und Batthuber lehnten an der Seitenwand, im Rücken von Bankert.

Bucher hatte sich zwar vorgenommen, nicht an Waldemar Gurscht zu denken, doch als er begann, hörte er, wie brüchig seine Stimme klang. Während er uninspirierte, einleitende Worte brabbelte, dachte er, dass Waldemar Gurscht vor kurzem noch gelebt hatte. Er unterdrückte den kurzen Reflex aufzustehen und Friedemann Bankert zu schlagen. Einmal nur. Als es vorbei war, er sich seiner sicher war, kam er zur Sache.

»Herr Bankert. Es bleibt Ihnen überlassen, ob Sie ein Geständnis ablegen wollen oder nicht. Beraten Sie sich mit ihrem Anwalt hierzu. Die Beweise, die uns vorliegen, reichen für eine Verurteilung aus. Das Elend ihres Daseins begann mit dem Tag, als Sie sich fragten, wer wohl ihr Vater sei – und darauf folgend mit dem Tod ihrer Mutter. Sie waren damals dreizehn Jahre alt, nicht wahr?«

Bankert, der bisher den Kopf gesenkt auf die Tischplatte geblickt hatte, hob die Augen und sah Bucher einen kurzen Augenblick an.

»Ihre Mutter stürzte in der Scheune zu Tode, vom Heuboden herunter auf einen Leiterwagen. Um es vorweg zu nehmen. Wir vermuten, dass es sich schon damals nicht um einen Unfall gehandelt hat. Mit dieser Meinung sind wir nicht alleine. Auch ihre Tante, Frieda Heckmann, die sie dann großgezogen hat, wie auch ihr Vater hegten, beziehungsweise hegen diesen Verdacht.«

Bucher hatte das Wort »Vater« betont und stellte zufrieden fest, dass Bankert ihn gerne angesehen hätte, sich nur nicht traute.

»Wieviele Katzen haben sie als Kind eigentlich zu Tode gequält? Haben Sie eine Vorstellung, wie viele es waren? Ihre Nachbarn jedenfalls behaupten, dass kein Monat verging, in dem nicht eine hat dran glauben müssen – oben im Heuboden, von dem ihre Mutter stürzte, als sie Sie da oben erwischte. Irgendwann hat man das fürchterliche Kreischen der Tiere in der Nachbarschaft nicht mehr gehört, obgleich immer noch Katzen verschwanden. Sie hatten gelernt zuzuschlagen, nicht wahr?«

Schottdorf hob die Hand. »Das sind doch alles Dinge, die mit dem Fall hier nichts zu tun haben und auch gar nicht bewiesen werden können. Bleiben Sie doch bei der Sache, Herr Bucher.«

Bucher ließ den Blick nicht von Bankert. »Ich bin mitten bei der Sache, Herr Anwalt. Aber lassen wir die Sache mit der Mutter und kommen wir zu Carola Hartel. Sie waren in dieses Mädchen total verknallt, sind ihr überallhin nachgeschlichen. In ihrer Gedankenwelt war es schließlich so, dass sie sich als Paar sahen, dass sie für Sie bestimmt war. Es muss erniedrigend für Sie gewesen sein, zu sehen, dass sie mit Manfred Schober zusammen war, oder? Die beiden – das war *das* Liebespaar im Dorf, alle wussten es und da war ja schließlich auch nichts dabei. Und Sie – Sie waren der Orgelheini bei den anderen. Immer in der Kirche beim Orgeln. Kein Fußball, keine Party, keine Disco, keine Clique. Carola Hartel nannte sie nur so – Orgelheini. ›O.h. war auch da‹ hat sie sogar auf einem Zettel vermerkt, der noch gar nicht so alt ist.«

Jedes Mal wenn das Wort »Orgelheini« fiel, zuckten Bankerts Wimpern nervös. Sonst war keine Regung zu bemerken. Bucher reichte das und er setzte nach, als er es sah.

»Stimmt doch, oder? Sie hat sich bei Ihrer Tante Frieda beschwert – darüber, dass Sie ihr überallhin nachstellen. Und dann kam dieser Tag im Sommer. Carola und Manfred trafen sich wieder einmal am alten Holzhaus mit der Kegelbahn und dem Holzlager, draußen am Dorfrand. Haben dort Zigaretten geraucht, ein bisschen herumgeknutscht und sind dann runter zum Auenwald, wo Manfred eine schöne Hütte gebaut hatte. Doch an diesem schönen Sommertag geschah noch etwas. Seine Mutter kam, kurz nachdem die beiden weg waren. Sie müssen das gesehen haben, denn Sie sind da geblieben. Haben gewartet, was Hermine Schober da wohl machen würde. Sind ihr nachgeschlichen.«

Bucher hielt inne, atmete nicht einmal, um die Stille wirken zu lassen, bevor er Bankert anfuhr. »Wie ist das dann vonstatten gegangen? Sie müssen sie mit einem Schlag betäubt haben, denn sie hätte sich gewehrt. Dann haben Sie ihr die Handschellen angelegt, die sie dabei hatte. Die hatte sie immer dabei. Das andere ging blitzschnell – die ausgetrockneten Späne am Sägeplatz unten müssen sofort lichterloh gebrannt haben. Und endlich konnten Sie Manfred treffen – den die Frau liebte, von der Sie meinten, sie stünde Ihnen zu.«

Bucher wartete. Keine Regung. Nicht einmal Bankerts Atmen war heftiger geworden. Er sah lediglich auf und grinste Bucher an. Ja, er grinste. Bucher war davon nicht zu beeindrucken und er erzählte mit ruhiger, eindringlicher Stimme, was sie herausgefunden hatten. »Carola Hartel und Manfred Schober dachten, dass sie es waren, die den Stadel in Brand gesetzt hatten. Manfred war der Meinung, er hätte seine Mutter auf dem Gewissen und ist daran fast zugrunde gegangen. Und nachdem Sie Carola Hartel vergewaltigt hatten – unten im Augrund, an der Trauerweide, am Ausgang des Pfades in das Gehölz, dort wo Manfred ein Hüttchen gebaut hatte für die heimlichen Treffen – da haben Sie sie damit unter Druck gesetzt, dass Sie wüssten, was am Brandtag beim alten Holzlager gewesen sei. Carola Hartel hielt die Vergewaltigung und die daraus resultierende Schwangerschaft geheim. Und wusste nicht, dass sie dabei war, den Mörder von Manfred Schobers Mutter zu schützen.

Und Tante Frieda tat alles, um die Sache im Gleichgewicht zu halten. Die Tante zahlte, der Papa zahlte. Am Geld hat es nie gelegen. Und Carola Hartel hasste Sie und schwieg.

Doch dann nimmt Carola Hartel den Job beim Schwesternheim an und kommt durch einen dummen Zufall in Kontakt mit Olaf Lauerbach. Lauerbach! – Dieser Name war seit diesem Tag im Juli geradezu in ihr Hirn gebrannt.

Der Polizist, ein Brandermittler, der sie hätte vernichten können. Aber jetzt hat sie keine Angst mehr. Sie stellt Fragen. Der Orgelheini war ja auch am Holzstadel, und – weshalb ruft ausgerechnet ein Lauerbach – auch noch der Sohn dieses Polizisten, wie sie herausfindet, – im Schwesternheim an?«

Bankert sah lächelnd auf die Tischplatte. Hob ab und an den Kopf, um Bucher anzusehen. Es hatte den Eindruck, als amüsiere ihn das, was Bucher sagte.

»Es war der Tag, der Carola Hartels Leben veränderte. Bald hatte sie herausgefunden, dass nicht sie und Manfred den Brand zu verantworten hatten, sondern Sie. Und mit diesem Wissen bestand die Chance Manfred wieder zurückzubringen, mit ihm zusammenzuleben – ohne dieses nagende Schuldgefühl, den Tod der eigenen Mutter verursacht zu haben. Es war die Möglichkeit, an dem Punkt neu zu beginnen, an dem diese irrsinnige Liebe einen Bruch erfahren hatte – nämlich als Sie Manfreds Mutter töteten.

Carola Hartel war eine bewundernswerte Frau, die ihre Liebe trotz allem nicht alleine ließ, nie vergaß. Das ist bedauerlich für Sie, für Wolfram Hartel und für Norbert Gürstner. Aber eigentlich eine schöne Geschichte, wenn Sie darin nicht eine Rolle spielen würden.

Als sie Gürstner verließ und nach Gollheim zog, war Ihnen klar, was kommen würde. Sie hat Ihnen gesagt, welchen Verdacht sie hatte und dass sie das öffentlich machen würde. Das muss Sie rasend gemacht haben. Alles umsonst gewesen. Die ganze Mühe. Ab dem Zeitpunkt waren Sie nicht mehr Sie selbst, sind ständig ausgerastet, waren an Ihrer Arbeitsstelle bald nicht mehr tragbar. Die ganze Wut, der ganze Hass, den Sie über die Jahre so gut unter Kontrolle halten konnten – all das kam jetzt heraus, unaufhaltsam. Und Ihr Job in Ansbach war endgültig futsch, als sie zwei Kinder vom Chor geschlagen haben?«

Er wartete eine Antwort nicht ab. »An all dem, an dem ganzen Unglück Ihrer armseligen Existenz sollte nun Carola Hartel schuld gewesen sein – und musste dafür büßen.«

Bucher wartete einen Augenblick. »Habe ich etwas vergessen?«

Bankert grinste nicht mehr. Er sah Bucher mit leeren Augen an.

»Ach ja. Etwas Wichtiges. Carola Hartel hat das Kind übrigens nicht abtreiben lassen – in Holland, wie Sie sich das zusammen reimten und was Ihnen als Rechtfertigung diente. Nein! Sie hat es zur Welt gebracht – per Kaiserschnitt, und wollte es nicht ein einziges Mal sehen. Es ist anschließend zur Adoption freigegeben worden. Sie haben Carola Hartel vergewaltigt, Herr Bankert! Vergewaltigt. Diese Frau wollte niemals etwas mit Ihnen zu schaffen haben – und das war bitter. Selbst nachdem Manfred anscheinend am Tod seiner Mutter zerbrach – selbst dann blieb sie ihm treu, über die ganzen Jahre hinweg. Diese Frau hat Sie wahnsinnig gemacht – und Sie konnten es nicht einmal genießen, sie zu töten, nicht wahr? Dazu sind Sie ein zu großer Feigling. Sicher haben Sie weggesehen, als Sie zugestochen haben. Leidenschaftlich war dieser Mord nicht – er war die Tat eines ärmlichen, feigen Charakters!«

Bankerts Anwalt, der bisher gebannt zugehört hatte, unterbrach Bucher, indem er mit der rechten Hand winkte. Bucher tat ihm den Gefallen. »Kommen wir zu den Fakten. Sie haben den Mord detailliert geplant – und trotzdem jede Menge Fehler begangen. Zwischen den Gottesdiensten hatten Sie genügend Zeit, die Leiche an den Fluss zu bringen. Die Leute vom Posaunenchor haben sich mächtig aufgeregt, dass ausgerechnet sie den Schluss des Gottesdienstes in Gollheim und den Beginn in Mendersberg spielen sollten. Stress für die Bläser, mit ihren Instrumenten und Noten – Zeit genug für Sie. Sie sind einige Minuten früher gegangen und erst nach Beginn des Gottesdienstes in Mendersberg erschienen.«

»Wo haben Sie das her?«, fragte der Anwalt.

Bucher deutete auf Bankert. »Er hat es mir selbst erzählt. Die Klaviersonate von Mozart, Köchelverzeichnis 3, 3, 2. Sie begann an jenem Samstag exakt um einundzwanzig Uhr sechzehn, wie wir vom Bayerischen Rundfunk bestätigt bekommen haben. Wie können Sie also diese Sonate gehört haben, wenn Sie angeblich schon an der Orgel saßen? Aber wir haben inzwischen noch andere Beweise gefunden. Ein Reifenabdruck aus der Nähe des Fundortes, zugegeben schlechte Qualität, zeigt individuelle Merkmale, die mit dem rechten vorderen Reifen Ihres Autos übereinstimmen. In ihrem Auto haben unsere Chemiker Pulverreste der Wurzel des Wasserschierlings gefunden: *cicuta virosa*, auch Kuhtod genannt. Sie haben das Zeug an Hammels Pferde verfüttert. Nicht zuletzt – wir haben Carola Hartels Goldkette mit Medaillon gefunden«, Bucher schüttelte den Kopf, »in ihrer Hosentasche! Sie haben schon Nerven! Das alte Foto hatte Manfred Schober vor ein paar Tagen erst ausgeschnitten und eingelegt. Er mit Carola – als sich küssendes Pärchen vor zwanzig Jahren. Dann – im Gras vor dem Feldstadel haben wir einen Schlüsselbund gefunden – Sie wissen, welchen ich meine. Es ist ein Fingerabdruck darauf – Ihr rechter Zeigefinger. Und es gibt eine Videoaufnahme. Die Aufnahme entstand am letzten Samstagnachmittag in einem Baumarkt in Würzburg. Sie sind gut zu erkennen, wie Sie an der Kasse eine Spraydose mit Fensterschaum bezahlen. Sie hätten die Dose nicht wegwerfen sollen, Herr Bankert. All das wird genügen, Sie für immer hinter Gitter zu bringen.«

Bucher wartete nochmals, ob er irgendeine Reaktion zeigen würde. Als die nicht kam, sagte er: »Ist schon eine dumme Situation, wenn jeder im Dorf weiß, wer der Vater ist, man selbst aber keine Ahnung hat, nicht?«

Bankert sah erschrocken auf und traf auf mitleidlose Augen.

»Ich will Ihnen sagen wer es ist – der Mann, der Sie vor dem brennenden Stadel mit dem Benzinfeuerzeug in der Hand, mit versengten Klamotten und versengten Haaren ertappt hat. Der Sie deckte, weil er wusste, dass es sein Sohn war, der da vor ihm stand. Schließlich zahlte er pünktlich jeden Monat – um das Verhältnis mit Hermine Schober zu verheimlichen, um den Verdacht des Brandstifters von sich zu weisen, und um die Tat seines Sohnes zu vertuschen.«

Bankert schüttelte den Kopf und lächelte. Bucher lächelte zurück, nickte aber und sagte: »Doch. Dr. Aumacher – Sie dürfen mir schon glauben. Er will Sie übrigens nicht sehen. Von ihm stammt Ihre Kinderbibel – die mit den tollen Bildern. Sie wissen schon, die zehn Plagen.«

Im Aufstehen wandte er sich Schottdorf zu. »Überlegen Sie, wie Sie verfahren wollen.«

Dann verließ er den Vernehmungsraum. Die anderen folgten ihm.

Bucher und Lara blieben noch zwei Tage in der *Quelle*, bis zur Beerdigung von Waldemar Gurscht. Vorher hätten sie nicht fahren können. Lara war fast einen Tag im Wald bei Manfred Schober geblieben und erklärte ihm die Zusammenhänge – vor allem, dass er am Tod seiner Mutter nicht schuldig war. Dann fuhr sie nach München zurück. Bucher steuerte nochmals Würzburg an. Zu Fuß ging er wieder zur Friedensbrücke, blieb lange oben stehen und nahm einen ausgiebigen Blick, bevor er langsam wie ein Tourist am Alten Kranen vorbei zur Mainbrücke spazierte. Dort stieß er die Beklemmung fort, die ihn anfiel, als er den Torbogen durchschritt. Einige Minuten blieb er vor der Brückenmauer stehen und dachte an den kleinen tapferen Kerl. Dann legte er die Rose, die er zuvor gekauft hatte, auf den Boden und machte sich auf den Heimweg. Die Reparaturkosten für den Passat hatten sich in Grenzen gehalten und er fuhr gemächlich auf der A7 in Richtung Süden – das Auto voll beladen mit Knoll und Wirsching.